BASTEI
LÜBBE

Bisher sind im BASTEI-LÜBBE Taschenbuchprogramm von D. A. WOLLHEIM/A. W. SAHA nachstehende Bände erschienen:

24 036 World's Best SF 1
24 044 World's Best SF 2
24 058 World's Best SF 3

Donald A. Wollheim
Arthur W. Saha (Hg.)

WORLD'S BEST SF 4

BASTEI
LÜBBE

BASTEI-LÜBBE-TASCHENBUCH
Science Fiction Special
Band 24 069

Deutsche Lizenzausgabe 1985
Bastei-Verlag Gustav H. Lübbe GmbH & Co., Bergisch Gladbach
Originaltitel: The 1985 Annual World's Best SF
Ins Deutsche übertragen von Brigitte Beyer, Jürgen Langowski,
Bernd Müller, Dr. Helmut Pesch und Frank Stein
Titelillustration: Chris Foss
Umschlaggestaltung: Quadro-Grafik, Bensberg
Satz: Fotosatz Schell, Bad Iburg
Druck und Verarbeitung:
Elsnerdruck GmbH, Berlin
Printed in Western Germany
ISBN 3-404-24069-3

Der Preis dieses Bandes versteht sich einschließlich
der gesetzlichen Mehrwertsteuer.

Inhalt

Einführung 7

John Dalmas
Der Bilder-Mann 11
(The Picture Man)

Connie Willis
Handelsware 41
(Crash Crop)

Ian Watson
Wir denken oft an Babylon 71
(We Remember Babylon)

Stephen R. Donaldson
Was uns menschlich macht 103
(What Makes Us Human)

Lucius Shepard
Salvador 153
(Salvador)

John Varley
Terminal 181
(Press Enter ■)

George Alec Effinger
Die Alleswisser 265
(The Aliens Who Knew, I Mean Everything)

Octavia Butler
Blutsbrut 291
(Bloodchild)

Gary W. Shockley
Entwicklungshilfe 321
(The Coming of the Goonga)

Tanith Lee
Medea 339
(Medra)

Quellennachweis 361

Einführung

Kürzlich kam mit der Post eine Ausgabe der Zeitschrift *Soviet Literature* (Nr. 2/1984), die ganz dem Thema »Science Fiction von heute« gewidmet war. Dieses Heft war in Englisch, herausgegeben und verlegt in Moskau von der Schriftstellergewerkschaft der UdSSR. In dieser Zeitschrift hatten die Herausgeber Briefe an verschiedene Science Fiction-Autoren geschickt, in denen sie ihnen unter anderem folgende Frage stellten: Was sehen Sie als den sozialen Auftrag der Science Fiction an? Welche Rolle kann sie in der heutigen Welt spielen?

Wir meinen, daß es von Interesse wäre, einige der Autoren zu zitieren. Science Fiction und ihren Wert zu definieren ist immer ein Thema von kontroversem Interesse unter Lesern, Autoren und Kritikern gewesen. Wollen wir zunächst sehen, was Isaac Asimov antwortete:

»Der soziale Auftrag der Science Fiction besteht darin, den menschlichen Verstand an die Unvermeidlichkeit technologischen Wandels zu gewöhnen. Die Rolle, die sie spielen kann, besteht darin, Menschen zu ermutigen, von der Technologie in solch einer Weise Gebrauch zu machen, daß dadurch die Gesellschaft besser und das menschliche Glück größer wird und nicht das Gegenteil eintritt.«

Arthur C. Clarke schrieb folgendes: »Es ist der schwerste Fehler, der Science Fiction eine irgendwie prophetische Rolle zuzuschreiben. ... ihre Rolle liegt darin, die Phantasie der Menschen zu entwickeln, die Menschen dazu zu erziehen, in Kategorien der Zukunft zu denken. ... Sience Fiction kann die Menschen vor den Gefahren *warnen*, die auf sie zukommen, und sie ist darin viel wirkungsvoller als im

Entwerfen von Utopien. Ich würde sie als ein Vorwarnsystem gegen künftige Katastrophen bezeichnen.«

James Gunn wird wie folgt zitiert: »Sience Fiction hat mich gelehrt, optimistisch zu sein. ... Sience Fiction – selbst in ihren düstersten Beispielen – geht davon aus, daß es eine Zukunft gibt, und daher mag sie sich als ein sehr wirksames Mittel erweisen, Mangel an Willenskraft und Glauben zu bekämpfen.«

Harry Harrison meinte: »Gute SF-Autoren können ihren Lesern eine Vorstellung davon geben, wie Wissenschaft funktioniert, daß dies eine Welt der Veränderung ist –, und daß wir die Veränderung selbst verändern können, und sie nicht blind für das Wohl der Menschheit zu akzeptieren haben.«

Joe Haldemann: »Science Fiction bietet eine Möglichkeit, gedanklich die Arten zu testen, auf welche sich das Leben in der Zukunft verändern könnte – ein harmloses Testen, wie der Flugsimulator in der Ausbildung eines Piloten. Sie kann uns vorzeitig vor künftigen Fallgruben warnen und mögliche Lösungen zu heutigen Problemen anbieten.«

Frederik Pohl: »Der soziale Auftrag der Science Fiction (wenn man jenen großen Teil der Science Fiction abrechnet, der keinen Auftrag hat als zu unterhalten) besteht darin, daß sie uns erlaubt, die möglichen Auswirkungen aller Arten von technologischen, sozialen und kulturellen Veränderungen zu prüfen, so daß wir jetzt besser entscheiden können, welche wir Realität werden lassen möchten.«

Auch sowjetische Science Fiction-Autoren nahmen an dieser Umfrage teil, und viel von dem, was sie schrieben, stimmt im wesentlichen mit den oben zitierten Ausführungen überein. So schrieb Dimitri Bilenkin: »Jede Idee muß, bevor sie in Handlung umgesetzt wird, in der Vorstellung reifen. Science Fiction wie jede andere Form von Literatur, kann die Gedanken und Gefühle des Menschen beeinflussen. Es ist dabei relativ unerheblich, daß die SF manchmal als bloße Unterhaltung angesehen wird; im Gegenteil, dies kann als ein Vorteil angesehen werden, da sie einem größeren Kreis von Lesern zugänglich wird.«

Kir Bulitschew: »Science Fiction, in Unterscheidung zur realistischen Literatur, beschäftigt sich mit Wahrscheinlichkeiten; sie ist nicht nur an den Problemen von einzelnen, sondern der Gesellschaft insgesamt interessiert. ... Science Fiction richtet sich in erster Linie an junge Leute, an diejenigen, die morgen für das Schicksal der Menschheit verantwortlich sein werden.«

Jeremei Parnow: »Der soziale Auftrag der Science Fiction liegt in erster Linie darin, die Ängste und Erwartungen der Menschen aufzudecken und zu verkörpern. Sie bereitet die Gesellschaft, wenn ich so sagen darf, auf neue Errungenschaften und radikale Veränderungen vor und warnt vor möglichen Gefahren.«

Wadim Schefner: »Selbst Nicht-Science-Fiction-Autoren werden unvermeidlich zu Phantasten, wenn sie versuchen, einen Blick auf das Morgen zu werfen. Die Macht der Science Fiction liegt nicht nur in ihrer Fähigkeit, die Welt von Morgen vorzustellen, sondern auch in ihrer Fähigkeit, die Zukunft zu beeinflussen und sogar bis zu einem gewissen Grad zu gestalten. Negative Prognosen sind hier ebenso angebracht wie positive. ... Science Fiction hat noch eine andere Aufgabe, oder, um genauer zu sein, eine höhere Aufgabe: Menschenfreundlichkeit zu lehren. Meiner Meinung nach läßt sich dieses Ziel am besten erreichen, wenn die Science Fiction weder rein wissenschaftlich noch rein technologisch ist, sondern wenn sie etwas wie ein Märchen oder eine Parabel ist. Ich wiederhole, daß dies *meine* Meinung ist, und ich kann mich natürlich auch irren.«

In einem langen Artikel in derselben Ausgabe schrieb der sowjetische SF-Kritiker und Herausgeber Wladimir Gakow: »Die Zeit der Science Fiction kam, als der Mensch Bilder des ›Nicht-Gewesenen‹ zu benötigen begann, Bilder dessen, was man gerne glauben würde, was kein Bewohner unseres Planeten je mit eigenen Augen sehen wird.

Es geht dabei nicht um eine Befriedigung müßiger Neugierde, sondern um eine lebenswichtige Notwendigkeit. Natürlich ist niemand in der Lage, der Menschheit eine friedliche Zukunft auf dem Teller zu servieren. Wir müssen sie bauen, und darum müssen wir sie alle schützen. Sobald sich die Frage der Erhaltung der Zukunft erhebt, sind wir verpflichtet, etwas über die Gefahren zu wissen, die sie bedrohen.

Die wissenschaftliche Vorausschau ist eine Sache für die Wissenschaftler. Die SF-Autoren können nur das menschliche Vorausdenken wie ein Radar auf das Ziel imaginärer Antiwelten hin richten. Das Aussieben von nicht wünschenswerten oder gar tödlichen Varianten ist eine verantwortungsvolle Aufgabe. Die Science Fiction, um ihr gerecht zu werden, leistet hier Hervorragendes.«

Betrachtet man angesichts der hier zitierten Ausführungen das derzeitige Angebot an Science Fiction, so ist der Scharfblick des Autors Wadim Schefner bemerkenswert, gemessen an dem, was tatsächlich in der Hauptsache publiziert wird – mehr von einer nicht ganz wissenschaftlichen oder technologischen –, sondern eher von einer mehr imaginativen sozialen Natur oder gar Parabelcharakter. Märchen für Erwachsene, heute im allgemeinen als »Fantasy« bezeichnet, erscheinen in immer größeren Mengen und überschwemmen in Amerika geradezu die Buchläden. Doch vielleicht hat Schefner recht – auch diese Form der Parabel oder der abenteuerlichen Unterhaltung ist auf die moralischen Prinzipien von Gut und Böse gegründet – und das Böse, selbst in den ausgefallensten Phantasiestücken, ist das, was die Hoffnung auf die Zukunft zugrunderichtet, tötet und zerstört.

In den zehn Geschichten, die hier als die denkwürdigsten und ungewöhnlichsten des letzten Jahres ausgewählt worden sind, werden Sie etwas von dem wiederfinden, von dem all diese Autoren gesprochen haben: Geschichten, die warnen, Geschichten, die vielleicht erschrecken, Geschichten, die die Phantasie anregen und den Ideen Nahrung geben, die die Zukunft unserer Welt gestalten können – alle sind sie hier.

Donald A. Wollheim

Der Bilder-Mann

von John Dalmas

Die nächste Zukunft zu kennen, dürfte sich als überaus profitabel erweisen – falls wir mit den entsprechenden Informationen etwas anfangen können. Vor allem dann, wenn es genauso wäre, als könnten wir heute schon die Zeitung von morgen lesen. Allerdings tauchen in einem solchen Fall mit Sicherheit eine Reihe von Problemen auf ... und abgesehen davon sollte man auch die menschliche Natur nicht außer acht lassen.

Ich legte mein Exemplar der *Ecological Review* beiseite und ging rüber zum TV-Gerät. Gewöhnlich lasse ich mir die zehn-Uhr-Nachrichten niemals entgehen. Das Bild wurde aktiviert und erschien auf dem Schirm. Der letzte der Einleitungswerbespots verblaßte soeben.

Ich ließ mich nieder und machte es mir bequem, alleine in meinem 1950er-Modell-Haus mit drei Zimmern, eineinhalb Bädern, das nicht weit vom Campus entfernt stand. Manchmal fühlte ich mich ein bißchen einsam, seit Eydie mich zugunsten von Barney Foster verlassen hatte, aber es war sicherlich ruhiger und nicht so stressig. Zum Beispiel wurde die Atmosphäre im Haus nicht mehr jeden Abend von Quizsendungen, Situationskomödien und Fernsehspielen geprägt.

Ich hatte auf die bittere Art lernen müssen, daß das bestaussehende Mädchen der Klasse zu heiraten und nachher in friedlicher Eintracht gemütlich vor sich hin zu leben, zwei völlig verschiedene Paar Schuhe waren.

Verschiedene Angehörige des Lehrkörpers und der Assistentenschaft hatten ein reges Interesse bekundet, das allgemein vermutete Loch in meinem Leben auszufüllen, und ich hatte einige sehr interessante Nächte hinter mir. Vor allem Maggie Laning vereinigte gutes Aussehen und physische Kooperationsbereitschaft mit einem bemerkenswert gesunden Menschenverstand auf allen Gebieten, über die wir uns unterhielten. Zudem war sie nicht abgeneigt, Regenwanderungen zu unternehmen, auch machte sie eine gute Stürmerin bei Basketballmatches (schließlich gab sie nebenher Sportunterricht), und als Krönung besaß sie auch noch eine Sammlung alter Leitartikel von John Campbell aus einigen Jahrgängen der SF-Magazine *Astounding* und *Analog*.

Eigentlich war sie noch nicht einmal richtig alt. Zweiunddreißig – also zwei Jahre jünger als ich.

Aber heiraten? Wir konnten auch ohne diesen Schritt nach Herzenslust herummachen und gemeinsame Abende gestalten. Dabei hatte sie einen wesentlichen Schönheitsfehler: Lanny, zehn Jahre alt. Lanny war ein lieber Kerl, und wir kamen prima miteinander aus, und er machte nicht gerade selten Bemerkungen darüber, daß ich einen prima Daddy und Maggie eine Super-Ehefrau abgeben würde. Doch in weniger als drei Jahren wäre er bereits im *Teenageralter!*

Dabei genoß ich noch immer meine neugewonnene Unabhängigkeit. An sich hätte ich Barney einen Dankesbrief schreiben sollen, nun da die Scheidung vollzogen war. Doch ich würde nichts dergleichen tun. Es wäre eine ziemlich billige Geste, und nachher würde ich mir nicht besonders heldenhaft vorkommen.

Der Wetterfrosch riß mich mit seinem Hinweis auf einen bevorstehenden Sonnenfleckensturm aus meinen Grübeleien. Daher zog ich meine Jacke über, kaum daß die Basketball- und Eishockeyergebnisse über den Bildschirm geflackert waren, und ging zur Tür. Erhöhte Sonnenfleckentätigkeit würde eine besonders schöne Morgenröte zur Folge haben, und Nordlichter waren etwas, was ich mir niemals entgehen ließ.

Hätte ich nicht die Verandabeleuchtung eingeschaltet, ehe ich hinaustrat, hätte ich wahrscheinlich gar nicht bemerkt, was ich plötzlich sah. Ein stämmiger untersetzter Mann wühlte in meiner Plastikabfalltonne, die am Straßenrand stand und auf die morgendliche Müllabfuhr wartete. Zwei Schritte, und er hätte sich hinter Chuck Ciccones Abgrenzungshecke unsichtbar machen können. Er hing bis zur Achselhöhle in der Tonne, legte einige Gegenstände auf dem Bürgersteig ab, um besser herumwühlen zu können, richtete sich einen Moment lang auf und stopfte dann alles ordentlich in die Mülltonne zurück, legte den Deckel wieder auf und drückte ihn fest. Er hatte in der Tonne nichts Eßbares und nichts Wertvolles gefunden.

»Heh!« rief ich. Er drehte sich langsam um, sah mich an und machte Anstalten, sich zu entfernen.

»Moment mal!« rief ich. »Kommen Sie doch herein. Tun Sie mir den Gefallen und helfen Sie mir beim Restevertilgen.«

Das undeutlich erkennbare Gesicht wandte sich mir erneut zu, dann setzte er sich auf das Haus zu in Bewegung, wobei er die Hände tief in die Taschen seiner Denimjacke vergraben hatte. Für einen Moment hatte ich ein überaus seltsames Gefühl, als er sich mit nach vorn geschobenen Schultern und von der Nachtkälte fröstelnd dem Haus näherte. Es war kein Gefühl des Bedrohtseins. Es war einfach nur seltsam.

Das eckige Gesicht mit den hohen Jochbögen, fettig und unrasiert, zeigte die Falten und Linien des späten Mittelalters. Er sah aus wie jemand, der mit dem Güterzug in die Stadt gekommen war und wahrscheinlich in den Süden wollte. Ich hielt ihm die Tür auf – entweder ich tat es selbst oder ich müßte nachher den Knauf abwischen – und führte ihn ins Badezimmer.

»Warum duschen Sie nicht, während ich das Essen koche?« schlug ich vor, dann zeigte ich ihm Gästehandtuch und Waschlappen und ließ ihn allein.

Da ich keine frischen Reste anzubieten hatte, setzte ich Eier und Wiener Würstchen zum Heißwerden auf, dann kam eine Dose Bohnen auf die kleine Flamme, und ich füllte den Teekessel auf, um heiße Schokolade zuzubereiten. Als diese Vorbereitungen getroffen waren, suchte ich eine alte Jeans und ein ausgeleiertes Sweatshirt zusammen und deponierte beides auf der Badematte. Der ganze Raum war voller Dampf wie ein türkisches Dampfbad; er mußte ganz schön abgehärtet sein, um derart heißes Wasser ertragen zu können, dachte ich bei mir. Ich rief in die Duschkabine, daß ich seine Sachen durch die Waschmaschine und den Wäschetrockner jagen würde, daß ich ihm ein paar von meinen Sachen hingelegt hätte, die er solange tragen könne, und nachdem ich von ihm einen Laut der Zustimmung gehört hatte, setzte ich das Waschprogramm in Gang. Ich packte sogar seine schwarze Zipfelmütze mit in die Trommel; ich dürfte nur nicht vergessen, sie auf keinen Fall mit in den Trockner zu tun.

Was um alles in der Hölle, fragte ich mich, *tust du da überhaupt?* Dieser Typ könnte auch irgendein Irrer sein. Durchaus möglich, daß er dich umbringen und dann ausrauben könnte. Doch in seinen Taschen hatte ich nichts Gefährlicheres gefunden als ein kleines Federmesser.

Aus einem Impuls heraus und mit einem ziemlich unangenehmen Gefühl in der Magengegend, kontrollierte ich seine Brieftasche. Er besaß kein Geld. Ein Ausweis der Handelsmarine identifizierte ihn als Jaakko Savimaki aus Calumet, Michigan. Er war als Heizer, Öler und Matrose auf einem Trinkwasserboot zur See gefahren. Das letzte Datum stammte von 1951 – das Ganze lag also schon zweiunddreißig Jahre zurück. Das eckige Gesicht auf dem Paßbild war eine jugendliche Version von dem meines Besuchers. Auf dem Bild waren die Haare blond und wiesen einen Bürstenschnitt auf. Die Adresse auf seinem Führerschein lautete auf Ironwood, Michigan; ich hatte irgendwann mitbekommen, daß die Bergwerke dort oben bald stillgelegt werden sollten.

Ich öffnete die Badezimmertür und linste in das Dampfgewoge. »Rasierapparat und Rasiercreme finden Sie im Medizinschrank«, meinte ich und schaltete die Entlüftung ein, damit er den Spiegel überhaupt erkennen konnte.

Als er herauskam, sah er schon viel besser aus, obwohl meine Jeans ihm einige Zentimeter zu lang und um einiges zu eng waren. Er löste das Problem, indem er die Hosenbeine ein Stück hochkrempelte und den Bund offenließ und die Hose lediglich von einem Plastikgürtel gehalten wurde.

»Ich heiße Terry«, stellte ich mich vor. »Terry O'Brien.«

»Ich heiße Jake«, erwiderte er, »Jake Hill.«

Sogar bei diesen wenigen Worten konnte ich deutlich einen Akzent heraushören.

»Mr. Hill, ich war so frei, einen Blick in Ihre Brieftasche zu werfen. Dort heißen Sie Savimaki.«

Er wurde nicht rot, wirkte überhaupt nicht verärgert oder ertappt. Diese seltsamen, sanft blauen Augen starrte mich nur an, als untersuchten sie das Innere meines Kopfes.

»Savimaki ist ein finnisches Wort und bezeichnet eine Art Berg«, erklärte er. »Fern der Heimat ist es einfacher, wenn ich meinen Namen in der jeweiligen Landessparache angebe.«

Ich nickte. »Schon klar«, sagte ich. »Na schön, Mr. Savimaki, das Essen steht auf der Anrichte.«

So hungrig er auch gewesen sein mochte, er schlang das Essen nicht in sich hinein. Als er die Mahlzeit beendet hatte, bedankte er sich und stellte sein Geschirr in die Spüle, ehe ich begriff, was er da tat. Dann wandte er sich wieder mir zu, und auch diesmal fixierten seine Augen mich direkt und offen. Allmählich machte sich in mir ein Gefühl breit, daß er mehr sehen konnte als andere Menschen. »Wie kann ich Ihnen das wiedergutmachen?« fragte er.

»Vergessen Sie's. Sie waren eingeladen.«

Er schüttelte nicht den Kopf, sondern sagte einfach: »Ich finde es nicht gut, etwas anzunehmen, ohne etwas dafür herzugeben.«

Nun, dachte ich bei mir, das ist aber mal eine erfrischende Einstellung. Ich war mir nicht sicher, ob ich da uneingeschränkt seiner Meinung war, lebten wir doch in einem Land, in dem das System so durcheinandergeraten war, daß einige Menschen buchstäblich mit dem Rücken an der Wand standen. Doch wenn alle Leute seine Einstellung hätten, dann wäre die Lage sicherlich um einiges angenehmer.

»Okay«, meinte ich, »was können Sie denn alles?«

Seine blassen Augen richteten sich auf den Kamin. »Soll ich Feuerholz hacken?«

»Nein. Tut mir leid. Ich kaufe es bereits gehackt.«

»Haben Sie irgendwelche Schreinerarbeiten zu erledigen? Sind Fenster abzudichten? Schlösser zu reparieren?«

Ich ging alle Möglichkeiten durch. »Sie sind zum falschen Zeitpunkt hier. Ich habe nichts dergleichen zu erledigen. Warum schieben wir die Bezahlung nicht noch für einige Zeit auf? Im Winter gibt es sicherlich Schnee, der weggeräumt werden muß.«

Für einen kurzen Moment trat ein abwesender Ausdruck in seine Augen; offensichtlich beabsichtigte er, nicht mehr lange in Douglas zu bleiben. »Passen Sie mal auf«, schlug ich vor, »warum sparen Sie sich die Schuld nicht für einen günstigeren Zeitpunkt auf? Helfen Sie jemand anderem, wenn sich dazu die Gelegenheit ergibt.«

Er nickte langsam. »Okay«, sagte er. »Ich glaube, das geht in Ordnung.« Dann wandte er sich wieder der Spüle zu und ließ Wasser für das Geschirr einlaufen, während ich seine Kleidungsstücke in den Trockner packte und darauf achtete, seine Zipfelmütze draußen zu lassen. Er schien ein langsamer Denker zu sein, jedoch war er beim Spülen ziemlich fix. Nach kaum zwei Minuten waren die Teller und das Besteck sauber, abgespült und im Abtropfkorb.

Als er damit fertig war, folgte er mir ins Wohnzimmer und blieb dort unbeholfen stehen. Ich erkannte deutlich, daß es ihm überhaupt nicht recht war, ohne Gegenleistung für das Bad, die Mahlzeit und seine Wäsche wieder von dannen zu ziehen. Dann bemerkte er die Bilder an der Zimmerwand. Es waren vorwiegend Naturfotografien. Als Eydie ihre Kunstdrucke aus dem Haus herausgeholt hatte, zog ich ein paar Landschaftsfotografien auf Holztafeln auf und hängte sie auf, um die Öde der Wand etwas zu mildern. Er trat zur Wand und betrachtete die Bilder.

»Haben Sie einen Fotoapparat?« fragte er.

»Drei Stück sogar. Eine 35 mm Pentax für Diapositive, eine alte Rollei für das 4x5-Format und eine Polaroid 680.«

»Eine Polaroid.« Er ließ sich das kurz durch den Kopf gehen. »Wie fänden Sie es, wenn ich Ihnen ein paar interessante Fotos schenken würde?«

»Wie meinen Sie das?«

»Ich zeig es Ihnen. Holen Sie die Polaroid.«

Ratlos und gespannt zugleich holte ich, wenn auch mit

einem leichten Widerstreben, die Kamera. Als ich das Wohnzimmer wieder betrat, saß er in einem Sessel.

»Ist ein Film drin?« wollte er wissen.

»Immer«, entgegnete ich.

»Dann zielen Sie damit auf mein Gesicht.« Er schloß fest die Augen, und warf die Stirn in höchster Konzentration in tiefe Falten. »Wenn ich ›jetzt‹ sage, drücken Sie auf den Auslöser.«

Mir ziemlich lächerlich vorkommend, hob ich die Kamera.

»Jetzt«, befahl er. Ich betätigte den Auslöser, ließ die Kamera sinken und wartete. Als ich das Bild herausnahm, stand er schon neben mir. Es war kein Foto von Savimaki. Es war ein Haus auf dem Bild, etwas verschwommen, ein altes, solides, zweistöckiges Haus mit einem steilen Giebeldach, keiner Veranda und mit einer Tür im oberen Stockwerk, die ins Nichts führte. Eine Leiter verband diese seltsame Tür mit dem Erdboden.

»Versuchen wir es noch einmal«, meinte mein Besucher. »Dies ist nicht besonders gut geworden. Ich kriege noch viel interessanterte hin als das da.«

»Moment mal«, sagte ich. »Wie kommt es, daß es kein Bild von Ihnen ist?«

In Wirklichkeit glaubte ich zu wissen warum. Vor Jahren hatte ich ein Buch über genaue, wenngleich auch etwas übertriebene, Untersuchungen von Nick Kopac, dem Psychofotografen, gelesen. Was ich vor mir sah, glich seinen Ergebnissen aufs Haar.

»Ich weiß nicht«, erwiderte er. »Es ist etwas, das ich irgendwie schaffen kann.«

»Ein seltsames Haus. Wo steht es?«

»In Calumet, Michigan. Es ist das Haus, in dem ich aufgewachsen bin. Es sieht deshalb so aus, weil es dort immer sehr viel Schnee gibt. In manchen Wintern kann man sowieso nur die Tür im oberen Stockwerk benutzen.«

»Mein Gott! Und hatten Sie keine Ahnung, daß dies auf dem Bild erscheinen würde?«

»Nein. Noch bin ich nicht so weit, das vorhersagen zu

können.« Er setzte sich wieder. »Gewöhnlich kommt etwas heraus, was ich noch nie zuvor gesehen habe. Doch es ist immer ein Haus oder ein Schiff. Bis jetzt jedenfalls. Tatsächlich habe ich dieses Bild erst zehn- oder zwölfmal geschafft. Erfahren habe ich das im vergangenen Winter, durch einen Zufall, als irgend so ein Typ ein Foto von mir machen wollte und ich keine Ahnung davon hatte. Ich las gerade in einer Illustrierten, und er hatte plötzlich auf seinem Foto einen Leuchtturm.

Sind Sie jetzt bereit?« fragte er.

Ich nickte. »Klar.«

Er schloß die Augen, ich visierte, er rief »Jetzt!«, und ich drückte auf den Auslöser. Gemeinsam betrachteten wir das Foto. Dieses war schärfer, kaum verschwommen, und zeigte ein quadratisches Haus mit Stuckfassade. Es erinnerte mich an Bilder von französischen Bauernhäusern, doch im Hintergrund war eine im großen und ganzen nackte Landschaft zu erkennen mit einem Gebilde dahinter, das an eine von Felsnadeln umgebene Hochfläche erinnerte. Als Ökologe mit einem ausgeprägten Interesse für die Biogeographie hätte ich darauf wetten mögen, daß es sich um die Abbildung eines Siedlungshofes in Südafrika handelte. Das sagte ich ihm.

Er zuckte die Achseln. »Schon möglich.«

Wir machten zwei weitere Bilder und ließen dann die Angelegenheit ruhen. Ich zeigte ihm das Gästezimmer. Doch meine Gedanken rasten. Ich hatte am nächsten Tag erst um zwei Uhr mittags meine erste Vorlesung und konnte ohne große Schwierigkeiten meine Bürostunden streichen und frei nehmen, obwohl ich das nicht gerne machte. Ich hatte eine Idee, wo ich für Jake einen Job besorgen konnte. Nachdem er zu Bett gegangen war, griff ich zum Telefon und rief Herb Boeltz an.

Besonders gut kannte ich Boeltz nicht, wenngleich es für meine Zwecke völlig ausreichte. Wir waren beide Mitglied im Jogging Club der Uni. Er war der Politiker des Lehrkörpers, wenn Sie wissen, was ich damit meine, rammte einem gerne das Messer in den Rücken, hatte mit seinen zweiunddreißig Jahren eine volle Professur in Psychologie inne und schien stets an jede Menge Geld herankommen zu können.

Und man erzählte sich, er sei besonders an Parapsychologie interessiert.

Es war 11:15 Uhr und ich hatte ihn ganz offensichtlich geweckt; ausgesprochen freundlich klang er nicht. Daher kam ich sofort, nachdem ich meinen Namen genannt hatte, mit meiner Idee heraus.

»Ich glaube, ich habe da etwas, womit Sie eine Menge Publicity einheimsen können. Erinnern Sie sich noch an die Arbeiten über Psychofotografie an der Universität von Nebraska? ... Stimmt, ich meine Nick Kopac.

Nun, ich hab im Moment einen Typen in meinem Haus zu Besuch, der genau das gleiche macht. Ich habe mit meiner Polaroid vier Aufnahmen gemacht und bekam zwei Häuser, eine Kirche und ein Gebilde heraus, das an ein Fischerboot erinnert ...

Nein, ich kenne ihn erst seit heute. Scheint ein recht netter Kerl zu sein. Ist ziemlich still. Er braucht einen Job, und ich weiß, vielmehr ich habe gehört, daß Sie immer irgendwelche öffentlichen Gelder zur Verfügung haben. Mir scheint die ganze Sache wie geschaffen für einen Forschungsauftrag, von dem auch die Medien profitieren werden, wenn man alles richtig anpackt.«

Als ich auflegte, hatten wir uns für elf Uhr am kommenden Vormittag verabredet.

Gegen 11:07 Uhr betraten wir das Institutsgebäude, in dem auch die psychologische Abteilung untergebracht ist. Ich bin gewöhnlich pünktlich, doch bei Herron's Men's Wear wurde erst um zehn geöffnet, und wir brauchten doch etwas formellere, wenn auch billige Kleidung für Jack – eine Hose, ein Hemd, Schuhe, Pullover, ein Jacket ... Tatsächlich bekomme ich von meinem Gehalt keine richtig billigen Sachen. Einige kosten nur erheblich weniger als andere.

Das Treffen dauerte nicht lange. Boeltz machte achthundert Dollar locker zur Finanzierung gewisser Grundlagenforschung, was heute die Vermutung nahelegt, daß er irgend jemand in der Hand hatte. Es reichte nicht aus, um Jake ein festes Engagement zu verschaffen. Er erklärte sich bereit, Jake ein tägliches Taschengeld von zehn Dollar für »Zigaretten und Socken« zu zahlen, so wie er es ausdrückte. Jake sollte weiterhin bei mir wohnen, und Boeltz würde mir pro Woche dreißig Dollar für das Zimmer und die Verpflegung bezahlen, solange Jakes Dienste gebraucht wurden, sowie eine Zulage von zehn Dollar für jede zusätzliche Sitzung, die wir teilen könnten, wenn wir uns einig würden.

Ich sollte darüberhinaus Jake zwischen den Sitzungen am Orte hin und her transportieren, da die Studien in Boeltz' Haus auf der anderen Seite der Stadt durchgeführt würden. Die erste Sitzung sollte am selben Abend um 7:30 Uhr stattfinden.

Boeltz hatte einen ziemlich zweifelhaften Ruf, daher schrieb ich alles auf, wir unterschrieben alle drei, und anschließend machte ich von dem Vertrag eine Fotokopie. Ich wunderte mich, daß mein Wunsch, alles schriftlich zu fixieren, Boeltz nicht verärgerte, doch er zeigte sich die ganze Zeit von seiner nettesten und freundlichsten Seite. Ich redete mir ein, das müßte er auch sein. Er bekam ein vielversprechendes Forschungsobjekt zur Verfügung gestellt, stand einem wichtigen Forschungsprojekt vor, bekam Illustriertenpresse und persönliche Publicity und Ersuchen um Gastvorträge – und all das bei einem minimalen Aufwand. Und die Ausgaben trafen noch nicht einmal ihn persönlich.

Ich, andererseits, spielte den unbezahlten Koch und Chauffeur. Aber es versprach verdammt interessant zu werden. Wir eilten nach Hause, ich leistete mir einen kleinen Imbiß und ließ Jake dort zurück und rannte wieder los, um den Donnerstagsnachmittagskurs in Pflanzenbiologie abzuhalten. Mir schoß irgendwann der Gedanke durch den Kopf, daß es nicht gerade sinnvoll war, einen Fremden in meinem Haus zurückzulassen, während ich meiner Arbeit nachging, doch irgendwie machte mir das nicht das geringste aus.

Ich nahm mir die Zeit, um Maggie am Nachmittag anzurufen; ich brauchte jemandem, dem ich alles anvertrauen konnte, und sie war diejenige, die ich am ehesten als meine nächste Vertraute bezeichnen konnte. Sie versprach, sie würde gegen 5:30 Uhr rüberkommen, um Jake kennenzulernen und für das Abendessen zu sorgen; dabei klang sie fast zu fröhlich und diensteifrig, um es wirklich ehrlich zu meinen. Anschließend rief ich in meiner Behausung an. Jake klang nüchtern und hatte mit der Lektüre von Churchills Memoiren begonnen. Ich informierte ihn, daß Maggie uns das Abendessen zubereiten und wahrscheinlich schon vor mir eintreffen würde.

Sie tauchte auf, als ich gerade das Garagentor öffnete, und wir gingen gemeinsam ins Haus. Und landeten an einem fertig gedeckten Abendbrottisch! Jake hatte sich im Kühlschrank und in der Speisekammer umgesehen und aus Schweinerippchen, Reis, Süßkartoffeln und Roggenbrot ein Menü zusammengezaubert. Das Brot hatte er von den fünf Dollar, die ich ihm geliehen hatte, in der Bäckerei um die Ecke gekauft. Als ich mich von dem Schock erholt hatte, machte ich ihn mit Maggie bekannt.

»*Hyvää iltaa,* Mr. Savimäki«, sagte sie grinsend. Ich starrte sie verblüfft an.

»*Hyvää iltaa,* Mrs. Lanning«, erwiderte er. »*Mitä Kuuluu?*«

Sie lachte. »Das war alles an Finnisch, was mir noch im Gedächtnis haften geblieben ist. Als Terry mir Ihren Namen nannte, dachte ich sofort: ›Heh! Das klingt ja wie zu Hause!‹ Ich stamme aus Duluth.«

»Demnach haben Sie dort Ihr *Hyvää iltaa* gelernt.«

»Richtig. Meine Mammi ist Finnin, aber mein Daddy nicht, deshalb habe ich zu Hause nicht allzuviel lernen können. Das meiste habe ich von unseren Nachbarn.« Sie wandte sich an mich. »Das wird ja die reinste Freßorgie.« Sie zeigte auf den Tisch. »Wenn ich es gemacht hätte, dann wären nicht mehr als Hot-dogs und Bohnen aus der Dose herausgekommen.«

Ich wußte es besser. Nach dem Essen, als Jake darauf bestand, das Geschirr zu spülen, kam ich zu der Überzeugung, daß dieses Arrangement weitaus besser funktionierte, als ich anfangs angenommen hatte. Und nachdem ich Jake zu Boeltz gebracht hätte, könnte ich schnellstens nach Hause zurückkehren und ein oder zwei nette Stunden mit Maggie verbringen.

Doch es kam nicht wie erwartet, weil Maggie den Wunsch äußerte, uns zu begleiten und bei dem Experiment zugegen zu sein.

Boeltz hatte nichts dagegen; er liebte es, vor einem Publikum zu arbeiten. Er hatte seine eigene Polaroid – eigens zu diesem Zweck angeschafft – und machte eine ganze Reihe von Aufnahmen. Die ersten beiden waren weiß und zeigten überhaupt kein Motiv. Nicht einmal Jake. Sie sahen aus, als wäre die Kamera direkt auf einen Scheinwerfer gehalten worden, was im Grunde schon bemerkenswert genug war. Das dritte Foto war völlig schwarz, als wäre der Verschluß überhaupt nicht aufgegangen. Doch Boeltz und ich hatten schon mit so etwas gerechnet; wir wußten aus den wissenschaftlichen Aufzeichnungen, daß auch Kopac eine ganze Reihe von schwarzen und weißen Schnappschüssen erzeugt hatte.

Boeltz betrachtete Jake und ging dann mit einem wissenden Lächeln zu einem Schränkchen und schenkte ein ganzes Glas Bourbon ein. »Darf ich Ihnen einen Drink anbieten, Jake?« fragte er. Doch es klang, als sagte er: *»Na schön, Freundchen, ich weiß genau, warum du mich zappeln läßt.«* Das ärgerte mich – ich fühlte mich für Jake beleidigt –, doch ob nun der Whisky etwas bewirkt hatte oder nicht, das nächste Bild zeigte den Taj Mahal gestochen scharf. Dann kippte Jake den Whisky wie Limonade.

Auf dem nächsten Bild war ein Hilton Hotel zu erkennen. Ohne Kommentar stieß Boeltz mich an und wies auf einen Teil des Bildes. Auf einem Schild war der Name Hilton falsch geschrieben!

»Jacob«, sagte Boeltz, »wie schreiben Sie den Namen Hilton?«

Jakes Augen fixierten Boeltz aufmerksam. »H-I-L-T-E-N«, antwortete er.

Was, zum Teufel, dachte ich bei mir, *hat das zu bedeuten?*

Als wir uns gegen 8:30 Uhr verabschiedeten, hatte Boeltz Jake ein zweites Glas Whisky eingeflößt und dafür ein halbes Dutzend recht hübscher Fotos erhalten – vier von Häusern, eines von einer Pyramide im tropischen Dschungel und eines von einem Dreimastschoner in einem heftigen Sturm.

Jake schwankte kein bißchen, als wir hinausgingen, allerdings redete er auch nicht gerade viel. Ich entschied, daß er sich mit Schnaps auskannte – in seiner Generation fand man viele, die darüber jeglichen Halt verloren hatten, aber vielleicht lag die Ursache auch ganz woanders. Jedenfalls benutzte Boeltz das Zeug, um Jake in Gang zu setzen.

So erschien es zumindest.

Als wir wieder zu Hause waren, fragte ich Jake, wie der Abend denn für ihn verlaufen wäre. Seine Antwort war erschöpfend und unverblümt: »Ich mag Professor Boeltz nicht«, sagte er. Er meinte auch, er sei müde, und ging gleich zu Bett. Maggie und ich machten es uns vor dem Fernsehapparat bequem, bis er sich zurückzog, dann zogen wir um auf das Sofa.

Während der nächsten zehn Tage kam es zu drei weiteren Sitzungen. Sie waren gewissermaßen halb-öffentlich, da Boeltz einige Angehörige des Lehrkörpers sowie Bea Lundeen eingeladen hatte. Bea war Eigentümerin und Herausgeberin der örtlichen Zeitung, des *Douglas Clarion*. Als Chaffeur des prominenten Versuchskaninchens durfte auch ich anwesend sein. Es war verdammt interessant, wenn Boeltz nichts versuchte, was nicht schon fünfzehn Jahre vorher von Nick Kopac versucht worden war.

Unter seiner Leitung stellte Jake fest, daß er Dinge tun konnte, die er bislang noch nicht ausprobiert hatte. Zum Beispiel erhielt er meistens Zufallsbilder von Bauwerken und Schiffen, ähnlich wie Kopac es erlebt hatte – so gut wie nichts anderes außer Häusern und Statuen. Doch Jake hatte einen weitaus besseren Schnitt zwischen Erfolg und Mißerfolg – zwei von drei Versuchen ergaben Bilder, und die meisten von ihnen waren ziemlich deutlich.

Offen gesagt überraschte es mich, daß er so gut zurechtkam, denn im Grunde war es nicht sonderlich angenehm, mit Boeltz zu arbeiten. Er fuhr fort, den Schnaps weiterhin als Lockmittel zu benutzen und ihn einzusetzen wie einen unwiderstehlichen Köder. Doch mir fiel auf, daß Jake niemals von sich aus darum bat; er reagierte noch nicht einmal mit Ja, wann immer Boeltz ihn fragte, ob er noch etwas wolle. Er akzeptierte den Schnaps lediglich, wenn Boeltz ihm das Glas reichte.

Ganz bestimmt wußte er, was er damit zu tun hatte.

Darüberhinaus redete Boeltz in einem Ton mit Jake, als hätte er einen Schwachsinnigen vor sich. »Hören Sie gut zu, Jacob, ich werde Sie jetzt auffordern, uns das Bild einer Kathedrale einzuspielen. Würden Sie das für uns tun? Versuchen Sie's mal. Wissen Sie überhaupt, was eine Kathedrale ist? Gut. Sehr, sehr gut.« Und: »Oh, das ist gut, Jacob. Sie machen Ihre Sache heute über Erwarten gut.«

Das war vielleicht auch der Grund, warum Jake den Whisky trank. Aber auch wieder nicht so richtig, denn ich könnte schwören, daß ich in diesen blaßblauen Augen den Anflug eines spöttischen Lächelns erkennen konnte. Vielleicht amüsierte er sich auch nur darüber, daß Boeltz wie ein Elefant im Porzellanladen alle möglichen Leute in seiner Umgebung in Rage brachte und sich im allgemeinen zum Popanz machte.

Der von Bea für den *Clarion* geschriebenen Artikel befaßte sich fast ausschließlich mit Jake; Boeltz wurde nur einmal am Rande erwähnt.

Dann gab es eine Pause von ein paar Tagen vor der fünften Sitzung, die ganz groß angesetzt war und Samstagabend stattfinden sollte. Man hatte schon eine Menge über uns geschrieben, und zwar in anderen Blättern als nur im *Clarion*, und das Interesse nahm ständig zu. Es waren weitaus mehr Leute eingeladen worden, als in Boeltz' Wohnung Platz gefunden hätten, deshalb wurde die ganze

Sache im Haus von Professor Tony Fournais abgehalten, dem Chef der Physikalischen Abteilung. Fournais war wohlhabend, besaß ein geräumiges Haus außerhalb der Stadt und interessierte sich insgeheim für das Forschungsprojekt. Überdies verlieh er der ganzen Sache etwas mehr Gewicht, denn Physik ist weitaus salonfähiger und zuverlässiger als Psychologie.

Jeder, der eingeladen worden war, hatte sich eingefunden. Und dazu noch relativ pünktlich: niemand verspätete sich um mehr als zwanzig Minuten, obwohl die Straßen eine dichte Schneedecke aufwiesen und entsprechend rutschig waren und das Thermometer zehn Grad unter Null zeigte. Professor Alfred Kingsley Kenmore war von Virginia herübergeflogen – der Kenmore, der mit den »Herz-Kenmore-Laubman-Hellsichtigkeitsstudien« seinen Ruhm begründet hatte. Hinzu kam Marty Martin, der mit Preisen überhäufte Wissenschaftsjournalist von der *Trib*.

Magie begleitete uns.

Es fing an wie eine Zirkusnummer oder wenigstens wie ein Party-Sketch. Fournais kündigte an, daß sein Assistent die gesamte Prozdedur filmen würde. Eine 16 mm-Filmkamera stand an einer Seite des Raumes auf einem hohen Stativ und sollte Jake über die Köpfe der Anwesenden hinweg von oben aufnehmen. Später wolle man den Film im Zeitlupentempo durchlaufen lassen und sich davon überzeugen, daß alles ohne faule Tricks abgelaufen war. Dann ergriff Martin das Wort und erklärte, daß auch er parallel zu Boeltz die Vorgänge mit einer eigenen Filmkamera aufnehmen und so für eine zweite unabhängige Filmkopie sorgen wolle. Endlich konnte Boeltz anfangen. Kenmore, der auch Psychiater und daher Arzt war, bat Jake, sich hinzulegen, und untersuchte seine Augen, indem er die Lider nacheinander zurückzog und die Schleimhäute mit einer kleinen Lampe ableuchtete. Ich hab nicht die geringste Idee, wonach er eigentlich Ausschau hielt.

Dann begannen wir endlich. Zur Abwechslung benahm Boeltz sich diesmal anständig: er behandelte Jake nicht von oben herab, und es gab keinen Alkohol, was bestätigte, daß der Blödsinn, den er vorher veranstaltet hatte, überhaupt nicht durchdacht gewesen war.

Er lockerte Jake auf, indem er ihn produzieren ließ, was immer ihm in den Sinn kommen mochte. Er begann mit einer Luftansicht von einem in idyllischer Landschaft gelegenen Haus. Etwa in der Mitte des Bildes konnte man vor einer Bergkette eine kleine Stadt erkennen. Denver war es nicht, entschied ich. Vielleicht Calgary. Die nächste Darstellung hätte Hong Kong zeigen können. Das dritte Bild zeigte eine Doppelreihe mit Teerpappe gedeckter Baracken, die fast im ringsum sich aufhäufenden Schnee versanken. Ein Typ, der etwas trug, was eine Lederschürze sein konnte, war mitten im Schritt zwischen zweien dieser Häuser erwischt worden. Als das Bild Jake gezeigt wurde, identifizierte er es als eine Aufnahme vom Axelson-Peltonen-Holzfällerlager in Baraga County, Michigan, im Jahre 1948. Er hatte dort gearbeitet. Der Kerl in der Schürze, meinte unser Mann, wäre Ole Hovde, der Hufschmied. Jake gefiel das Bild ausnehmend gut, und ich bekam allmählich den Eindruck, daß er das Bild ganz gezielt hatte entstehen lassen.

Boeltz machte selbst kein einziges Bild. Jedes wurde von jemand anderem aufgenommen, der sich stets genau sechs Fuß entfernt von Jake hinstellte. Der Fotoapparat war für diese Gelegenheit von Fournais neu gekauft worden. Die Filmrollen wurden vor unseren Augen aus den verschweißten Verpackungen herausgenommen.

Jede Aufnahme wurde zum Begutachten herumgereicht, ehe ein neues Foto gemacht wurde. Dann wurde das jeweils fertige und begutachtete Bild offen sichtbar auf einen Tisch gelegt, wo man es eingehender untersuchen konnte.

Martin stand etwas seitlich und reichte seine Fotos nicht herum. Doch nach der dritten Aufnahme legte er die bisher geschossenen neben die von Boeltz stammenden, so daß sie jeweils ein entsprechendes Paar bildeten.

Boeltz strahlte. »Meine Damen und Herren«, wandte er sich an das Auditorium, »wir haben hier etwas sehr Interessantes: Mr. Martins Fotografien. Sehen Sie selbst!«

Ich stand bereits vor dem Tisch. Jedesmal zeigte Martins Foto dieselbe Szene, jedoch aus einem Winkel von etwa neunzig Grad von rechts und etwas weiter entfernt betrachtet.

Alle drängten sich um den Tisch und diskutierten miteinander außer Fournais Assistent, der bei seiner Kamera blieb. Zwei der Zuschauer schüttelten Jake die Hand, als dieser ebenfalls einen Blick auf die Fotos werfen wollte. So wie die Bilder zusammenpaßten, schien es, als hätte die dargestellte Szenerie jedes Bilderpaares sich rundum Jakes Stuhl und zwar dreidimensional entfaltet. Dieses Phänomen war bei Nick Kopac nicht beobachtet worden.

Boeltz war nun bereit und entschlossen, etwas zu versuchen, was er bereits ohne Erfolg schon zwei Sitzungen vorher ausprobiert hatte. Er schickte Bea Lundeen und mich in Fournais' Bibliothek, um dort die Darstellung eines Gebäudes oder eines Schiffes in einem Lexikon zu suchen. Welches Gebäude und welches Schiff blieb uns überlassen. Maggie begleitete uns. Bea zog Band 14 aus dem Regal – Buchstaben Ki bis Le – und schlug unter »Kreml« auf. Und da war die mächtige russische Festung am Roten Platz, hinter deren massiven Wänden man die Spitzen der Türme erkennen konnte. Ich nickte, wir betrachteten alle das Bild, konzentrierten uns, und Bea rief: »Okay, wir haben ein Bild!«

Für etwa eine halbe Minute geschah nichts weiter, und ich wurde schon etwas ungeduldig, doch wir betrachteten weiterhin das Bild. Dann meldete jemand: »Kommt wieder rüber. Es ist soweit.«

Wir folgten der Aufforderung. Bea brachte den Lexikonband mit und legte ihn auf den Tisch. Damit das Buch nicht zuklappte, beschwerte sie die eine Seite mit einem Aschenbecher. Boeltz holte die Aufnahme aus der Kamera, markierte sie mit einem schwarzen Fettstift und legte sie neben das Buch.

Was wir dort sahen, ließ mich erschauern. Ich hatte das Gefühl, als zöge sich meine Kopfhaut zusammen. Schön, Jake hatte uns den Kreml geliefert, aber überhaupt nicht so, wie er in dem aufgeschlagenen Buch dargestellt war. Auf seinem Bild gab es keinen gepflasterten Exerzierplatz. Statt dessen waren an der hohen Schutzmauer kleine Holzbauten zu erkennen. Der Erdboden war schlammig, und man hatte stellenweise lange Bretter als Ersatz für ein Pflaster in den Matsch gelegt. Es gab einige Reihen von Marktständen, und Hunderte von Menschen standen herum oder schlenderten herum, einige so gut wie nackt und nur wenige in langen Mänteln.

Es war die Fotografie des Kremls, wie er vor einigen Jahrhunderten ausgesehen haben mochte! Ein Foto von einer lebendigen Szene und nicht von einem Gemälde!

Ein oder zwei halblaute Bemerkungen wurden gemacht, doch im Grunde sagte niemand etwas, als die Anwesenden herankamen und sich um den Tisch mit dem Buch und dem Foto drängten. Jeder schien den grundlegenden Unterschied sofort zu erkennen und die richtigen Schlüsse zu ziehen: Jake Savimaki konnte Bilder aus der Vergangenheit liefern, aus einer Zeit also, in der es noch keine Fotografie gab! Dies war kein Bild von einer Fotografie oder etwas, das er tatsächlich selbst gesehen hatte. In unserer Mitte befand sich ein Phänomen, das sich noch viel krasser jeglichen wissenschaftlichen Erklärungen entzog, als wir angenommen hatten – eine ganze Dimension weiter.

Martin drängte sich zum Tisch durch und betrachtete stumm die beiden Darstellungen, dann legte er sein eigenes Foto neben die anderen. Und wieder zeigte seine Aufnahme dieselbe Szene aus ungefähr doppelter Entfernung. Und hier war der unterschiedliche Standort gar nicht mehr zu übersehen. Boeltz' Aufnahme mochte aus einer Höhe von vierzig oder fünfzig Fuß geschossen worden sein. Martins Bild war eine verzerrt wirkende Luftaufnahme wie aus einem niedrig fliegenden Flugzeug geschossen. Nur war das mit Sicherheit nicht der Fall.

Jake war unbemerkt herübergekommen und sah sich nun sein Werk an. Der Ausdruck seiner Augen veränderte sich nicht. Die Leute beobachteten ihn, und er schien das gar nicht zu bemerken. Es war fast so, als wäre er soeben erst hereingeschneit und als wollte er sich erst einmal informieren, was überhaupt vor sich ging.

Meine Augen fanden Boeltz; er flüsterte mit Fournais. Fournais gab darauf ein Zeichen für eine kurze Pause. Wenig später erschien der Koch des Hauses mit Sandwiches, und die Punschschüssel wurde geöffnet. Das lockerte die Atmosphäre und schien den Leuten zu gefallen. Fast jeder hatte bald ein Glas in der Hand außer Jake. Er hielt sich etwas abseits, begutachtete die Wirkung, die er hervorgerufen hatte, dann fing er meinen Blick auf und nickte.

Fournais und Boeltz unterhielten sich leise in einer Nische, dann gesellte Martin sich zu ihnen, danach Kenmore. Ich wollte ebenfalls hinübergehen, doch irgendein Fremder hielt mich auf und erkundigte sich, ob ich nicht mit Mr. Savimaki hereingekommen sei. Als ich den neugierigen Patron endlich abgewimmelt hatte, waren die vier verschwunden.

Ich spürte eine Hand auf meinem Arm. Es war Maggie. »Was bringt er denn nun als Zugabe?« wollte sie wissen.

»Das weiß der Himmel«, erwiderte ich; *oder der Teufel*, fügte ich in Gedanken hinzu. Doch das war unfair; wenn überhaupt jemand in der Runde von einem Teufel besessen war, dann war Boeltz es und nicht Jake. Jake war sauber wie jedermann; wir gingen zu ihm.

»*Kuinka se menee,* Mr. Savimaki?« fragte Maggie ihn.

Er grinste. »Ganz gut, *tyttö.* Und Ihnen?«

»Ich bin beeindruckt«, sagte sie. »Wissen Sie, wie Sie das geschafft haben?«

»Nicht genau«, verriet er ihr. »Ich – nun, ich öffne mich irgendwie. Ich weiß auch jetzt noch nicht, was für ein Bild herauskommen wird, allerdings habe ich diesmal den Wunsch gehabt, etwas hervorzubringen, was die Leute verblüfft.«

»Wollen Sie heute abend noch mehr produzieren?« fragte ich ihn. »Oder sind Sie müde? Wenn Sie wollen, können wir wieder nach Hause gehen.«

»Nein, ich fühle mich bestens. Das alles fällt mir immer leichter. Ich würde gerne feststellen, was ich sonst noch schaffen kann. Diese letzten Bilder sehen aus, als stellten sie die Vergangenheit dar; vielleicht bringe ich beim nächsten Mal etwas aus der Zukunft hervor.«

Ich spürte, wie sich in meinem Magen plötzlich ein seltsames Gefühl breitmachte.

»Wissen Sie was?« fuhr er fort. »So gut wie jetzt habe ich mich noch nie gefühlt. In meinem ganzen Leben nicht, und so schlecht ist es mir bisher eigentlich nicht ergangen.« Damit richtete er seine ganze Aufmerksamkeit auf mich und redete mich zum erstenmal mit meinem Vornamen an. »Terry, ich habe mich bisher bei Ihnen noch nicht dafür bedankt, daß Sie mich damals an jenem Abend ins Haus geholt haben. Ich lag wirklich auf der Schnauze, war ganz unten angelangt, und Sie haben mir wieder aufgeholfen. Sie sollen wissen, daß ich Ihnen dafür sehr dankbar bin.« Er streckte mir seine Hand entgegen, die groß war wie eine Kohlenschaufel, und ich ergriff sie. Danach drehte er sich zu Maggie um und reichte ihr mit einem Grinsen ebenfalls die Hand.

Wir wurden gestört. Boeltz, Fournais, Martin und Kenmore waren wieder hereingekommen, und Boeltz rieb sich die Hände in freudiger Erwartung. »Meine Damen und Herren«, ergriff er das Wort, und das Gemurmel der Anwesenden ebbte ab. »Wir würden jetzt gerne weitermachen.«

Die Leute verstummten und bildeten wieder einen Kreis. »Müssen Sie sich mit etwas Simplem erst richtig in Stimmung bringen, Mr. Savimaki?« fragte Boeltz. *Immer noch höflich!* Zum ersten Mal redete er ihn mit »Mr. Savimaki« an. Doch seine erwartungsvoll blickenden Augen waren kalt wie Eiszapfen.

Jake schüttelte den Kopf und meinte, er sei bereit. Fournais reichte seiner Frau Martins Fotoapparat, und er, Boeltz und Martin begaben sich in die Bibliothek. Kenmore nahm Boeltz' Fotoapparat und baute sich vor einem verstohlen lächelnden Jake auf.

Es dauerte zwei Minuten, bis wir hörten, wie eine Stimme rief: »Okay, wir haben eins!«

Jake schloß die Augen. Das war kein angestrengtes Konzentrieren mehr, kein krampfhaftes Zukneifen der Augen. Er wirkte entspannt und selbstsicher. »Jetzt«, sagte er. Kenmore betätigte den Auslöser, desgleichen Liz Fournais, und jemand ging hinaus, um die drei aus der Bibliothek zu holen. Martin kehrte mit einem großformatigen Buch zurück und legte es aufgeschlagen auf den Tisch. Ich betrachtete die Illustration, während Liz und Kenmore ihre Fotos zum Tisch brachten.

Diesmal war es kein Lexikon, sondern ein Buch mit dem Titel: *Waffen am Himmel: Militärische Nutzbarmachung von Raumfahrttechnologie*. Aufgeschlagen war das Kapitel »Sowjetische Einrichtungen«. Auf der Seite befand sich noch nicht einmal ein Bild.

Trotzdem hatte Jake sie ausgetrickst. Damals war mir das noch nicht so klar gewesen, doch es war tatsächlich der Fall. Kenmore legte sein Foto vor, und es zeigte keinen Satelliten oder so etwas. Statt dessen sah ich ein Automobil, für mich in der Dunkelheit nicht eindeutig identifizierbar, das im Schnee auf dem Dach lag. Liz' Foto zeigte dasselbe Motiv, nur aus einem anderen Blickwinkel. Auf ihrem Foto konnte ich einen Jungen sehen, der unter dem Automobil eingeklemmt war.

Das war dann auch das Ende der Vorstellung. Während die Leute ihre Mäntel anzogen, nahm ich Boeltz beiseite und fragte ihn, ob er zufrieden sei. Er erschien mir noch nicht einmal verärgert – »irgendwie nicht ganz da« schien seinen Zustand am besten zu beschreiben –, dann streifte er seine Handschuhe über und verabschiedete sich.

Auf dem Heimweg redete für die Dauer der ersten Meile niemand ein Wort. »Wessen Auto war das wohl?« fragte ich dann in die Stille.

»Keine Ahnung«, meinte Jake. »Ich weiß nur, daß ich ihnen nicht zeigen wollte, was sie zu sehen wünschten, deshalb beschloß ich, ein Bild aus der Zukunft zu liefern. Und das habe ich dann auch bekommen.«

Niemand machte dazu eine Bemerkung, ehe wir zu Hause waren. Nachdem wir unsere Mäntel an die Garderobe gehängt hatten, deutete Maggie an, sie müsse mehr wissen. »Jake«, fragte sie, »hätten Sie denen zeigen können, was sie sehen wollten?«

Seine Augen blickten sie offen an. »Holen Sie den Fotoapparat«, befahr er mir.

Das erste Bild zeigte eine Raumstation auf ihrer Umlaufbahn, die ganz anders aussah als alles, was derzeit im Bau war, dessen bin ich mir sicher. Es war schwierig, ihre Größe und die Entfernung zu ihr abzuschätzen, da nichts Bekanntes als Bezugsmaß zu erkennen war, doch sie konnte durchaus einen Durchmesser von hundert Fuß haben. Sie stand grellweiß vor der unergründlichen Schwärze des Weltraums, und der Beobachtungspunkt mochte nicht mehr als hundert Yards von ihr entfernt sein. Hammer und Sichel in leuchtendem Rot prangten auf der Seitenwand.

»Heiliger Himmel!« rief ich. Ein wirres Kaleidoskop von Ereignissen begann vor meinem Auge herumzuwirbeln: ich sah Leute vom CIA in unserer Behausung, Jake an irgendeinem geheimen Ort, wie er für sie spionierte – und natürlich Boeltz, der Jake betreute. Boeltz hätte seine Freude an so etwas; mein Gott, käme er sich dann wichtig vor.

»Machen Sie noch eins«, forderte Jake mich auf. »Ich sehe noch mehr.«

Demnach blickte er nun in die Zukunft. Ich hielt die Kamera bereit, er sagte: »Jetzt«, und ich drückte auf den Auslöser. Diesmal war Jake zu erkennen, der auf einem Operationstisch lag. Er machte sich noch nicht einmal die Mühe, sich das Foto anzusehen. Maggie ergriff meine Hand.

»Sie begreifen jetzt, warum ich es tat«, sagte er und wir nickten.

Das erste, was ich sah, als ich am nächsten Morgen den *Clarion* aufschlug, war auf der ersten Seite ein Foto von einem umgekippten Automobil. Dieses Bild hatte ich am Abend vorher schon gesehen. Es war Bea Lundeens Auto. Kenmore und Martin hatten sie begleitet, und Kenmore war tot.

Weder im *Clarion* noch in der *Trib* stand etwas über unsere Sitzung, und zwar nicht an diesem Tag und auch nicht am nächsten. Fast schien, als hätten sie Angst davor, als verdrängten sie es aus ihrem Bewußtsein, da sie nicht in der Lage waren, sich den Tatsachen zu stellen.

Von Boeltz hörten wir auch nichts. Am Sonntag nicht, am Montag nicht, ja, fast die ganze Woche gab er kein Lebenszeichen von sich. Unterdessen bekam Jake einen Job als Koch im Douglas Hotel. Er traf auch Vorbereitungen, dort ein Zimmer zu beziehen, doch das redete ich ihm aus.

Am Montagabend kam Maggie mit ihrer Mutter vorbei, Anna Lahti, die von Minnesota heruntergekommen war, um bei uns eine gemütliche Woche zu verbringen. Sie war eine gutaussehende Frau von fünfzig oder fünfundfünfzig Jahren, und sie und Jake kamen von Anfang an bestens miteinander aus und starteten eine angeregte Unterhaltung auf Finnisch. Sie zwinkerte uns zu und lachte – wobei sie sagte, sie hätte auf Anhieb erkannt, daß er aus Savo kam, kaum daß er den Mund aufgemacht hatte, denn er rollte das r. Als täte sie das nicht; wenn die beiden sich unterhielten, dann hörte sich das an wie der Dialog zweier Kettensägen.

Es war Freitag, als Boeltz sich telefonisch meldete. Er brauche Jake in einer halben Stunde – ich brauche ihn nicht zu bringen; er, Boeltz, käme selbst, um ihn abzuholen. Ich teilte ihm mit, ich müsse erst Jake fragen, und deckte mit der Hand die Sprechmuschel ab, erinnerte ich mich doch an das Bild, auf dem Jake auf einem Operationstisch lag.

»Es ist Boeltz«, sagte ich. »Er möchte Sie in einer halben Stunde zu einer weiteren Sitzung abholen. Offensichtlich möchte er nicht, daß ich dabei zugegen bin. Ich traue ihm nicht; sagen Sie ihm, er soll sich zum Teufel scheren.«

Er lächelte und nahm den Telefonhörer. »Hallo, Dr. Boeltz«, sagte er. »Ich bin heute abend beschäftigt, aber wenn Sie die Sitzung auf morgen abend acht Uhr verschieben könnten, dann paßt es mir gut ... Dann um acht. Ich erwarte Sie.« Er legte auf.

»Jake!« konnte ich nur sagen, und er grinste. Seine Augen waren gar nicht mehr weich. Sie hatten einen dunkleren, stechenden Ausdruck.

»Ist schon gut«, meinte er. »Und das, weshalb Sie sich Sorgen machen, wird nicht geschehen.«

»Irgend etwas stimmt nicht mit ihm«, beharrte ich. »Er verbirgt irgend etwas, oder ich bin keine Ire.«

Er nickte. »Aber es ist nichts, weshalb man sich Sorgen machen müßte.«

»Wissen Sie das genau?« fragte ich. »Wissen Sie, was er im Schilde führt?«

»Das weiß ich nicht, aber es ist auf jeden Fall nichts Gefährliches. Nicht für mich zumindest.« Er grinste wieder. »Und außerdem haben Sie mir verraten, Sie seien nur zur Hälfte Ire. Die andere Hälfte sei holländisch.«

»Und Sie sind ein halber Schwede«, sagte ich und versuchte, ihn zu ärgern. Er lachte nur; vielleicht hätte ich ihn zum Russen machen sollen. Dann erschien Anna Lahti. Sie hatten sich zum Essen verabredet und wollten den Abend in der Eislaufhalle verbringen.

Ich blickte ihnen nach, wie sie davonfuhren; es sah aus, als spinne sich da eine Romanze an. Ich hoffte, daß am nächsten Abend nichts Schlimmes passieren möge.

Am nächsten Abend erschien Boeltz ganze fünf Minuten zu früh. Nachdem er und Jake losgefahren waren, zog ich Jacke und Mütze an, stieg in meinen Wagen und fuhr ihnen nach zu Boeltz' Wohnung.

Ich parkte einen halben Block entfernt, dann kniff ich den Schwanz ein. Ich konnte mir keine Ausrede vorstellen, um dort hinaufzugehen und gegen die Tür zu donnern, und ich wollte auch nicht als Spanner vor einem fremden Fenster erwischt werden. Deshalb suchte ich im Radio die Sportnachrichten und richtete mich auf eine längere Wartezeit ein. Der erste Spielabschnitt des Footballspiels der Black Hawks war gerade zwei Minuten alt, als Marcel Dionne einen langen Paß nach Hause brachte. Zwei Minuten später kam Jake aus Boeltz' Haus und spazierte über den Bürgersteig. Ich drehte das Seitenfenster herunter, als er näher kam.

»Soll ich Sie mitnehmen?«

Er grinste dankbar und stieg ein.

»Wollen Sie mir verraten, was los war?«

»Nicht viel«, entgegnete er. »Wir haben uns nur ein wenig unterhalten. Aber Sie brauchen nicht zu befürchten, daß ich nochmals hinfahre.«

»Wirklich?« fragte ich hoffnungsvoll.

»Klar«, antwortete er gutgelaunt.

Ich startete den Motor und zog den Wagen auf die Fahrbahn. »Klar was?« wollte ich wissen.

Er lachte. »Er wollte, daß ich ein Bild machte, das einen Toten zeigt. Seinen Vater. Er erzählte, sein Vater sei an Krebs erkrankt, unheilbar, und er litte schreckliche Qualen und wäre geradezu dankbar, wenn er sterben könne. Er glaubte, daß das auch geschähe, wenn ich davon ein Bild hervorbrächte. Ich fragte ihn, womit sein Vater denn seinen Lebensunterhalt verdiene, und er verriet mir, daß er Bankier ist. Sie können sich ja nun denken, hinter was er in Wirklichkeit her war.«

»Dann haben Sie ihm also geraten, doch zum Teufel zu gehen.«

»Nein, ich erklärte ihm, ich wolle sehen, was ich tun kann.«

Fast wäre ich auf den Bürgersteig gefahren. »Sie haben was?«

»Ich lieferte ihm ein Bild von seinem Vater zum augenblicklichen Zeitpunkt. Er spielte Golf.« Jake lachte wieder. »Im Hintergrund waren Palmen zu erkennen. Ich vermute, es war Hawaii; dort ist jetzt heller Tag.

»Und was meinte er dazu?«

»Er war ganz aufgeregt und meinte, ich irre mich. Dieses Bild wäre schon ein oder zwei Jahre alt.«

Nach sechs Minuten im ersten Spielabschnitt stoppte Esposito einen Angriff von Mark Hardy und schnappte sich Dave Taylors Fehlpaß. Charley Simmer legte sich auf Esposito. Hutchinson katapultierte Simmer aus dem Feld.

»Sind Sie sicher, daß es nicht aus der Vergangenheit war?« vergewisserte ich mich.

»Ganz sicher.«

»Was geschah dann?«

»Ich sagte ihm, ich würde es noch einmal versuchen.« Er lächelte jetzt nicht mehr. »Vielleicht bin ich danach etwas zu weit gegangen.«

»Was meinen Sie damit?«

»Fahren Sie rechts ran, und ich zeige es Ihnen.«

Er schlug seine Jacke auf, während ich den Wagen parkte und die Räder durch den gefrorenen Matsch knirschten, und reichte mir ein Polaroidfoto. Es zeigte Herb Boeltz in einem Sarg. Er sah keinen Tag älter aus als an diesem Abend um acht Uhr.

»Gott im Himmel!« stöhnte ich auf. »Sie haben ihm den Tod gewünscht!«

Er schüttelte den Kopf. »So etwas würde ich niemals tun«, beteuerte er. »Ich beschloß lediglich, ihm ein Bild zu zeigen, das ihn als Toten zeigt. Ich habe keine Sekunde daran gedacht, es könnte in der nächsten Woche oder vielleicht sogar morgen schon dazu kommen. Ich wollte nur einmal sehen, wie es ihm gefiel, wenn ihm dieser Schuh selbst angezogen würde. Er wurde weiß wie die Wand und fiel fast vom Stuhl. Dann saß er nur noch da, starrte ins Leere und sagte keinen Ton.«

»Meinen Sie, es tritt wirklich ein? Dieses Bild, meine ich?« fragte ich.

»Keine Ahnung«, sagte Jake. »Ich glaube kaum, aber ganz sicher bin ich mir nicht.«

Ich setzte den Wagen wieder in Gang und zog auf die Fahrbahn hinaus. Dabei konzentrierte ich mich nur halb auf den Verkehr und die Straße, die andere Hälfte meines Bewußtseins beschäftigte sich mit der Kraft der Einbildung. Boeltz schien in dieser Richtung recht anfällig zu sein. Er war immerhin selbst halb davon überzeugt, daß Jake die Zukunft sowohl steuern wie auch voraussagen konnte.

Es erwies sich, daß Jakes Bilder weder die Entwicklung der Zukunft festlegen noch genaue Voraussagen sind.

Allerdings erfuhren wir später, daß sie doch ziemlich genau sind.

Das Bild, das er mir zeigte, war jedoch nicht korrekt. Denn der Sarg war in Wirklichkeit geschlossen. Gegen vier Uhr am folgenden Morgen steckte Boeltz sich den Lauf eines 38er Revolvers in den Mund und betätigte den Abzug, und danach gab es so gut wie nichts mehr, was der Leichenbestatter irgendwie fotogen hätte herrichten können.

Jake bekam schließlich doch sein Hotelzimmer. Er sagte, er fiele mir zur Last, aber vielleicht war auch ich ihm lästig. Er war so freundlich und sympathisch wie immer. Anna Lathi fuhr nach Duluth zurück, verkaufte ihren Besitz und bezog ein Apartment im selben Haus, in dem Maggie wohnte. Zwei Monate später heirateten sie und Jake. Maggie und ich schossen die Hochzeitsbilder, und sie zeigten ausnahmslos Jake und Anna.

Ich machte zu Jake darüber eine witzige Bemerkung, und er meinte, er würde zur Zeit keine Bilder mehr produzieren.

Sie sind wirklich nette Leute, und trotz des Altersunterschiedes gehen wir recht oft miteinander aus. Meistens zum Tanzen oder in die Eishalle. Ich erlernte sogar das Schlittschuhlaufen, obwohl ich nicht annähernd so gut lief wie die drei.

Maggie und ich nahmen uns an ihnen ein Beispiel und beschlossen ebenfalls, unsere Verbindung etwas fester zu gestalten. Demnach stand Lanny nun zweieinhalb Jahre vor seinem zehnten Geburtstag; ich war ja selbst einmal ein Teenager gewesen. Und ehrlich gesagt, er war noch viel netter, als ich es je gewesen bin. Jake machte eine ganze Reihe Hochzeitsbilder; er besaß eine flammneue Polaroid 680. Ich konnte mich nur wundern. In jenem Sommer kauften sie ein Restaurant und richteten es richtig hübsch im skandinavischen Stil her und holten sogar einen Schweden aus Duluth für die Küche. Ich vermute, Anna hatte eine

Menge Geld, doch Maggie meinte, soweit sie es wüßte, könne davon nicht die Rede sein.

Dann, eines Tages, fragten sie uns, ob wir nicht Lust hätten, an diesem Wochenende zum Pferderennen mitzugehen. Ich nahm an, sie meinten die Rennen in Rockston Downs, etwa fünfzig Meilen entfernt, statt dessen *flogen* wir nach Maryland! Und Jake kaufte die Karten und mietete dort sogar ein Auto!

Ich wettete dieselben Pferde wie er, und das muß für die Steuer die reinste Lust gewesen sein! Wir hatten nichts als Sieger. Und da wurden mir eine ganze Menge Dinge klar.

In meiner Hand fühlte sich das Geld reichlich seltsam an, doch die Bank nahm es mir mit Kußhand ab.

Am letzten Abend feierten Jake und ich den Jahrestag unseres ersten Zusammentreffens. In ihrem Heim, einer kleinen Farm, die sie nicht weit von der Stadt gekauft hatten. Sie haben sie richtig hübsch in Schuß gebracht.

Als wir dort ankamen, bemerkte ich ein großes Buch auf dem Tisch – es beschäftigte sich mit der Astronomie für den fortgeschrittenen Laien. Daneben lag eine brandneue Videokamera.

Jake verriet mir, er habe da ein recht interessantes Projekt in der Mache und fragte, ob wir nicht Lust auf einen kleinen Ausflug hätten ...

Handelsware

von Connie Willis

Kolonien von Erdenmenschen, die sich auf Fremdwelten angesiedelt haben, müssen nach Exportgütern Ausschau halten, mit denen sie all das bezahlen können, was sie hundert oder mehr Jahre lang seit Gründung der jeweiligen Kolonie von Mutter Erde importiert haben.

So war es schon gewesen, als – lange bevor man überhaupt an die Eroberung des Weltraums denken konnte – die westliche von der östlichen Hemisphäre kolonisiert wurde. Aber was ließe sich exportieren, was annähernd den gleichen Wert darstellt wie das, was importiert wird?

Richtig problematisch wird es, wenn man schon Schwierigkeiten hat, sich an eine öde, wüstenhafte, fremdartige Umgebung anzupassen …

»Oh, Haze«, sagte Sombra, »bist du wegen morgen nicht auch furchtbar aufgeregt? Unsere neuen Kleider und die ganze Schule mit Blumen dekoriert?«

»Ja«, sagte ich und versuchte, den Hügel hinunter bis zum Pfirsichbaum zu sehen. Nach der Schule wartete Francie immer dort und triumphierte, daß sie es vor dem Sprenger bis nach Hause geschafft hatte. Heute morgen hatte Mutter sie mit nach Hause genommen und ich konnte niemanden neben dem verkrüppelten Baum stehen sehen.

»Ich kann es kaum erwarten, all die Blumen zu sehen!« rief Sombra aus, »Mamita sagt, sie würden immer gelbe Rosen bringen, und rote Nelken. Weißt du, wie Nelken aussehen, Haze?«

Ich schüttelte den Kopf. Die einzigen Blumen, die ich bisher gesehen hatte, waren die Geranien in Mutters Gewächshaus.

Früher am Morgen hatte die Distriktschwester ein langes Gespräch mit Mutter. Ich hatte Worte gehört wie »Scharlach« und »Norden«, und das Gesicht der Schwester war ganz rot und verärgert geworden, während sie sprach. »Blumen!« hatte sie wütend gesagt, »sie kaufen uns mit Blumen und Antibiotika, während sie uns eine Zentrifuge schicken sollten, damit wir unsere eigenen Antibiotika machen können. Sie nehmen unser Getreide und geben uns Blumen!« Und Mutter hatte Francie eilig ins Haus genommen.

»Überleg doch mal«, fuhr Sombra fort und starrte in den staubigen Nebel, »gerade jetzt ist die *Magassar* in der Umlaufbahn. Da oben schwebt sie und ist bis oben voll mit Blumen.« Sie schüttelte sich und schlang die Arme um ihren Oberkörper. Wir waren mit dem Sprengwagen zurückgefahren, auf dem engen Sitz unter den Sprengdüsen zusammengepreßt, und wir waren davon beide ganz naß.

Drecksprenger nannte mein Vater sie. »Sie kaufen uns mit den Sprengwagen, während sie eine Klimaregulierung durchführen und alle Streptokokken zusammen vernichten könnten.« Alles, woran ich anscheinend heute denken konnte, waren Beschimpfungen der Regierung. Das sollte so kurz vor der Abschlußfeier nicht sein. Die Regierung hatte ein besonderes Schiff extra zur Abschlußfeier unserer Klasse geschickt. Sie hatten mit dem letzten Getreideschiff auch bereits Maschinen für unsere Festkleider geschickt, und obwohl Sombras romantische Vorstellungen von dem Schiff voller Blumen über uns nicht ganz stimmten, sondern die *Magassar* dabei war, ihren riesigen Bauch mit komprimiertem Getreide und Alkohol von den Silos in der Umlaufbahn zu füllen, würde sie morgen bei ihrer Landung doch Geschenke und besondere Nahrungsmittel von der Erde mitbringen, frische Früchte und Schokolade und Sombras Blumen. Statt dessen hörte ich überall nur böse Worte.

Vater hatte gedroht, den Sprengwagen, der jeden Tag unser Feld umrundete, auseinanderzunehmen und daraus eine Kanone zu bauen. »Wenn dann die Leute von der Regierung kommen und mir erzählen, daß sie alles nur Mögliche gegen die Streptokokken unternähmen, könnte ich ihnen zeigen, was ich davon halte.« Die Begründung der Regierung war, daß der Staub die Streptokokkenausbrüche hervorriefe und deshalb schickten sie die automatischen Sprenger, die nun die lehmigen Wege zwischen den einzelnen Parzellen hinauf und hinab krochen, das ohnehin knappe Wasser von Haven verschwendeten und mit ihren schweren Rädern nur noch mehr Staub aufwirbelten. Die Quarantäne und Hygienevorschriften, die die ersten Siedler eingeführt hatten, taten mehr zur Bekämpfung der Streptokokken als die Sprengwagen jemals erreichen würden.

Die Siedler benutzten sie auf ihre Art, indem sie sie zur Übermittlung von Botschaften zwischen den einzelnen Parzellen verwandten. Auf diese Weise schickte die Distriktschwester die Antibiotika während einer Quarantäne und manchmal auch einen Sarg. Und alle Kinder fingen sie auf dem Weg zur und von der Schule ab, wenn sie es zeitlich einrichten konnten und kamen dann feucht und zerzaust bei ihren verärgerten Müttern an. Die erzählten ihnen dann, daß sie sich eine Erkältung und die Streptokokken holen würden, stopften ihnen die von der Regierung verteilten Schultz-Charlton Teststreifen in den Mund und rieben sie trocken. Ich habe gesehen, wie Mama Turillo das bei Sombra und Mutter bei Francie machte. Bei mir nicht. Ich war nie erkältet. Der Luftzug auf meinem nassen Hemd und den Jeans war kühl, aber nicht kalt.

»Oh, dir ist nie kalt«, sagte Sombra gerade, während ihre Zähne aufeinander schlugen, »das ist nicht fair.«

Selbst im Winter schlief ich unter einer dünnen Decke und vergaß meinen Mantel in der Schule. Selbst in Havens kurzem heißen Sommer, der jetzt kam, wurden meine staubbedeckten Backen nie so rot wie die von Sombra. Kein Schweiß kräuselte meine schmutzfarbenen Haare so wie ihr schwarzes Haar. Sombra sah aus wie eine Gewächshauspflanze, mit ihrem langen, dünnen Körper, ihren Backen und dem blondgesprenkelten Haar. Ich reichte ihr nur bis zur Schulter und ich glich eher den Blumen, die meine Mutter außerhalb des Gewächshauses zu ziehen versuchte, staubig und mickrig und nie in Blüte.

Ich war nicht die Einzige. Einige der ersten Siedler-Generation, wie Old Man Phelps, waren gedrungen und stämmig, und mehr und mehr der Neuen, die Mamita aus dem Emigrationsschiff holte, sahen aus wie ich. Ich überblickte unser Stück Land und das von Sombra, die nackte harte Straße und die niedrigen Lehmzäune, die die blassen Streifen Winterweizen voneinander trennten, und über allem den Himmel voller rosabraunem Dunst. Vielleicht hatte die Auswanderungsbehörde beschlossen, so farblose und staubige Menschen wie Haven selbst hierher zu senden, in der

Hoffnung, daß die Streptokokken sie übersehen könnten.

Ich konnte Vaters Pfirsichbaum am Ende unseres Feldes erkennen, von wo Sombra noch eine Viertelmeile gehen mußte, bevor sie bei sich zu Hause ankam. Francie war nicht zu sehen. Nur einen einzigen Grund konnte es geben, daß Mutter gekommen war, um sie zu holen: jemand hier im Westen mußte krank sein.

Ich fragte: »Sombra, weißt du, ob hier im Westen jemand krank ist?«

»Ja«, sagte sie, nicht ganz bei der Sache, »Old Man Phelps. Ich habe gehört, wie es die Distriktschwester zu deiner Mutter sagte.«

»Scharlach?« fragte ich offen, aber es konnte nichts anderes sein. Es war immer Scharlach. Vereinzelte Streptokokken, von den ersten Siedlern ins trockene Klima von Haven eingeschleppt, hatten sich wie die Kirschblüten an einen Baum verbreitet. Sie waren immer da, warteten nur auf einen Engpaß bei den Antibiotika. Vor drei Wochen war eine schwere Epidemie im Norden ausgebrochen, es hieß, siebzehn Tote, die meisten Kinder, und eine lokale Sperre war von der Distriktschwester verhängt worden. Es konnte also kaum nach Westen verschleppt worden sein. Was schlimmer war, Mr. Phelps hatte uns schon durch zwei planetenweite Quarantänen gebracht. Mr. Phelps, einer der Oldtimer, die nie infiziert worden waren, war nun vom Scharlach erwischt worden.

»Die Distriktschwester hat zu deiner Mutter gesagt, daß es kein Grund zur Besorgnis sei. Mr. Phelps lebt allein und sie sagt, sie kann eine Ausweitung mit der Antibiotika verhindern, die die *Magassar* bringt.«

»Wenn die *Magassar* landet«, erwiderte ich. Ich spürte, wie die Angst meine Kehle heraufkroch. Noch zwei Fälle, die bekannt wurden, und die *Magassar* würde zur Erde zurückfliegen, ohne gelandet zu sein. Es würde keine Abschlußfeier geben.

Sombra sagte: »Mamita sagt, es gäbe keinen Grund, uns ohne Antibiotika unter Quarantäne zu stellen. Sie sagt, sie könnten die Antibiotika aus dem Orbit abwerfen.«

Das Kratzen im Hals nahm zu. »Nein, natürlich nicht. Wenn sie könnten, würden sie es tun. Sie würden uns nicht ohne Antibiotika lassen, wenn es einen Weg gibt, sie uns zukommen zu lassen.« Aber ich erinnerte mich an etwas, das lange Zeit zurücklag, als Klein Willie starb. Mutter sagte, ich sollte das Haus verlassen, ihr aus den Augen gehen, und Vater hatte gesagt, »laß es nicht an Haze aus. Sie kann nichts dafür, daß sie so ist.« Der Schmerz wurde schlimmer. Ich schluckte schwer, und als es nicht wegging, preßte ich meine flache Hand in die kleine Grube zwischen den Schlüsselbeinknochen und schluckte noch einmal. Dieses Mal ging es weg.

»Natürlich nicht«, wiederholte ich, jetzt fühlte ich mich besser, »mach dir keine Sorgen um Mr. Phelps. Er wird uns die Abschlußfeier nicht verderben. Es gibt nur eine kurze Inkubationszeit und wenn sie vorbei ist, wird die *Magassar* bereits gelandet sein. Es wird keine Ausweitung geben.«

Wir waren fast den Hang hinunter bis zur Grundstücksecke und ich wollte nicht, daß sie wegging mit dem Gedanken, daß es eine Quarantäne geben könnte. Ich erzählte daher: »Mutter hat in der letzten Nacht unsere Kleider fertiggestellt. Kommst du mit, um deines anzuprobieren?« Sombras rote Backen wurden noch dunkler. »Damit der Saum die richtige Länge hat«, fügte ich zögernd hinzu«, damit wir sehen, wie wir morgen aussehen werden.«

Sombra schüttelte ihren dunklen Kopf. »Ich bin sicher, es ist in Ordnung«, sagte sie ungemütlich. »Mamita hat viel Hausarbeit für mich heute. Weil die *Magassar* morgen kommen soll. Sie wird die neuen Ernten wieder an Bord bringen und deshalb will sie, daß ich alles, was im Gewächshaus reif ist, für das Abendessen morgen mitbringe. Ich wünschte, Mamita hätte unsere Kleider gemacht«, fügte sie unglücklich hinzu.

»Ist schon in Ordnung«, beruhigte ich sie, »ich werde es morgen vorbeibringen. Wir werden uns zusammen anziehen.«

Es war ein Fehler gewesen, die Kleider zu erwähnen,

und es war ein noch größerer gewesen, sie von meiner Mutter anfertigen zu lassen. Unzählige Male war ich bei Sombra zu Hause gewesen, wo Mamita strahlend und rosig wie eine Kirschblüte uns mit Gemüse aus dem Gewächshaus gefüttert hatte, uns nach der Schule gefragt hatte und sich auf Zehenspitzen stellen mußte, um Sombra die Locken aus dem Gesicht zu streichen – und sie, nicht größer als ich, umarmte mich immer zum Abschied. Mutter hingegen war immer steif und streng wie einer der hohen Grashalme, die unserer Veranda Schatten spendeten, wenn Sombra mit zu mir nach Hause kam. Während der ganzen Vorbereitungen hatte sie kaum ein Dutzend Worte mit ihr gewechselt. Wir hätten Mamita die Kleider machen lassen sollen.

Gestern hatte Sombra ihr Kleid schüchtern anprobiert. Ich hatte es vorher noch nicht so fast fertig gesehen, mit den roten Bändern, die durch das Mieder gezogen werden mußten. »Oh, Sombra, du siehst so schön aus!« hatte ich gerufen. »Oh, Mama, es ist das schönste Kleid, das ich jemals gesehen habe.«

Mutter hatte sich mit einem Blick zu mir herumgedreht, daß Sombra der Atem stockte. »Ich will nicht, daß du mich so nennst«, hatte sie gesagt und die Tür hinter sich zugeworfen. Sombra hatte sich flatternd aus dem Kleid befreit und war so schnell in ihre Jeans geschlüpft, daß sie beinahe den dünnen weißen Baumwollstoff zerrissen hätte.

»Es ist wegen der Babys«, hatte ich etwas hilflos gesagt, »sie hatte sieben Babys zwischen Francie und mir, die starben. Klein Willie wurde drei. Ich kann mich daran erinnern, als er starb. Es war eine planetenweite Epidemie und es gab nichts, was man ihm hätte geben können, und er lag oben in dem großen Bett und schrie ununterbrochen Mama! Mama! Fünf Tage lang.«

Sombra hatte ihr Hemd zugeknöpft und ihre Bücher eingesammelt. »Von Francie läßt sie sich Mama rufen«, sagte sie und ihre Backen waren vor Ärger ganz rot.

»Das ist etwas anderes«, hatte ich gesagt.

»Wieso ist das etwas anderes? Mamita hat neun Babys an die Streptokokken verloren. Neun!«

»Aber sie hat noch dich und die Zwillinge. Und alles was Mutter hat, ist Francie.«

»Und dich. Sie hat dich.« Ich hätte nicht gewußt, wie ich es ihr hätte erklären sollen, Francie mit ihren blauen Augen und blonden Haaren, das erinnerte Mutter an San Francisco, an die Erde. Francie und die Geranien, die sie so sorgfältig in der heißen stickigen Luft des Gewächshauses pflegte.

Und wenn sie mich ansah, woran dachte sie dann? Sie hatte mich am Tag nachdem Willie gestorben war, im Gewächshaus gefunden, wo ich mich versteckt hatte, und mich herausgezerrt. Was hatte sie gedacht? Und was hatte sie heute morgen gedacht, als die Distriktschwester ihr erzählt hatte, daß Mr. Phelps Scharlach hatte und wir Gefahr liefen, eine planetenweite Epidemie zu bekommen? Das Kratzen im Hals war wieder da, dieses Mal ein dumpfer Schmerz. Ich ballte meine Hand zur Faust und drückte sie dagegen, aber es nützte nichts. Ich überlegte, ob ich besser einen Streifen nahm, wenn ich nach Hause kam.

»Du machst dir Sorgen wegen einer möglichen Quarantäne, was?« sagte Sombra. Wir waren fast den Hügel hinunter und ich hatte den ganzen Weg über nichts gesagt.

»Ich frage mich, ob sie morgen wohl rosa Nelken haben werden«, erwiderte ich, »und ob sie uns wohl einige geben werden, damit wir sie uns ins Haar stecken können.«

»Sicherlich. Mamita sagt es jedenfalls. Sie werden auch rote Rosen haben. Du wirst so hübsch aussehen.«

Der lange Weg den Hügel hinunter hatte uns ganz ausgetrocknet. Sie sah erhitzt aus, der Schweiß hatte ihre schwarzen Haare auf ihrer Stirn gekräuselt. »Laß uns eine Minute ausruhen, ja?« Sie sank auf einen der niedrigen Lehmzäune und fächelte sich mit ihren Büchern Luft zu. »Es ist heute so heiß.«

Ich blickte über ihren Kopf hinweg zum Pfirsichbaum hinüber. Er war nicht höher als ich und so zusammengepreßt, daß er gar keinen Schatten spendete. Seine Blätter waren spitz und von einem solchen Blaßgrün, daß der Staub sie in derselben Farbe erscheinen ließ wie das

Getreide. Zwischen den Blättern waren winzige rosaweiße Sprenkel. Ich blinzelte hinüber.

»Findest du es nicht heiß?« fragte Sombra.

Er war der einzige von Vaters Bäumen, der auch unabhängig von den Bewässerungstanks überlebt hatte. Er hatte es jetzt fünf Jahre lang ausgehalten, allerdings noch nie Früchte getragen. Und nun waren da diese blassen Flecken überall, die von Motten oder den braunen Ameisen kommen konnten. Der Schmerz hämmerte dumpf gegen mein Brustbein und ich krümmte mich nach vorne. Ich preßte meine Faust gegen den Schmerz, drückte sie ganz fest gegen den Knochen und zwang mich, mich aufzurichten. Mutter sagte mir immer, ich sollte mich gerade halten, um so groß auszusehen, wie ich nur konnte, nicht wie ein buckliger Zwerg, und ich richtete mich automatisch hoch auf. Ich stellte mir ihre Stimme vor. Meine Schulterblätter zurückgeschoben, den Schmerz so weit zusammengepreßt, bis er verschwunden war. Ich stand still da und holte tief Luft.

»Ich kann mich nicht hinsetzen«, sagte ich atemlos, »ich muß gleich nach Hause.«

»Aber es ist doch so heiß! Fühlst du dich nicht heiß?« Sie zog mich zu sich auf die Mauer und preßte ihre Wange gegen meine. Sie brannte gegen mein kühles Gesicht.

»Ein bißchen«, gab ich zu. Ich mußte einen Streifen nehmen, wenn ich nach Hause kam. Und Vater von dem Baum erzählen.

»Du wirst doch nicht krank, nicht wahr?« sagte sie, »du kannst nicht krank werden, Haze, nicht jetzt zur Abschlußfeier. Du gehst jetzt geradewegs nach Hause und legst dich ins Bett, ja? Ich will nicht, daß du eine planetenweite Quarantäne auslöst.«

»Werd' ich tun«, versprach ich und krabbelte über den Zaun, um mir den Baum aus nächster Nähe anzusehen. Die Flecken waren größer als ich gedacht hatte, fast von der Größe ...

»Oh, Sombra«, rief ich begeistert aus, »wir werden keine Epidemie haben und ich werde auch nicht krank werden.

Ich habe ein gutes Vorzeichen entdeckt. Wir werden Blumen zur Abschlußfeier haben.«

»Woher kannst du das wissen?« schrie sie zurück.

»Ich hatte gedacht, der Baum wäre irgendwie krank«, rief ich, »aber er ist es nicht. Er blüht!«

Sie strahlte vor freudiger Überraschung. »Du meinst richtige Blüten?« Sie flog über den niedrigen Zaun und beäugte aufgeregt die kleinen hellen Blüten. »Oh, sie kommen gerade heraus, nicht wahr? Oh, Haze, stell dir vor, wie hübsch sie sein werden!«

Eine rote Kirschblüte schwirrte durch die Luft über unseren Köpfen und landete auf der Spitze des Baumes und schüttelte uns die Äste ins Gesicht. Die geschlossenen Blüten nickten und fielen herunter.

»Die rosa Blüten sind für meine Bänder«, rief Sombra glücklich, »und die kirschfarbenen sind für deine roten Bänder!« Sie legte ihren Arm um meine Taille. Ich fühlte sie warm durch mein dünnes Hemd. »Und du weißt, was sie bedeuten?«

»Daß wir morgen wunderschön sein werden! Daß nichts mehr schiefgehen kann, denn morgen haben wir die Abschlußfeier!«

»Oh, Haze«, sagte sie und umarmte mich, »ich kann es kaum erwarten.« Sie lief zur Straße zurück. »Das erste was du morgen tun mußt ist, mir mein Kleid zu bringen, und wir werden uns zusammen fertig machen. Alles wird prima funktionieren«, rief sie mir zu, »der Tag ist voller Vorzeichen.«

Es war niemand im Haus außer Francie, die am Küchentisch saß, einen Streifen im Mund, und über ihren Hausaufgaben trödelte.

»Papa ist im Gewächshaus. Mit Mama«, sagte sie und nahm den Streifen aus dem Mund, damit sie sprechen konnte. Er hatte die grellrote Farbe einer negativen Reaktion. Positive Streifen wurden weiß – so wie die entsprechende Person vor Angst bleich wurde. »Hast du Angst?« fragte sie.

»Wovor?«

»Mama hat gesagt, noch zwei mehr und wir werden eine planetenweite Quarantäne haben. Dann wird es keine Abschlußfeier geben.«

»Es wird eine geben, Francie. Seit Jahren hat es keine Epidemie mehr gegeben.«

»Woher willst du das wissen?«

»Ich weiß es eben«, sagte ich und dachte an den Pfirsichbaum und was Vater sagen würde, wenn er ihn in Blüte sah. Er würde auch denken, daß es ein gutes Vorzeichen wäre. Ich lächelte Francie an und ging hinaus, um Vater zu suchen.

Er stand in der Tür zum Gewächshaus und füllte sie mit seinem Körper völlig aus. Mutter stand ihm gegenüber an einem der Versorgungstanks und lehnte sich an eine der Metallstreben. Durch das dicke Plastik sah sie aus, als wäre sie in Tränen aufgelöst. Ihre Hand klammerte sich so fest an die Strebe, daß ich dachte, sie würde das ganze Zelt einreißen.

»Das ist es doch, was sie wollen«, sagte Vater gerade, »es kettet uns an sie. Wir werden das tun müssen, was sie von uns wollen.«

»Das ist mir egal«, erwiderte sie.

»Es wird uns jeder Chance berauben, mit der Ernte Handel zu treiben. Das weißt du, nicht wahr?«

»Mr. Phelps ist heute morgen gestorben. Im Norden hat es siebzehn Fälle gegeben.«

»Die *Magassar* wird morgen landen. Wir brauchen nicht ...«

»Nein«, sagte sie und blickte ihn starr an, »du schuldest es mir.«

Seine Hand im Türrahmen versteifte sich, bis ich die Venen hervortreten sehen konnte. »Der Pfirsichbaum blüht«, platzte ich heraus und sie drehten sich beide zu mir herum, mein Vater mit glänzenden, tränennassen Augen, meine Mutter mit einem triumphierenden Blick. »Das ist doch ein gutes Zeichen, findet ihr nicht auch?« sagte ich in die Stille, »ein Vorzeichen. Es bedeutet, daß die *Magassar* morgen landen wird und alles gut wird ... außerdem gibt es ja auch eine gewisse Inkubationszeit. Die Leute können es sich nicht an einem Tag holen.«

»Es ist eine neue Art«, sagte Mutter. Sie hatte den Pfeiler losgelassen und drückte die Erde um den Fuß einer Geranie an. »Die Distriktschwester sagt, sie scheint nur eine sehr kurze Inkubationszeit zu haben.«

»Das weiß sie doch gar nicht«, entgegnete ich ernsthaft, »wie will sie sich da so sicher sein?«

Sie sah auf, aber sie blickte meinen Vater an, nicht mich. »Mr. Phelps hatte heute morgen einen Teststreifen genommen, er war negativ. Gerade bei Mr. Phelps hätte man gar nicht erwartet, daß er es bekommt und dann auch noch so schnell. Vielleicht bekommen es auch noch andere Leute, bei denen man es nicht erwartet.«

Der Telegraph, der oben an den Plastikbefestigungen über den Versorgungstanks hing, klingelte plötzlich. Das scharfe, kurze Signal, das die Distriktschwester rief. Das Signal, das unseren Distrikt rief. Mutter sah mich an. »Was habe ich euch gesagt?« meinte sie.

Mein Vater löste sich vom Türrahmen und trat einen Schritt auf sie zu. »Tu deine Geranien in die Tanks«, sagte er, »ich brauche die Erde, um mehr Getreide anzupflanzen.« Und er drehte sich um und ging hinaus.

Ich half Mutter, die Geranien in die Tanks zu stecken, mein ganzer Körper gespannt, ob der Apparat noch einmal klingeln würde. Er tat es nicht. Nach dem Abendessen blieben wir in der Küche und als wir zu Bett gingen, nahm mein Vater den Kasten mit hinauf, die Schnüre wie Bänder hinter sich her schleifend, aber der Apparat klingelte nicht mehr. Oh, ja, dieser Tag war voller Vorzeichen.

Der blaßrosa Dunst war am Morgen verschwunden, statt dessen war die Luft klar und kalt. Das bedeutete, daß wir Nachtfrost gehabt hatten. Ich führte Vater vor dem Frühstück zum Baum, um ihm die Pfirsichblüten zu zeigen. Wie Blätter aus Papier fielen sie ihm vor die Füße, als er einen Zweig berührte. »Der Frost hat sie erwischt«, sagte er, als wenn es ihm überhaupt nichts ausmachte.

»Nicht alle«, erwiderte ich. Einige von ihnen, verschrumpelt und hart, hielten sich noch an den Zweigen. »Der Frost hat sie nicht alle erwischt«, sagte ich »es scheint heute auch warm zu werden. Ich weiß, daß es am Tag unserer Abschlußfeier warm sein wird.« Er sah durch mich hindurch, durch den Baum hindurch. Ich drehte mich um, um zu sehen. Eine Kirschblüte flatterte auf Sombras Zaun. Unser gutes Vorzeichen.

»Nein!« sagte Vater scharf und dann, als ich mich erstaunt zu ihm umdrehte, freundlicher, »der Frost hat sie nicht alle zerstört. Einige von ihnen sind noch am Leben.« Er nahm meinen Arm und steuerte mich zum Haus zurück, wobei er sich zwischen mir und dem Baum hielt, als ob ich sehr enttäuscht über die erfrorenen Blüten wäre und es nicht ertragen könnte, sie zu sehen.

Am Gewächshaus hielt ich an. »Ich muß Sombra ihr Kleid bringen«, entschuldigte ich mich, kaum fähig, die Erregung über den Tag in meiner Stimme zu verbergen, »wir müssen uns für die Abschlußfeier fertig machen.« Er ließ meinen Arm nicht los, aber seine Hand schien auf einmal leblos zu werden. Ich tätschelte seine kalte Hand und lief ins Haus, um Sombras Kleid zu holen und die Treppen wieder hinunter an ihm vorbei, mit dem Kleid über dem Arm und den rosa flatternden Bändern hinter mir drein, als ich losrannte. Er stand immer noch da, als ob er nur all die erfrorenen Blüten sähe und seinen Kummer nicht fassen könnte.

Es war keine Kirschblüte. Es war ein Quarantäne-Teststreifen, der sich an einem der Grenzpfähle festgehakt hatte. Ich stand einen Augenblick vor dem Pfirsichbaum wie mein Vater es getan hatte, und das Kleid auf meinem Arm wurde mir so schwer wie meine Hand auf seinem Arm. »Nein!« rief ich so heftig aus, wie er es getan hätte und hörte auf, zu rennen.

Ich durfte überhaupt nicht daran denken, was der Bruch der Quarantäne bedeutete. »Das schert mich nicht«, sagte ich mir und schöpfte am Ende des Zaunes tief Atem. »Es ist die Abschlußfeier«, würde ich Mamita erzählen. »Die *Magassar* wird bald mit all ihren Blumen landen. Wir müssen dort sein.«

Mamita würde zögern, sie würde sich aller Konsequenzen bewußt sein.

»Einer der Neuen tat es, nicht wahr? Die Neuen kriegen es immer. Aber das ist unsere Abschlußfeier! Du kannst nicht zulassen, daß sie uns das Fest ruinieren! Denk an all die Blumen«, würde ich sagen. »Sombra muß sie sehen. Sie wird sterben, wenn sie sie nicht zu sehen bekommt. Gib ihr einen Teststreifen. Gib uns beiden einen. Wir werden es nicht bekommen.«

Ich kletterte über einen niedrigen Zaun, paßte auf das Kleid auf. Obwohl es doppelt gefaltet war, drohte es dauernd über den Boden zu schleifen. Das Tor würde geschlossen sein. Ich lief quer über das Feld, bis ich vor Erschöpfung fast umfiel, und kam von hinten zum Haus, am Gewächshaus vorbei. Die Tür stand offen, aber ich konnte durch das Plastik niemanden sehen. Sombra mußte sich mit ihrer Hausarbeit sehr beeilt und die Tür offen gelassen haben. Mamita würde sie dafür umbringen. Ich konnte nicht anders als die Tür schließen, jetzt, sonst hätte mich jemand sehen können. Ich mußte erst zu Mamita und sie zuerst überzeugen.

Ich klopfte an der Hintertür und lehnte mich atemlos gegen einen kratzigen Stengel der hohen Gräser, unfähig, im Moment nur einen Ton von dem zu sagen, was ich sagen wollte. Dann öffnete Mamita die Tür und ich wußte, daß ich niemals auch nur ein Wort davon sagen würde.

Im Haus konnte ich ein Baby schreien hören. Mamita preßte ihre Hand auf ihre Brust, als hätte sie dort einen Schmerz. Dann legte sie ihre Hand auf ihre Stirn. Sie hatte leuchtend rote Falten auf den Innenseiten ihrer Ellenbogen. »Was ist, Haze, was machst du hier?« fragte sie.

»Ich bringe das Kleid für Sombra«, sagte ich.

Ein plötzlicher, heftiger Ärger flammte in ihren schwarzen Augen auf und ich wich zurück und neigte meinen Arm gegen das Gras. Erst viel später wurde mir klar, daß sie gedacht haben mußte, daß ich das Kleid für Sombras Aufbahrung gebracht hatte – und sie hatte dabei denselben Ärger empfunden wie Mutter damals, als sie mich, immer noch lebendig, dastehen sah, während die Babys starben, eins nach dem anderen. Daran dachte ich im Moment jedoch nicht. Alles, woran ich denken konnte, war, daß es nicht eins von den neuen war, die krank war, sondern Sombra.

»Für die Abschlußfeier«, erklärte ich und hielt das Kleid beharrlich vor mich hin. Wenn ich sie nur dazu bringen könnte, es anzunehmen, dann wäre das Ganze gar nicht wahr.

»Danke, Haze«, sagte sie, aber sie nahm es nicht, »ihr Vater ist schon fort«, fügte sie hinzu, »Sombra ...«, und für den Bruchteil einer Sekunde glaubte ich, daß sie sagen wollte, daß auch sie tot sei, und ich wollte nicht, daß sie das sagte.

»Die *Magassar* wird heute morgen landen. Ich kann für dich hinübergehen. Ich kann einen Sprengwagen erwischen. Ich werde im Nu zurück sein. Die *Magassar* bringt einen ganzen Berg von Antibiotika. Ich hörte, wie die Distriktschwester davon sprach.«

»Er starb, bevor wir die Schwester holen konnten. Er wollte mich sie nicht rufen lassen, bis wir Sombra im Gewächshaus fanden. Er wollte ihre Abschlußfeier nicht verderben.«

»Aber die *Magassar* ...«

Sie legte mir die Hand auf die Schulter. »Sombra war die zwanzigste«, fügte sie hinzu.

Ich konnte immer noch nicht begreifen, was sie da sprach. »Es gab nur einen Anruf. Das macht neunzehn.« Ein Anruf. Sombra und ihr Vater. Ein Anruf.

»Du solltest nach Hause gehen und einen Streifen nehmen, Kleines«, sagte sie, »du warst dem auch ausgesetzt.« Sie legte ihre Hand auf meine Wange und es brannte wie Feuer. »Sag deiner Mutter vielen Dank für das Kleid«, meinte sie noch und schloß die Tür vor meiner Nase.

Als Francie mich fand, saß ich unter dem Pfirsichbaum, das Kleid für Sombra wie eine Decke über meine Knie gebreitet. Die letzte Blüte fiel auf das Kleid, auch sie schon tot, sterbend wie all die Blumen an Bord der *Magassar*.

»Papa sagt, du solltest ins Haus kommen«, sagte Francie. Für die Abschlußfeier hatte Mutter ihre Haare mit Zuckerwasser versteift. Die Locken standen steil von ihren rosigen Backen ab.

»Es gibt keine Abschlußfeier«, sagte ich.

»Aber das weiß ich doch«, entgegnete sie geringschätzig. »Mama hat mich den ganzen Morgen über die Streifen lutschen lassen. Sie denkt, daß ich es auch bekomme.«

»Nein«, sagte ich und meine Backen brannten noch von Sombras Wangen, von Mamitas Hand. Der Schmerz preßte sich gegen mein Schlüsselbein und wollte nicht weggehen, »ich werde es bekommen.«

»Ich sagte Mama doch, daß ich nicht nahe genug dran war. Und daß du mir nie erlaubt hast, mit euch beiden zusammen nach Hause zu gehen, wie du immer den Sprengwagen benutzt hast. Sie holte mich, sobald sie das mit Mr. Phelps herausbekommen hatte und Sombra war da noch gar nicht krank. Aber sie wollte nicht zuhören. Jedenfalls wirst du doch nie krank. Sie gibt dir ja noch nicht einmal einen Streifen. Und Sombra war gestern noch nicht krank, nicht wahr? Deshalb hast du dich vielleicht auch nicht angesteckt. Mama sagt, die Inkubationszeit wäre sehr kurz.« Ihr fiel wieder ein, warum sie hergekommen war. »Papa sagt, du sollst sofort kommen.« Sie stürzte davon. Ich stand auf, ging noch immer vorsichtig mit dem weißen Kleid um und folgte Francie durch das Feld mit verkrümmtem Getreide. Sie wissen gar nicht, daß ich die Quarantäne durchbrochen habe, wunderte ich mich. Ich fragte mich, warum mein Vater wohl nach mir geschickt hatte. Vielleicht wußte er es und wollte mit mir reden, bevor er mich im Haus einschloß. »Was will er denn?« fragte ich.

»Weiß ich nicht. Er sagte, ich sollte dich erwischen, bevor der Sprengwagen kam. Da war schon einer, mit einem Sarg. Für Mr. Turillo.«

Ich hielt an und sah zur Straße zurück. Der Sprengwagen ratterte am Pfirsichbaum vorbei und besprühte die vertrockneten Blüten. Und er machte den Sarg ganz naß, den er hinter sich her zog. Der Sarg für Sombra. Er hatte wahrscheinlich versucht, mir das zu ersparen. Und nun mußte ich ihm mein Sterben ersparen, so gut es eben ging.

Ich erlegte mir meine eigene Quarantäne auf und schnappte mir einen Teststreifen, sobald ich zu Hause war. Ich hatte Angst, daß Mutter mich einen zu nehmen zwang, aber das tat sie nicht, obwohl Francie schon am Küchentisch saß und gegen den knallroten Streifen protestierte, den Mutter in der Hand hielt. Ich versteckte den Streifen, den ich gestohlen hatte, hinter meinem Rücken, bis ich mich zum Gewächshaus hinausschleichen konnte. Dort nahm ich ihn, hinter die Versorgungstanks gekauert, für den Fall, daß es lange dauern würde. Kaum hatte ich ihn im Mund, wurde er weiß. Ich brauchte keinen Streifen, um mir zu sagen, daß ich krank wurde. Sombras Wange, die Hand von Mamita, sie brannten wie Feuer auf meinem Gesicht.

Niemand meldete sich. Ich zweifelte nicht, daß Mamita, so wie sie mich liebte, mich eingeschlossen hätte. Dies war mehr als eine planetenweite Quarantäne. Es war außerdem eine lokale. Die *Magassar* hatte bereits den Orbit verlassen und war wieder auf dem Weg nach Hause. Wir waren auf uns allein gestellt, und der einzige Weg, alles unter Kontrolle zu bekommen war, einen Bruch der Quarantäne zu verhindern. Das bedeutete, auch Mamita hatte das Fieber, daß vielleicht alle auf dem Grundstück der Turillo entweder tot oder krank waren und daß niemand ihnen helfen konnte.

Ich versuchte, allen aus dem Weg zu gehen, vor allem Francie. Ich redete mit abgewandtem Gesicht und wollte meine eigenen Sachen und Teller waschen, damit ich sie selbst sterilisieren konnte. Ich brach einen Streit mit Francie vom Zaun und nannte sie einen Tagedieb, so daß sie mich mied wie ich sie. Mutter schenkte mir keine Aufmerksamkeit. Sie hatte nur Augen für Francie.

Drei Wochen später starb Sombra. Mein Vater sagte beim Abendessen: »Die lokale Quarantäne bei den Turillos ist aufgehoben. Mamita ist über den Berg. Die Distriktschwester hat heute morgen alles gereinigt.«

»Und die Zwillinge?« fragte Mutter.

Er schüttelte den Kopf. »Sie starben alle beide. Aber von den Neuen haben es alle überstanden. Erst sechs Monate hier und keiner von ihnen hatte einen weißen Streifen.«

»Das war diesmal wirklich ungewöhnlich«, sagte Mutter, »das alles beweist gar nichts. Sie können alle morgen tot sein.«

»Das bezweifle ich«, erwiderte er, »die Inkubationszeit ist sehr kurz, wie sie sagen. Aber keiner von ihnen hat es bekommen.« Er betonte das Wort keiner besonders.

»Bis jetzt«, versetzte Mutter, »ich bin sicher, daß Haven durch neue Fälle noch lange nicht hindurch ist. Wir haben immer noch keine Antibiotika.« Die Furcht, die ich erwartet hatte, schwang nicht in ihrer Stimme mit.

»Sie hielten die *Magassar* auf ihrem halben Weg zurück auf und erzählten ihnen, daß wir innerhalb einer Woche keine neuen Fälle gehabt hätten. Sie halten sich eine Woche lang dort auf, wo sie gerade sind, und wenn nichts Neues berichtet wird, werden sie zurückkommen.« Er lächelte mich an. »Ich habe heute lauter gute Nachrichten, Haze. Die Pfirsiche sind nicht alle erfroren. Wir haben einige Fruchtansätze.«

Er drehte sich um und sah Mutter an, und im selben freundlichen Ton fuhr er fort: »Du mußt die Geranien aus den Tanks nehmen.«

Mutter hob ihre Hand zu ihrer Wange, als wenn er sie geschlagen hätte. »Ich habe mit Mamita gesprochen. Sie sagte, daß sie unser ganzes Korn kaufen will, alles, was wir ihr geben können. Alles Handelsware.«

»Kann ich meine Geranien wieder einpflanzen?« fragte sie.

»Nein«, sagte Vater, »ich brauche alles, um Getreide anzupflanzen, wo ich nur kann.«

Sie sah ihn über den Tisch hinweg an, als wenn er ihr Feind wäre, und er blickte starr zurück. Es war, als hätten sie einen Handel miteinander abgeschlossen und der Preis, den sie zahlte, waren ihre kostbaren Blumen. Ich fragte mich, womit mein Vater gezahlt hatte.

»Wenn die Pfirsiche nicht erfroren sind, Vater, können sie unsere Handelsware sein«, sagte ich eifrig, »sie reifen so schnell wie das Getreide, und du weißt, wie wild jeder auf frisches Obst ist.«

»Nein«, sagte Vater, seine Augen ließen Mutter nicht los, »wir brauchen das Geld aus dem Getreide. Um für etwas zu bezahlen. Nicht wahr?«

»Ja«, murmelte sie und stieß ihren Stuhl vom Tisch zurück, »du hast deine Handelsware und ich habe meine.«

»Ich will das Getreide heute anpflanzen«, rief er hinter ihr her, »sieh zu, daß du deine Geranien heute nachmittag draußen hast.« Francie starrte ihn mit aufgerissenen Augen an. »Nun komm, Haze«, sagte er in ruhigerem Ton, »ich werde dir die Pfirsiche zeigen.«

Sie sahen noch nicht wie Früchte aus. Aber sie waren da, harte kleine Schwellungen, die aussahen wie Kieselsteine, dort, wo die kleinen Blüten gesessen hatten. »Siehst du«, meinte er, »wir werden unsere Ernte jetzt haben.«

Der Quarantänestreifen von Sombras Zaun war verschwunden. Mein Streifen war auch heute morgen wieder weiß gewesen, und der Schmerz, der die ganze Zeit über nicht wegging, kam jetzt von tiefer unten, aus den Lungen.

»Die Kolonisten der ersten Generation haben keine Handelsware«, sagte mein Vater. »Sie sind viel zu sehr damit beschäftigt, überhaupt am Leben zu bleiben. Sie sind ausgesprochen dankbar für das, was ihnen die Regierung zubilligt – Gewächshäuser, Antibiotika, alles. Die der zweiten Generation sind nicht so dankbar. Das Getreide gedeiht gut und sie fangen an zu merken, daß die Hilfe der Regierung gar nicht so hilfreich ist. Die dritte Generation ist überhaupt nicht mehr dankbar. Sie haben Handelsware und sie können kaufen, was sie von der Erde brauchen, sie brauchen es nicht zu erbetteln. Die der vierten Generation hören mit dem Getreideanbau auf und fangen an, selbst herzustellen, was sie brauchen, und zur Hölle mit der Erde.«

»Wir sind die vierte Generation«, sagte ich, ohne zu verstehen.

Vater hatte einen Eimer mit Schwefeltinktur und Wasser mitgebracht und einen Kleiderlumpen, um die Pfirsiche damit abzureiben. Er tauchte den Lumpen in den Eimer und zog ihn triefend wieder heraus. »Nein, Haze«, sagte er, »wir sind erste Generation, und die Regierung hat da so ihre Methoden, wir werden immer erste Generation bleiben. Die Streptokokken halten uns am Boden, sie sorgen dafür, daß wir um unser Leben kämpfen müssen. Wir können keinerlei unabhängige Produktion entwickeln. Wir können noch nicht einmal unsere Kinder lange genug am Leben erhalten, daß sie den Abschluß von der Hochschule schaffen. Wir sind jetzt fast siebzig Jahre hier, Haze, und dies ist unsere erste Generation.«

»Sie können die Antibiotika auch hinunterwerfen, ohne zu landen, nicht wahr?« fragte ich. Klein Willie oben im Bett, wie er nach Mama schrie. »Sie können uns alle wegwischen, wenn sie wollen.«

Vater beugte sich über den Schwefeleimer und tauchte den Stoffetzen in die Flüssigkeit. »Warum unternehmt ihr nichts?«

Ich erwartete, daß er sagen würde, da gibt es nichts zu tun, daß es unmöglich ist, Antibiotika ohne Filter und Zentrifugen und Reagenzien herzustellen, die die Regierung uns niemals bewilligen würde. Ich erwartete, daß er sagen würde, die einzigen Dinge, die sie uns zubilligen, sind solche, die man nicht auseinandernehmen kann. Und in den Augen der Regierung haben die Sprengungen vor allem den Vorteil, daß man sie nicht demontieren und zu Maschinen zur Herstellung von Antibiotika verwenden kann. Aber er rieb nur eifrig an einem Pfirsich herum und fuhr fort: »Wir werden jetzt zweite Generation werden, Haze, wir haben unsere Handelsware und die Regierung wird uns nicht aufhalten können. Sie bringen uns die eine Sache, die wir jetzt brauchen, und sie wissen es nicht einmal.«

Ich kniete neben dem Eimer nieder und tauchte den Lumpen in die schweflige Flüssigkeit.

»Als ich zuerst versuchte, Pfirsiche zu ziehen, Haze, nahm ich gewöhnlichen Samen von zu Hause. Ich setzte sie in den Versorgungstanks an und einige von ihnen schafften es, zu blühen. Ich kreuzte sie mit anderen, die überlebt hatten. Erinnerst du dich, Haze? Als das Gewächshaus voller Pfirsichbäume war?«

Ich schüttelte den Kopf, kniete weiter neben dem Eimer. Ich konnte es mir noch nicht einmal vorstellen. Jetzt war überhaupt kein Platz mehr vorhanden, noch nicht einmal für Mutters Geranien.

»Ich züchtete das, wovon ich glaubte, daß sie es brauchen würden – eine dicke Haut, um den braunen Ameisen zu widerstehen, und einen kurzen Stiel gegen den Wind, aber ich konnte keinen genetischen Einfluß nehmen. Dazu fehlten mir die Mittel. Ich konnte nur die, die sich hielten, mit denen kreuzen, die lange genug blühten. Ich wußte genau, was ich züchten wollte, aber nicht, was herauskommen würde. Ich hätte nie gedacht, daß es so … verkümmert und in sich gekehrt würde …«

Er sah dabei nicht den Baum an. Er blickte auf mich. Aus dem Lappen, den er hielt, tropfte weißes Wasser auf seine Schuhspitze.

»Wir haben Leute, die in der Emigrationsabteilung arbeiten, einige von ihnen sind Kolonisten, einige nicht, die achten auf die genetische Matrix und entscheiden über die Erlaubnis zur Emigration. Wir dachten alle, daß deine Mutter … ihre Gene waren genau wie die von Mr. Phelps, und er hatte nie die Streptokokken. Ich selbst hatte sie in all den Jahren nur zweimal. Es gab noch einige schwache Punkte, aber wir glaubten uns der Sache schon ziemlich nahe. Doch du kannst mit den Menschen nicht dasselbe tun wie mit den Pfirsichen. Denn es ist nicht egal, wenn sie sterben.«

»Alles, was mir geblieben ist, ist dieser blasse, verkrüppelte Baum«, sagte er. Er wrang den Lappen auf dem Boden aus und begann wieder, die Früchte abzureiben.
»Und du.«

Am nächsten Tag pflügten wir den Boden um den Baum um und verfüllten den schmalen Graben mit trockenem Lehm und Heu, um die Ameisen fernzuhalten. Vater sagte kein Wort mehr und ich konnte von seinem Gesicht nichts ablesen.

Den Tag darauf hatte ich einen negativen Streifen und ich betrachtete ihn lange Zeit, dachte darüber nach, daß mir nie heiß oder kalt war, daß ich als Kind nie die Streptokokken hatte. Aber Mr. Phelps war an Scharlach gestorben. Mr. Phelps, der ausgesehen hatte wie ich und der nie erkältet gewesen war. Und Mutters Gene waren wie die von Mr. Phelps.

Ich rannte zum Baum hinunter und verfing mich in dem Gewirr des reifenden Getreides. Vater stand neben dem Baum und begutachtete einen der Pfirsiche. Soweit ich sehen konnte, war er nicht größer geworden, aber er hatte etwas von seiner grünen Farbe verloren.

»Meinst du, wir sollten ein Mückennetz darüber spannen?« fragte er, »es ist ein bißchen früh dafür.«

»Vater«, sagte ich, »ich glaube, wir können nichts tun, um ihn zu zerstören oder ihm zu helfen. Ich glaube, es ist alles eine Frage des Samens.«

Er lächelte und sein Lächeln sagte mir, was ich zu erfahren fürchtete.

»So hat man mir auch gesagt«, nickte er.

»Ich bin immun gegen die Streptokokken, nicht wahr?«

»Ihre Genstruktur war exakt die gleiche wie bei Mr. Phelps. Ich hatte die Streptokokken nur zweimal. Wir dachten, wir hätten es geschafft und nachdem du geboren warst, waren wir uns sicher.« Er sah durch mich hindurch, wie an dem Tag, als er den Teststreifen auf Sombras Zaun entdeckt hatte. »Ich habe alles dafür getan, was ich nur konnte für sie. Ich habe versucht, mich zu erinnern, daß es ja nicht ihr Fehler gewesen war, daß ich sie all dem hier ausgesetzt hatte, es war mein Fehler, daß ich über sie dachte, wie über meine Pfirsichbäume. Ich habe es zugelassen, daß sie aus Francie eine Gewächshauspflanze machte, die einfach nicht überleben kann. Ich habe es zugelassen, daß sie dich wie ein Stiefkind behandelt, weil ich wußte, daß du überleben würdest, ganz egal, was sie mit dir machte. Ich habe sie ...« Er hielt inne und legte seine Hand auf seine Brust. »Im Gewächshaus gibt es ein Lager mit Penicillin vom Schwarzmarkt für Francie. Ich habe die ganze Ernte dafür geopfert. Eines Tages wird es sie retten.« Er sah von mir weg zu den Turillos hinüber. »Ich glaube, es wird Zeit, dich zu Mamita zu schicken. Sie muß sich um die ganzen Neuen kümmern. Sie wird dich brauchen.«

Er schickte mich zurück ins Haus, um meine Sachen zu packen. Der Tag war sehr heiß. Auf dem halben Weg zurück legte ich meine Hand gegen meine Stirn und konnte den schweren Schweiß durch meine Haare spüren. Unter dem Pfirsichbaum würde es kühler sein, dachte ich und kehrte um. Aber auf halbem Weg schien der Dunst sich zu ganzen Wolken aus feiner rosa Tinte zu verdichten und es schien kühler zu werden. Ich kehrte auf dem Weg zurück, den ich gekommen war.

Ich stieß gegen einen der Stützpfeiler des Gewächshauses, als ich hinfiel. Francie wird sehen, daß er umgefallen ist, dachte ich, Francie wird mich finden. Ich versuchte, mich an den Versorgungstanks hochzustemmen, aber ich hatte mir beim Fallen die Hand aufgeschnitten und es blutete in die Tanks.

Mutter fand mich. Francie hatte gesehen, daß das Gewächshaus auf der einen Seite mächtig herunter hing und war ins Haus gerannt, um es Mutter zu sagen. Mutter stand eine ganze Weile über mich gebeugt da, als wüßte sie nicht recht, was sie tun sollte.

»Was ist denn mit ihr?« fragte Francie von der Tür aus.

»Hast du sie angefaßt?« fragte Mutter.

»Nein, Mama.«

»Bist du sicher?«

»Ja, Mama«, sagte sie und ihre großen blauen Augen füllten sich mit Tränen, »soll ich nicht besser Papa holen?«

Und schließlich kniete sie neben mir nieder und legte ihre kühle Hand auf meine heiße Wange. »Sie hat Scharlach«, erklärte sie Francie, »geh ins Haus.«

Sie legten mich in das große Bett im vorderen Schlafzimmer, wegen Francie. Ich versuchte, die Bettdecken liegen zu lassen, aber es war so heiß, daß ich sie, ohne es zu wollen, herunterwarf und dann zitterte ich und sie mußten noch mehr Decken von Francies Bett wegnehmen.

»Wie geht es ihr?« fragte Vater.

»Nicht besser«, antwortete Mutter, »ihr Fieber ist noch nicht gebrochen.« Ihre Stimme klang weniger angstvoll, als sie es im Gewächshaus getan hatte. Ich fragte mich, ob die planetenweite Quarantäne aufgehoben war.

»Ich habe die Distriktschwester benachrichtigt.«

»Warum?« sagte Mutter, immer noch mit dieser ruhigen Stimme, »sie hat nichts, was sie ihr geben könnte. Die *Magassar* wird nicht zurückkommen.«

»Da ist das Penicillin.« Ich fragte mich, ob sie beide jetzt so aussahen wie an jenem Tag im Gewächshaus, jeder an einen Bettpfosten geklammert, so wie sie damals die Streben des Gewächshauses umklammert hatten.

Mutter legte ihre Hand an meine Backe. Es fühlte sich kühl an. »Nein«, sagte sie ruhig.

»Sie wird ohne sterben«, sagte er. Ich konnte kaum seine Stimme wahrnehmen.

»Es ist kein Penicillin mehr da«, sagte Mutter und ihre Stimme war so ruhig wie ihre Hand auf meiner Wange, »ich habe alles Francie gegeben.«

Irgend etwas am Rande meiner Wahrnehmung stimmte nicht. Ich versuchte, es festzuhalten, aber meine Zähne schlugen so sehr aufeinander, daß ich zu nichts fähig war. Der Schmerz in meiner Brust brannte wie eine Flamme. Ich dachte, wenn ich meine Hand dagegen pressen könnte, würde der Schmerz nachlassen, aber meine Hand fühlte sich wie eingewickelt an und als ich versuchte, sie mir anzusehen, war sie so weiß wie ein positiver Streifen.

Mamita hatte mir befohlen, einen Streifen zu nehmen, als ich nach Hause kam. Ich nahm ihn, und er war weiß. Aber das konnte nicht stimmen, weil die Inkubationszeit so kurz war, und ich war seit fast einem Monat nicht krank gewesen. Aber ich hatte es schon, dachte ich. An dem Tag, als Sombra mich gefragt hatte, ob ich krank würde, hatte dieser Schmerz hinter meinem Brustbein begonnen, mich am Baum fast überwältigt. Ja, ich war bereits krank.

Ich kam dem Ausgangspunkt des Schmerzes näher, aber es war so kalt. Ich hatte nie eine Erkältung gehabt. Oder diese Hitze. Sombra hatte sich auf dem Zaun zu mir vorgebeugt und gesagt: »Fühlst du dich heiß?« und der Schmerz hatte mich überschwemmt. Sie war bereits dabei, krank zu werden, aber mir ging es genauso. An jenem Tag war ich krank geworden und ich hatte es überstanden.

Ich grub meine Hände aus den Decken und ich fing sofort wieder an zu frieren. Die Hand war noch immer weiß und klumpig dick. Ich legte sie auf die hohle Stelle zwischen meinen Schlüsselbeinen und drückte, drückte, mein ganzer Körper verspannte sich, kämpfte mit dem Schmerz, bis er in Nichts zerfloß.

Dann stand ich auf und zog das Kleid für meine Abschlußfeier an, mühte mich mit den Knöpfen ab, mit meiner verbundenen Hand, noch ein bißchen schwach vom Fieber, aber ich fühlte mich besser, viel besser.

Vater stand am Pfirsichbaum und warf die Pfirsiche auf die Straße. Sie sprangen hoch, wenn sie auf den harten Lehm knallten und rollten bis zum Zaun der Turillos.

»Oh, Papa«, rief ich, »tu das nicht.«

Er schien mich weder zu sehen noch zu hören. Der Sprengwagen zog seine schmale Spur aus Staub die Straße hinunter. Er pflückte einen neuen Pfirsich vom Baum, umklammerte ihn mit einem harten Griff seiner Faust, daß er ihn zu zerquetschen drohte, und warf ihn nach dem fernen Sprengwagen.

»Papa!« schrie ich wieder. Er wirbelte herum, als wenn er den Pfirsich nach mir werfen wollte. Ich sprang erschreckt zurück.

»Sie hat dich sterben lassen«, sagte er, »um ihre kostbare Francie zu retten. Sie ließ dich da oben sterben, während du ihren Namen riefst. Ihre Hand an deine Wange legen und dich ins Bett stecken! Sie hat dich ermordet!« Er warf den Pfirsich wütend zu Boden. Er rollte mir vor die Füße. »Mörderin!« Er drehte sich wieder um und wollte einen weiteren Pfirsich vom Baum reißen.

Ich hob protestierend meine Hand. »Papa, nicht! Nicht unsere Handelsware!«

Er ließ die Hände sinken und starrte kraftlos auf den Sprengwagen, der die Straße hinunter auf uns zu ratterte. Er zog einen Sarg hinter sich her. Meinen Sarg.

»Du warst meine Handelsware«, murmelte er.

Ich erinnerte mich an das Gesicht von Mamita, als sie gedacht hatte, ich hätte das Kleid für Sombras Aufbahrung gebracht. Ich blickte an mir herunter, mein weißes Kleid wie ein Leichentuch, meine Hand mit der weißen Binde umwickelt.

»Oh, Papa«, sagte ich, als ich schließlich verstand, »ich bin nicht gestorben. Es geht mir wieder besser.«

»Sie gab Francie das ganze Penicillin«, fuhr er fort, »während du noch im Gewächshaus lagst. Sogar bevor sie Francie schickte, mich zu holen. Deine Hand blutete. Sie gab ihr das Penicillin, ehe sie dir die Hand verband.«

»Das ist doch jetzt egal«, sagte ich, »ich brauche die Medizin nicht. Ich habe das Scharlachfieber allein überwunden.«

Langsam stieg die Erkenntnis in ihm auf, Stück für Stück, wie bei mir, als ich in dem großen Bett lag. »Wir nahmen an, daß du immun bist«, meinte er, »aber du hast es doch irgendwie bekommen. Wir hatten dich für immun gehalten.«

»Ich bin nicht immun, Papa, aber ich kann die Streptokokken allein überwinden. Das habe ich schon immer getan, mein ganzes Leben lang.« Ich hob den Pfirsich zu meinen Füßen auf und gab ihn ihm. Er starrte ihn völlig betäubt an.

»Wir wollten Immunität züchten«, sagte er.

»Ich weiß, Papa. Du wußtest, was du züchten wolltest, aber du wußtest nicht, was herauskommen würde.« Ich hätte ihn am liebsten in die Arme genommen. »Haven wird immer wieder neue Seuchen hervorbringen. Es wird nie möglich sein, gegen alle immun zu sein.«

Er holte ein Messer aus der Tasche, ganz langsam, als würde er noch schlafen. Er schnitt den Pfirsich in seiner Hand an, durchschnitt die dicke, schmutzige Schale bis in das weiche, fleischige Innere. Er biß hinein und ich beobachtete ängstlich sein Gesicht.

»Ist er in Ordnung, Papa?« fragte ich, »ist er süß?«

»Süßer als ich je zu hoffen wagte«, erwiderte er, und er legte seine Arme um mich und hielt mich ganz fest, »oh, meine süße Haze, wir haben Zucht betrieben, um die Streptokokken zu besiegen, und jetzt sieh, was wir bekommen haben!«

Er hielt meine Schultern fest und sah auf mich herunter. »Ich möchte, daß du zu Mamita gehst. Hier kannst du nicht helfen. Aber die Neuen haben alle dieselbe Genstruktur wie du.« Seine Augen füllten sich mit Tränen. »Du bist trotz allem meine – Handelsware.«

»Nun lauf«, sagt er und verließ mich. Er wanderte durch das Feld zurück zum Haus. Ich stand für eine Minute regungslos und sah ihm nach, ich brachte keinen Ton heraus, konnte ihm nicht nachrufen, wie sehr ich sie alle liebte. Ich kletterte über den Zaun auf die Straße und betrachtete den Haufen heil gebliebener Pfirsiche. Der Sprengwagen hatte seine Runde oben auf dem Hügel beendet. Wenn ich mich beeilte, konnte ich auf meinem eigenen Sarg zu Mamita reiten und würde noch nicht einmal mein Abschlußfeierkleid naß machen. Das schien mir plötzlich die lustigste Idee der Welt zu sein – im Triumph auf meinem Sarg zu reiten, in meinem weißen Kleid mit den flatternden roten Bändern.

Auf dem Hügel mußte ich anhalten und nach Luft

schnappen. Ich sah zurück zum Pfirsichbaum. Francie stand daneben und hob ihre Hand in einer fragenden Geste. Mama hatte ihre Locken für irgendeine Gelegenheit mit Zuckerwasser gestärkt, und sie bewegten sich nicht in dem staubigen Wind, der meine roten Bänder wehen ließ. Sie schien so still wie der braune Dunst, der sie umgab, und sie schlang ihre dünnen Arme um ihre Brust. Ich war zu weit entfernt, um sie zittern zu sehen. Wahrscheinlich hätte ich auch nicht gewußt, was es zu bedeuten hatte, ich war nicht geboren, um Vorzeichen zu deuten.

»Ich bringe dir etwas Penicillin mit«, rief ich, obwohl sie davon überhaupt nichts verstehen würde. Ich schrie hinter Papa her, aber der war zu weit entfernt, um mich hören zu können: »Ich werde dir etwas bringen und wenn ich den ganzen Weg zur *Magassar* zu Fuß gehen muß.«

»Macht euch keine Sorgen!« rief ich, »sie werden die planetenweite Quarantäne aufheben. Ich weiß es.« Der Sprengwagen rasselte an mir vorbei und verschluckte meine Worte. Ich rannte, um mich auf den rauhen Rand des Sarges zu schwingen, »sorg dich nicht, Francie!« rief ich wieder und legte meine verbundene Hand wie einen Trichter vor den Mund, während ich mich mit der anderen festhielt. »Wir werden alle leben – für immer!«

Wir denken oft an Babylon

von Ian Watson

In Legenden und Liedern haben sich die Menschen immer der Goldenen Zeitalter der Vergangenheit erinnert. Wir erzählen vom Goldenen Jerusalem, von der Pracht des alten Griechenland, vom Ninive der Drachentore, von den rotbefleckten Pyramiden Tenochtitlans. Wer befehligte die Terrakotta-Soldaten des untergegangenen Xian? Welche Banner wehten über den versunkenen Türmen des verlorenen Atlantis? Lassen wir nun diese Wunder unserer eigenen Vergangenheit von Menschenhand wiedererstehen. Begleiten Sie Ian Watson zurück zu den Hängenden Gärten, unterstützt durch die Archäologie zukünftiger Jahrhunderte.

Wir durchqueren die Wüste Arizonas, erwachen aus unserer Betäubung, und durch unsere Hirne schwirrt die *koiné*, die allgemeine Mundart, die Universalsprache: Griechisch.

Unsere Gehirne kochen und brodeln noch vor all den Schnell-Lernverfahren: Drogen zur Steigerung der Aufnahmefähigkeit, Hypnose, Anschluß an Computer, Stimmen vom Band, die wie pfeifende Delphine mit hoher Geschwindigkeit quiekend ablaufen. Bis wir in Babylon ankommen, hat man uns gesagt, werden sich unsere Köpfe beruhigt haben. Ein Bodensatz griechischer Wörter, Redewendungen, Sätze wird sich auf den Grund unserer Hirne gesenkt haben; unser normales Bewußtsein wird hell, klar und attisch sein. Und so werden wir versuchen, mit der Zukunft, die in der Vergangenheit verzeichnet ist, ins Reine zu kommen.

Ein paar Saguaro-Kakteen huschen vorbei: wahrscheinlich die letzte einheimische amerikanische Vegetation, die wir zu sehen bekommen werden. Die Wüste vor uns ist kahl, eine Pufferzone zwischen Amerika und Babylon.

Wir überqueren diese entblößte Wüste in einem Luftkissenfahrzeug, wobei wir dem Asphaltstreifen der Straße folgen, die früher zu der Baustelle hinführte. Radfahrzeuge dürfen sie heute nicht mehr benutzen. Sie ist gesperrt: ist keine moderne Schnellstraße mehr. Wir fliegen wenige Zentimeter über ihr, der Luftstoß unter uns hebt uns an und der Wind unserer Antriebspropeller fegt die Straße von Sand frei. Aber wir berühren sie nicht. Wir sind losgelöst; ebenso losgelöst von dem Amerika, das wir hinter uns gelassen haben. Die plappernden Stimmen in unseren Hirnen desorientieren uns. Aber wie man uns versprach, werden sie bereits leiser, sinken unter den Horizont unserer Wahrnehmung.

»Alex ...« Deborah sagt etwas zu mir auf Altgriechisch – einem Griechisch mit erweitertem Vokabular. Ich nicke, schenke ihr jedoch kaum Aufmerksamkeit. Nichts, was wir im Augenblick sagen könnten, ist von Bedeutung. Wir befinden uns immer noch im Übergang.

Außerdem habe ich nicht wirklich das Bedürfnis, eine Beziehung zu ihr aufzubauen. Jetzt noch nicht. Nicht als die Menschen, die wir waren, als wir uns kennenlernten. Was erst vor zehn Tagen geschah, als wir beide aus entgegengesetzten Richtungen kommend in jener glänzenden, hypermodernen Kleinstadt südlich von Casa Grande eintrafen: der sogenannten Universität der Zukunft, der Heuristischen Universität.

Ich, Alexander Winter, aus dem mühsam aufrechterhaltenen Ökotapia Oregons, mit einem ziemlich nutzlosen akademischen Grad in Sozialwissenschaften. Sie, Deborah Tate, aus New York – was ihr vielleicht so etwas wie ein Vorrecht auf Babylon einräumte – mit einem Vorleben als Computerprogrammiererin und angehende Schauspielerin; aber dieser Traum war bereits ausgeträumt, nur um durch das Verlangen ersetzt zu werden, endlich eine Rolle wirklich leben zu können.

Deborah. Ziemlich groß, ziemlich graziös. Lockiges, rabenschwarzes Haar, dunkle Augen. Vielleicht wird sie unverzüglich hingehen und sich in Babylon in den Tempel der Liebe setzen und darauf warten, daß irgendein Fremder vorbeikommt und ihr eine Münze in den Schoß wirft. Ob alter Mann oder junger Mann, häßlich oder gutaussehend, dürr oder fett, sauber oder verdreckt: Sie muß mit ihm gehen und bei ihm liegen. Das ist der Brauch. Ein Brauch, der manchen unansehnlichen Frauen ungelegen kommt; sie verbringen manchmal Monate wartend im Tempel. Die Aussicht darauf schien Deborah zu faszinieren.

Aber vielleicht hat sie, als wir noch an der Universität waren, nur deshalb davon geredet, weil sie gehofft hat, ich könne der Fremde sein? So daß sie das Prickeln der Erregung und Unruhe spüren konnte, ohne sich der Realität stellen zu müssen? Ich weiß bereits, daß ich es nicht sein werde, der ihr jene Münze mit dem aufgeprägten Kopf Alexanders zuwirft. Ich nicht; noch nicht. Ich hoffe, sie begreift das. Es hieße, Babylon untreu zu werden.

Obwohl ich vielleicht später, vorausgesetzt unser Besuch verläuft sowohl in unseren eigenen Augen als auch in denen der Universität erfolgreich – und angenommen, wir würden beide Bürger Babylons – obwohl ich vielleicht später bei der Versteigerung auf dem Heiratsmarkt von Babylon für Deborah bieten werde. (Denn auch das ist babylonischer Brauch.) Vielleicht.

Ich bezweifle nicht, daß wir beide Bürger werden. Babylon braucht immer noch zusätzliche Bevölkerung; und es muß auch, nehme ich an, eine Fluktuation durch Bürger geben, die freiwillig wieder die Stadt verlassen. Ich nehme es an; obwohl ich meines Wissens noch keinen Ex-Babylonier getroffen habe. Aber die Stadt wurde ja auch erst vor vier Jahren vollendet.

Ja, ich werde Bürger. Ich werde mein Haar lang wachsen lassen, einen Turban tragen und Parfum benutzen, und einen flotten Spazierstock schwingen.

»Schau«, sagt sie auf Griechisch. (Alle, die nach Babylon kommen, sprechen anfangs Griechisch. Mit der Zeit werden wir Babylonisch lernen. Aber Griechisch ist die von Reisenden benutzte Weltsprache. Es ist das Englisch seines Zeitalters. Denn dies ist die Epoche Alexanders des Großen; und es sind die letzten Tage seiner Herrschaft. Mein Namensvetter liegt am Fieber sterbend im Palast Nebukadnezars.)

»Schau!«

Vor uns ist in einiger Entfernung im Osten und Westen das Glitzern von Wasser und das Grün bewässerten Ackerlandes zu erkennen. Die Wüste wird sich bald zu einem großen V verengen, das sich zuspitzt in Richtung auf …

In der Ferne erspähe ich die Mauern Babylons.

Unsere ganze Gruppe steigt am Ischtar-Tor aus. Soldaten beobachten uns unbewegt, auf ihre Speere gelehnt. Sie schenken dem Luftkissenfahrzeug keine Aufmerksamkeit, als es seine Rockschöße wieder aufplustert und mit aufheulendem Motor herumschwingt, um dorthin zurückzukehren, wo es hergekommen ist. Es gehört nicht hierher. Der Luftstrom seiner Propeller umwirbelt uns mit Staub, so daß wir, die wir im Stil des 20sten Jahrhunderts adrett und sauber angekommen sind, im Handumdrehen in unseren griechischen Kleidern von der Reise verdreckt sind.

Das Mauerwerk der Tortürme ist prachtvoll emailliert mit einem Hochrelief aus übereinander stehenden Tiergestalten: einem weißblauen Bullen mit gelben Hörnern und Hufen; einem cremefarbenen, aus verschiedenen Teilen zusammengesetzten Drachen – ein Teil Viper, ein Teil Vogel, ein Teil Echse, ein Teil Löwe – vor türkisfarbenem Hintergrund; seine gespaltene Zunge, die Mähne und die Klauen sind goldbraun ...

Meine Gedanken sind jetzt scharf und klar. Sie leuchten wie jenes Mauerwerk. Ich fühle mich, als solle ich eigentlich einem längst vergessenen Gott ein Dankopfer darbringen. Vielleicht dem Schamasch, dessen Sonne auf uns herabscheint. Es wäre eine Sache der Höflichkeit.

»Freuet euch«, sagt Deborah. »Wir sind eingetroffen.« Sie hörte sich an wie Pheidippides nach dem langen Lauf von Marathon nach Athen, als der Ansturm der Perser abgewendet worden war – das liegt jetzt über einhundertsechzig Jahre zurück.

Seither hat sich viel ereignet; und so betreten wir, eine Gruppe griechischer Reisender, in Frieden das Babylon der Chaldäer, die den persischen Herrschern der Stadt vorangingen, die wiederum vor Alexander kamen, der jetzt in ihr im Sterben liegt ... Wieder einmal befinden wir uns in den letzten Tagen einer Welt.

Die Mauern der vor uns liegenden Straße erglänzen vor Löwen und Tigern, Ebern und Wölfen, die auf farbigen, emaillierten Ziegeln abgebildet sind. Und auch die Gerüche dringen bereits auf unsere Nasen ein: Dung, Fischkuchen,

Holzkohle, Abfall, Urin ... und die Gerüche der aromatischen Harze, Moschus, Sandelholz, Patchuli und der duftenden Öle der Einwohner. Vielleicht werden auch wir bald die Parfumverkäufer aufsuchen müssen!

Unsere ursprüngliche Gruppe teilt sich bald auf, um ihrer eigenen Wege zu gehen. Bald sind Deborah und ich auf einer überfüllten Straße als letzte übrig.

Wir müssen eine Unterkunft finden. Auf Griechisch spreche ich einen barfüßigen Bettler an, der auf einem Bündel Lumpen hockt. Ich wähle ihn eher aus Neugier als aus irgendeiner perversen Neigung; schließlich war er noch vor nicht allzu langer Zeit Amerikaner. »Grüße! Könntet Ihr mir sagen, wie ich ...?«

Er grinst bösartig mit gelben Zähnen; und er streckt eine waagrechte Handfläche aus. Wie ein Affe, der um Erdnüsse bettelt. Die Bewegung gibt kurz den Blick auf ein Messer frei, das in einem um seine Hüften geschlungenen Tuch steckt.

Deborah zerrt an meinem Arm, zieht mich hastig tief in die Menge hinein fort. Und sie hat natürlich recht.

Ein Streitwagen rattert die Straße hinab; die Menge stiebt auseinander.

In Babylon herrscht Synchronismus. Und ich brauche wohl kaum hinzuzufügen, daß es sich bei Synchronismus nicht um einen assyrischen König handelt. Wie zum Beispiel Sanherib. Hier in Babylon existieren die großen Bauten mehrerer verschiedener Epochen alle nebeneinander. Sie koexistieren in der Zeit.

Also ein wenig Geschichte ...

Das Herrliche Babylon, das Babylon Hammurabis, des Gesetzgebers und Kanalbauers, fiel in die Hände der streitsüchtigen, gierigen, kulturlosen Kassiten, die die Stadt verfallen ließen. Einige Zeit später wurde jenes ursprüngliche Babylon von dem Assyrer Sanherib völlig zerstört. Seine Soldaten töteten sämtliche Männer, Frauen und Kinder in der Stadt, rissen die Häuser nieder und leiteten sogar einen Hauptkanal um, um die Ruinen zu überfluten.

Aber weniger als hundert Jahre später bauten die Chaldäer – die mit persischer Hilfe die Assyrer vernichteten – Babylon als ihre Hauptstadt wieder auf. Binnen kurzem erstrahlte die Stadt unter Nebukadnezar in prächtigerem Glanz als je zuvor.

Aber seltsamerweise lebten diese Chaldäer nicht vollkommen in der Gegenwart. Jedenfalls nicht ihre Intellektuellen – die Priester und Schreiber. Inmitten prachtvoller neuer Paläste und Tempel, und während sie gleichzeitig Observatorien bauten, um die Planeten und Sterne zu beobachten, gruben sie nostalgisch in den alten Ruinen nach Tontafeln und Aufzeichnungen. Mit diesen als Anleitung begannen sie, die Vergangenheit in Kleidung, Sitten und Sprache effektiert zu imitieren.

Bald darauf wurde das chaldäische Reich von seinen ehemaligen Verbündeten, den Persern, angegriffen und vernichtet; und wieder versank Babylon langsam in Ruinen und Trümmern.

Und schließlich unterwarf Alexander von Makedonien die Perser. Aber dann geschah etwas Neues in der Geschichte. Alexander gebar den Traum der Weltherrschaft. Er vereinigte die Makedonier und die Perser; und das erste Weltreich mit einheitlicher Sprache und einheitlicher Wirtschaftsstruktur wurde errichtet, mit Babylon als Zentrum. Und wieder erhob sich Babylon, diesmal als Metropole der gesamten bekannten Welt.

Aber nur kurz, allzu kurz. Denn im Palast Nebukadnezars – der natürlich lange vor Alexanders Geburt verfallen war, jedoch hier immer noch so perfekt erhalten wie ehedem existiert – liegt mein Namensvetter im Sterben. Im Alter von dreiunddreißig Jahren.

Es ist, wieder einmal, das Ende Babylons. Die letzten Tage wiederentfachter Pracht. Aufstieg und Fall. Aufstieg und Fall. Und Fall. Hier existiert alles gleichzeitig: das Babylon Hammurabis, Nebukadnezars, Alexanders. Und vor ihm lagen Staub und Asche; und die unbekannte Zukunft.

Die Zukunft Roms – zur Zeit ein winziges Dorf. Die

Zukunft von Byzanz. Die Zukunft des Heiligen Römischen Reichs. Des spanischen Weltreichs. Des britischen Empire. Des Dritten Reichs. Der Stars and Stripes.

Staub und Asche. Versunkene Monumente. Knochen. Amnesie.

Welches rauhe Dorf im Kongo oder der Südsee schleppt sich währenddessen in die Zukunft, um eines Tages zur neuen Metropole des menschlichen Lebens zu werden? Wo doch auf der Welt kein Platz mehr ist für das Sammeln einer neuen Goldenen Horde oder für Barbaren, die aus den Hügeln herabstürmen?

Wo ist die neue Inkarnation von Macht und Prunk? Kann es so etwas noch einmal geben? Müssen die neuzeitlichen Babylons, Moskau und New York, Tokio und Peking, ihrerseits weichen? Was sind die Triebkräfte von Niedergang und Verfall? Wo findet sich das Elixier des Überdauerns? Wie kann die Gegenwart im Verlauf der Jahre in die Zukunft hinein fortgeschrieben werden, damit der Wandel nicht wegschwemmt, was wir wissen? Wie entsteht Beharren? Wie Veränderung? Was weiß die soziale Psyche, was die Futurologen nicht wissen?

Um solche Fragen zu beantworten, wurde Babylon synchronistisch wiedererbaut und in der Wüste Arizonas zum Leben erweckt, und da wurde es in seinem glorreichen Gleichgewicht am Rande seines endgültigen Abgrunds gehalten, und Alexander lag für immer im Palast im Sterben.

Denn Babylon ist kein Disneyland, kein »Vergangenheitspark«. Es ist keine »Alte Welt«, in der Touristen ihre Ferien verbringen können. Noch ist es ein künstlich geschaffenes utopisches Arkadien oder eine experimentelle Gemeinschaft, die dem 20. Jahrhundert bewußt den Rükken zukehrt, um ein Leben wie in der Antike zu führen. Wenn es sich lediglich um eine jener Alternativen handeln würde, hätte dann die US-Regierung für die enormen Anfangskosten gebürgt, die denen einer bemannten Raumstation glichen? Oder Babylon von den Gesetzen des Staates und des Bundes ausgenommen?

Babylon ist das ehrgeizigste, wichtigste Projekt, das sich mit der Zukunft beschäftigt, wie wir sie kennen.

Möglicherweise. Aber möglicherweise ist die Heuristische Universität eine monströse Torheit – und ihr Babylon eine andere Art von Torheit: Eher vergleichbar jenen Torheiten, die sich reiche Engländer im 18. Jahrhundert in ihre Landschaftsgärten gestellt haben? Jedoch nicht nur von größerem Umfang; und auch nicht nur eine Fassade, sondern eine vollständig funktionierende antike Stadt.

Und warum? Wird die Herbstphase einer Kultur von riesigen, launenhaften Bauvorhaben bestimmt? Von Übungen in architektonischer Metaphysik, dazu bestimmt, den Strom der Zeit aufzuhalten? Von Plänen, die nach religiösen Unsterblichkeitsphantasien stinken, sich aber als etwas anderes tarnen? (Das wäre dann das Ozymandias-Syndrom ...!) Ist Babylon die geistige Erlösung des amerikanischen Traums oder gerade das Symbol seines Niedergangs? Ich weiß es nicht. Ich hoffe, es herauszufinden.

Dies ist der Tempel von Marduk, dem Gott des Sieges. Breite Rampen steigen steil im Zickzack empor, kreuzen einander, umrunden die zahlreichen Türme des Tempels. Ein Strom von Anbetern steigt hinauf; andere kommen herab. Können sie wirklich auf Gebete aus sein – oder nur darauf, den Ausblick von der Spitze zu genießen? Auf dem riesigen Vorplatz verkaufen Straßenhändler Weihrauch, Öle, blökende Lämmer, Schalen mit importiertem griechischem Wein und Fleischkuchen.

Ich spreche einen auf dem Rückweg befindlichen Gläubigen an: einen bärtigen Mann mit Turban. »Verzeihen Sie, mein Herr. Ich bin hier auf Besuch. Beten sie *tatsächlich* den Gott des Krieges an?«

Wer betet schon heutzutage den Krieg an? Allerdings schreiben wir das Jahr 323 v. Chr. ...

Der Mann errötet.

»Narr!« knurrt er und schiebt mich beiseite.

Ein anderer, älterer Mann hat diesen Wortwechsel gehört. Er nähert sich mit einem schiefen, entschuldigenden Lächeln und bleibt stehen, wobei er mit seinem Zierstock spielt.

»Vielleicht zeugt es von größerer Lauterkeit, Götter anzubeten, die nicht existieren?« meint er geheimnisvoll. »Aber vielleicht ist ihre Anbetung die *Ursache* für ihre Existenz? Wo kann man andererseits in dieser Spätzeit noch in aller Unschuld den Krieg anbeten? Vielleicht sind diese Gläubigen einfach auf der Suche nach ihrer eigenen verlorenen Unschuld – der Unschuld des wilden Tieres, das nicht danach fragt, ob morgen die Sonne wieder aufgehen wird. Oder ob es überhaupt ein Morgen geben wird. Denn die Tiere wissen nichts vom morgen. Und das Gestern ist bereits gelöscht. Alles ist Jetzt, Gegenwart, Augenblick. Und so wiederholt sich der Augenblick auf ewig. Auf diese Weise überdauern das Tier und seine Art Millionen Jahre. Anstelle der Geschichte besitzen sie Instinkt. Aber vielleicht zerstören die griechischen Kriegsgötter in gewissen Abständen ganze Reiche samt all ihren Aufzeichnungen und Monumenten – sonst würde die Bürde des Erinnerns uns mit ihrem Gewicht lähmen. Wir hätten nicht die Tatkraft zu neuen Unternehmungen; die in Wirklichkeit die gleichen, alten Unternehmungen sind, nur vergessen und dann neu entfacht.«

Was soll ich davon halten? Ist er ein Philosoph, ein Phantast, ein Narr? Oder ein Futurologe? Will er damit sagen, daß die Welt zerstört werden muß, damit die Welt weiterbestehen kann? Daß Amerika dem Niedergang anheimfallen muß, damit das Königreich von Amazonien oder Aschanti aufsteigen kann? Bestimmt vergißt er hierbei all die Atomraketen, die in ihren Silos warten. Aber könnte es sein, daß die Gesellschaft einfach zusammenbricht und die Raketen bleiben, wo sie sind, rostend, nicht einsetzbar?

Er vollführt einen kleinen Tanz um seinen Spazierstock.

»Und vielleicht, Fremder«, sagt er, »ist Marduk gar nicht der Gott des Krieges. Bilden Sie sich nicht ein, Sie seien weise, nur weil Sie Grieche sind. Sie sind hier, um Babylon zu *entdecken*. Aber wenn ich's recht bedenke, wir auch!«

Er zwinkert uns zu und schreitet flott von dannen.

»Warten Sie!«

Er wartet nicht.

Wir kaufen Fischkuchen und Wein.

Dies ist der Euphrat, der das Herz Babylons durchfließt, auf dem riesige Weidenkähne schwimmen, die Waren, Passagiere und Ziegen stromabwärts tragen. Selbst mit Rudern an Bug und Heck neigen diese vollkommen runden Boote dazu, sich im Strom zu drehen wie Autoscooter auf einem Jahrmarkt.

Wir stehen auf der steinernen Brücke, die Herodot so bewundert hat, und beobachten an die Balustrade gelehnt den Verkehr auf dem Strom. Von einem kräftigen, steinernen Brückenpfeiler zum anderen erstrecken sich reihenweise Planken, die alle angehoben und zurück ans Ufer gezogen werden können, wodurch die Brücke unpassierbar wird. Jeden Abend werden sämtliche Planken abgenommen und gestapelt; jeden Morgen werden sie zurückgelegt. Man baut eine Brücke nicht, damit der Feind sie überqueren kann! Aber schließlich ist dies das Herz Babylons. Ist dieses Herz krank, in sich gespalten? Ist dies der Corpus Callosum, die Brücke zwischen den beiden Hemisphären des babylonischen Hirns? Träumt die Stadt jede Nacht, wenn sie schläft, zwei unterschiedliche Träume, den Traum der Vergangenheit und den Traum der Zukunft?

Jenseits der Stadtmauern fließt der Euphrat ein halbes Dutzend Meilen weit durch bewässertes Ackerland. Dann strömt er durch einen unterirdischen Tunnel zurück bis zu einer entsprechenden Entfernung stromaufwärts von der Stadt. Der Euphrat ist eine geschlossene Schleife von zwei Dutzend Meilen Länge. Das Pioniercorps hat ihn gebaut. Ein in die Erde eingelassener geothermischer Ableiter liefert die Energie für die mächtigen Pumpen am stromaufwärts gelegenen Ende, die den Strom wieder aus den Tiefen emporheben. Stromabwärts reinigen dort verborgene Kläranlagen das verschmutzte Wasser, ehe es unterirdisch wieder zurückfließt.

Schlaf. Und Träume.

Wir hatten Unterkunft gefunden in einem verwahrlosten Gasthaus mit einem Hof, auf dem Pferde und Kamele scharrten und schnaubten, husteten und wieherten. Eine Karawanserei.

Deborah und ich hatten getrennte Zimmer genommen: winzige Kammern mit Ziegelwänden, strohgefüllten Matratzen und zerlumptem Bettzeug, jedoch recht sauber. Zu unserer Überraschung gab es keine Wanzenplage.

Deborah und ich schlafen nicht zusammen, weil wir uns, seit wir Babylon betreten haben, zunehmend fremd geworden sind. Wir können nur zueinander finden, wenn wir erst den Weg zur Fremdheit vollständig zurücklegen – und uns zu guter Letzt dort treffen. Wenn wir uns dann überhaupt noch erkennen. Oder uns zu erkennen wünschen.

Wir haben die gleiche Unterkunft, und wir streifen sogar gemeinsam umher. Aber nicht wie Liebende, was wir nie waren, nicht einmal wie Bruder und Schwester, die ihre Vertrautheit lediglich gegenseitig reflektieren.

Ich träume, daß die Raketen alle abgefeuert, die Bomben alle abgeworfen worden sind. Rußland und Amerika existieren nicht mehr; Europa und China sind von der Landkarte verschwunden. Anderswo wüten von Menschen erzeugte Seuchen. Es ist der Zusammenbruch, das Ende der technologischen Kultur, globaler Regierungsstrukturen.

Aber Babylon überlebt. Hier in der einsamsten Ecke der amerikanischen Wüste – obwohl es ein »Amerika« nicht mehr gibt – bleibt Babylon intakt, unversehrt. Unberührt. Und fährt fort, Babylon zu sein.

Es ist, als habe die von all den Sprengköpfen erzeugte Megaenergie ein Loch in das Kontinuum von Raum und Zeit gerissen, die Uhr der Sonne und den Kalender der Erde durcheinandergebracht, diese antike Stadt aus einem vergangenen Zeitalter gerissen und in die Zukunft versetzt. Als die einzige verbleibende Zukunft.

Babylon gedeiht. Der Euphrat fließt ewig im Kreis. Jahreszeiten vergehen; ganze Jahrzehnte. Mit der Zeit beginnen die Babylonier, das, was früher einmal Amerika war, zu kolonisieren. Aber sie wissen nichts mehr von den Sitten oder der Sprache des toten Amerika, genausowenig wie vom untergegangenen 20. Jahrhundert. Sie kennen nur babylonische Sitten. Langes Haar und Parfum; Marduk und Ischtar; Weidenkähne und Stufentürme.

Aber obwohl anderswo, weit entfernt, ein neuer assyrischer Wolf oder ein neuer Alexander in Angola oder Argentinien seine Streitmacht sammelt, um aufs neue mit Babylon zusammenzuprallen?

Wir werden sehen.

Ohne Zweifel gibt es irgendwo in der Stadt Oneiromanten, Traumdeuter, die die Bedeutung dieses Traumes erkennen könnten.

Tage vergehen.

Die Tierbilder sind in Babylon allgegenwärtig, in leuchtenden Wandreliefs und Statuen. Hauptsächlich von Tieren, die zum Schlachten bestimmt sind. Hirsche, Büffel, Löwen, Stiere und Widder. Und Drachen.

Gemeinsam mit Deborah besuche ich das Wunderkabinett der Menschheit in einem Winkel des Palasts: das erste Museum der Weltgeschichte, durch Nebukadnezar der breiten Öffentlichkeit zugänglich gemacht. Ich hatte mich gefragt, ob es ebenfalls voller Tiere sein würde, voller exotischer, ausgestopfter oder nachgebildeter Tiere.

Dem ist nicht so. Es ist voller Antiquitäten. Da gibt es Tontafeln und -zylinder. Da gibt es eine Dioritsäule, auf der zehntausend Buchstaben in Keilschrift eingeprägt sind: die Gesetze des Hammurabi. Da gibt es Inschriften aus Ur, Steinschalen und Figurinen von aramäischen Wettergöttern, kassitische Keulen, mesopotamische Statuen, die Grundsteine antiker Tempel, Reliefs, Stelen, thebanische Obelisken, Aufsätze für Kriegskeulen und Knüppel, Schmuck, Brustplatten, Nippes. Und so weiter und so weiter.

Der Kurator intoniert: »Hier findet sich die gesamte Spanne der Zeiten, Griechen.« Einen Moment lang glaube ich ihm. Dahin ist das Rom der Caesaren und das Rom der

Päpste. Dahin ist das Kruzifix, dahin ist die Moschee. Dahin die Renaissance; dahin das Zeitalter der Raumfahrt. Sie existieren noch nicht. Also hat es sie nie gegeben.

Auch Deborah muß das zutiefst spüren. »Ist es nicht seltsam?« flüstert sie mir zu. »Es gibt so viel, was hier fehlt. Eigentlich fehlt sogar fast *alles*, was uns je wichtig erschien! Und doch war für sie die Welt genauso erfüllt – mit all dieser uralten Geschichte, die weit in ihre Vergangenheit reicht.

Und die Zukunft ... Wir. Was wir für den Höhepunkt der Vergangenheit halten – einer Vergangenheit, die kaum *begonnen* hatte, als dieses Museum eröffnet wurde: Es wirkt so phantastisch, wie ein Fiebertraum! Von Menschen, die wie Götter durch die Luft und den Weltraum fliegen, Blitze schleudern und ihre Gedanken und Bilder innerhalb eines Augenblicks von Ort zu Ort schicken – als liege die gesamte Mythologie *vor* statt hinter uns!«

»Die *gesamte* Spanne der Zeit«, wiederholt der Kurator mit Nachdruck.

»Ja«, sagt sie zu mir.

»Und weitere tausend Jahre in der Zukunft wird das 20. Jahrhundert als etwas so Vorübergehendes, Provisorisches, Beschränktes erscheinen. Weil X sich noch nicht ereignet hat. Oder Y oder Z – Dinge, die so verdammt wichtig, so unabdingbar für den Lauf der Geschichte sind, daß sie alles verändern. Wesen von den Sternen, Unsterblichkeit, ich weiß nicht was. Und wieder tausend Jahre später werden X, Y und Z von A, B oder C vollkommen in den Schatten gestellt worden sein ...«

Sie sah sich erregt im Wunderkabinett um. »Zu glauben, daß dies die ganze Spanne sei! Es im Innersten zu wissen. Aber, das könnte uns ja aus der Tretmühle der Zeit befreien! Dann könnte die Zeit uns nicht mehr fortschwemmen. Oder aber ... wir könnten dieses Wegschwemmen voraussehen – und unsere Welt entsprechend einrichten. Und so die Veränderungen überstehen. Wir könnten uns von der Flut der Jahre treiben lassen, statt von ihr ertränkt zu werden. Ja, jetzt verstehe ich. Unsere Kultur versucht zu lernen, wie man dem Ertrinken entgeht – indem sie uns hierher schickt, wo *sie nicht existiert,* nie existiert hat.«

Wunder? Diese? Hier, in diesem ersten Museum? Ton und Stein? Bronze und Gold? Statt Dampfmaschinen, Saturnraketen, Mikrocomputern?

Ja, möglicherweise. Sich in einen Geisteszustand zu versetzen, in dem solche Dinge wie Raketen, Satelliten, Armbandcomputer und Herztransplantationen einfach mit Obelisken und Töpferarbeiten und Brustplatten gleichzusetzen sind – sich das 20. Jahrhundert durch das andere Ende des Zeitteleskops zu betrachten – heißt, es einem zu ermöglichen, daß man die Zukunft versteht ...

Wir haben eine fremdartige Stadt errichtet, als befinde sie sich auf dem Mars, um uns dem Großen Bären der Gegenwart zu entfremden, der auseinanderzubersten droht. Sobald Babylon uns nicht mehr fremd erscheint, können wir beginnen, die Zukunft wiederzugewinnen, sie von ihrer Bedrohlichkeit befreien, sie kennenzulernen. Nicht durch delphische Wahrsagerei oder Computerprojektionen, Modellwelten oder Algorhythmen, die der Gegenwart verhaftet sind. Nicht intellektuell. Sondern emotional.

Dann könnten auch Deborah und ich beginnen, unsere eigenen Emotionen zu begreifen. Wie auch immer sie sich äußern mögen.

Dies ist der Turmbau zu Babel: der höchste von all den Stufentürmen, ein Wolkenkratzer, obwohl der Himmel sich hier in wolkenlosem Wüstenblau darstellt, so daß es schwierig ist, diesem Himmel eine obere oder untere Grenze zu setzen.

Eine einzelne Rampe windet sich in Spiralen aufwärts, immer im Kreis, so daß jeder Rang schmaler ist als der darunterliegende. Und die hohen Mauern jeder Stufe sind von Türmen und Fenstern durchbrochen – wenn man sie zu einem Band entrollte, würde die Korkenzieherspirale der Turmhöhe sich über die ganze Stadt hinweg bis ins angrenzende Umland erstrecken. Der Weg bis zur Spitze ist lang, und viele Leute wohnen dort oben in den Eingeweiden

Babels: Es handelt sich um eine Miniaturstadt in der Stadt, mit eigenen Gaststätten, Läden, Werkstätten und Wohnungen. Manche Leute machen sich wahrscheinlich nie die Mühe, herabzusteigen; andere müssen ausschließlich damit beschäftigt sein, Vorräte und Handwerkserzeugnisse zwischen den verschiedenen Ebenen sowie zwischen Babel und dem umgebenden Flachland hin und her zu befördern.

Vom Entwurf her hat dieser Turm nichts mit einem eckigen Zikkurat mit geraden Linien und scharfen Winkeln gemein; seine Erscheinung ähnelt eher dem Bild Breughels, obwohl dieser Turm schlanker ist als seiner. Vielleicht gibt es dafür strukturelle Gründe; oder vielleicht war Breughels Vision von Babel zu zwingend, um sie ignorieren zu können, obwohl sie erst zweitausend Jahre später gemalt wurde …

Ich bin mir nicht sicher, ob dort oben auf diesen Rängen wirklich hundert fremde Sprachen gesprochen werden: Akkadisch und Ägyptisch, Persisch, Aramäisch. Aber wohlbehütet in der attischen Klarheit des Griechischen mache ich mich forsch auf den Weg zum Fuß der riesigen Aufstiegsrampe.

Deborah ist zurückgeblieben.

»Ich steige dort nicht hinauf. Es könnte den ganzen Tag dauern. Oder sogar zwei Tage … Aber geh du ruhig.«

»Wohin möchtest du denn gehen?«

»Zum Ischtar-Tempel. Ich fühle, es ist an der Zeit.«

Zum Tempel der Liebe. Der heiligen Prostitution. Einmal im Leben jeder babylonischen Frau ist das obligatorisch. Jedes weitere Mal geschieht es freiwillig.

Wahrscheinlich hat Deborah recht. Es ist an der Zeit. Dies wird sie wirkungsvoller, unmittelbarer ihrem amerikanischen 20.-Jahrhundert-Ich entfremden, als es die Besteigung Babels könnte.

Also trennen wir uns mit einem seltsam formellen Händeschütteln, gefolgt von einem flüchtigen Kuß. Sie entfernt sich; und ich beobachte, wie sie geht. Aber selbst, als sie verschwunden ist, setze ich meinen Weg zur Rampe von Babel nicht fort.

Ich stehe da, verrenke mir den Hals, betrachte den Turm. Schließlich kaufe ich mir eine Schale Wein und eine Handvoll reifer Feigen. Ich vertreibe mir eine Stunde lang die Zeit.

Und dann folge ich ihr.

Im baumbeschatteten Innenhof des Liebestempels warten etwa vierzig Frauen, jede auf einer eigenen gewobenen Matte, mit gekreuzten Beinen oder hochgezogenen Knien, und der Schoß ihrer Kleider bildet für jede eine Opferschale.

Männer kommen und gehen: Sie inspizieren, wählen, gebieten mit einer Münze. Betreten mit der ausgewählten Frau den Tempel. Später kommen sie wieder heraus und gehen ihrer eigenen Wege.

Deborah befindet sich nicht im Innenhof; und ich merke, daß ich darüber froh bin. Froh, daß sich die Sache bereits erledigt hat? Froh, daß ihr die Erniedrigung einer langen Wartezeit erspart geblieben ist? (Aber wird das hier für eine Erniedrigung gehalten?) Froh, daß sie nicht gesehen hat, wie ich ihr hierher gefolgt bin? Froh um ihret- oder meinetwillen?

Es wäre besser, wenn sie nicht wüßte, daß ich gekommen bin! Ich frage mich, ob ich, indem ich hierher komme, auf irgendeine Art versuche, es ihr gleichzutun? Aber das kann ich gar nicht; weil ich ein Mann bin. Deborah unterwirft sich heute Babylon; aber es wird einfach eine einzelne babylonische Frau sein, die sich mir unterwirft.

Ich gehe umher, wobei ich mit einer Münze spiele; nicht mit einer allzu großen Münze, um nicht wie ein naiver Tourist zu wirken, der seinem Glück nicht traut, oder wie ein Narr – auch nicht mit einer allzu kleinen, um nicht den Eindruck hervorzurufen, ich wolle beleidigen, sei grausam und respektlos.

Welche soll ich wählen? Die Frauen warten höflich, geduldig. Sie werfen mir keinen verführerischen Blick oder ein Lächeln zu, als seien sie darauf aus, es so schnell wie möglich hinter sich zu bringen und wieder gehen zu können;

oder als seien sie darauf aus, lieber von Alexander Winter als von jemandem mit Akne, Warzen oder Mundgeruch gewählt zu werden. Nein, sie warten unbeteiligt, graziös. Weder wenden sie ihren Blick ab, noch starren sie mich an.

Diese junge, gebräunte Blondine?

Diese anmutige, sommersprossige Rothaarige?

Diese Negerin, mit Wangen und Armen wie aus poliertem Ebenholz?

Oder soll ich diesen unansehnlichen Kloß wählen? Oder diese kantige, knochige Dame mit dem Pferdegesicht? Diese beiden sind vielleicht schon die ganze Woche, den ganzen Monat, das ganze Jahr hier. Mit einer von ihnen zu schlafen, könnte sich sowohl für sie als auch für mich als fremdartige, beunruhigende Erfahrung erweisen. Schließlich liegt eine gewisse Vertrautheit in der Vereinigung zweier Körper, die derartige Dinge gewohnt sind – und ich bin nicht auf Vertrautes aus. Und außerdem könnten sich der Kloß oder das Pferd als vertrauter mit den Sitten Babylons erweisen, wenn schon nicht mit der Liebeskunst. Die häßliche Frau könnte im Gegenteil sogar die Sinnlichere sein; die Schönheit vielleicht frigide …

Als ich meine Wahl treffe, geschieht das ganz zufällig. Aus dem Augenwinkel erhasche ich einen Blick auf Deborah, wie sie gerade aus dem Tempeleingang tritt, in Begleitung eines hochgewachsenen, in eine Robe gekleideten, bärtigen Mannes, der den Kopf senkt, kaum merklich lächelt und fortgeht.

Die Frau, vor der ich gerade stehe: sie ähnelt einer Maus. Einer kleinen Maus. Kurzes braunes Haar. Schmale, unauffällige Gesichtszüge. Weder schön noch das Gegenteil.

Ich lasse meine Münze in ihren Schoß fallen. »Du«, sage ich.

Und sie erhebt sich geschmeidig, in der Hand die Silbermünze.

Soll Deborah (die sich gerade über den Hof entfernt) von meiner Wahl halten, was sie will. Falls sie mich überhaupt bemerkt. Sie wirkt zerstreut. Oder vielleicht gibt sie sich nur Mühe, mich nicht anzustarren.

Im Inneren des Tempels dringt sanftes Licht durch die hohen Fenster zum Lichthof. Abgeteilte Kammern reihen sich wie Beichtstühle zu beiden Seiten des »Kirchenschiffs« aneinander. Vor denen, die besetzt sind, sind reich mit Brokat verzierte Vorhänge zugezogen. In denen, die offen und leer bereitstehen, sehe ich eine Couch, einen Krug mit Wasser, eine Schüssel, ein Handtuch, Wein und Früchte, und eine kleine brennende Öllampe. Aber zuerst gehen wir zum Altar, um meine Münze in einer großen Silberschale, gefüllt mit zahlreichen anderen Münzen, unter einer Statue von Ischtar mit rubinbesetztem Haar zu deponieren. Eine alte Frau fegt den Fußboden und pfeift dabei. Eine andere alte Frau bringt saubere Handtücher und Wasser. Gibt es eigentlich echte Priesterinnen? Vielleicht wird jede Frau, die mit einer Münze eintritt, für einige Zeit zur Priesterin. Meine Maus kniet nieder und spricht ein kurzes Gebet in geflüstertem Babylonisch. Worum betet sie? Um Sanftheit von meiner Seite? Dafür, daß sie nicht schwanger wird, oder für das Gegenteil?

Sie geht vor mir her auf eine offene Kammer zu. Wir treten ein; ich schließe den Vorhang. Im Licht der Lampe einander zugewandt entkleiden wir uns, ignorieren den Wein und die Früchte. Nur einen Augenblick lang stelle ich sie mir bei einem Elternabend vor; oder beim Kirchgang in Smallville, USA. Statt dessen ist sie die Hure von Babylon. Dann vergesse ich diese Dinge, als unsere Körper sich berühren.

Später: »Warum hast du am Altar gebetet?« frage ich.

»Für dich«, antwortet sie. »Für dich.«

Und als ich schließlich den Tempel verlasse und durch den belaubten Innenhof davongehe, erkenne ich, daß dieser Tempel der Liebe uns etwas über uns selbst lehrt; über unsere geteilten Empfindungen, unsere falschen, heuchlerischen und scheinheiligen Höflichkeiten, unsere Egoismen und Illusionen; damit wir am Ende zu Liebe, Zuneigung und Freude finden mögen.

Es ist nicht die Lektion, die ich zu lernen erwartet hatte; und doch glaube ich, daß dieses Aufschrecken aus unseren geordneten emotionalen Bahnen ein notwendiges Stadium auf dem Weg in jene Zukunft ist, die wir vor allem emotional erfassen müssen.

Während meiner kurzen Abwesenheit ist Deborah aus dem Gasthof ausgezogen, ohne eine Adresse oder eine Nachricht hinterlassen zu haben. Aber vielleicht ist das Ausbleiben einer Nachricht für mich an sich schon gleichbedeutend mit einer solchen: die ohne Worte mitteilt, daß eine Nachricht nicht nötig ist, da wir beide wissen, was vorgeht. Wir müssen auf verschiedenen Wegen voranschreiten, die möglicherweise zum gleichen Ziel führen. Solche Gefühle kann man nicht in einer hingekritzelten Notiz darlegen: Das zu tun, würde sie zu einer Lüge, einer Ausflucht werden lassen.

Der Strom der Zeit fließt weiter; aber ich weiß nicht mehr, in welche Richtung er fließt; vorwärts oder zurück in die Vergangenheit. Vielleicht fließt der Strom der Zeit, wie der Euphrat, im Kreis. Obwohl ich glaube, daß dem nicht so ist.

Jetzt befinde ich mich wieder am Palast des Nebukadnezar mit seinen breiten, von Säulen getragenen Rängen, drapiert mit den Hängenden Gärten. Ich hatte gedacht, ich würde diese Gärten gemeinsam mit Deborah erkunden, wobei jeder von uns im grünen Schatten den eigenen grünen Gedanken nachhängen könnte. Aber tatsächlich haben wir vom ganzen Palast nur die staubigen Antiquitäten des Wunderkabinetts gemeinsam besucht, Kammern voller Keramik und Stein zu ebener Erde an der Nordseite.

Dieser Palast stellt selbst für das 20. Jahrhundert ein Wunderwerk dar. Wie mochte er vor sechsundzwanzig Jahrhunderten gewirkt haben? Vielleicht war der Palast in Wirklichkeit nur ein ziemlich großer Stufenturm, bepflanzt mit ein paar Bäumen, Topfpalmen und Gebüsch. Aber nein: Genau so ist er gewesen, denn so ist er jetzt. Außerdem betrachte man sich den Großen Tempel von Karnak. Oder die Pyramiden. Offensichtlich haben in jenen Tagen

Riesen gelebt; obwohl sie, verglichen mit uns, zweifellos Zwerge waren.

Während ich so von der Straße her zu den sieben Terrassen aufschaue, wendet und krümmt sich von neuem der Strom der Zeit; und das 20. Jahrhundert, aus dem ich gekommen bin, wird zu einer entfernten Epoche, die lediglich hierher, zu diesem vollendeten Werk geführt hat, und all unser zukünftiger Ehrgeiz und unser Können gipfeln – in einem Palast des 6. Jahrhunderts v. Chr.

Eine breite Marmortreppe führt hinauf zur ersten Terrasse, auf der Riesenfarne und Brunnen zu sehen sind. Einige mazedonische und persische Soldaten bewachen den Aufgang, hindern aber niemanden am Zutritt. Eine Gruppe vornehmer Damen in reichen Gewändern steht auf halber Höhe plaudernd beisammen, während Bedienstete Federfächer über ihre Köpfe halten. Ein Trio bärtiger Männer in schwarzen Roben und spitzem Kopfschmuck schreitet tief ins Gespräch versunken herab. Astronomen, Astrologen?

Ich steige hinauf. Ich wandere von einer Terrasse zur anderen und gehe sie entlang: zwischen Palmen, Feigenbäumen, Lorbeerbüschen, Orangen- und Avocadobäumen, Jasmindickichten, einem Miniaturwald aus Zypressen und kleineren Nadelbäumen, einem Garten mit Sukkulenten. Überall fließen Wasserläufe, plantschen als Wasserfälle von Ebene zu Ebene hinab, funkeln als Springbrunnen himmelwärts. Da steht die Statue einer Sphinx, dort die eines geflügelten Stiers oder eines Elefanten. Und an der Rückseite jeder Terrasse bieten Säulenarkaden Zutritt zum eigentlichen Palast.

Als Gärtner in den Hängenden Gärten Babylons tätig zu sein! Ich habe mehrere bei der Arbeit angetroffen. Da ist wieder einer, ein alter, gebrechlicher Mann, der gerade die Fliesen der fünften Terrasse abspritzt, um Staubentwicklung zu verhindern.

Wir kommen ins Gespräch. Während wir reden, denke ich die ganze Zeit bei mir: »Er ist als alter, müder Mann nach Babylon emigriert! Macht es ihm nichts aus, daß er hier früher sterben wird? Macht er sich keine Sorgen darüber, daß die medizinische Versorgung die des Marktplatzes ist? Bestehend aus Volksweisheiten, Laiendiagnosen von zufällig Vorbeikommenden, Kräutersäften? Keine Chirurgie, keine Antibiotika, keine echten Arzneimittel! Repräsentiert Babylon für ihn einen Todeswunsch? Aber hier, inmitten dieses wuchernden Pflanzenwuchses, dem wahrhaftigen Gegenteil von Verfall? Wie kann das sein?«

Er hat natürlich bemerkt, wie ich abschätzend seine Falten, die gebeugten Schultern, die Schwerfälligkeit seiner Hände, die Leberflecken auf seiner Haut betrachte. (»Solltest du dich nicht auf irgendeinem Balkon in einem Schaukelstuhl mit einer Decke über den Knien ausruhen, Opa, statt in Babylon zu schuften?«)

Er fängt an zu husten: ein beängstigendes, keuchendes Geräusch.

»Geht es Ihnen gut?«

Er spuckt aus, kratzt den Speichel mit seinen Sandalen fort, dann grinst er.

»Jeder muß sterben, junger Mann. Drinnen liegt der junge König höchstpersönlich im Sterben, und er ist erst Dreiunddreißig. Aber bei ihm liegt es am Fieber ...

Hören Sie: Die Zellen eines jeden Körpers erneuern sich nur soundso oft – da gibt es eine Grenze, nicht wahr? Und eine Stadt oder ein Königreich ist nur ein Körper in größerem Maßstab. Wie, wenn die *polis*, der Staat, den gleichen Begrenzungen unterläge wie jeder Körper eines Lebewesens? Die *polis*, die ich verlassen habe«, ich nehme an, damit muß er Amerika meinen, »die schien an eine Grenze gestoßen zu sein. An ihre Grenze als Körper ... denken Sie mal darüber nach.«

Stimmt das? Ist es das, was er hier in Babylon erfahren hat: diese Einsicht, die so wichtig ist für die Heuristische Universität, nämlich daß jeder Gesellschaft eine Begrenzung ihrer Fähigkeit zur Selbsterneuerung innewohnt?

Oder ist er schon mit dem Entschluß, diese Erfahrung zu machen, hierher gekommen, um sich so über seinen eigenen bevorstehenden Abgang aus dieser Welt hinwegzutrösten?

Seltsame Dinge gehen in dieser Stadt vor: seltsame Bewußtseinsströme werden hier emporgespült, wie von einem vergangenen Mond, der einst über dem ursprünglichen Babylon leuchtete.

»Alexander stirbt«, murmelt er. »Aber das liegt nur am Fieber ...«

Weit unten auf einer der belaubten Terrassen glaube ich über viele Brüstungen hinweg Deborah vorbeigehen zu sehen. Eigentlich ist die Gestalt zu weit weg, als daß ich sicher sein könnte; und jetzt wird sie von einem indischen Feigenbaum verdeckt.

»Also, warum besuchen Sie ihn nicht?«

»Besuchen? Wen?«

»Alexander natürlich.«

»Aber ... er ist der König! Man besucht nicht einfach einen König. Und außerdem liegt er im Sterben.«

Der Gärtner zwinkert mir zu. »Er liegt schon lange genug im Sterben. Das muß mit der Zeit langweilig werden. Es könnte ja sein, daß er den Besuch eines Landsmanns begrüßen würde. Außerdem seid ihr Griechen ja angeblich so ein demokratischer Verein. Na ja, das ist lange her ... heutzutage müßt ihr euch erniedrigen, demütigen und das Knie beugen.«

»Wollen Sie behaupten, daß ich Alexander tatsächlich besuchen könnte?«

»Nehme ich an. Sie können auf jeden Fall fragen. Ich, ich bin nur einer seiner Gärtner.«

Es ist unglaublich. Alexander der Große liegt hier in diesem Palast im Sterben, vielleicht nur hundert Schritt entfernt ... ich habe das gewußt. Natürlich habe ich es gewußt. Aber ich hätte nie geglaubt, daß er *wirklich* hier ist.

Gibt es ihn tatsächlich? Oder erlaubt sich dieser alte Mann nur einen Scherz mit mir?

»Wenn Sie mir nicht glauben, junger Mann, dann gehen Sie doch einfach hoch zur nächsten Terrasse. Fragen Sie eine Wache.«

»Das tue ich auch!«

Ja. Ja. Und Ja.

Ich werde nach Dolchen durchsucht. Ich werde in ein geliehenes Goldgewand gekleidet, für den Fall, daß meine Kleidung selbst vergiftet sein sollte, oder damit ich vor Alexanders fiebrigen Augen bestehen kann. Man belehrt mich, wie ich mich zu Boden zu werfen und mich auf Knien zu nähern habe.

Flankiert von zwei Wachen (einem Perser und einem Mazedonier), die mit kurzem Speeren bewaffnet sind, werde ich von einem Kammerherrn in die Gegenwart des Hohen Herrn geleitet. Überall in diesem Teil des Palastes stehen kostbare Vasen, Werke aus poliertem Elfenbein und geschnitzter Jade, Beutestücke aus Indien und entfernteren Ländern.

Vor einer doppelflügeligen Tür aus geschnitztem Teakholz wird mit einem Stab auf den Boden geklopft. Die Tür öffnet sich und gibt den Blick frei auf einen großen, luftigen Raum. Schleierartige Vorhänge aus Gaze flattern vor den steinernen Fensterrahmen; doch der süßliche Geruch ist nicht der von Blumen, sondern von Krankheit und Weihrauch. Oder vielleicht ist es auch nur der Weihrauch, der kränklich riecht. Sein Bett ist groß und golden, mit kugeligen Klauenfüßen und einem Baldachin darüber.

Ich mache auf dem persischen Teppich meinen Kniefall; ich krieche.

»Steh auf«, sagt eine matte Stimme.

Und ich erblicke Alexander den Großen, auf weiche Kissen gestützt, gekleidet in ein mit Drachen besticktes Seidengewand, juwelenbesetzte Ringe an den Fingern. Der Herrscher Babylons.

Er *wirkt* nicht todkrank. Aber leidet er nicht schon seit vier Jahren an diesem Fieber? Er sieht nicht aus wie Dreiunddreißig – eher wie Vierzig –, noch gleicht er einem ungestümen, muskulösen Eroberer. Aber er ist ja auch nur eine Reinkarnation Alexanders. Er ist kräftig gebaut und pausbäckig, mit langem, gelocktem Haar und dunklen, traurigen Augen, die nichtsdestoweniger mit scharfsinniger Intelligenz blitzen: einer Intelligenz, die in Kissen und

Krankheit gefangen ist. Hat er Rouge auf den Wangen – und sogar auf den Lippen?

Schalen mit reifen Früchten und Konfekt, Flaschen mit Wein stehen rings um das Bett; Räucherstäbchen brennen. Ich werde an Nero erinnert, an Aubrey Beardsleys Zeichnungen, an Oscar Wilde, an einen Borgie-Papst – Trugbilder aus der Zukunft. Alexander hat sich, wie es scheint, dem Luxus Persiens ergeben. Auf seinem Bett liegen Schriftrollen: Landkarten des Weltreichs? Nein, Diagramme, Kritzeleien, Karten mit kryptischen Symbolen. Alchemistische Schaubilder und Horoskope? Vielleicht. Oder vielleicht Übungen in heuristischer Futurologie.

Was ist er? Was für ein Fieber hat er? Das Fieber des sterbenden 20. Jahrhunderts auf der Suche nach dem Elixier der Unsterblichkeit? Ich frage mich, ob er unter Drogen steht, wie ein Seher oder eine Wahrsagerin.

Ich frage mich, ob er wohl nach einiger Zeit von seinen Wachen – mit einer Überdosis – getötet und durch einen Jüngeren ersetzt werden wird, der dann genauso in halb betäubtem Zustand gehalten würde. Einen Moment lang geht mir der beängstigende, anmaßende Gedanke durch den Kopf: Bin ich der nächste Alexander?

Aber wenn der Körper dieses Königs halb gelähmt und betäubt erscheint, wie steht es dann um seinen Geist?

Er starrt mich an. Seine rougebemalten Lippen bewegen sich.

»Nur wenige kommen, die Made im Apfel zu besuchen ... Wein!«

Eine Bedienstete verbeugt sich, schenkt ein, nimmt einen Schluck aus dem Kelch; dann, da sie sich nun nicht in Krämpfen am Boden windet, hält sie den Kelch an Alexanders Lippen, neigt das Gefäß für ihn. Mit gierigen Schlukken leert er es. Einige Tropfen laufen an seinem Kinn hinab, nur um von der Frau mit einem Tuch fortgewischt zu werden.

»Gesandte, Bittsteller, Magier mit ihren Heilmitteln ... Was ist deines, Grieche? Was ist dein Allheilmittel für die Welt?«

»Babylon«, sage ich. »Babylon ist das Heilmittel.« Denn daran glaube ich. Und zwar paradoxerweise noch fester, nun, da ich ihn gesehen habe.

Und nun, als habe der Wein – oder was darin war – die Sehnen seiner Phantasie, die Muskeln seines Geistes entflammt, hebt er mit melodischer Stimme wieder zu sprechen an:

»Man hat uns Geschichten von der Morgendämmerung der Erde erzählt – und von ihrem goldenen Nachmittag, welcher unserer Ansicht nach im zwanzigsten Jahrhundert oder im dreißigsten oder vierzigsten oder hundertsten zu finden sein muß. Und wir haben Erzählungen vom langen, langen Abend des Niedergangs vernommen. Vielleicht mit gewissen Aufstiegen und Abstürzen dazwischen: neuer Barbarei, Reisen zu den Sternen, wer weiß?

Aber all das ist Unsinn. Denn es ist immer noch Morgen; und auch in einer Million Jahren wird der Planet sich noch in seiner morgendlichen Frühzeit befinden. Und auch nach einer weiteren Million Jahre. Selbst der frühe Nachmittag wird unvorstellbar anders sein – möglicherweise wundersam bewohnt von Geschöpfen, die heute erst wenige Zentimeter groß sind: Bisamratten, Spitzmäuse. Oder von aufrecht gehenden Hunden oder Vögeln, oder Lebewesen, die wir uns gar nicht vorstellen können, weil ihre Vorfahren noch nicht existieren ...

Wer kann je die Zeit *spüren?* Wer kann wirklich ihre riesigen Bögen wahrnehmen? Ah, aber wir haben ein kluges Zauberkunststück vollbracht.

Denn die antike Welt ist offensichtlich älter als unsere. Sie gleicht einem alten Mann, im Gegensatz zu unserer dreisten Jugend – obwohl wir länger leben, als es damals irgend jemandem vergönnt war. Sie ist der Abend unseres Morgens, denn sie ist uralt.

Indem wir sie also wiedererstehen lassen – indem wir die Morgendämmerung der Zivilisation wiederbeleben, die inzwischen zu Staub zerfallen ist –, vollführen wir in unserer Psyche, unserer Seele einen gigantischen Sprung in den Nachmittag, vielleicht gar den Abend des Lebens. Und so reichen wir über den unbedarften Vormittag der Zeit hinaus – in andere, spätere Stunden der Zukunft ...«

Ein Schreiber notiert all dies, eilig mit dem Griffel kratzend. Wird man diese Aussprüche auf dem Marktplatz aushängen? Wird man sie im Tempel laut verlesen? Wird man sie die Rampe Babels hinauftragen?

Warum sonst sollte man seine Worte niederschreiben? Da doch sicherlich irgendwie in diesem Raum ein Mikrophon lauscht, eine verborgene Kamera zusieht. Wenn irgendwo, dann doch sicherlich im Gemach des Königs!

Aber vielleicht gibt es nirgendwo in Babylon versteckte Kameras oder Mikrophone. Selbst mit Hilfe der neuesten, halbintelligenten, mit Unschärfelogik versehenen Computer, um die Inputflut zu sondieren, könnte ein Beobachterteam wohl kaum mit all dem fertigwerden, oder?

Vielleicht sondiert die Universität Babylon einfach dadurch, daß sie Beobachter direkt hinschickt (und ich bin auch gerade einer). Aber vielleicht ist auch in Babylon jeder – jeder Bürger, meine ich – ein Beobachter; und es ist der Strom der Neuankömmlinge, der Anwärter auf Bürgerschaft, der Besucher, die sie auf Veränderungen ihres Verhaltens hin beobachten – auf Anzeichen von Verwirrung, Einsicht, psychischen Krisen, Erleuchtung.

Und vielleicht ist Babylon in seiner unsystematischen, aber rückhaltlosen Übernahme antiker, fremdartiger Sitten zur ersten *polis* in der Geschichte der Welt geworden, die ihrer selbst bewußt ist: ihrer selbst über die Grenzen von Zeit und Raum hinaus bewußt. Wie es sonst nirgends möglich ist. Ein kommunales Gehirn. Vielleicht ist Babylon selbst der Computer, zusammengesetzt aus menschlichen Wesen.

Alexander läßt sich weiter in seine Kissen zurücksinken, erschöpft, ausgelaugt. Er schließt die Augen; ich sehe, daß seine Lider kohlgeschwärzt sind. Der Kammerherr zieht mich am Ärmel, zwingt mich zu Boden. Die Audienz ist beendet. Gemeinsam bewegen wir uns auf Händen und Knien rückwärts aus dem Zimmer.

Meine Gedanken kreisen, mein Gehirn murmelt vor sich

hin – unsicher, ob ich im Schlafgemach meines Namensvetters Zeuge profunder Wahrheit oder wilder Torheit, einer grandiosen Geste der Verzweiflung geworden bin. Ich stolpere aus dem Palast, werde von den Wachen höflich, aber bestimmt zu den Gärten der sechsten Terrasse zurückgeleitet.

Schließlich, Tage später, stöbert mich ein Bote – ein dicker, geschäftiger kleiner Mann – im Gasthof auf.

»Es ist an der Zeit«, sagt er. »Heute.«

Ich starre ihn verständnislos an. »Heute? Aber natürlich ist Heute. Es ist immer Heute. Es kann ja kaum Morgen oder Gestern sein!«

»Es ist *an der Zeit*«, sagt er wieder.

»An der Zeit wofür? Ich werde heute Babel ersteigen.«

»Der Rest Ihrer Gruppe hat sich heute bei Morgengrauen am Tor zurückgemeldet. Ihretwegen müssen sie warten. Die Frau Deborah sagte, Sie wären vielleicht noch hier. Sie haben vergessen.« Er zögert, dann flüstert er in einer fremdartigen Sprache, auf Englisch: »Das Luftkissenfahrzeug. Um Sie zur Universität zurückzubringen. Für Nachbesprechungen. Entscheidungen.« Eine tote Sprache. Tot, weil sie noch nicht geboren wurde.

Aber ich begleite ihn.

Während wir durch die frühmorgendlichen Straßen Babylons in Richtung des Ischtar-Tores gehen, frage ich mich: Hätte ich die Unterkunft wechseln sollen? Hat es mir irgendwie an Initiative gefehlt? Aber es ist klar, daß ich zur Universität zurückkehren muß. Um Babylonisch zu lernen. Um im Schnellverfahren mit der eigentlichen Sprache der Stadt gefüttert zu werden. Sonst würde ich ja hier für immer ein Fremder bleiben, ein Grieche.

Ist das der Grund, warum sie uns anfangs Griechisch beibringen? Um sicherzustellen, daß wir zuerst als Fremde ankommen und immer wenigstens eine Erinnerung an unsere Fremdheit zurückbehalten? Sonst könnte es sein, daß wir völlig untergehen, sobald wir das Tor durchschreiten. Wie längst verloren geglaubte Verwandte, die endlich heimgekehrt sind, wie Menschen, die unter Amnesie gelitten haben und plötzlich ihr Gedächtnis wiederfinden.

Oder wie Irre, von denen sich unvermittelt die Schleier des Wahnsinns gehoben haben ...

Als ich beim Luftkissenfahrzeug angekommen bin, setze ich mich neben Deborah.

»Nachdem du den Gasthof verlassen hast«, frage ich sie, »wohin bist du da gegangen?«

Zuerst ist ihre Stimme kühl, distanziert. »Ich? Ich habe auf Babel gewohnt. Im Turm zu Babel.«

»Dem einen Ort, den ich mir habe entgehen lassen!«

»Es entgeht einem immer etwas, Alex.«

»Ich könnte sagen, du seist mir entgangen ...«

Sie runzelt die Stirn, und ich beeile mich, hinzuzufügen: »Aber wie könnte ich das? Ich wußte nicht einmal, wer du warst – bis du es für dich selbst herausgefunden hast.« Das hört sich beleidigend an, ist es aber nicht; und sie nimmt es auch nicht so auf.

»Und hast du es auch herausgefunden, Alex? Wer du bist?«

»Ich glaube, ja.«

Jetzt lächelt sie.

Ich bin mir sicher, daß wir jetzt endlich eine richtige Beziehung zueinander haben. Aber es ist eine Beziehung, die wir Babylon verdanken.

»Eines Tages«, verspreche ich ihr, »werde ich auf dem Heiratsmarkt für dich bieten.«

»Wenn du reich genug bist, Alex.«

»Das werde ich sein. Ich werde reich an irgend etwas sein, selbst wenn es nicht Geld ist.«

»Wird es nicht interessant werden«, bemerkt sie, »wenn immer mehr Kinder in Babylon geboren werden, deren Muttersprache Babylonisch ist? Kinder, die nur ein paar Brocken Griechisch lernen, und auch das nur mühsam? Kinder, die noch nie etwas von der englischen Sprache gehört haben?«

Und ich glaube, das ist eine Art Versprechen von ihrer Seite.

Unter Motorengebrüll hebt das Luftkissenfahrzeug reibungslos vom Boden ab und dreht, um sich in einer Staubwolke nach Norden zu wenden. Der Ödlandkeil, der zum Ischtar-Tor hin ausläuft, erweitert sich schnell. Bald rasen wir entlang der verlassenen Straße durch die Wüste Arizonas.

Wenn ich den ersten Saguaro-Kaktus erblicke, werde ich wissen, daß wir uns an einem anderen Ort befinden. Einem namenlosen Ort.

Denn kein Name kann sich mit dem Namen des Großen Babylon messen.

Was uns menschlich macht

von Stephen R. Donaldson

Der Autor wurde vor allem durch seine Fantasy-Romane über Thomas Covenant bekannt, die zu Bestsellern wurden. Mit dieser Story jedoch stellt er seine Fähigkeiten auf dem Gebiet der »harten« SF unter Beweis.

Da ist ein von der Erde kolonisierter Planet, der sich aufmacht, seine Ursprünge zu erforschen – um mit dem im Titel angesprochenen Problem konfrontiert zu werden.

Die *Aster's Hope* war mehr als einhundert Meter hoch – eine perfekte Kugel, die vor Zielvisieren, Antennen und Tastersensoren strotzte, zwischen denen Laserkanonen, Sichtluken und Rezeptoren zu sehen waren. Sie verließ den Orbit um ihre Heimatwelt wie ein Stahlgeschoß, das aus einer Schleuder abgefeuert wird. Ihr Rumpf leuchtete unter dem starken Sonnenlicht des Solarsystems hell auf. Wärend sie zu ihrer Reisegeschwindigkeit von 0,85 C beschleunigte, passierte sie auf ihrem Weg in das weiter draußen liegende Licht und Dunkel die äußeren Planeten – erst Philomel mit seinem gigantischen Fahnen von reinem Wasserstoff, dann den einsamen Periwinkle, der am Rand des Gesichtsfeldes schimmerte.

Sie war das Beste, das ihr Volk je geschaffen hatte, das Beste, was es mit seinem Wissen hervorbringen konnte. Sie mußte das Beste sein: Sie würde für Jahrhunderte nicht zurückkehren.

An Bord befanden sich genau 392 Menschen.

Auch sie waren die Besten, die Aster aufzuweisen hatte. Diplomaten und Ärzte, Linguisten, theoretische Biologen, Physiker, Geisteswissenschaftler, sogar Bibliothekare, die die riesigen Wissensspeicher verwalten sollten, die sich auf der *Aster's Hope* befanden. Sie alle waren äußerst sorgfältig für diese Mission trainiert worden. Und sie stellten die absolute Crème, die Jugend von Asters Streitkräften dar. Sie waren die »Comps« und »Techs«, die wußten, wie man die *Aster's Hope* unter den vielfältigen Winden der Galaxis segeln mußte.

Dreihundertzweiundneunzig Menschen waren sie, ausgewählt aus der gesamten Bevölkerung des Planeten, getestet und vorbereitet, um am Höhepunkt in Asters Geschichte teilzuhaben.

Dreihundertneunzig von ihnen schliefen.

Die beiden übrigen sollten auf das Schiff achtgeben. Doch sie taten es nicht. Sie rannten nackt durch einen Gang im Mittelring des Schiffs, vorbei an den sterilen, unpersönlichen Kammern, in denen die Kälteschlafkapseln ihre Bewohner umarmten. Temple kicherte, weil sie wußte, daß Gracias sie nie einfangen konnte, wenn sie es nicht zuließ. Aus seinen Brusthaaren tröpfelte immer noch etwas von der Eiskreme, mit der sie ihn bespritzt hatte. Solange sie nicht langsamer wurde, konnte er nichts daran ändern. Vielleicht war sie nicht klüger oder stärker als er, und auch nicht besser trainiert oder höher im Rang – aber sie war mit Sicherheit schneller.

Dies war ihre Wachschicht, die Woche, die sie turnusmäßig alle sechs Monate außerhalb ihrer Kapseln verbringen würden, bis sie starben. Die *Aster's Hope* beherbergte fünfundzwanzig solcher Wachgruppen, und sie waren die Selbstmordkommandos dieser Mission: Sie alterten zweimal im Jahr um je eine Woche, und so würde keiner von ihnen lange genug leben, um den Heimflug des Schiffs zu erleben. Alle anderen konnten aufgespart bleiben, bis die *Aster's Hope* ihr Ziel erreichte. Da sie die ganze Fahrt über geschlafen hatten, würden sie im Vergleich zum Abflug nur ein wenig älter dort ankommen. Doch die Streitkräfte mußten das Schiff unterhalten. So hatten die Planer der Mission eine schwierige Entscheidung treffen müssen: Entweder bemannte man die *Aster's Hope* völlig mit Comps und Techs und betete, daß sie fähig wären, die Arbeit von Diplomaten, theoretischen Physikern und Linguisten zu verrichten – oder man opferte eine gewisse Anzahl von Mitgliedern der Streitkräfte, um Raum für die Menschen zu schaffen, die speziell für die Mission trainiert werden konnten. Die Planer entschieden, daß die Fähigkeit, die *Aster's Hope* Chip um Chip und Dichtung um Dichtung auseinanderzunehmen, um sie danach wieder zusammenzusetzen, soviel Sachverstand erforderte, daß jeder Mann oder jede

Frau vollauf damit ausgelastet wäre. Deshalb mußte die Mission selbst in die Hände anderer Experten gelegt werden.

Und deshalb konnte die *Aster's Hope* nicht genug Comps und Techs aufnehmen, um sie wieder nach Hause zu bringen.

Angesichts dieses Dilemmas erwartete man natürlich vom militärischen Personal, daß es in jeder Wachschicht eine gewisse Zeit mit dem Versuch verbrachte, sich fortzupflanzen. Wenn sie Kinder bekämen, könnten sie ihr Wissen und ihre Fähigkeiten weitergeben. Und wenn die Kinder früh genug geboren würden, wären sie alt genug, wenn man sie brauchte, um die *Aster's Hope* heimzubringen.

Temple und Gracias waren nicht besonders an Kindern interessiert. Ansonsten nahmen sie aber jeden Aspekt der Fortpflanzung sehr ernst.

Sie wurde für ein paar Sekunden langsamer, gerade genug, um ihn aufzustacheln. Dann drehte sie wieder auf. Er war leider ein wenig träge beim Lieben – sogar bei ihren Gesprächen –, es sei denn, sie bemühte sich nachdrücklich, sein Blut in Wallung zu bringen. An manchen Tagen war ein träger, bequemer und etwas schlapper Liebhaber, genau das, was sie wollte. Heute aber nicht. Heute war sie von den Zehenspitzen bis zu den Haaren voller Energie, und sie wollte einen Gracias in Höchstform.

Doch als sie lachend einen Blick über die Schulter zurückwarf, um zu sehen, wie er sich machte, stellte sie fest, daß er nicht mehr hinter ihr war.

Wo ...? Na schön. Er versuchte die Jagd unter seine Kontrolle zu bringen. Wollte mit einem Trick gewinnen, weil er es mit Schnelligkeit nicht schaffte. Temple lachte laut auf, während sie innehielt, um Luft zu holen und nachzudenken. Offensichtlich war er in einem der Räume oder Gänge verschwunden, die von diesem Korridor abzweigten, um ihr den Weg abzuschneiden – oder vielleicht auch, um sie in einen Hinterhalt zu locken. Und sie hatte das Öffnen und Schließen der Türautomatik nicht gehört, weil sie gerannt war und zu heftig geatmet hatte. Sehr schön! Das war der Gracias, den sie wollte.

Aber wo war er abgebogen? Nicht in den Hilfskontrollraum für den Rechner – der hatte keinen zweiten Ausgang. Wie wär's mit der nächsten Kälteschlafkammer? Von dort aus müßte er durch den Schacht hinunter zum Innenring und wieder herauf. Das wäre ein gewagtes Spiel: Er würde raten müssen, wie schnell und wie weit, und in welche Richtung sie sich bewegte. Und das gab ihr eine Chance, den Spieß umzudrehen.

Sie trat grinsend vor die nächste Schlafkammer. Die Tür spürte ihr Näherkommen und öffnete sich mit einem fast unhörbaren Zischen, um sich hinter ihr wieder zu schließen. Der Anblick der Kälteschlafkapseln, vom Netzwerk ihrer dreifach abgesicherten Maschinen umgeben, die allesamt unabhängig voneinander versorgt und betrieben wurden, damit ein Systemausfall nicht die Mission insgesamt gefährden konnte, war ihr so vertraut, daß sie sie kaum mit einem Blick bedachte, als sie zum Schacht ging.

Die Anzeigen verrieten, daß er nicht in Betrieb war. Also kam Gracias nicht auf diesem Weg herauf. Perfekt. Sie würde jetzt durch den Schacht zum Außenring aufsteigen, um ihm auszuweichen und ihm den Mund wäßrig zu machen. Sie würde seinen schönen Plan zu ihrem Vorteil nutzen. Selbstzufrieden trat sie näher an die Schachttür.

Doch als sie auf den Sensor drückte, kam keine Reaktion. Kein einziges Licht ging an: Der Aufzug blieb, wo er war. Sie schob überrascht ihren ganzen Körper vor den Sensor. Nichts. Sie sprang auf und nieder, schwenkte die Arme. Immer noch nichts.

Das war seltsam. Als Gracias am Morgen seine Diagnosen durchgeführt hatte, war der einzige Fehler überhaupt in irgendeinem verrückten Schaltkreis des Biererzeugers im Nahrungsmittelsystem gewesen. Und sie hatten ihn zusammen repariert. Warum öffnete sich die Schachttür nicht?

Temple dachte darüber nach, daß sie zum Nebenraum gehen und einen anderen Schacht versuchen sollte, um herauszufinden, wie ernst das Problem wäre, und trottete zur Tür der Kammer zurück.

Diesmal ging sie nicht vor ihr auf.

Es war so unerwartet, daß sie vor die Tür rannte – was ihr eher Schrecken als Schmerzen bereitete. Mit ihren fast dreißig Jahren hatte sie noch nie eine Automatiktür gesehen, die versagt hätte. Alle Türen außer den verschlossenen öffneten sich, und die verschlossenen Türen hatten draußen eine Lichtanzeige, die niemand übersehen konnte. Doch die Anzeigen dieser Tür besagten: *offen* und *normal*.

Sie versuchte es noch einmal.

Das war nicht nur seltsam. Es war ernst. Eine schwerwiegende Fehlfunktion. Die sich in der Diagnose nicht zeigte? Oder war sie gerade eben erst aufgetreten? Egal was, es wurde Zeit, mit dem Spiel aufzuhören. Die *Aster's Hope* brauchte Hilfe. Temple runzelte die Stirn und sah sich nach der nächsten Sprechanlage um, damit sie Gracias rufen und ihm sagen könnte, was hier vorging.

Sie befand sich auf der anderen Seite, an der Wand neben dem Schacht. Sie ging darauf zu.

Bevor sie sie erreichte, glitt die Tür der Kammer auf.

Mit einem ungezwungenen Ausdruck in seinem dunklen Gesicht und einem unhörbaren Pfeifen auf den Lippen betrat Gracias den Raum. Über der Schulter trug er einen leichten Schlafsack. Hinter ihm schloß sich die Tür völlig normal.

»Wo willst du denn hin?« fragte er mit beiläufiger Neugierde.

Temple kannte diesen Gesichtsausdruck und diesen Tonfall. Sie überwand sich und schenkte ihm ein breites Grinsen. »Du Himmelhund«, sagte sie. »Wie hast du das denn wieder hingekriegt?«

Er zuckte die Achseln und versuchte, das Funkeln in seinen Augen zu verbergen. »Das war nichts weiter. Die Hilfskontrollen für den Computer sind da drüben.« Er nickte in die Richtung des Steuerraums, an dem sie vorbeigegangen war. »Die Bewegungssensoren des Schiffs wußten, wo du warst. Ich sah dich hier reingehen. Hab 'ne vorübergehende Anweisung eingegeben. Hab dem Rechner gesagt, er sollte auf keine Masse reagieren, die kleiner ist als meine. Du sitzt hier noch 'ne Stunde fest.«

»Du solltest dich was schämen.« Sie konnte sich das Grinsen nicht verkneifen. Seine List machte ihr Spaß. »Das ist das Unverantwortlichste, das ich je gesehen habe. Wenn alle Comps ihre Zeit damit verbringen würden, solche Beschränkungen einzugehen, dann wäre der Rechner nicht mal mehr in der Lage, Buchstabensuppe zu produzieren, wenn wir da sind, wo wir hinwollen.«

Er erwiderte ihren erfreuten Blick nicht voll. »Zu spät.« Er tat immer noch unbeteiligt – obwohl es einige deutliche Anhaltspunkte für das Gegenteil gab – und breitete den Schlafsack vor sich auf dem Boden aus. »Du sitzt hier noch 'ne Stunde fest.« Dann sah er sie an, und seine schwarzen Augen glühten. »Will die Zeit nicht verschwenden.«

Sie bemühte sich, entrüstet zu klingen. »Idiot.« Doch als er ihr eine Gelegenheit gab, sprang sie ihm praktisch in die Arme.

Sie gingen immer noch ihren Pflichten nach, als die Alarmklingel des Schiffs ertönte und der Computer die *Aster's Hope* in den Alarmzustand versetzte.

Temple und Gracias waren Comp und Tech ihrer Wachschicht. Das Militär hatte sie fast von Geburt an auf ihre Aufgaben vorbereitet. Aufgrund ihrer Ausbildung und mit Hilfe des Computers verfügten sie über alles Wissen, das Aster hervorgebracht hatte, und über alle Hilfsmittel, die die Planer und Konstrukteure in die *Aster's Hope* hatten hineinstopfen können. In gewisser Weise waren sie die Vorhut von Asters langem Aufstieg zu den Sternen: Mehr als jeder Diplomat oder Bibliothekar repräsentierten sie das Ziel der Bestrebungen der Asterianer in den letzten dreitausend Jahren.

Doch die Begriffe selbst – »Comp« und »Tech« – waren Atavismen, Wortfragmente, die aus der Zeit vor dem Absturz überlebt hatten – Bezeichnungen, die zugleich geheimnisvoll und unsinnig klangen in der Zeit der unvermeidlichen Barbarei, die auf den Absturz gefolgt war. Überlieferte Legenden sprachen von den Comps und Techs, die das große Kolonistenschiff *Aster* von der Erde durch die galaktische Leere geführt hätten, Hunderte oder Tausende Lichtjahre entfernt von der Heimatwelt der menschlichen Rasse. In der *Aster*, wie in den anderen gewaltigen Schiffen, die die Erde ausgeschickt hatte, um die Menschheit vor einer jetzt vergessenen Krise zu retten, hatten die meisten Menschen während der jahrhundertelangen Reise durch den Normalraum geschlafen. Die Techs und Comps hatten indessen gelebt und waren gestorben, Generation auf Generation, und hatten das Schiff gesichert und am Leben erhalten, während der Computer mit seinen Meßgeräten den Himmel nach einer Welt absuchte, auf der die Schläfer der *Aster* leben konnten.

Es war eine langwierige und heldenhafte Aufgabe, diese endlose Wacht der Männer und Frauen, die das Schiff führten. Auf eine Art hatten sie Erfolg. Denn als die *Aster* ihre letzte Ruhestatt erreichte, geschah dies auf der Oberfläche eines Planeten, der reich an atembarer Atmosphäre und an Vegetation war, jedoch nahezu bar jeder konkurrierenden Fauna. Die Sonne des Planeten war nur um wenige Grade heißer als Sol; seine Schwerkraft war nur geringfügig höher. Die Menschen erwachten aus ihrem Schlaf und fanden die Krume und die Hoffnung dieser neuen Welt und hatten allen Grund, sich glücklich zu schätzen.

In anderer Hinsicht aber hatten die Techs und Comps versagt. Während die meisten ihrer Bewohner schliefen, hatte die *Aster* Jahrhunderte oder Jahrtausende gearbeitet – und die Entropie war unausweichlich. Teile des Schiffs brachen zusammen. Die Comps und Techs reparierten sie. Andere Teile versagten, und man flickte sie. Und dann begannen der *Aster* die Ersatzteile und die Ausrüstung auszugehen. Die Teile, die versagten, wurden auf Kosten anderer Teile repariert. Zu guter Letzt hielten die Techs und Comps ihr Schiff mit nichts anderem als reinem Improvisationstalent und Mut zusammen, doch sie konnten den Absturz nicht verhindern.

Der Absturz vernichtete alles, was das Volk der Erde für das Volk der *Aster* geplant hatte. Der Rechner war zerstört, die Speicherbänke verloren, nutzlos. Brände zerstörten die gebundenen Bücher, die das Schiff mitgeführt hatte. Die Ausrüstungsgegenstände, die überlebten, waren überwiegend solche, die nicht ohne Ionengenerator liefen, und die nicht repariert werden konnten ohne die Möglichkeit, Mikrochips herzustellen. Die Maschinen der *Aster* waren unter der Belastung des Niedergangs durch die Atmosphäre ausgebrannt und für immer erkaltet.

Beinahe neunhundert Männer und Frauen überlebten den Absturz, doch sie hatten außer ihrem Wissen und der Entschlossenheit in ihren Köpfen nichts, um sich am Leben zu halten.

Daß die Nachkommen jener Pioniere überlebten und ihrem Planeten den Namen Aster gaben – auf dem zu zuerst das Leben und dann eine Zukunft errichtet werden sollte, ein Traum von den Sternen und vom Flug durch den Raum und von der Erde – war eher ein Tribut an die Entschlossenheit der Vorfahren als an deren Wissen. Ein bedeutender Teil ihres Wissens besaß keinen ersichtlichen Wert mehr. Die Nachkommen der ursprünglichen Comps und Techs wußten, wie man die *Aster* führte; die theoretischen Fragen jedoch, die damit zu tun hatten, wie sie funktioniert hatte, wurden kaum verstanden. Und keiner dieser Menschen war darauf trainiert worden, in etwas zu leben, das im Grunde ein Dschungel war. Was die Schläfer anging: Der Legende zufolge war ein volles Zehntel von ihnen Politiker gewesen. Und weitere zwanzig Prozent waren Menschen, die die Politiker für wichtig hielten – Sekretäre, Presseoffiziere, Sicherheitsleute, sogar Kosmetiker. So blieben knappe sechshundert Menschen übrig, die daran gewöhnt waren, in einer Art Kontakt zur Realität zu leben.

Und doch fanden sie ihre Lebensart.

Zuerst überlebten sie nur: sie experimentierten (manchmal mit schrecklichen Folgen), sie lernten, genießbare von ungenießbaren Pflanzen zu unterscheiden, sie erinnerten sich klar genug an die Bedeutung des Feuers, um einige Überbleibsel der *Aster* zu retten, bevor das Wrack völlig ausbrannte, sie organisierten sich und teilten die Verantwortung auf.

Später klammerten sie sich beharrlich ans Leben: Sie fanden Steine, die sie schärften, um die Pflanzen zu schneiden, sie machten Kleidung aus Blättern und den Häuten kleiner Tiere, sie lehrten sich selbst, wie man eine Schutzhütte webt, sie vermehrten sich.

Dann kämpften sie. Denn wozu sollte eine Welt gut sein, wenn sie sie nicht beherrschen konnten?

Und schließlich begannen sie das verlorene Wissen wiederzuerfinden.

Die Bewohner von Aster betrachteten all dies als langwierigen Prozeß. Von ihrem Standpunkt aus gesehen schien es außergewöhnlich lange zu dauern. Doch nach der Geschwindigkeit beurteilt, mit der sich planetarische Zivilisationen normalerweise entwickelten, verlief die Asterianische Geschichte ausgesprochen rasant. Eintausend Jahre nach dem Absturz erinnerten sich die Menschen Asters an das Rad. (Manche Theoretiker halten dagegen, daß das Rad nie wirklich vergessen wurde. Doch um nützlich zu sein, braucht es eine Möglichkeit zum Rollen – und Aster war ein Dschungel. Über mehrere Jahrhunderte konnte sich der Wert eines Rades nicht mit dem einer guten Axt messen. Die alten Erinnerungen an das Rad konnten nicht haften bleiben, bevor die Asterianer genug Boden gesäubert hatten, um seinen Wert zu Tage treten zu lassen.) Tausend Jahre nach dem Rad erwachte die Druckmaschine wieder zum Leben. (Eins der wichtigeren Probleme, das die Asterianer durch ihre ganze Geschichte bis zu diesem Punkt begleitet hatte, war die Frage, was man mit all dem toten Holz tun sollte, das angefallen war, als sie den Raum für ihre Städte, Felder und Straßen freigeschlagen hatten. Das Wiederauftauchen des Papiers war nur eine Notlösung, bis die Druckmaschine erschien.) Und tausend Jahre nach der Druckmaschine stand die *Aster's Hope* zu ihrer Mission bereit. Sie wußten es nicht, doch die Menschen Asters hatten den Zeitbedarf der Erde für dieselbe Entwicklung um mehrere Jahrtausende unterboten.

Entschlossenheit war ein wichtiger Grund dafür. Menschen, die einen so weiten Weg von der Erde gekommen waren, um den Fortbestand der menschlichen Rasse zu sichern, gaben sich nicht mit halben Sachen zufrieden. Doch Entschlossenheit braucht ein Objekt: Die Menschen mußten wissen, was sie wollten. Die Alternative wäre eine Geschichte voller Kriege gewesen, denn entschlossene Menschen, die nicht wissen, was sie wollen, neigen zu unnötigen Aggressionen.

Dieses Objekt – der Traum, der von den ersten Generationen an Leben und Zivilisation Asters beeinflußt hatte – das angeborene Gespür für eine gemeinsame Aufgabe und ein gemeinsames Sehnen – machte Kriege selten, ließ die Menschen ihr Wissen teilen und befruchtete den Fortschritt. Dieses Objekt boten die Legenden von der Erde und der *Aster*.

Binnen zwei Generationen nach dem Absturz wußte niemand mehr auch nur ungefähr, wo sich die Erde befand. Das Wissen darum war zusammen mit den Werkzeugen der Astrogation verlorengegangen. Zwei Generationen danach wußte niemand mehr, wie die Erde ausgesehen hatte. Und nach zwei weiteren Generationen begann die Realität des Raumfluges aus der kollektiven Asterianischen Phantasie zu schwinden.

Doch die *Ideen* übelebten.

Die Erde.

Aster.

Techs und Comps.

Schlaf.

Vielleicht mehr als sonst irgendwo in der Galaxis lieferten auf Aster Träume die Grundlage für die Zielstrebigkeit. Auf Aster entwickelte sich eine Zivilisation, die ihre Nahrung aus Legenden bezog. Die Bilder und Gefühle, die die Träume während des physischen Schlafs belebten, wurden für Einzelne und für die ganze Gesellschaft zu den Zielen, die den Geist leiteten, wenn er wach war.

Die Erde wiederentdecken.

Zurückkehren.

Jahrhundertelang sah dies natürlich unsinnig aus. Wäre es eher eine bewußte Entscheidung statt eines planetenweiten Traums gewesen, hätte man sie schon vor langer Zeit verworfen. Doch da es ein Traum war, der außer in Gedichten und der Malerei und in der verschwiegenen Stille des Herzens kaum einmal offenbart wurde, konnte er überdauern, bis das Volk für ihn bereit war.

Das heißt, bis die Asterianer die Radioteleskope und andere Empfangsgeräte von hinreichender Empfindlichkeit wiedererfunden hatten und damit beginnen konnten, die Signale zu interpretieren, die sie von den Sternen erreichten.

Einige dieser Signale klangen, als kämen sie von der Erde.

Dies war eine bemerkenswerte Errungenschaft. Schließlich waren die Sendungen, die die Asterianer untersuchten, nicht für Aster gedacht gewesen. (Tatsächlich waren sie vielleicht für überhaupt niemanden gemeint. Es war wahrscheinlicher, daß diese Signale zufällige Abstrahlungen waren – möglicherweise die Überbleibsel einer Welt, die mit sich selbst und ihren Planeten gesprochen hatte.) Sie waren so lange unterwegs gewesen, hatten so viele Gravitationsfelder passiert und waren so unscharf, daß nicht einmal der hemmungsloseste Optimist in Asters Observatorien behaupten konnte, daß die Signale Botschaften waren. Im Grunde waren sie kaum mehr als Geflüster im Äther, Seufzer, mit denen verglichen einige der weiter entfernten Sterne laute Schreie ausstießen.

Und doch, getrieben von einem fast unbewußten Traum, hatten die Asterianer Instrumente entwickelt, mit denen sie nicht nur dieses Flüstern hören und aus der kosmischen Kakophonie trennen konnten, um einige überraschend exakte Schlußfolgerungen darüber zu machen, was (oder wer) es verursacht hatte, sondern sie konnten auch einen möglichen Ursprung auf den Sternenkarten fixieren.

Es war, als hätte auf Aster ein Blitz eingeschlagen. Einfacher ausgedrückt, der gemeinsame Traum sprang plötzlich aus dem Unterbewußtsein hervor.

Erde. DIE ERDE.

Danach war es nur noch eine Sache weniger Minuten, bis

jemand sagte: »Wir sollten versuchen, dort hinzukommen.«

Und das war es genau, was die *Aster's Hope* – einhundert Jahre später und nach einem enormen Aufwand an Bodenschätzen, Zeit, Wissen und Entschlossenheit – unternahm.

Natürlich – so sind die Menschen eben – gab es eine Menge Männer und Frauen auf Aster, die nicht an die Mission glaubten. Und es gab viele, die daran glaubten, die aber immer noch genug gesunden Menschenverstand oder angeborenen Pessimismus besaßen, um vorsichtig zu sein. Das Ergebnis war eine planetenweite Debatte, während die *Aster's Hope* geplant und gebaut wurde. Manche sagten immer wieder Dinge wie: »Und was ist, wenn es dann doch nicht die Erde ist? Was ist, wenn es ein fremder Planet ist, auf dem sie Menschen nicht von Fliegenscheiße unterscheiden können und sich einen Dreck um uns scheren?«

Oder: »Auf diese Entfernung sind eure Zahlen nicht mal auf zehn Parsec genau. Wie wollt ihr das denn kompensieren?«

Oder: »Und wenn das Schiff unterwegs etwas anderem begegnet? Intelligentes Leben zu finden könnte wichtiger sein als die Suche nach der Erde. Oder vielleicht mögen die anderen es nicht, wenn wir in ihren Raumsektor eindringen. Sie könnten die *Aster's Hope* zu Klump schießen – um danach bei uns vorbeizuschauen.«

Oder natürlich: »Und wenn das Schiff die ganze lange Reise macht und überhaupt nichts findet?«

Nun, auch der verbissenste Verfechter der Mission war fähig, zuzugeben, daß es unglücklich wäre, wenn die *Aster's Hope* tausend Lichtjahre durch die Galaxis reiste, um dann doch noch zu scheitern. So betrieb man bei der Planung und Vorbereitung des Schiffbaus und bei der Auswahl der Besatzung einen ungeheuren Aufwand. Doch die Asterianer begannen erst mit dem eigentlichen Bau, als sie eine Antwort auf das erhalten hatten, was für sie die grundlegendste Frage bei der ganzen Mission war.

Auf beinahe jedem anderen bewohnten Planeten der Galaxis wäre dies die Frage der Geschwindigkeit gewesen.

Eine Entfernung von eintausend Lichtjahren war zu groß. Man brauchte eine Möglichkeit, schneller als das Licht zu reisen. Doch die Asterianer hatten einen blinden Fleck. Sie wußten aus den Legenden, daß ihre Vorfahren jahrhundertelang *geschlafen* hatten, während sie durch den Normalraum reisten, und sie waren einfach unfähig, vernünftig über eine andere Art des Reisens nachzudenken. Sie lernten, wie man es Jahrtausende zuvor auf der Erde gelernt hatte, daß C eine theoretisch absolute Grenze war. Sie glaubten daran und wandten ihre Aufmerksamkeit anderen Dingen zu.

Nein, die Frage, die ihnen wirklich Kopfzerbrechen bereitete, war die Sicherheit. Wenn sie die *Aster's Hope* auf die Reise schickten, wollten sie sicher sein, daß kein vorbeiziehender, feindlicher Meteorschauer und kein diplomatisches Unglück sie zerstören könnte.

So wurde sie nicht gebaut, ehe nicht ein schlecht bezahlter Lehrer an einer unbekannten Universität plötzlich aus einem Forschungsgebiet, über das die Leute seit Jahren nur gelacht hatten, eine Erkenntnis gewann:

C-Vektor.

Für die Leute, die ihre Hausaufgaben in theoretischer Mathematik oder abstrakter Physik nicht gemacht hatten, wurde der »C-Vektor« als »rechtwinklig zur Lichtgeschwindigkeit« definiert. Damit konnte niemand etwas anfangen – aber das hielt die Asterianer nicht davon ab, sich darüber lustig zu machen. Es dauerte nicht lange, bis sie einen Generator bauen konnten, der ein C-Vektorfeld erzeugte.

Wenn dieses Feld um einen Gegenstand gelegt wurde, entstand ein undurchdringlicher Schild – ein Schild, dem Geschosse und Laserkanonen und Wasserstoffgranaten nichts anhaben konnten. (Jedes Projektil und jede Kraft, die den Schirm traf, prallte »rechtwinklig zur Lichtgeschwindigkeit« ab und hörte im Normalraum zu existieren auf. Nachdem dies entdeckt war, verbrachten mehrere Wissenschaftler mehrere Jahre damit, herauszufinden, ob ein C-Vektorfeld nicht irgendwie als Überlichtantrieb verwendet werden konnte. Doch niemand konnte sich vorstellen, welche Richtung denn nun »rechtwinklig zur Lichtgeschwindigkeit« bedeutete.) Allerdings schien dieses Feld einen offensichtlichen Nutzen als Waffe zu haben – man richtete das Feld auf einen Gegenstand, der dann verschwand –, bis die Forscher lernten, daß das Feld nur auf ein Objekt gerichtet oder darumgelegt werden konnte, wenn das Objekt und der Feldgenerator in Relation zueinander stationär waren. Doch glücklicherweise eröffnete das C-Vektorfeld den Männern und Frauen, die die *Aster's Hope* planten, noch ein weitaus offensichtlicheres Anwendungsgebiet.

Wenn man das Schiff mit C-Vektorschirmen ausrüstete, wäre es vor jedem Unglück sicher, außer vielleicht einer direkten Kollision mit einem Stern. Und wenn man das Schiff mit einem C-Vektor-Selbstzerstörungsmechanismus ausstattete, dann wäre Aster sicher vor jedem Unglück, das der Besatzung der *Aster's Hope* zustoßen oder durch sie verursacht werden mochte.

Man begann fast augenblicklich mit der Konstruktion des Schiffs.

Und nach einiger Zeit war man fertig. Die Linguisten und Biologen und Physiker wurden trainiert. Die Ärzte und Bibliothekare bekamen ihre Ausrüstungen. Die Diplomaten wurden instruiert. Jedes Tech- und Compteam wußte, wie man die *Aster's Hope* bis auf die Mikrochips zerlegte und sie aus Ersatzteilen wieder zusammensetzte (und natürlich konnten sie die Teile auch reproduzieren).

Das Schiff verließ den Orbit, ging auf Kurs, nahm Geschwindigkeit auf und zog auf seinem Weg in die vor ihm liegende galaktische Leere an Philomel und Periwinkle vorbei. Für die Asterianer war es, als seien Legenden zum Leben erwacht – als sei ein Traum, der seit der Zeit vor dem Absturz in der menschlichen Psyche geschlummert hattte, durchbrochen und wahr geworden.

Doch sechs Monate später, etwa 0,4 Lichtjahre von Aster entfernt, dachten Temple und Gracias mitnichten an Legenden. Sie betrachteten sich nicht als Hüter eines Traums. Als die Alarmklingel anschlug, taten sie, was jedes entschlossene, gut trainierte und geistig rege Mitglied der Streitkräfte getan hätte: Sie gerieten in Panik.

Und in ihrer Panik rannten sie, nackt wie Kinder, in die Richtung des nächstgelegenen Hilfsterminals.

Grob gesprochen war der Unterschied zwischen Techs und Comps derselbe wie der zwischen Hardware und Software – wenn es natürlich auch erhebliche Überschneidungen gab. Temple kümmerte sich um die Anlagen, Gracias sagte ihnen, was sie tun sollten. Sie hätte Stunden gebraucht, um herauszufinden, was er mit den Türsensoren gemacht hatte. Als sie aber den Alarm hörten und aus dem Schlafsack rollten, sie war etwas schneller, als sie aus der Kälteschlafkammer stürzen wollten und die Tür nicht aufging, war er es, der erstarrte.

»Verflucht«, murmelte er. »Diese Anweisung erlischt erst in zwanzig Minuten.«

Er sah aus, als sei er auf sich selbst wütend, also fuhr sie ihn an: »Halt sie doch für mich auf, du Idiot!«

Er schlug sich die Hand vor die Stirn. »Natürlich.«

Indem er praktisch in die Reichweite des Sensors sprang, bekam er die Tür auf, und als er in den Korridor hinaustrat, überholte sie ihn. An der Tür des Hilfskontrollraums mußte sie wieder auf ihn warten. »Komm schon. Nun *komm* doch schon«, fauchte sie. »Was auch immer dieser Alarm zu bedeuten hat, es ist nichts Gutes.«

»Ich weiß.« Schweißreste ließen sein Gesicht glänzen und gaben ihm einen Ausdruck übergroßer Angst. Er schob sich mit grimmiger Miene durch das Sensorfeld in den Computerraum und ging zu seinem Stuhl vor den Hauptkontrollen.

Temple folgte ihm und sprang vor den Hardwarekontrollen auf ihren Platz. Doch ein paar Sekunden lang betrachtete keiner von ihnen seine Knöpfe und Anzeigen. Sie hatten nur Augen für den Hauptschirm über den Konsolen.

Die automatischen Taster des Schiffs zeigten einen hellen Punkt vor dem weiten Hintergrund der Sterne. Selbst auf diese Entfernung brauchten Temple und Gracias keinen Computer, um zu sehen, daß sich der Lichtpunkt auf dem Phosphor des Schirms bewegte. Sie konnten es erkennen, indem sie das Zurückweichen der Sterne beobachteten, während die Taster dem Lichtpunkt folgten.

Er kam auf sie zu.

Er war schnell.

»Ein Asteroid?« fragte Temple, hauptsächlich, um eine menschliche Stimme zu hören. Der Computer sollte in der *Aster's Hope* einen Alarm auslösen, sobald er die Gefahr einer Kollision mit einem genügend großen Objekt erkannte.

»Oh, bestimmt.« Gracias tippte mit ungelenken Fingern auf seinen Tasten herum und legte Ausdrucke auf die anderen Bildschirme des Rechners. Zahlen und Graphiken flackerten auf. »Wenn man annimmt, daß Asteroiden den Kurs wechseln können.«

»Den Kurs wechseln ...?«

»Hat gerade ein Anpassungsmanöver durchgeführt«, bekräftigte er. »Kommt direkt auf uns zu. Außerdem ...«, er deutete auf einen Schirm zu ihrer Linken, »bremst er ab.«

Sie starrte auf den Schirm und beobachtete die tanzenden Zahlen. Zahlen waren sein Ressort – er war mit ihnen schneller als sie. Doch sie wußte, was Worte bedeuteten. »Dann ist es ein Raumschiff.«

Gracias tat, als hätte er sie nicht gehört. Er betrachtete die Schirme, als stünde er dicht vor einem Gehirnschlag.

»Das gibt doch keinen Sinn«, fuhr sie fort. »Wenn es so nahe um Aster Raumschiffe gibt, warum haben wir denn nie was von ihnen gehört? Wir hätten ihre Sendungen auffangen müssen. Sie hätten uns hören müssen. Wir haben doch weiß Gott in den letzten paar hundert Jahren genug Krach abgestrahlt. Sind wir auf Sendung?«

»Sind wir«, sagte er. »Sie antworten nicht.« Er hielt einen Moment inne, dann erklärte er: »Ungefähr dreimal so groß wie wir.« Es klang verblüfft. Dann sagte er zögernd: »Der Rechner vermutet, daß es aus Überlichtgeschwindigkeit abbremst.«

Sie konnte sich nicht zurückhalten. »Das gibt's doch nicht«, schnappte sie. »Deine Augen spielen dir einen Streich. Überprüf's noch mal.«

Er drückte auf weitere Knöpfe, und die Zahlen auf dem Schirm verwandelten sich in eine extrapolierende Graphik. Was auch immer es war, das herannahende Schiff bewegte sich immer noch schneller als die *Aster's Hope* – und es bremste immer noch ab.

Ein paar Sekunden lang legte sie sich die Hände über das Gesicht und drückte sie gegen die Schläfen. Ihr Puls fühlte sich an wie nach einer Überdosis Adrenalin. Für so etwas war sie nicht trainiert worden. Dann senkte sie plötzlich die Arme und sah wieder auf die Schirme. Der Punkt näherte sich immer noch, doch der Graph hatte sich nicht verändert.

Aus Überlichtgeschwindigkeit. Sogar die besten Asterianischen Wissenschaftler hatten immer gesagt, daß es unmöglich wäre.

Na schön, murmelte sie zu sich selbst. Wieder ein Naturgesetz zum Teufel. Wie gewonnen, so zerronnen.

»Warum nehmen die nicht Verbindung mit uns auf?« fragte sie. »Wenn wir sie sehen, dann müssen die doch auch wissen, daß wir hier sind.«

»Brauchen die gar nicht«, unterbrach Gracias seine Konzentration. »Die tasten uns schon ab, seit sie wieder auf Unterlicht sind. Der Computer stellt überall Tasterstrahlung fest. Stark genug, um dir den Blutdruck hochzutreiben.« Dann versteifte er sich, setzte sich aufrecht und stieß einen Fluch aus. »Die Taster versuchen, in den Computer einzudringen.«

Temple umklammerte die Armlehnen ihres Stuhls. Das war sein Gebiet, sie war hilflos. »Können sie das tun? Kannst du sie davon abhalten?«

»Die Verschlüsselung hält sie draußen.« Er studierte seine Ausdrucke und ließ die Augen über die Schirme gleiten. »Das wird nicht lange halten. Übernimm den Rechner.«

Ohne ihre Antwort abzuwarten, übertrug er seine Kontrollen auf ihre Konsole und stand auf. Er ging schnell zur zweiten Hauptkontrollsole hinüber, zur Programmeingabe.

Mit einem unbeholfenen Gefühl, das sie niemals spürte, wenn sie mit Werkzeugen oder mit Hardware arbeitete, übernahm sie die Kontrolle und versuchte, die Ausdrucke zu verfolgen. Doch die Zahlen verschwammen, und die Anzeigen ergaben scheinbar keinen Sinn. Der Rechner, der im Notfallmodus arbeitete, forderte sie ständig auf, ihn abzufragen, doch ihr fielen keine Fragen ein. Statt dessen fragte sie Gracias: »Was machst du da?«

Seine Hände fuhren kreuz und quer über die Konsole. Er schwitzte immer noch. »Ich verändere die Codierung«, sagte er. »Eine ganze Serie von Veränderungen. Ich lege sie in eine Schleife.« Als er fertig war, brauchte er noch einen Augenblick, um seine Eingabe ein zweites Mal zu überprüfen. Dann grunzte er zufrieden und kehrte zu seinem Platz am Computer zurück. Während er seine Kontrollen von Temple zurücknahm, sagte er: »Auf diese Weise kann der Computer nicht geknackt werden, selbst wenn man den augenblicklichen Code kennt. Man muß den folgenden auch noch kennen. Die Schleife verändert die Codierung so oft, daß wir eine Weile sicher sind.«

Sie gestattete sich ein erleichtertes Seufzen – und ein leises, wütendes Knurren in die Richtung des nahenden Schiffs. Sie mochte es nicht, wenn sie sich hilflos fühlte. »Glaubst du, daß diese Hunde Kontakt mit uns aufnehmen, wenn sie den Computer nicht knacken können?«

Er zuckte die Achseln und starrte auf seine Kontrollen. »Die Empfangskanäle sind offen. Wenn sie etwas sagen, werden wir's hören.« Er biß sich einen Augenblick in die Unterlippe. Dann lehnte er sich in seinem Sitz zurück und drehte sich in ihre Richtung. Seine Augen waren schwarz vor Angst.

»Das gefällt mir nicht«, sagte er nachdrücklich. »Das gefällt mir überhaupt nicht. Ein Überlichtschiff kommt direkt auf uns zu. Direkt nach Aster. Und sie reden nicht. Statt dessen versuchen sie, den Rechner zu knacken.«

Sie wußte um seine Angst. Sie hatte selbst Angst. Doch

wenn es aussah, als brauchte er sie, dann schob sie ihre eigenen Gefühle beiseite. »Würdest du sagen«, sagte sie gedehnt, weil sie ironisch und ruhig klingen wollte, »daß sich uns jemand mit feindlichen Absichten nähert?«

Er nickte mechanisch.

»Nun, wir sind ziemlich sicher. Vielleicht ist die Schranke der Lichtgeschwindigkeit nicht unüberwindlich, aber der C-Vektorschild ist es. Also brauchen wir uns nur um Aster zu sorgen. Wenn uns das Schiff passiert, können wir es nie mehr einholen. Wie weit ist es noch weg?«

Gracias drehte sich wieder vor seine Konsole und rief einige Zahlen ab. »Fünf Minuten.« Sein Gesicht verriet es nicht, doch an seiner Stimme konnte sie hören, daß er für ihre demonstrative Gelassenheit dankbar war.

»Ich denke, wir sollten einfach abwarten, was geschieht«, sagte sie. »Wir sollten jetzt eine Nachricht nach Hause senden.«

»Richtig.« Er machte sich sofort ans Werk. Er stellte auf dem Schirm Daten zusammen und rief die kurze Geschichte der Begegnung der *Aster's Hope* mit dem anderen Schiff ab. »Dauersendung«, murmelte er, während er die Informationen auf die Sender gab. »Wird laufend ergänzt. Wir wollen Aster so viel mitteilen, wie wir nur können.«

Temple nickte beifällig. Dann riß sie die Augen auf, als die Schirme zu elektronischem Müll zusammenbrachen. Aus allen Lautsprechern brach gleichzeitig ein Geräusch, als würde die Verdrahtung kochen – sowohl aus den Anrufkanälen, als auch aus den Bordleitungen. Sie hätte beinahe vor Überraschung laut aufgeschrien. Doch ihr Training und das Wiedererkennen hielten den Schrei zurück. Sie wußte, was das war.

»Störsender«, sagte Gracias. »Wir werden gestört.«

»Auf diese Entfernung?« fragte sie. »Auf *diese Entfernung?* Diese Impulsart sollte ...«, sie zog ihren Ausdruck zu Rate, »etwas mehr als drei Minuten bis zu uns brauchen. Wie machen die das?«

Er gab einige Sekunden keine Antwort; er war vollauf

damit beschäftigt, die Schirme wiederaufzubauen. Dann sagte er: »Sie haben einen Überlichtantrieb. Taster, neben denen unsere wie Spielzeug wirken. Warum nicht auch bessere Sender?«

»Oder«, warf sie barsch ein, »sie haben vielleicht schon den Störsender eingeschaltet, als sie uns gesehen haben.« Trotz ihres Bemühens, ruhig zu bleiben, atmete sie schwer. Sie konnte ihre Unsicherheit und Angst nicht völlig meistern. »Kannst du da durchbrechen?«

Er versuchte es, dann schüttelte er den Kopf. »Zu stark.«

»Verdammt! Gracias, was sollen wir jetzt machen? Wenn wir Aster nicht warnen können, dann liegt es bei uns. Wenn dieses Schiff feindlich gesonnen ist, müssen wir es irgendwie bekämpfen.«

»Dafür ist sie nicht gebaut«, kommentierte er. »Die *Aster's Hope*. Sie ist ungefähr genauso wendig wie ein Felsblock.«

Sie wußte es. Das ganze Schiff war eher in Hinsicht auf Verteidigung als auf Angriff konzipiert. Zuallererst sollte es überleben, und zweitens sollte es nicht vorschnell etwas über seine Heimatwelt verraten. Es war tatsächlich und seiner Struktur nach nicht als Kriegswaffe gedacht. Ein Grund dafür war, daß die Planer der Mission nie die Idee in Betracht gezogen hatten, daß es fremden (und schon gar nicht feindlichen) Schiffen in solcher Nähe zur Heimat begegnen könnte.

Temple wünschte, es besäße eine andere Bewaffnung, eine höhere Geschwindigkeit und erheblich weniger Masse. Doch daran konnte man jetzt nichts mehr ändern. »Wir müssen irgendwie ihre Aufmerksamkeit erregen«, sagte sie. »Wir müsen sie dazu bringen, sich mit uns zu befassen, bevor sie weiterfliegen.« Ihr kam eine Idee. »Was zeigen denn die Taster an?«

»Immer noch nicht viel. Größe. Geschwindigkeit.« Dann, fast intuitiv, schien er zu erfassen, was sie dachte. »Schirme natürlich. Sehen aus wie normale Ablenkschirme.«

Sie lächelte beinahe. »Du machst Witze. Kein C-Vektor?«

»Nein.«

»Dann vielleicht ...« Sie dachte angestrengt nach. »Vielleicht können wir doch etwas tun. Vielleicht können wir sie abbremsen und etwas beschädigen – während sie uns überhaupt nichts tun können – so daß sie nicht nach Aster weiterfliegen.«

»Gracias, sind wir auf Kollisionskurs mit dem Ding?«

Er starrte sie an. »Nicht ganz. Wir liegen einen Kilometer daneben.«

Als hätte sie das Kommando über die *Aster's Hope*, sagte sie: »Dann schieb uns ihnen in den Weg.«

Ein Grinsen lockerte seine Konzentration. »Aye aye, Sir, Temple, Madame, aye aye. Gute Idee.«

Er begann sofort, Anweisungen in seine Konsole zu tippen.

Während er den Computer vorbereitete, um den Kurs der *Aster's Hope* anzugleichen – und ihn ständig nachregelte, um das Schiff so weit wie möglich in der Bahn des näherkommenden Raumschiffs zu halten – legte Temple ihre Sicherheitsgurte an. Knapp drei Minuten, dachte sie. Drei Minuten bis zum Aufschlag. Einen Augenblick dachte sie, Gracias bewegte sich zu langsam. Doch bevor sie etwas sagen konnte, nahm er seine Hände von der Tastatur und schnallte sich ebenfalls an. »Zwanzig Sekunden«, sagte er.

Sie riß sich zusammen. »Werden wir es spüren?«

»Den Schub beim Angleichen? Natürlich.«

»Nein, du Idiot. Werden wir den Aufprall spüren?«

Er zuckte die Achseln. »Wenn wir treffen. Bisher hat noch niemand einen C-Vektorschirm mit etwas so Großem zusammenknallen lassen.«

Dann machte Temples Magen einen Satz, und der ganze Computerraum sah aus wie ein Karussell.

Die Kurskorrektur war im Nu vorüber. Bei der Geschwindigkeit, mit der sich die *Aster's Hope* und das fremde Schiff bewegten, war ein Kilometer nur ein kleiner Schubs.

Weniger als zweieinhalb Minuten. Wenn wir treffen. Sie konnte einfach nicht dasitzen und schweigend warten. »Geben die Taster jetzt bessere Bilder? Auf diese Entfernung sollten wir die Zähne zählen können.«

»Ich schau mal nach«, sagte er. Er bediente einige Knöpfe und rief ein neues Bild aus den Hauptschirm …

… und starrte es schweigend an. Sein Mund stand weit offen. Sein ganzes Gesicht drückte höchste Verblüffung aus.

»Gracias?« Sie sah selbst auf den Schirm. Mit einer geistigen Kraftanstrengung zog sie die Schrauben in ihrem Kopf nach und zwang sich, das Muster in den Zahlen anzuerkennen. Dann verlor sie die Kontrolle über ihre Stimme. Es klang wie ein Schrei: »Gracias?«

»Ich kann's nicht glauben«, murmelte er. »Nein. Ich kann's einfach nicht glauben.«

Den Tastern zufolge war das anrückende Schiff total vollgestopft mit Computern und Waffen, mit Ausrüstungsgegenständen in allen Größen und Formen, allen Sorten von mechanischer und elektrischer Energie – und es gab keinen einzigen lebenden Organismus.

»Da ist nichts …« Sie versuchte es zu sagen, doch beim ersten Anlauf schaffte sie es nicht. Ihre Kehle verkrampfte sich, und sie konnte sie nicht lockern. Sie mußte mit Gewalt gegen die hart gespannten Muskeln schlucken. »Da ist nichts Lebendiges im Schiff.«

Plötzlich vollzog die *Aster's Hope* einen Kurswechsel, der ihr das Herz aus der Brust zu reißen schien. Der Fremde versuchte auszuweichen, und die *Aster's Hope* kompensierte die Bewegung.

Noch eine Minute.

»Das ist doch verrückt.« Sie schrie es fast heraus. »Es kommt mit Überlichtgeschwindigkeit herein, bremst direkt vor uns ab und stört unsere Sendungen, wechselt den Kurs, damit wir es nicht rammen – und hat nichts Lebendiges an Bord? Mit wem sollen wir denn reden, wenn wir aufgeben wollen?«

»Nimm's leicht«, sagte Gracias. »Alles zu seiner Zeit. Künstliche Intelligenz ist machbar. Das Schiff selbst denkt. Oder es läuft automatisch. Ein Forschungsschiff möglicherweise …«

Ein weiterer Kurswechsel ließ ihn verstummen. Ein kräftiger Beschleunigungsschub – zu kräftig. Ihr Kopf schlug nach links. Alarmsirenen heulten auf wie Fanfaren. Die *Aster's Hope* versuchte wieder auf Kollisionskurs mit dem anderen Schiff zu kommen, versuchte ...

Die Schirme verkündeten grelle Warnungen, Gefahrensignale, die ihr so vertraut waren wie ihr eigener Name. Drei Schubeinheiten des Schiffs waren kritisch überhitzt. Eine zerriß unter der Trägheitskraft in Stücke. Die *Aster's Hope* war nicht für solche Belastungen gebaut.

Sie war der Tech des Schiffs: Sie konnte nicht zulassen, daß die *Aster's Hope* beschädigt wurde. »Abbrechen!« schrie sie durch die lärmenden Sirenen. »Wir schaffen es nicht!«

Gracias klatschte eine Hand auf seine Tastatur und widerrief den Kollisionskurs.

Die Trägheitskräfte ließen nach. Die Lichter auf Temples Konsole sagten ihr, daß drei Schubdüsen beschädigt waren. Türen waren verrammelt, weil sie sich in ihren Scharnieren verzogen hatten, in der Medizinischen Abteilung war ein Verschluß aufgesprungen, eine Handvoll Kälteschlafkapseln baute ihr Programm neu auf. Doch die Alarme verstummten fast augenblicklich.

Ein paar Sekunden heulten die Kollisionswarnsirenen auf. Dann brachen sie ab. Die plötzliche Stille klang lauter als die Sirenen.

Gracias legte eine optische Sichtverbindung auf die Schirme. Er kam gerade zur rechten Zeit, um das andere Schiff als metallischen Streifen vorbeijagen zu sehen, der für das Auge zu schnell war. Aus einer Entfernung von wenigen -zig Metern zeigten die Taster ein Bild von dem fremden Schiff, das einer Festung glich – klotzig, kantig, riesengroß.

Im Vorbeiflug schoß es einen pfeilgeraden, hellroten Energiestrahl auf die *Aster's Hope* ab.

Alle Schirme im Kontrollraum wurden dunkel.

»Mein Gott!« keuchte Gracias. »Sind die Taster ausgebrannt?«

Das war Temples Gebiet. Sie zitterte immer noch unter dem Schock, unter dem Wissen, daß die *Aster's Hope* beschossen worden war; ihre Hände aber waren trainiert worden, bis sie ein Eigenleben entwickelt hatten, und sie wußten, was zu tun war. Kaum einen Herzschlag, nachdem sie verstanden hatte, was Gracias meinte, schickte sie einen Diagnoseimpuls durch die Tasterschaltungen. Die Antwort zog vor ihr über den Schirm.

»Keine Schäden«, berichtete sie.

»Was ist dann los?« Er klang benommen, er versuchte zu verstehen.

»Hast du einen Tasterempfang von dem Strahl bekommen?« erwiderte sie. »Genug für eine Analyse?« Dann erklärte sie: »Rechtwinklig zur Lichtgeschwindigkeit ist nicht für jede Kraft dasselbe. Vielleicht hat der C-Vektor diese hier in eine Art Energiehülle geschickt.«

Das war das, was er brauchte. »Stimmt.« Seine Hände machten sich wieder auf den Kontrollen ans Werk.

Fast sofort bekam er eine Antwort. »Ionenstrahl. Hätte uns ohne den Schirm zu subatomaren Teilchen zerblasen. Aber so ist nur die Optik verloren. Die Taster arbeiten noch. Die Optik ist auch gleich wieder da.«

»Fein.« Sie überprüfte noch einmal ihre eigenen Anzeigen, um sicherzugehen, daß die Versuche der *Aster's Hope,* mit dem Fremden zu manövrieren, keine schweren Schäden verursacht hatten. Gleichzeitig vergewisserte sie sich, daß die Kraft des Ionenstrahls im Innern des Schiffs nicht zu spüren gewesen war. Dann wandte sie ihre Aufmerksamkeit wieder den Schirmen und Gracias zu.

»Was macht unser Freund denn jetzt?«

Er grunzte und nickte zum Hauptschirm hinauf. Der Computer zeichnete einen neuen Graphen, der den Kurs des anderen Schiffs in Relation zur *Aster's Hope* zeigte.

Sie riß die Augen auf. Das war doch unmöglich. Unmöglich für ein Schiff von dieser Größe und mit dieser Geschwindigkeit, so schnell zu wenden.

Aber natürlich, dachte sie, während sie das Gefühl hatte, gleich den Verstand zu verlieren, natürlich ist da nichts Lebendiges an Bord, das unter den Beharrungskräften leiden könnte.

»Schön.« Sie mußte schlucken, als sie hörte, wie ihre Stimme zitterte. »Wenigstens haben wir ihre Aufmerksamkeit erregt.«

Gracias versuchte zu lachen, doch es kam wie ein Knurren heraus. »Wie schön für uns. Und was nun?«

»Wir könnten versuchen, wegzulaufen«, schlug sie vor. »So viel Distanz wie möglich zwischen uns und die Heimat legen.«

Er schüttelte den Kopf. »Das haut nicht hin. Sie sind schneller.«

»Und außerdem«, brummte sie, »haben wir eine Partikelspur hinterlassen, auf der sogar *wir* den Rückzug nach Aster finden könnten. Das und das ständige Geplapper im Funk – wenn dieser mechanische Behemoth unsere Heimatwelt finden will, dann können wir ihm auch gleich eine Landkarte rübersenden.«

Er rückte von seinem Pult ab und schwang seinen Sitz wieder in ihre Richtung herum. Sein Gesichtsausdruck machte ihr Sorgen. Seine Augen schienen trübe, fast starr, als verlöre seine Intelligenz unter dem Druck langsam ihre Schärfe. »Haben wir eine Wahl?«

Der Gedanke, daß er die *Aster's Hope* vernichten könnte, ließ die Panik in ihrer Stirn trommeln, doch sie kämpfte sie nieder. »Sicher«, schnappte sie, und versuchte ihm einen Funken ihrer eigenen Wut zu übermitteln. »Wir können kämpfen.«

Seine Augen sahen sie nicht. »Wir haben 'ne Laserkanone«, sagte er. »Wasserstofftorpedos. So'n Schiff« – er nickte in die Richtung des Bildschirms – »hat wohl kaum Schutzschirme, die wir überwinden könnten. Wie sollen wir da kämpfen?«

»Du sagst, es wären normale Ablenkfelder. Da könnten wir durchbrechen. Jeder Dauerdruck dringt da durch. Deshalb haben sie die *Aster's Hope* erst gebaut, als sie was Besseres hatten.«

Er sah sie immer noch nicht voll an. »Verdammt, Gracias! Wir müssen es versuchen! Wir können nicht einfach hier rumsitzen, bis es ihnen zu langweilig wird und sie sich entschließen, unserer Heimat etwas Schreckliches anzutun. Wenn du kein Interesse daran hast ...« Sie lehnte sich abrupt in ihren Sitz zurück, holte tief Atem und hielt ihn an, um sich zu beruhigen. Dann sagte sie ruhig: »Gib mir die Hauptkontrollen rüber. Ich mach's selbst.«

Er blieb noch einen Augenblick so sitzen, wie er war. Sein Blick verlor sich irgendwo hinter ihrem Kinn. Dann nickte er langsam. Mit matten Bewegungen drehte er sich wieder vor seine Konsole.

Doch statt Temple die Hauptkontrollen zu übergeben, gab er dem Computer die Anweisung, die *Aster's Hope* abzubremsen. Mit geringerer Geschwindigkeit konnte das Schiff besser manövrieren.

Sie entließ ein leises, erleichtertes Seufzen durch die Zähne.

Während die *Aster's Hope* bremste und sie gegen ihre Sicherheitsgurte zog, und während das fremde Schiff seine unmögliche Kehre vollendete, entriegelte sie die Waffenkontrollen auf ihrem Pult. Eine Lichterkette zeigte den Zustand aller Kampfmittel, die die *Aster's Hope* mit sich führte.

So sollte es nicht sein, dachte Temple bei sich. So hätte sie es sich nie vorgestellt. Wenn/falls die Asterianische Mission irgendeiner unbekannten Lebensform begegnete, einem anderen raumtüchtigen Fahrzeug, einer planetarischen Intelligenz, dann hätte die ganze Situation anders aussehen sollen. Hartnäckiges Mißtrauen wurde durchaus erwartet: die Angst vor dem Unbekannten, der Wunsch, die Heimatwelt zu schützen, Kommunikationsprobleme, kluge Vorsicht. Aber kein unprovozierter Angriff. Keine Schlacht, die auf der Stelle im leeren Raum ausbrach, mit Aster selbst als Siegespreis.

Kein fremdes Schiff, in dem nichts als Maschinen steckten? War das des Pudels Kern?

Also gut: Welchem Zweck könnte ein Schiff wie dieses dienen? Der Forschung? Dann hätte es nicht angegriffen. Ein Verteidigungsmechanismus für einen abgesicherten Raumsektor, den die *Aster's Hope* irgendwie verletzt hatte?

Aber sie waren mindestens fünfundfünfzig Lichtjahre vom nächsten Nachbarstern Asters entfernt, und man konnte sich nur schwer eine Rasse vorstellen, die so paranoid war, daß ihre Vorstellung von »Raumhoheit« so weit hinausreichte. Eine Art automatischer Waffe? Aber Aster hatte keine Feinde.

Nichts von alldem ergab einen Sinn. Und als Temple versuchte, es zu überdenken, verschlimmerte sich ihre Verwirrung noch. Sie geriet langsam in Panik.

Glücklicherweise wählte Gracias gerade diesen Augenblick, um sie mürrisch zu fragen: »Fertig? Es kommt schnell näher. Wird in einer Minute in Reichweite sein.«

Sie machte eine Anstrengung, um ihren Atem zu kontrollieren, um die Knäuel der Panik aus ihrem Kopf zu schleudern. »Entwerfe einen Ausweichkurs«, sagte sie, »und lege ihn auf meine Kontrollen rüber.« Ihre Waffenprogramme mußten wissen, wohin sich die *Aster's Hope* bewegte, um die Bewaffnung wirkungsvoll einzusetzen.

»Warum?« fragte er. »Wir brauchen nicht auszuweichen. Der Schirm wird uns schützen.«

»Um ihnen was zum Rätseln zu geben.« Ihre Anspannung trat in ihrer Stimme offen zu Tage. »Und um ihnen zu zeigen, daß wir sie erwischen können. Mach schon.«

Sie dachte, er bewegte sich zu langsam. Aber schneller als sie es geschafft hätte, zauberte er einen Graphen auf den Hauptschirm, der den Kurs des nahenden Fremdschiffes und die Manöver zeigte, die die *Aster's Hope* machen sollte.

Temple versuchte sich den Schweiß von den Händen an ihren nackten Beinen abzuwischen, aber es half nicht viel. Sie knurrte über das Gefühl in ihren Händen und legte sie über die Waffenkontrollen.

Gracias Graph blieb auf dem Hauptschirm stehen, doch die Anzeige vor ihr gab Temple wieder optische Sicht, und sie sah das fremde Schiff wie ein helles Metallgeschoß, das die Galaxis ausgeschleudert hatte, näherkommen, um die *Aster's Hope* aus dem Himmel zu fegen. Plötzlich, als glaubte sie, das andere Schiff wollte sie tatsächlich zerquetschen, begann sie wie wild zu feuern.

Aus jeder Laserkanone, die der Computer ins Ziel bringen konnte, schossen Lichtstrahlen auf das fremde Schiff zu.

Obwohl das Schiff riesig war, konzentrierten sich die Strahlen in einem Punkt. Temple wollte ihre Durchschlagskraft erhöhen. Als sie das Ablenkfeld trafen, flackerte Licht in allen Farben des Spektrums auf und erzeugte einen funkelnden Regenbogen.

»Negativ«, berichtete Gracias, als die *Aster's Hope* rukkend ihr erstes Ausweichmanöver begann. »Keine Wirkung.«

Ihr Gesicht prallte gegen die Gurte, Ihre Wangen wurden schwer und verformten sich. Temple stellte den Waffencomputer auf Dauerfeuer, dann konzentrierte sie sich darauf, den Kopf obenzubehalten, damit sie das Bild beobachten konnte.

Während ihre Laser die Schirme des fremden Schiffs in ein Feuerwerk verwandelten, kam ein weiterer hellroter Energiestrahl bolzengerade zur *Aster's Hope* herübergeschossen.

Wieder fiel die Optik aus.

Doch diesmal war Gracia bereit. Er legte Tasterbilder auf den Schirm, während die Optik außer Betrieb war. Temple konnte ihr Laserfeuer wie eine Gleichung auf einem Graphen sehen, der die *Aster's Hope* mit dem fremden Schiff verband. Alle paar Sekunden bewegte sich eine Linie in umgekehrter Richtung – ein Ionenstrahl, der so exakt war, als stände die *Aster's Hope* still. »Tut sich schon was?« keuchte sie, als sie ein weiterer Ausweichschub in die andere Ecke ihres Sitzes drückte. »Wir treffen sie ziemlich hart. Da muß doch was passieren.«

»Negativ«, wiederholte er. »Dieser Schild zerstreut die Energie fast genauso schnell, wie sie ankommt. Er wird nicht schwächer.«

Dann glitt der Angreifer vorbei. In wenigen Sekunden wäre er außerhalb der Reichweite von Temples Laserkanonen.

»Widerrufe die Ausweichmanöver«, schnappte sie, während sie an ihrem Pult das Dauerfeuer abschaltete. »Folge ihnen. So schnell wir können. Gib mir eine Chance, einen Torpedo ins Ziel zu bringen.«

»Gut«, meinte er. Und einen Augenblick später brach die Verzögerung auf sie ein, als alle Düsen des Schiffs mit voller Kraft anliefen und unter der Beschleunigung aufbrüllten.

Die *Aster's Hope* stabilisierte sich auf dem Kurs des fremden Schiffs und gab ihr Bestes, um dessen Geschwindigkeit zu halten.

»Jetzt«, murmelte Temple. »Jetzt. Bevor sie abdrehen.« Mit gewandten Fingern bereitete sie eine ganze Barriere von Wasserstofftorpedos vor. Dann übernahm sie die Kurskoordinierung vom Computer. »Und ab.« Sie drückte mit flacher Hand auf alle Feuerknöpfe zugleich und schoß sie ab.

Der Computer schaltete automatisch das C-Vektorfeld einen Augenblick aus, um die Torpedos durchzulassen. Von einem Schiff abgefeuert, das sich so schnell bewegte wie die *Aster's Hope*, erreichten sie fast sofort 0,95 C und jagten dem anderen Schiff hinterher.

Gracias wartete nicht auf Temples Kommando. Er kehrte den Schub um und bremste die *Aster's Hope* wieder ab, um so weit wie möglich von der Explosion entfernt zu sein, wenn die Torpedos einschlugen.

Falls sie einschlugen. Das Tasterbild auf dem Hauptschirm zeigte, daß der Fremde ein Wendemanöver begann.

»Komm schon«, keuchte Temple. Sie trommelte unwillkürlich mit den Fäusten auf ihren Armlehnen. »Komm schon. Trefft diesen Bastard. So trefft doch.«

»Aufschlag«, sagte Gracias, als alle Signale auf dem Bildschirm zusammentrafen.

In diesem Augenblick wurde die Sicht wieder klar. Sie sahen eine weißglühende Kugel in alle Richtungen gleichzeitig explodieren.

Dann gaben sowohl Optik als auch Taster für einige lange Sekunden den Geist auf. Die Explosion so vieler Wasserstofftorpedos im gleichen Augenblick füllte den Raum um die *Aster's Hope* mit Chaos: Energetische Strahlungen auf allen Wellenlängen, überladene Partikel, die abwechselnd existierten und verschwanden, während sie sich vom Explosionsherd entfernten.

»Treffer«, murmelte Gracias.

Temple packte die Armlehnen ihres Sessels und starrte auf das Durcheinander auf den Schirmen. »Was meinst du? Ob sie das wegstecken konnten?«

Er zuckte nicht mit den Achseln. Er sah aus, als hätte er nicht mehr viel Energie.

»Kannst du nicht die Schirme löschen? Wir müssen was *sehen.*«

»Das macht der Computer.« Und dann, eine Sekunde später: »Da ist es schon.«

Die Schirme löschten sich automatisch, und ein neues Tasterbild leuchtete im Phosphor vor ihnen auf. Es zeigte den Fremden in einer scharfen Kehre, die direkt zur *Aster's Hope* zurückführte.

Der Ausdruck war negativ. Keine Schäden.

»Mein Gott«, seufzte sie. »Ich kann's nicht glauben.« Alle Kraft schien ihren Körper zu verlassen. Sie sackte in ihren Gurten zusammen. »Was sollen wir jetzt tun?«

Er starrte noch einen langen Moment die Schirme an, während das angreifende Schiff seine Wendung vollendete. Dann sagte er: »Keine Ahnung. Versuchen wir's nochmal mit einer Kollision?«

Da sie nichts sagte, übergab er das Problem dem Computer und trug ihm auf, bis zum allerletzten Augenblick zu warten – die schlechte Manövrierfähigkeit der *Aster's Hope* mußte berücksichtigt werden –, um dann das Schiff in die Bahn des Fremden zu schleudern. Danach schaltete er sein Pult auf Automatik und lehnte sich in seinen Gurten zurück. Zu Temples Überraschung gähnte er gewaltig.

»Muß schlafen«, murmelte er träge. »Hoffentlich ist diese Schicht bald vorbei.«

Überraschung und Angst machten sie bitter. »Du bist nicht ganz klar im Kopf, Gracias.« Sie brauchte ihn, doch er schien sich immer weiter zu entfernen. »Glaubst du denn, die Mission kann nach diesem Ereignis weitergehen? Was meinst du denn, wie unsere Aussichten sind, daß uns dieses Schiff in Frieden ziehen läßt? Mein Gott, da drüben gibt es überhaupt nichts Lebendiges! Das ganze Ding ist nur eine Maschine. Es könnte Jahrhunderte hierbleiben und uns beschießen, ohne sich im geringsten zu langweilen. Oder es kann berechnen, wie hoch die Wahrscheinlichkeit ist, daß die Asterianer ein planetenweites C-Vektorfeld besitzen – um uns dann einfach zu vergessen, uns hier zurückzulassen und zum Angriff auf unsere Heimatwelt zu blasen, weil wir keine Möglichkeit haben, etwas dagegen zu tun, und Aster ist *ungeschützt*. Wir wissen nichtmal, was es *will*. Wir ...«

Sie hätte noch weitergesprochen, doch der Computer wählte diesen Augenblick, um die *Aster's Hope* in die Bahn des Fremden zu schieben. Während alle Düsen aufkreischten, zwang sich das Schiff zu einer schrecklichen Beschleunigung, kämpfte um eine Kollision, die der Angreifer nicht vermeiden konnte. Temple hatte das Gefühl, von den Gurten, die sie im Sitz hielten, in Stücke geschnitten zu werden. Sie wollte aufschreien, doch sie bekam keine Luft in die Lungen.

Ihre Schadensmeldungen und Kontrollampen waren ein Lichtermeer.

Doch das fremde Schiff sprang zur Seite und glitt unberührt vorbei.

Die *Aster's Hope* setzte zu einer Kehre an und versuchte, ihrem Gegner zu folgen. Gracias kämpfte sich aus seinem Sitz und widerrief das Kollisionsprogramm des Computers. Die Trägheitskräfte ließen sofort nach. Von seinem Schwung getrieben, stabilisierte sich das Schiff auf einem neuen Kurs, während der Fremde schon wendete, um sie zu verfolgen.

»Verdammt«, sagte er leise. »Verdammt noch mal.«

Temple entspannte sich in ihrem Gurten. Wir schaffen's nicht ... dachte sie matt. Wir schaffen's nicht mal, dieses Ding zu rammen. Es kann uns nichts tun. Aber wir können ihm auch nichts tun. Die *Aster's Hope* war nicht als Kriegsschiff gebaut. Es war nicht ihre Aufgabe, ihre Heimatwelt im Kampf zu verteidigen – sie sollte sie mit Diplomatie verteidigen, mit Klugheit, und in großer Entfernung. Im schlimmsten Fall sollte sie Aster beschützen, indem sie nicht zurückkehrte. Dies war eine Friedensmission, die Erfüllung von Asters Traum: Das Schiff hatte nie kämpfen sollen, außer ums eigene Überleben.

»Irgendwie«, murmelte Temple in die Stille des Computerraums, »war das hier nicht das, was ich mir vorstellte, als ich mich bei den Streitkräften bewarb.«

Gracias setzte an, um etwas zu sagen. Das Geräusch von überlasteten Leitungen, das aus den Lautsprechern drang, schnitt ihm das Wort ab. Temple schreckte auf, als hätte sie jemand mit siedendem Öl bespritzt.

Diesmal war es kein Störsender. Sie sah es an den Anzeigen, die über die Schirme tanzten. Es war ein neuer Tasterstrahl, wie der, der zuvor den Computer knacken wollte. Jetzt aber drang er in die ungeschützten Bordkommunikationssysteme ein – in die Wechselsprechanlagen innerhalb des Schiffs.

Nach den anfänglichen Entladungen statischer Energie begannen sich die Geräusche zu verändern. Aus dem Brodeln wurde ein Pfeifkonzert, Knurren, Grunzen und Stöhnen. Einen Augenblick hatte sie den Eindruck, einer unverständlichen fremden Sprache zu lauschen. Doch bevor sie die Übersetzerprogramme des Computers abrufen konnte – oder Gracias bitten konnte, es zu tun – wurden die Störungen in den Lautsprechern weiter moduliert, bis sie sich in eine Stimme und in Worte verwandelten.

Eine Stimme, die aus allen Lautsprechern im Computerraum zugleich kam.

Worte, die Temple und Gracias verstanden.

Die Stimme klang wie ein schlecht kalibrierter Sprachgenerator, metallisch und gefühllos. Aber die Worte waren verständlich.

»Gebt auf, Unleben. Ihr werdet zerstört.«

Der Tasterstrahl hatte bei allen Lautsprechern die Lautstärke weiter aufgedreht. Die Stimme war so laut, daß sie die Tür des Computerraums aus den Scharnieren zu reißen schien.

Temple keuchte unwillkürlich. »Mein Gott. Was, zum Teufel, ist das?«

Gracias antwortete unnötigerweise: »Das andere Schiff. Es spricht mit uns.« Es klang matt, geschlagen, beinahe desinteressiert.

»Das *weiß* ich doch!« schrie sie. »Um Himmels willen, *wach auf!*« Dann klatschte sie unvermittelt eine Hand auf ihr Pult und öffnete einen Funkkanal. »Wer bist du?« fragte sie in ihr Mikrophon. »Was willst du? Wir bedrohen dich nicht. Unsere Mission ist friedlich. Warum greifst du uns an?«

Das Tasterbild auf dem Hauptschirm zeigte, daß das fremde Schiff bereits seine Wendung beendet hatte und zur *Aster's Hope* aufschloß. Es glich sich ihrem Kurs und ihrer Geschwindigkeit an und folgte ihr im Abstand von weniger als einem halben Kilometer.

»Gebt auf«, blökten die Lautsprecher wieder. »Ihr seid Unleben. Ihr werdet zerstört. Ihr müßt aufgeben.«

Fast verrückt vor Angst und Aufregung, und unfähig, ihre Gefühle zu beherrschen, schaltete Temple ihr Mikro ab und schwang ihren Sitz zu Gracias herum, um ihn anzufahren: »Kannst du das denn nicht *leiser* stellen? Es zerreißt mir fast das Trommelfell!«

Langsam, wie im Halbschlaf, tippte er auf einige Knöpfe auf seinem Pult. Er musterte die Ausdrucke und murmelte: »Hardwareproblem. Der Tasterstrahl ist stärker als die Netzspannung im Computer. Muß die Lautstärke von Hand reduzieren.« Dann riß er die Augen über etwas auf, das ihn sogar in diesem benommenen Zustand zu verblüffen schien. »Nur die Lautsprecher hier sind betroffen. Nur in diesem Raum. Der Hund weiß genau, wo wir sind. Und er kennt jede Schaltung in unserer Nähe.«

Das gab doch keinen Sinn. Es gab so wenig Sinn, daß es ihre Aufmerksamkeit fesselte und trotz ihrer Panik konzentrierte. »Warte mal«, sagte sie. »Die benutzen nur *diese* Lautsprecher hier? Nur die in diesem Raum? Woher wissen die denn, daß wir hier sind? Gracias, hier sind 392 Menschen an Bord. Woher können die nur wissen, daß wir zwei die einzigen sind, die nicht schlafen?«

»Ihr müßt aufgeben«, röhrten die Lautsprecher wieder. »Ihr könnt nicht entkommen. Ihr habt keine Geschwindigkeit. Ihr könnt nicht kämpfen. Eure Waffen sind schwach. Wenn eure Schirme durchbrochen sind, werdet ihr hilflos sein. Eure Geheimnisse werden verloren sein. Nur die Aufgabe kann euer Leben retten.«

Sie schaltete wieder ihr Mikro ein. »Nein. Du machst da einen Fehler. Wir sind keine Bedrohung für dich. Wer bist du? Was willst du?«

»Tod«, antworteten die Lautsprecher. »Tod für alles Leben. Tod für alle Welten. Ihr müßt aufgeben.«

Gracias schloß die Augen. Ohne hinzuschauen bewegte er seine Hände über das Pult und legte wieder die optische Sicht auf den Hauptschirm. Der Schirm zeigte das fremde Schiff, das in gleichbleibendem Abstand wie eine Himmelsfestung hinter der *Aster's Hope* trieb. Es hielt den Abstand so genau, daß es reglos schien. Es schien so nahe zu sein, daß Temple glaubte, sie könnte es mit einem Stein treffen.

»Vielleicht wissen die nicht, daß wir die einzigen sind, die nicht schlafen«, seufzte Gracias.

Sie verstand nicht, was er wollte, aber sie nahm den Gedanken auf, als wäre er eine Rettungsleine. »Was meinst du damit?«

Er öffnete beim Sprechen nicht die Augen. »Kälteschlaf«, sagte er. »Die Vitalfunktionen sind so schwach, daß die Monitore sie kaum aufnehmen können. Die Kapseln sind nur Geräte. Und der Computer ist verschlüsselt. Vielleicht glaubt dieser Taststrahl, daß wir hier die einzigen Lebewesen sind.«

Sie schnappte nach Luft. »Wenn das stimmt ...« Ideen wirbelten durch ihren Kopf. »Wahrscheinlich wollen die, daß wir aufgeben, weil sie unsere Schirme nicht knacken können. Und weil sie wissen wollen, was wir hier machen, nur wir zwei in diesem Riesenschiff. Es könnte Selbstmord für sie bedeuten, wenn sie nach Aster gingen, ohne die

Antworten auf Fragen wie diese zu kennen. Und solange sie nach einem Weg suchen, unsere Schirme zu knacken, bleiben sie wahrscheinlich auch hier.

»Gracias«, sagte sie, während ihr Herz voller unvernünftiger Hoffnung pochte, »wie lange würdest du brauchen, um den Computer so umzuprogrammieren, daß er ein C-Vektor auf dieses Schiff richtet? Wir sind in Relation zueinander stationär. Wir können unseren Feldgenerator als Waffe benutzen.«

Das brachte seine Augen wieder auf. Als er den Kopf zur Seite legte, um sie anzuschauen, sah er krank aus. »Wie lange würdest du brauchen«, fragte er, »um den Generator für diese Projektionsweise umzubauen? Und was benutzen wir als Schild, während du arbeitest?«

Er hatte recht – sie wußte es im gleichen Augenblick, als er es sagte. Aber es mußte doch etwas geben, das sie tun konnten, es *mußte* einfach etwas geben. Sie konnten nicht einfach während der nächsten paar Jahrhunderte durch die galaktische Leere segeln, während hinter ihnen die Heimatwelt zerstört wurde.

Es mußte *irgend etwas* geben, das sie tun konnten.

Die Lautsprecher begannen wieder zu trompeten. »Unleben, ihr seid gewarnt. Die Zerstörung eures Schiffs wird jetzt beginnen. Ihr müßt aufgeben, um euer Leben zu retten.«

Unleben, sagte Temple verwundert zu sich selbst. Was bedeutet *Unleben?* Ist das Schiff eine Art automatische Waffe, die durchgedreht hat und jetzt in der Galaxis rumkurvt, um alles auszulöschen, was sie für Unleben hält?

Wie wird sie die *Aster's Hope* zerstören?

Sie mußte nicht lange warten, um es zu erfahren. Fast sofort danach hörte sie einen harten, metallischen Schlag, der durch die Verschlüsse zitterte, die ihren Sitz im Boden verankerten. Einen Augenblick später zeigte ein kleiner Lichtblitz, der sich irgendwo mitschiffs von dem angreifenden Schiff löste, daß ein Geschoß abgefeuert worden war.

Dann begannen Sirenen zu heulen, und die Schadensmelder auf Temples Pult begannen Informationen über die Zerstörung auszuspucken.

Das Training gewann die Oberhand über ihre Panik. Ihre Hände tanzten über die Konsole und sortierten die Daten. »Wir sind getroffen.« Durch den Schirm. »Irgendeine Art von Geschoß.« *Durch den C-Vektorschirm.* »Es hat die Hülle aufgebrochen.« Alle drei Schichten der Metallhaut des Schiffs.

»Ich weiß nicht, was es war, aber es ist durchgeschlagen bis zum Außenring.«

Gracias unterbrach sie. »Wie groß ist das Loch?«

»Etwa ein Quadratmeter.« Sie kehrte zur Routine ihrer Lagemeldung zurück. »Der Computer schließt die Unterdrucktüren und isoliert die Öffnung. Der Schaden ist gering – wir haben einen Wärmetauscher der Klimakontrolle verloren. Aber wenn sie das nochmal machen, könnten sie etwas Wichtigeres treffen.« Im Vertrauen auf die C-Vektorschirme hatten die Erbauer der *Aster's Hope* das Schiff nicht besonders widerstandsfähig gegen mechanische Schäden konstruiert.

Das fremde Schiff machte es noch einmal. Es gab wieder einen Ruck, als das Projektil dröhnend einschlug. Noch ein kleiner Lichtblitz beim Angreifer. Neue Alarmmeldungen. Temples Pult begann auszusehen, als überwachte es ein Irrenhaus.

»Dieselbe Stelle«, sagte sie, während sie ein stärker werdendes Bedürfnis, zu schreien, unterdrückte. »Es hat den Außenring durchstoßen. Druckverlust nur geringfügig. Der Computer schließt weitere Druckschotte.« Sie tippte Anweisungen in die Konsole. »Ich extrapoliere die Geschoßbahnen und schließe alle Türen, die auf dem Weg liegen.« Dann rief sie eine Einschätzung der Zerstörungskraft der Projektile ab. »Noch zwei von der Sorte, und eine Kälteschlafkammer im Mittelring wird aufgebrochen. Wir werden dann Menschen verlieren.«

Und wenn die Geschosse immer weiter in dieselbe Stelle schlugen, wenn sie sich tiefer und tiefer ins Schiff bohrten, würden sie nach einiger Zeit den Generator des C-Feldes treffen.

Es war richtig: Die *Aster's Hope* würde zerstört werden.

»Gracias, was ist das? Das sollte doch unmöglich sein. Wie können die das mit uns machen?«

»Es geht zu schnell für den Taster.« Trotz seiner Erstarrung hatte er bereits alle benötigten Antworten auf seinem Schirm. »Überlichtschnelle Geschosse. Der Blitz ist erst nach dem Einschlag zu sehen. Würde uns zerkrümeln, wenn wir die Schirme nicht hätten. C-Vektor bremst sie auf Unterlicht ab. Aber dann sind sie schon innerhalb des Feldes. Das Schiff ist für sowas nicht gebaut.«

Schneller als – ihr Verstand weigerte sich einen Augenblick, die Worte zu verstehen. Ein überlichtschnelles Projektil. Und wenn es den Schirm traf, wurde gerade genug seiner Energie im rechten Winkel zur Lichtgeschwindigkeit abgeführt, um es abzubremsen. Aber nicht genug, um es aufzuhalten.

Wie zum Spott begannen die Lautsprecher wieder zu dröhnen. »Euer Schiff wird intakt gebraucht. Gebt auf. Euer Leben wird verschont. Euch wird die Möglichkeit garantiert, als Echtleben zu dienen.«

So zornig, daß sie kaum mehr wußte, was sie tat, schaltete Temple einen Funkkanal frei. »Halt den Mund!« schrie sie durch den schwarzen Raum zwischen der *Aster's Hope* und dem Fremden. »Hör auf zu schießen! Gib uns eine Chance, nachzudenken! Wie können wir aufgeben, wenn du uns keine Chance zum Nachdenken läßt?«

Sie schnappte nach Luft und sah zu Gracias. Sie raste und wußte nicht, was sie dagegen tun konnte. Seine Augen waren trübe, die Lider hingen schwer herab. Er sah aus, als würde er gleich einschlafen. Krank vor Angst fauchte sie ihn an: »Tu doch was! Du bist der Comp dieses Schiffs. Du solltest auf seine Sicherheit achten. Du solltest Ideen haben. *Das können die mit meinem Schiff doch nicht machen!*«

Langsam – viel zu langsam – drehte er sich zu ihr um. Sein Hals schien kaum noch stark genug, um den Kopf oben zu halten. »Was soll ich denn tun? Der Schirm ist alles, was wir haben. Und jetzt taugt er nichts mehr. Das ...« er verzog das Gesicht, »das Ding da – hat jede Möglichkeit. Wir können nichts tun.«

Sie befreite sich wütend aus ihren Gurten und stand auf, um zu ihm hinüberzugehen und ihn zu schütteln. »Es mußt doch etwas geben, das wir tun können!« schrie sie ihm ins Gesicht. »Wir sind Menschen! Das Ding da ist nichts als ein Haufen Mikrochips mit einer ausgeflippten Programmierung. Wir sind was Besseres als das da! Gib nicht auf! *Denk nach!*«

Er starrte sie einen Augenblick an. Dann lachte er hohl auf. »Wozu soll es gut sein, ein Mensch zu sein? Nützt doch nichts. Nur Intelligenz und Stärke zählen. Diese Maschinen sind intelligent. Vielleicht mehr als wir. Sie sind weiter fortgeschritten als wir. Und viel mächtiger.« Tonlos wiederholte er: »Wir können nichts tun.«

Temple wollte ihn dafür anschreien: Wir können uns weigern, aufzugeben! Wir können weiterkämpfen! Wir sind nicht geschlagen, solange wir stur bleiben und weiterkämpfen! Doch als ihr diese Gedanken kamen, erkannte sie im gleichen Augenblick, daß es falsch war. Im Leben gab es nichts, das der Sturheit einer Maschine gleichkäme, die tat, was man ihr aufgetragen hatte.

»Intelligenz und Stärke sind nicht alles, was zählt«, protestierte sie, während sie krampfhaft etwas Brauchbares suchte, etwas, an das sie glauben könnte, etwas, das Gracias aus seiner Niedergeschlagenheit holen würde. »Was ist denn mit Gefühlen? Das Schiff da ist nicht fähig, sich um etwas zu sorgen. Was ist mit der Liebe?«

Als sie es sagte, fiel sein Gesicht zusammen. Er schlug sich die Hände fest vors Gesicht. Seine Schultern verkrampften sich, während er mit sich kämpfte.

»Also«, fuhr sie fort, zu verzweifelt, um sich zurückzuhalten, »wir können den Selbstzerstörungsmechanismus benutzen. Wir können die *Aster's Hope* töten« – bereits die Idee raubte ihr den Atem, doch sie zwang sich weiter – »um zu verhindern, daß sie herausfinden, wie der Schirmgenerator funktioniert. Altruismus. Das ist etwas, das die da nicht haben.«

Gracias nahm plötzlich die Hände vom Gesicht, ballte sie zu Fäusten und schlug auf seine Armlehnen. »Hör auf damit«, flüsterte er. »*Hör auf.* Maschinen sind altruistisch. Sie sorgen sich nie um sich selbst. Das einzige, was sie nicht können, ist, sich schlecht zu fühlen, wenn ihnen das genommen wird, was sie wollen. Sie werden jetzt jeden Augenblick wieder zu feuern anfangen. Wir sind tot, und es gibt nichts, was wir dagegen tun könnten, *nichts.* Hör auf, mir das Herz zu brechen.«

Seine Wut und die Ablehnung hätten sie verletzen müssen. Doch er war wach und lebendig, und seine Augen waren von der Art von Feuer erfüllt, die sie liebte. Plötzlich war sie nicht mehr allein: Er war aus seinem einsamen Schrecken wieder aufgetaucht. »Gracias«, sagte sie zärtlich. »Gracias.« Handlungsmöglichkeiten schoben sich wieder in ihr Bewußtsein, Ideen voller Furcht und Hoffnung, Ideen, die sie nicht laut auszusprechen wagte. »Wir können die anderen alle aufwecken. Wir könnten sehen, ob jemandem was einfällt. Abstimmen lassen. Die ganze Mission soll entscheiden.

Oder wir könnten ...«

Was sie dachte, raubte ihr fast den Verstand, doch sie sagte ihm trotzdem, was es war. Dann ließ sie sich von ihm anschreien, bis ihm die Argumente dagegen ausgingen.

Schließlich mußten sie Aster retten.

Ihr Anteil an den Vorbereitungen war einfach genug. Sie ließ ihm im Computerraum zurück und nahm den nächsten Aufzug zum Innenring hinab. Zuerst holte sie ihr Werkzeug und einen Magnetschlitten aus einem Lagerraum. Dann ging sie zum zentralen Kommandoraum.

Im Hauptkontrollraum schaltete sie einen Funkkanal frei. In der Hoffnung, daß der Fremde zuhörte, sagte sie: »Hier ist Temple. Mein Partner ist verrückt – er will kämpfen. Ich will aufgeben. Ich muß ihn töten. Es wird nicht leicht sein. Gib mir etwas Zeit. Ich werde die Schirme ausschalten.«

Sie holte tief Luft und zwang sich zu einem Seufzen. Konnte ein mechanischer Fremder ein Seufzen verstehen? »Unglücklicherweise werden die Schirme, wenn sie zusammenbrechen, einen automatischen Selbstzerstörungsmechanismus in Gang setzen. Den kann ich nicht ausschalten. Also versuche nicht, das Schiff zu betreten. Du würdest in Stücke gesprengt. Ich komme zu dir hinaus.

Ich will Echtleben sein, kein Unleben. Um meinen guten Willen zu beweisen, werde ich einen tragbaren Generator für das C-Vektorfeld mitbringen, das wir als Abschirmung benutzen. Du kannst ihn untersuchen und lernen, wie er funktioniert. Ich glaube, du wirst ihn brauchen können.« Das fremde Schiff konnte wahrscheinlich die Anspannung in ihrer Stimme hören, also gab sie sich besondere Mühe, sarkastisch zu klingen. »Du wärst jetzt schon tot, wenn wir nicht auf einer friedlichen Mission wären. Wir wissen, wie man deine Schirme knackt – wir haben nur nicht genug Feuerkraft.«

So. Sie schaltete den Sender ab. Laß ihn mal eine Weile darüber nachdenken.

Vom Hauptkontrollraum aus öffnete sie eine Einstiegsluke, dann nahm sie ihre Werkzeuge und den Magnetschlitten mit in das Herz der *Aster's Hope* hinunter, wo die meisten lebenswichtigen Einrichtungen des Schiffs arbeiteten – die Speicherbänke des Computers, die künstliche Schwerkrafterzeugung, die wichtigsten Lebenserhaltungssysteme, der C-Vektor-Generator.

Während sie arbeitete, sprach sie nicht mit Gracias. Sie wollte zwar hören, wie es ihm ging, doch sie wußte bereits, daß die meisten Bordkommunikationsleitungen vor den Tastern des Fremden nicht sicher waren.

Nach relativ kurzer Zeit – sie war der Tech der *Aster's Hope* und wußte, was sie zu tun hatte – hatte sie die Selbstzerstörungsanlage des Schiffs aus ihren Verbindungen zum Computer gelöst und auf den Magnetschlitten geladen. Diese Anlage (die von den Planern der Mission »Black Box« getauft worden war), war nur halb so groß wie Temple, doch es war ein voll funktionstüchtiger C-Feldgenerator, der aus seinen eigenen Energiezellen die Kraft bezog, mit der er das ganze Schiff im rechten Winkel zur Lichtgeschwindigkeit fortschleudern konnte, selbst wenn der Rest der *Aster's Hope* nicht mehr funktionierte. Nachdem die Leitungen zum Rechner unterbrochen waren, konnte Gracias das Schiff nicht mehr zerstören; Temple vergewisserte sich jedoch, daß der Funkzünder der Selbstzerstörungsanlage scharf und bereit war, bevor sie den Schlitten aus dem Kern steuerte.

Als sie das nächstemal den Hauptkontrollraum verließ, nahm sie einen Schacht nach oben zu der Kammer im Mittelring, in der ihre und Gracias Kälteschlafkapseln standen. Er war noch nicht da. Während sie auf ihn wartete, ging sie in den Raum herum und isolierte alle Lautsprecher. Sie hoffte, daß ihre Bewegungen aus der Ferne so aussahen, als bereitete ein Lebewesen heimlich einen Hinterhalt für ein anderes vor.

Er ließ sich Zeit. Die Verzögerung machte sie rasend. War es denn möglich, daß er wieder in seine halb schlafwandlerische Trance verfallen war? Oder hatte er es sich anders überlegt – und entschieden, daß sie verrückt wäre? Er hatte sie angebrüllt, als wollte sie ihm bei einem Selbstmordversuch helfen. Wenn er nun …

Die Tür öffnete sich zischend, und Gracias kam beinahe im Laufschritt in den Raum gestürmt. »Müssen uns beeilen«, keuchte er. »Nur noch fünfzehn Minuten, bis der Schirm zusammenbricht.«

Sein Gesicht sah dunkel aus, und gequetscht und grimmig, so, als hätte er die Zeit ihrer Abwesenheit damit verbracht, sich selbst mit den Fäusten zu schlagen. Einen Augenblick sah Temple ganz klar, wie schrecklich das war, was sie von ihm verlangte.

Sie ignorierte die drängende Zeit, ging zu ihm und umarmte ihn. Sie nahm ihn fest in die Arme. »Gracias«, schnaufte sie. »Es wird klappen. Schau mich nicht so an.«

Er erwiderte ihre Umarmung so heftig, daß sie keuchte. Doch er ließ sie sofort wieder los. »Laß deinen Anzugsender auf Empfang«, krächzte er, während er an ihr vorbei zu seiner Kapsel ging. »Wenn du abbrichst, wird der Computer übernehmen. Er wird dich in Stücke sprengen.« Er zog sich hastig über die Kante auf die Liege in der Kapsel. »Zweistufiger Code«, fuhr er fort. »Sage zuerst meinen

Namen.« Seine Augen glühten schwarz in ihren Höhlen, wild vor Schmerz und Angst. »Wenn es klappt, dann sage ›Aster‹. Wenn es *nicht* klappt, sage auch ›Aster‹. Egal, was passiert. Das Schiff verdient es nicht, im Schlaf zu sterben.«

Als wollte er sie damit entlassen, legte er sich in der Kapsel zurück und faltete die Arme über der Brust.

Doch als sie zu ihm ging, um sich zu verabschieden, griff er hastig hinaus und packte ihr Handgelenk. »Warum?« fragte er leise. »Warum tun wir es auf diese Weise?«

Oh, Gracias. Seine Verzweiflung tat ihr weh. »Weil dies die einzige Möglichkeit ist, ihn davon abzuhalten, die *Aster's Hope* in die Luft zu jagen oder an Bord zu stürmen, wenn wir die Schirme abschalten.«

Mit einer Stimme, die zwischen seinen zusammengebissenen Zähnen zischte, fragte er: »Warum kann ich nicht mit dir kommen?«

Über ihre Wangen rannen Tränen, die sie nicht zurückhalten konnte. »Sie werden mir eher trauen, wenn sie glauben, daß ich dich getötet habe. Und jemand muß hierbleiben. Um zu entscheiden, was passieren soll, wenn alles schiefgeht. Das sind die Aufgaben, für die wir ausgebildet wurden.«

Er sah sie einen langen Augenblick mit seinem dunklen, gequälten Blick an. Dann ließ er ihren Arm los. »Der Computer wird mich wecken, wenn du das erste Codewort sagst.«

Sie mußte sich beeilen. Sie konnte es kaum ertragen, ihn zu verlassen, doch sie zwang sich, ihm einen schnellen Kuß zu geben, um dann zurückzutreten und den Deckel seiner Kapsel zu schließen. Langsam senkte sich der Deckel über ihm, bis er dicht auflag. Das Gas, das seinen Körper auf die Kälte vorbereitete, strömte in die Kapsel. Doch er starrte weiter zu ihr hinaus, düster, glühend, bis der Reif die Innenseite des Deckels überzog.

Sie ignorierte die Tränen, die über ihr Gesicht strömten, und verließ ihn. Sie schob den Schlitten auf seinem Magnetfeld vor sich her, ging zum Schacht, und fuhr zum Außenring hinauf, so weit an die Stelle heran, an der die

Überlichtgeschosse die Hülle der *Aster's Hope* gesprengt hatten, wie es gefahrlos möglich war. Von dort aus steuerte sie den Magnetschlitten in einen Raum neben der Luftschleuse, die in den nächstgelegenen Hangar führte.

Im Lagerraum legte sie ihren Anzug an. Weil das ganze Unternehmen davon abhing, testete sie die Schaltkreise des Funkgerätes viermal. Dann legte sie die Druckverschlüsse des Anzugs an und schob den Magnetschlitten in die Luftschleuse.

Während sie automatisch vom Computer überwacht wurde, drehte sie die Schleuse in das Vakuum und die Schwerelosigkeit des Hangars. Jetzt brauchte sie den Magnetschlitten nicht mehr. Sie hatte noch knapp eine Minute Zeit, als sie die Black Box in die hohe Metallhöhle des Hangars hinausschob und die Kontrollen drückte, um die Hangartore zu öffnen.

Die Türen glitten zur Seite und gaben ihren Blick in die nackte Leere des Raums frei.

Zuerst konnte sie das fremde Schiff nicht sehen: außerhalb des Hangars war alles so dunkel. Doch die *Aster's Hope* war noch nicht mehr als ein halbes Lichtjahr von der Heimat entfernt, und als Temples Augen sich auf die Leere eingestellt hatten, stellte sie fest, daß Asters Sonne genug Licht abstrahlte, um das Angreiferschiff vor dem Hintergrund der Sterne ausmachen zu können.

Es schien ihr zu groß, zu unheilvoll, um angreifbar zu sein.

Doch nachdem sie Gracias Blick bei ihrem Abschied gesehen hatte, konnte sie keine weitere Verzögerung mehr ertragen. Diese Sache mußte erledigt werden. Sobald der Alarm im Hangar – und überall in der *Aster's Hope* – losging, um das Schiff zu warnen, daß die Schirme gefallen wären, räusperte sie sich und zwang ihre angespannte Stimme, zu gehorchen.

»In Ordnung«, sagte sie über Funk. »Ich hab's getan. Ich habe meinen Patner getötet. Ich habe die Schirme ausgeschaltet. Jetzt mußt du dein Versprechen halten. Rette mein Leben. Ich komme raus. Wenn wir näher als einhundert

Kilometer am Schiff sind, wenn die Selbstzerstörungsautomatik auslöst, gehen wir mit in die Luft.

Ich hab den tragbaren Feldgenerator dabei. Ich kann dir zeigen, wie er benutzt wird. Ich kann dir zeigen, wie man einen baut. Du mußt dein Versprechen halten.«

Sie wartete keine Antwort ab. Sie erwartete auch keine. Die einzige Antwort, die sie zuvor erhalten hatte, war eine Feuereinstellung gewesen. Das war genug. Jetzt mußte sie nur noch in die Nähe des fremden Schiffes kommen.

Sie schloß grimmig die Hand um die Black Box und feuerte die kleinen Düsen ihres Anzugs ab, die sie und ihre Last an den schweren Toren vorbei in die Dunkelheit treiben sollten. Der Computer verschloß hinter ihr automatisch die Tür und sperrte sie aus.

Einen Augenblick war sie angesichts ihre Winzigkeit fast überwältigt. Kein Asterianer war jemals gewesen, wo sie jetzt war: ein halbes Lichtjahr von der Heimat entfernt außerhalb ihres Schiffs. Ihr gesamtes Training hatte in einer angenehmen Kreisbahn um Aster stattgefunden, wobei der Planet als Gegengewicht zum unendlichen Raum diente. Und es hatte dort Licht gegeben! Hier aber gab es nur die Lichtpünktchen und das Glitzern von den Kameras und Tastern der *Aster's Hope* – und die fast unsichtbare Masse des Fremden, dessen kantige Umrisse nur um weniges heller waren als der dunkle Himmel.

Doch sie wußte, daß sie verrückt würde, wenn sie sich solche Gedanken erlaubte. Sie knirschte mit den Zähnen und konzentrierte ihre Aufmerksamkeit – und ihre Düsen – in die Richtung des Feindes.

Nun hing alles davon ab, ob der Fremde wußte, daß es auf der *Aster's Hope* noch lebende Menschen gab. Ob der Fremde es geschafft hatte, alle Effekte des C-Vektorschirms zu analysieren oder abzuleiten. Und ob sie sich würde in Sicherheit bringen können.

Die Größe des anderen Schiffs ließ die Entfernung kleiner erscheinen, als sie wirklich war, doch nach einer Weile war sie nahe genug, um zu sehen, wie in der Wandung des Schiffs eine Luke aufging.

Dann – so unvermittelt, daß sie zusammenzuckte und einen Schweißausbruch bekam – ertönte eine Stimme in ihrem Anzugempfänger.

»Du wirst den Hangar betreten, der sich vor dir geöffnet hat. Er ist stark abgeschirmt und durch Explosionen nicht zu beschädigen. Du wirst mit deinem Gerät im Hangar bleiben. Wenn dies der Versuch eines Verrats sein soll, dann wirst du durch deine eigene Waffe vernichtet werden.

Wenn du Echtleben bist, wirst du verschont. Du wirst bei deinem Gerät bleiben, während es zur Untersuchung zerlegt wird. Sobald seine Prinzipien verstanden sind, wird dir erlaubt werden, weitere Fragen zu beantworten.«

»Allerherzlichsten Dank«, murmelte sie zur Antwort. Doch sie wurde nicht langsamer, scheute nicht zurück. Vielmehr bewegte sie sich geradewegs weiter auf die offene Schleuse zu, bis die Öffnung des Hangars vor ihr gähnte.

Dann stellte sie das Programm, das Gracias dem Computer eingegeben hatte, auf die Probe.

Was sie getan hatte, war so riskant, so unvernünftig und gefährlich, daß sie fast ohne Nachdenken handelte, so, als hätte sie ihr ganzes Leben nur Dinge wie diese getan.

Sie drehte ihre Rückstoßdüsen direkt vor die Black Box, so daß diese heftig und schnell in den Hangar geschleudert wurde, während ihre eigene Bewegung in diese Richtung gestoppt wurde. Dann wartete sie, bis sie sah, daß das Schutzfeld des Hangars die Black Box anhielt. Dann schrie sie in ihren Sender, als wäre der Computer taub: »Gracias!«

Auf dieses Signal hin baute die *Aster's Hope* einen Traktorstrahl auf, der sie vom Fremden fortriß.

Es war ein kleiner, serienmäßiger Traktorstrahler, die Sorte, die man zuerst bei der Konstruktion der *Aster's Hope* und später bei ihrer Beladung benutzt hatte. Er war viel zu klein und viel zu scharf gebündelt, um als Waffe von Nutzen zu sein. Aber er war hervorragend geeignet, wenn man einen Gegenstand von der Größe Temples in ihrem Anzug durch die Leere zwischen zwei Schiffen bewegen wollte.

Die zeitliche Abstimmung war ein kritischer Punkt, doch sie traf die Entscheidung fast ohne nachzudenken. Als der

Strahl sie zur *Aster's Hope* zurücktrug, rief sie: »Aster!« in ihren Sender. Und auf dieses Codewort hin baute das Schiff gleichzeitig die C-Vektorschirme wieder auf und machte die Black Box scharf. Einige Augenblicke, als sie schon im Innern des Feldes war, hätte der Fremde noch auf sie schießen können.

Später sahen sie und Gracias, daß das Ende ihres Angreifers nicht gerade spektakulär war. Er war immer noch etwas benommen von seinem unfreiwilligen Nickerchen, als er sie im Lagerraum empfing, um ihr beim Ablegen des Anzuges zu helfen. Als sie begierig fragte: »Was ist passiert? Hat es geklappt?« konnte er nicht antworten, weil er nicht nachgesehen hatte; nachdem ihn der Computer geweckt hatte, war er aus seiner Kapsel geradewegs in den Lagerraum gekommen. Also rannten sie zusammen zum nächsten Hilfskontrollraum, um herauszufinden, ob sie in Sicherheit wären.

Sie waren es. Das fremde Schiff war nirgends innerhalb der Reichweite der Taster zu entdecken. Wohin auch immer es verschwunden war, es hatte keine Spuren, keine Zeichen hinterlassen.

Er ließ die Video- und Tasteraufzeichnungen abspielen, und sie sahen, was mit einem Raumschiff passiert, wenn ein C-Vektorfeld darauf gerichtet wird.

Es hörte einfach zu existieren auf.

Danach hatte sie das Bedürfnis zu feiern. Es war eine ganz bestimmte Art von Feier, die sie im Auge hatte. Doch als sie ihn wissen ließ, an was sie dachte, schob er sie sanft fort. »In ein paar Minuten«, sagte er. »Ich hab noch was zu tun.«

»Was denn?« protestierte sie. »Wir haben gerade die Welt gerettet – und sie weiß es nicht mal. Wir haben für den Rest der Reise unseren Urlaub verdient.«

Er nickte, doch er blieb vor den Computerkontrollen sitzen.

»Was hast du zu tun?« wiederholte sie.

»Kurswechsel«, sagte er. Er sah aus, als müßte er sich ein Grinsen verkneifen. »Wir fliegen nach Aster zurück.«

»Was?« Er hatte sie so sehr überrascht, daß sie ihn unwillkürlich anschrie. »Du brichst die Mission ab? Einfach so? Was, zum Teufel, denkst du dir denn dabei?«

Er gab sich einen Augenblick alle Mühe, bitterböse zu wirken. Dann gewann das Grinsen die Oberhand. »Wir wissen jetzt, daß Überlichtgeschwindigkeit möglich ist«, sagte er. »Wir müssen nur weiter forschen. Warum sollten wir also tausend Jahre schlafend in der Galaxis herumfliegen? Warum fliegen wir nicht einfach nach Hause, forschen weiter – und starten noch einmal, wenn wir das können, was dieses Schiff konnte.«

Er sah sie an. »Klingt das einleuchtend?«

Sie grinste auch. »Klingt einleuchtend.«

Als er mit dem Computer fertig war, knöpfte er sich Temple vor, weil sie ihn mit Eiskreme bespritzt hatte.

Salvador

von Lucius Shepard

Viele Handlungen in der SF spielen weit in der Zukunft – manche auch näher, zum Beispiel im nächsten Jahrhundert. Hier ist eine Story, die in einer erschreckend nahen Zukunft spielt – morgen, übermorgen, nächstes Jahr – oder, wie wir aufrichtig hoffen, niemals.

Drei Wochen, bevor sie Tecolutla vernichteten, bekam Dantzler seine Feuertaufe. Der Zug überquerte eine Wiese am Fuße eines smaragdgrünen Vulkans. Er war ein verträumter Typ, und so schlenderte er herum, köpfte die hohen Gräser mit seinem Gewehrlauf und dachte darüber nach, ob es vielleicht ein i-Männchen mit Buntstiften gewesen war, das diese urwüchsige Landschaft entworfen hatte, diesen perfekten Kegel, der sich in einen wolkenlosen Himmel erhob, als auf dem Hang Pistolenschüsse aufklangen. Jemand schrie nach dem Sanitäter, und Dantzler tauchte ins Gras, während er nach seinen Ampullen tastete. Er zog eine aus dem Spender, drückte sie unter die Nase und atmete heftig ein. Dann, um sicher zu gehen, nahm er noch eine zweite – »Eine doppelte Portion Kriegskunst«, wie DT sagen würde –, und blieb mit gesenktem Kopf liegen, bis die Drogen ihre Wunderwirkung entfalteten. Er hatte Dreck im Mund und schreckliche Angst.

Langsam verloren seine Arme und Beine ihre Schwere, und sein Herzschlag verlangsamte sich. Sein Gesichtssinn schärfte sich so weit, daß er nicht nur die Lichtpunkte der Mündungsfeuer auf dem Hang sehen konnte, sondern auch die Gestalten dahinter, halb verborgen im Gebüsch. In seinem Kopf machte sich grimmige Wut bereit, die sich zu einem wütenden Entschluß verdichtete, und er begann sich auf den Vulkan zuzubewegen. Als er den Fuß des Kegels erreichte, war er nur noch Wut und Reflexe. Die nächsten vierzig Minuten verbrachte er damit, sich wie ein Akrobat durch das Dickicht zu wühlen und Schatten mit Garben aus seiner M-18 zu zersieben. Dennoch blieb ein Teil seines Bewußtseins von seinem Tun gelöst und staunte über seinen Wirkungsgrad und über die Comic-Heldenbegeisterung, die er bei seiner mörderischen Pflicht empfand. Er schrie die Männer an, die er erschoß, und er schoß viel öfter, als nötig gewesen wäre, wie ein Kind, das Krieg spielt.

»Spielen – am Arsch!« würde DT sagen. »Du verhältst dich einfach natürlich.«

DT war ein gläubiger Anhänger der Ampullen. Obwohl die offizielle Version besagte, daß sie modifizierte RNS-Segmente und inhalierbar gemachte Pseudoendorphine enthielten, bestand er auf der Ansicht, sie eröffneten einem Mann seine innere Natur. Er war groß, schwarz, mit muskelbepackten Armen und von einer grobschlächtigen Gestalt, und er war direkt aus dem Gefängnis zu der Spezialeinheit gestoßen. Er hatte seine Zeit wegen eines Mordversuchs abgesessen. Seine Handflächen waren mit Gefängnistätowierungen bedeckt – ein Pentagramm und ein gehörntes Monster. Auf seinem Helm stand geschrieben: DER DROGENKILLER. Dies war seine zweite Tour in Salvador, und Moody – Dantzlers Kumpel – sagte, die Drogen hätten DT's Kopf benebelt. Er wäre verrückt und schon zur Hölle gefahren.

»Er sammelt Trophäen«, hatte Moody gesagt. »Und zwar nicht nur Ohren, wie sie's in Vietnam gemacht haben.«

Als Dantzler schließlich einen Blick auf die Trophäen werfen konnte, erschrak er. DT hatte sie in einer Blechschachtel in seinem Gepäck, und sie waren fast nicht zu erkennen; sie sahen aus wie verblühte braune Orchideen. Trotz seines Widerwillens, trotz seiner Angst vor DT, bewunderte er die Überlebensfähigkeit des Mannes und nahm sich dessen Rat zu Herzen, auf die Drogen zu bauen.

Auf dem Rückweg, hangabwärts, entdeckten sie einen Überlebenden, einen Indianerjungen von ungefähr Dantzlers Alter, neunzehn oder zwanzig. Schwarzes Haar, braune Haut und braune Augen mit schweren Lidern. Dantzler, dessen Vater als Anthropologe in Salvador Feldforschungen betrieben hatte, hielt ihn für ein Mitglied des Santa Ana-Stammes. Bevor er die Staaten verlassen hatte,

hatte Dantzler die Notizen seines Vaters in der Hoffnung studiert, sie könnten ihm von Nutzen sein, und er hatte gelernt, die verschiedenen Menschenschläge zu unterscheiden. Der Bursche hatte eine kleine Beinverletzung. Er trug zerfranste Hosen und ein verblichenes BESSER GEHT'S MIT COKE-T-SHIRT. Dieses T-Shirt irritierte DT gewaltig.

»Was, zum Teufel, weißt du schon von Coke?« fragte er den Burschen, als sie zu der Mühle zurückkehrten, die sie tiefer in die Provinz Morazan bringen sollte. »Findest du wohl witzig, was?«

Er knallte dem Burschen seinen Gewehrkolben ins Kreuz, und als sie den Hubschrauber erreichten, pflanzte er ihn drinnen neben die Tür und band ihn fest. Er setzte sich neben ihn, klopfte einen Joint aus einer Packung Kools und fragte: »Wo ist Infante?«

»Tot«, sagte der Sanitäter.

»Scheiße auch!« DT beleckte den Joint, damit er gleichmäßig abbrannte. »Dieser verdammte Kanake nützt uns nichts, wenn wir nicht jemanden haben, der Spanisch spricht.«

»Ich kann's ein bißchen«, sagte Dantzler.

DT starrte Dantzler an. Seine Augen wurden leer und irrten ab. »Nee«, sagte er. »Du kannst nich' Spanisch.« Dantzler duckte sich, um DT's Blick auszuweichen und sagte nichts; er glaubte verstanden zu haben, was DT meinte, und er duckte sich gleichermaßen vor dem Verstehen. Die Mühle hob ab, und DT zündete den Joint an. Er blies den Rauch durch die Nase aus und gab den Joint an den Burschen weiter, der ihn dankbar annahm.

»*Que sabor*«, sagte er und stieß eine Wolke aus. Er lächelte und nickte, er wollte Freundschaft schließen.

Dantzler sah zur offenen Tür. Sie flogen niedrig zwischen den Hügeln. Der Blick auf die tiefen Schattenflächen in den Tälern half, die Reste der Drogen fortzuschwemmen, die ein ausgelaugtes, müdes Gefühl zurückließen. Sonnenlicht fiel herein und spielte auf dem ölverschmierten Boden.

»He, Dantzler!« DT mußte den Lärm der Rotoren überschreien. »Frag ihn, wie er heißt!«

Die Augen des Burschen waren schwer vom Joint, doch als er spanische Worte hörte, fuhr er auf. Doch er schüttelte den Kopf und weigerte sich zu antworten. Dantzler lächelte ihn an und sagte ihm, er brauchte sich nicht zu fürchten.

»Ricardo Quu«, sagte der Bursche.

»Kool!« sagte DT mit falscher Herzlichkeit. »Das is meine Marke!« Er bot dem Burschen seine Packung an.

»*Gracias, no.*« Der Junge wedelte mit dem Joint und grinste.

»Der Typ will meine Zigaretten nich'!« sagte DT verächtlich, als wäre dies der Gipfel des Wahnsinns.

Dantzler fragte den Burschen, ob noch mehr Soldaten in der Nähe wären, und bekam wieder keine Antwort. Doch da er in Dantzler anscheinend eine verwandte Seele spürte, beugte sich der Junge vor und begann hastig zu sprechen. Er sagte, sein Vater sei – er zögerte – ein mächtiger Mann. Er fragte, wohin sie ihn brächten. Dantzler antwortete mit einem eisigen Blick. Es fiel ihm leicht, den Burschen abzuweisen, und später erkannte er, daß es ihm leicht fiel, weil er ihn schon aufgegeben hatte.

DT verschränkte die Hände hinter dem Kopf und begann zu singen – eine Melodie ohne Text. Seine mißtönende Stimme war im Lärm der Rotoren kaum zu hören, doch die Melodie klang vertraut, und Dantzler konnte sie bald unterbringen. Die Titelmusik aus »Star Trek«. Sie weckte Erinnerungen an seine Schwester, mit der er ferngesehen und über die billig gemachte Außerirdischen und Scottys Akzent gelacht hatte. Er sah wieder zur Tür hinaus. Die Sonne stand hinter den Hügeln, und die Hügelflanken waren verschwommene Kleckse wie dunkelgrüner Rauch. Oh, Gott, er wollte heim, wollte irgendwo sein, nur nicht in Salvador! Einige Jungs fielen auf DT's Drängen in die Melodie ein, und während sie lauter wurden, schlugen Dantzlers Gefühle hoch. Er weinte fast, erinnerte sich an Eindrücke und Anblicke, an den Geruch seines Mädchens, Jeanine, so sauber und frisch, die nicht nach Schweiß und Parfüm gerochen hatte wie die Huren in Ilopango – all dies fand er in dem banalen Prüfstein seiner Kultur und in den Illusionen auf den vorbeifliegenden Hügelflanken. Dann spannte sich Moody neben ihm, und er hob den Blick, um den Grund zu erfahren.

In der Dunkelheit im Laderaum des Hubschraubers schien DT umrißlos wie die Hügel – etwas Schwarzes, das sie regierte, eher der Führer eines Hexensabbats als eines Trupps. Die beiden anderen Jungs sangen sich die Kehle aus dem Hals, und sogar der Bursche schloß sich der Stimmung an. »*Musica!*« sagte er einmal, während er alle anlächelte und versuchte, das Feuer der Kameradschaft anzufachen. Er schunkelte im Rhythmus und gab ab und zu ein »la-la« von sich. Aber niemand antwortete ihm.

Sie hörten zu singen auf, und Dantzler sah, daß der ganze Trupp den Jungen leer und ernüchtert anstarrte.

»Der Weltraum!« schrie DT, während er den Jungen leicht anstieß. »Die allerletzte Grenze!«

Das Lächeln war noch nicht aus dem Gesicht des Jungen gewichen, als er aus der Tür stürzte. DT sah ihm nach. Ein paar Sekunden später klatschte er die Hand auf den Boden und lehnte sich grinsend zurück. Dantzler hatte das Gefühl, er müßte gleich losbrüllen, weil der dumme Schrecken dieses Scherzes so im Widerstreit mit seinem Heimweh lag. Er sah die anderen an und wartete auf ihre Reaktion. Sie saßen mit gesenkten Köpfen da, fummelten an ihren Gewehrverschlüssen und Riemen herum, studierten ihre Schnürsenkel. Als er sie sah, beeilte er sich, es ihnen gleichzutun.

Die Provinz Morazan war ein Geisterland. Santa Ana-Geister. Man berichtete, daß Vogelschwärme Soldaten angegriffen hätten. Tiere erschienen an den Rändern von Lagern und verschwanden, wenn man auf sie schoß; Träume suchten jeden heim, der sich hier hinwagte. Dantzler konnte die Vögel und Tiere nicht bestätigen, doch er hatte einen wiederkehrenden Traum. In ihm wirbelte der Junge, den DT umgebracht hatte, in einem goldenen Nebel hinab, sein T-Shirt war vor dem taumelnden Hintergrund gut zu sehen, und ab und zu röhrte eine Stimme aus dem Nebel, die sagte: »Du tötest meinen Sohn.« Nein, nein, antwortete Dantzler, ich war's nicht, und außerdem ist er schon tot. Dann wachte er schweißüberströmt auf und langte mit klopfendem Herzen nach seinem Gewehr.

Doch der Traum war keiner der größeren Schrecken, und so maß er ihm keine besondere Bedeutung bei. Das Land war viel schrecklicher. Kiefernbestandene Höhenzüge, die wie elektrisierte Haarbüschel aufragten; kleine Pfade, die sich in Dickichte wanden und sich dort verloren, als wäre ihr Ziel fortgezaubert worden; graue Steingesichter, an denen sie vorbeilaufen mußten, jedem Hinterhalt hoffnungslos ausgeliefert. Die Guerillas hatten unzählige Tretminen ausgelegt, und sie verloren mehrere Männer bei Steinschlägen. Es war nach Dantzlers Erfahrungen der ödeste aller Orte. Keine Menschen, keine Tiere, nur ein paar Falken, die zwischen den Bergen einsame Kreise zogen. Ab und zu fanden sie Tunnels, die sie mit den neuen Gasgranaten sprengten; das Gas zündete die hohen Kohlenwasserstoffkonzentrationen und jagte eine Flamme durch das ganze System. DT lobte den, der den Tunnel entdeckt hatte und schätzte mit lauter Stimme, wieviele Kanaken sie »abgekocht« hätten. Doch Dantzler wußte, daß sie nur Leere passierten, brennende, leere Löcher. Tagsüber bestiegen sie unter sengender Hitze die Berge, kletterten sieben, acht, sogar zehn Kilometer auf Pfaden, die so steil waren, daß die Füße des Vordermanns gewöhnlich auf einer Höhe mit dem Gesicht des nächsten waren. Nachts wurde es kalt, die Dunkelheit war undurchdringlich, die Stille so tief, daß Dantzler sich vorstellte, er könnte das summende Vibrieren der Erde selbst hören. Sie hätten überall und nirgends sein können. Ihre Furcht wurde durch die Isolation genährt, und das einzige Heilmittel war die »Kriegskunst.«

Dantzler begann die Pillen ohne den Vorwand des Kampfes zu nehmen. Moody warnte ihn vor dem Mißbrauch der Droge und zitierte Gerüchte von schlimmen

Nebenwirkungen und erwähnte DT's Wahnsinn, doch auch er selbst nahm sie immer öfter. Während der Grundausbildung hatte Dantzlers Spieß den Soldaten gesagt, die Drogen stünden nur den Spezialeinheiten zur Verfügung, und ihr Gebrauch wäre freiwillig; in den letzten Jahren hatte es jedoch zuviele lustlose Auftritte auf den Schlachtfeldern gegeben, und sie sollten dafür sorgen, daß es anders würde.

»Die Schlappschwänze von der Infanterie sollen sie nehmen«, hatte der Spieß gesagt. »Ihr Bastarde seid schon mutig. Ihr seid die geborenen Killer, stimmt's?«

»Jawohl, Sir!« hatten sie gebrüllt.

»Was seid ihr?«

»Geborene Killer, Sir!«

Aber Dantzler war kein geborener Killer. Ihm war nicht einmal völlig klar, wie er eingezogen worden war, und noch weniger, wie er in die Spezialeinheit verschoben worden war, und er hatte gelernt, daß in Salvador nichts freiwillig war, möglicherweise mit Ausnahme des Lebens selbst.

Der Auftrag des Trupps lautete: Erkunden und aufräumen. Zusammen mit den anderen Spezialeinheiten sollten sie Morazan vor allem vor einer Invasion aus Nicaragua sichern. Weiterhin sollten sie bis zur Stadt Tecolutla vorrücken, wo vor kurzem eine Patrouille der Sandinisten ausgemacht worden war, und danach sollten sie sich mit dem Ersten Infanteriebataillon zusammenschließen und an der Offensive gegen Léon teilnehmen, einer Provinzhauptstadt unmittelbar hinter der nicaraguanischen Grenze. Während Dantzler und Moody zusammen marschierten, sprachen sie immer wieder über die Offensive, wie gut es wäre, endlich wieder in flaches Land hinunterzukommen; gelegentlich sprachen sie auch darüber, DT zu melden, und einmal, nachdem er sie auf einen scharfen Nachtmarsch geführt hatte, spielten sie mit der Idee, ihn umzubringen. Doch zumeist diskutierten sie über die Indianer und das Land, denn dies war es, was sie hatte Freunde werden lassen.

Moody war zierlich gebaut, hatte Sommersprossen und

rote Haare; seine Augen hatten den »Kilometerblick«, der durch zuviel Krieg entsteht. Dantzler hatte Wermutbrüder mit so leeren, antriebslosen Blicken gesehen. Moodys Vater war in Vietnam gewesen, und Moody sagte, das wäre schlimmer gewesen als Salvador, weil es dort nicht wirkliche Entschlossenheit zum Sieg gegeben habe; aber er meinte, Nicaragua und Guatemala könnten das Allerschlimmste sein, besonders, wenn die Kubaner ihre Drohung wahrmachten und Truppen schickten. Er war erfahren darin, Tunnels und Tretminen zu entdecken, und aus diesem Grund hatte Dantzler die Freundschaft mit ihm gepflegt. Moody war im Grunde ein Einzelgänger, und er hatte sich allen Annäherungsversuchen widersetzt, bis er von Dantzlers Vater gehört hatte. Danach taute er auf und zeigte sich begierig, von den Feldnotizen zu hören, weil er glaubte, sie könnten nützlich für ihn sein.

»Sie glauben, das Land hätte das Wesen von Tieren«, sagte Dantzler eines Tages, während sie über einen Hügelkamm kletterten. »So, wie manche Fischarten wie Planzen oder der Meeresgrund aussehen, wirken manche Teile des Landes wie Ebenen, wie Dschungel ... was auch immer. Aber wenn du sie betrittst, stellst du fest, daß du die Welt der Geister betreten hast, die Welt der *Sukias.*«

»Was bedeutet *Sukias?*« fragte Moody.

»Zauberer.« Hinter Dantzler knackte ein Zweig, und er wirbelte herum und entsicherte sein Gewehr. Es war nur Hodge – ein schmächtiger Bursche mit dem Ansatz eines Bierbauchs. Er starrte Dantzler aus tiefliegenden Augen an und knackte eine Ampulle.

Moody machte ein ungläubiges Geräusch. »Wenn die Zauberer haben, warum gewinnen die dann nich'? Warum putzen die uns nich' einfach von den Felsen runter?«

»Das ist nicht ihre Sache«, sagte Dantzler. »Sie mischen sich nicht in weltliche Dinge ein, solange sie nicht direkt betroffen sind. Nun ja, diese Orte – die Stellen, die wie normales Land aussehen, die es aber nicht sind – man nennt sie ...« Er machte eine Pause vor dem Namen. »*Aya*-irgendwas. Ich kann mich nicht erinnern. Aber sie stehen unter anderen Gesetzen. Sie sind die Orte, zu denen dein Geist zum Sterben geht, nachdem dein Körper gestorben ist.«

»Kommt er nicht in den Himmel?«

»Nee. Dein Geist braucht nur länger zum Sterben, und deshalb geht er an einen dieser Orte, die zwischen dem Alles und dem Nichts liegen.«

»Nichts«, sagte Moody betrübt, als seien damit alle seine Hoffnungen auf ein Leben nach dem Tode ausgelöscht. »Ist doch sinnlos, eine Seele zu haben und keinen Himmel.«

»He«, sagte Dantzler, während er sich spannte, als der Wind durch die Kiefern strich. »Die sind doch nur verdammte Wilde. Weißt du, was ihr heiliges Getränk ist? Heiße Schokolade! Mein Alter war bei einer ihrer Beerdigungen zu Gast, und er sagte, sie hätten Tassen mit heißer Schokolade auf diesen kleinen roten Türmen balanciert und so getan, als würden ihnen die Geheimnisse des Universums offenbart, wenn sie davon tränken.« Er lachte, und das Lachen klang seinen eigenen Ohren blechern und irr. »Also, was machst du dir Sorgen wegen dieser Dummköpfe, die glauben, Schokolade sei Weihwasser?«

»Vielleicht mögen sie sie einfach«, sagte Moody. »Vielleicht haben sie einen Vorwand, sie zu trinken, wenn einer stirbt.«

Doch Dantzler hörte nicht mehr zu. Einen Augenblick vorher, als sie aus der Deckung der Kiefern auf den höchsten Punkt des Hügels hinausgetreten waren, auf eine steinige Böschung, die dem Wind ausgesetzt war und den Blick bis zum Horizont auf runzlige Hügel und Täler freigab, hatte er eine Ampulle geknackt. Er fühlte sich so stark, so von seinen rechtschaffenen Absichten beseelt und von kontrollierter Raserei erfüllt, nur der Himmel umgab ihn, daß er immer noch aufstieg und sich darauf vorbereitete, mit den Göttern selbst zu kämpfen.

Tecolutla war ein Dorf mit weißgewaschenen Häusern, die man in eine Kerbe zwischen zwei Hügeln gesteckt hatte. Von oben sahen die Häuser mit ihren schwarzen Fenstern und Türen wie ein schlechter Wurf eines Würfels aus. Die Straßen gingen bergauf und bergab und wanden sich um Felsblöcke. Bougainvillea und Hibiskus sprenkelte die Hügel, und auf den sanfteren Hängen waren bestellte Felder. Es war ein anmutiger, friedlicher Ort als sie ankamen, und nachdem sie gegangen waren, war er wieder friedlich; seine Anmut jedoch war für immer verloren. Die Berichte von Sandinisten hatten sich als korrekt erwiesen, und obwohl sie Verletzte waren, die man zur Genesung hier zurückgelassen hatte, hatte DT entschieden, daß ihre Anwesenheit extreme Maßnahmen erforderte. Kampfgas, Splittergranaten, und so weiter. Er hatte mit einer M-60 gefeuert, bis der Lauf schmolz, dann hatte er den Flammenwerfer genommen. Danach, als sie auf dem nächsten Hügel rasteten, erschöpft und schmutzig, und nachdem sie über Funk einen Hubschrauber zur Ergänzung ihrer Ausrüstung geordert hatten, konnte er nicht darüber hinwegkommen, wie sehr eines der Häuser, die er niedergebrannt hatte, einem gerösteten Pfannkuchen geglichen hatte.

»So war's doch, was, Männer?« Er schritt vor ihnen auf und ab. Es kümmerte ihn nicht, ob sie in bezug auf das Haus mit ihm übereinstimnten; es war eine tiefergehende Frage, die er stellte, eine, die die Rechtmäßigkeit ihres Tuns betraf.

»Ja«, sagte Dantzler und zwang sich zu einem Lächeln, »klar doch.«

DT lachte grunzend. »Du *weißt*, daß ich recht habe, was, Mann?«

Die Sonne stand direkt hinter seinem Kopf – eine goldene Korona, die ein dunkles Oval bekränzte, und Dantzler konnte einfach nicht die Augen abwenden.

Er fühlte sich schwach und schwächer werden, als würden Fäden von ihm abgedröselt und in die Dunkelheit gesogen. Vor dem Gefecht hatte er drei Ampullen genommen, und seine Erfahrung in Tecolutla war die eines irren, wirbelnden Tanzes durch die Straßen, ziellose Garben ausstoßend, die verrückte Namen auf die Wände zu schreiben schienen. Der Führer der Sandinisten hatte eine Maske getragen – ein graues Gesicht mit einem überraschten Mundloch und rosa Kreisen um die Augen. Ein Geistergesicht. Dann, als er das Dorf verließ, hatte er ein kleines Mädchen neben den Trümmern des letzten Hauses gesehen, das sie beobachtete. Ihr farbloser Kleiderfetzen knatterte im Wind. Sie war ein Opfer der falschen Ernährungsweise gewesen, bei der die Haut blaß und das Haar weiß wird und die Entwicklung retardiert. Er konnte sich nicht an den Namen der Krankheit erinnern – Dinge wie Namen entglitten ihm immer –, und er konnte auch nicht glauben, daß jemand überlebt hatte, und einen Augenblick dachte er, der Dorfgeist wäre gekommen, um ihnen das Geleit zu geben.

Das war alles, was er von Tecolutla noch wußte, alles, was er erinnern wollte. Aber er wußte, daß er tapfer gewesen war.

Vier Tage später brachen sie zu einem Nebelwald auf. Es war Trockenzeit, aber Trockenzeit oder nicht, diese Gipfel wurden immer von schwarzgrauen Wolken verhüllt. Sie wurden von häßlichen Lichtblitzen durchbohrt, die den Eindruck erweckten, hinter ihnen seien kaputte Neonreklamen verborgen, Werbung für die Hölle. Sie waren alle flatterig, und Jerry LeDoux – ein schmächtiger, dunkelhaariger Cajun-Typ – weigerte sich rundheraus weiterzugehen.

»Das ist unvernünftig«, sagte er. »Wär leichter, durch die Pässe zu gehen.«

»Wir sind'n Aufklärungstrupp, Mann! Meinst du denn, die Kanaken warten in den Pässen und wedeln mit weißen Fahnen?« DT brachte sein Gewehr in Schußposition und zielte auf LeDoux. »Komm schon, Luisiana-Bursche. Zieh dir'n paar rein, und du fühlst dich anders.«

Während LeDoux die Ampullen nahm, sprach DT mit ihm.

»Sieh's doch mal so, Mann. Da oben wird's sein wie bei den Viechern, die'se immer im Fernsehen zeigen. Das wilde Königreich, das Unbekannte. Könnte sein wie der Mars oder so. Monster und so'n Zeugs, mit großen roten

Augen und Tentakeln. Willste das verpassen, Mann? Willste die Gelegenheit verpassen, der erste Macker auf'm Mars zu sein?«

Und bald darauf amüsierte sich auch LeDoux und kicherte über DT's Gequatsche.

Moody hielt den Mund, aber er fingerte an seinem Gewehrverschluß herum und starrte DT's Rücken an. Aber als DT sich zu ihm umdrehte, entspannte er sich. Seit Tecolutla war er einsilbig geworden, und in seinen Augen schien ein Licht und Dunkel zu spielen, als jagte hinter ihnen etwas herum. Er hatte damit begonnen, Bananenblätter auf den Kopf zu tragen. Er arrangierte sie so, daß die zerfransten Enden unter seinem Helm herausragten, als hätte er grünes Haar. Er sagte, das wäre Tarnung, aber Dantzler war sicher, daß es sich um etwas Geheimnisvolles, Irrationales handelte. Natürlich hatte DT Moodys Geistesverfall bemerkt, und als sie sich an den Aufbruch machten, rief er Dantzler zu sich.

»Der hat in seinem Kopf'n Platz gefunden, wo er sich gut fühlt«, sagte DT. »Er versucht sich da einzuigeln, und wenn er das macht, isser nich mehr für sich verantwortlich. Behalt ihn im Auge.«

Dantzler mumelte zustimmend, aber er war nicht gerade begeistert.

»Ich weiß, daß er dein Kumpel is, Mann, aber das heißt so viel wie gar nix. Nicht, wenn die Dinge sind, wie sie heute sind. Ich zum Beispiel, ich geb'n Scheißdreck auf euch persönlich. Aber ich bin euer Waffenbruder, und das is' was, worauf ihr euch verlassen könnt ... haste verstanden, nich?«

Dantzler mußte sich zu seiner Schande eingestehen, daß er verstanden hatte.

Sie hatten geplant, den Nebelwald während der Nacht hinter sich zu bringen, aber sie hatten die Schwierigkeiten unterschätzt. Die Vegetation unter dem Nebel stand voll im Saft – dicke, pralle Blätter, die sich auf dem Boden verflochten, Rankengewirre, Bäume mit glitschiger, blasser Borke und wachsartigen Blättern – und die Sichtweite betrug nur fünfzehn Fuß. Sie waren graue Geister, die durch eine graue Welt zogen. Die verschwommenen Umrisse der Blätter erinnerten Dantzler an kunstvoll geschriebene Briefe, und eine Weile unterhielt er sich mit der Vorstellung, daß sie zwischen den halbgeformten Sätzen einer Verfassung wandelten, die noch nicht im Land verankert war. Sie wichen vom Pfad ab, verloren ihn völlig, verfingen sich in Spinnennetzen und wurden von plötzlichen Regengüssen durchnäßt. Die letzten Silben ihrer Worte wurden verschluckt. Nachdem sie sieben Stunden auf diese Weise verbracht hatten, gab DT widerwillig die Order, ein Lager aufzuschlagen. Sie bauten elektrische Lampen im Kreis auf, damit sie genug sehen konnten, um die Dschungelhängematten festzubinden. Die Lichtbalken fielen durch die feuchte Luft, durchbohrten die Schwaden mit Juwelenklingen. Sie sprachen mit gedämpfter Stimme, beunruhigt durch die geisterhafte Atmosphäre. Als sie mit den Hängematten fertig waren, stellte DT vier Wachen auf – Moody, LeDoux, Dantzler und er selbst. Dann knipsten sie die Lampen aus.

Es wurde stockdunkel, und die Dunkelheit wurde untermalt von Platschen und Spratzen, vom ganzen Spektrum von Tropfgeräuschen. In Dantzlers Ohren verschmolzen sie zu einer geschwätzigen Unterhaltung. Er malte sich winzige Santa Ana-Dämonen aus, die über ihn sprachen, und um dem Verfolgungswahn zu entgehen, nahm er zwei Ampullen. Er nahm noch weitere und versuchte, seinen Konsum auf eine in jeder halben Stunde zu beschränken, aber er fühlte sich unwohl, er war unsicher, wohin er im Dunkel mit seinem Gewehr zielen sollte, und er übertrat seine Grenze.

Bald begann es wieder hell zu werden, und er nahm an, daß mehr Zeit vergangen wäre, als er gedacht hätte. Das passierte oft bei den Ampullen – es war leicht, sich in der Wachsamkeit zu verlieren, im Reichtum der Wahrnehmungen aller Einzelheiten, die die geschärften Sinne aufnehmen. Doch als er seine Uhr befragte, sah er, daß es erst ein paar Minuten nach zwei war. Sein Kreislauf war zu sehr von den Drogen überschwemmt, um eine Panik zuzulassen, aber er zog den Kopf mit kleinen Rucken von einer Seite zur anderen, um die Quelle der Helligkeit zu ermitteln. Es schien keine einzelne Quelle zu sein; es war einfach so, daß Nebelschwaden glühten und ein diffuses, goldenes Leuchten ausstrahlten, als seien sie Teile eines Nervensystems, das zum Leben erwacht. Er wollte rufen, doch dann hielt er sich zurück. Die anderen mußten das Licht auch gesehen haben, und sie hatten nicht geschrien; sie hatten wahrscheinlich einen guten Grund für ihr Schweigen. Er legte sich flach auf den Boden und richtete sein Gewehr vom Lager weg.

Der mit goldenem Nebel getränkte Wald hatte eine alchimistische Schönheit bekommen. Perlenketten aus Wasser glitzerten hell wie Edelsteine; die Blätter und Ranken und Rinden waren vergoldet. Jede Oberfläche erstrahlte im Licht … alles außer einem dunklen Fleck, der zwischen zwei Stämmen kauerte und ständig größer wurde. Als er in seiner Vorstellung wuchs, sah er, daß er die Gestalt eines Vogels hatte, der mit schlagenden Flügeln aus einer unvorstellbaren Entfernung auf ihn zuflog – unvorstellbar, weil die dichte Vegetation keinen Blick in gerader Linie zuließ, und doch wurde der Vogel so langsam größer, daß er aus großer Entfernung kommen mußte. Er flog nicht wirklich, bemerkte er; es war eher, als wäre der Wald auf ein Stück Papier gezeichnet, und als hielte jemand ein brennendes Streichholz dahinter und sengte ein Loch hinein, ein Loch, das die Gestalt eines Vogels annahm, während es wuchs. Er war gebannt, konnte nicht mehr reagieren. Selbst als es die Hälfte des Lichtscheins ausblendete, als er vor ihm lag, nicht größer als ein Staubkorn im Vergleich zu seiner gewaltigen Ausbreitung, konnte er sich nicht rühren oder den Abzug durchziehen. Und dann glitt die Dunkelheit über ihn. Er hatte das Gefühl, mit unglaublicher Geschwindigkeit fortgetragen zu werden, und er konnte das Tröpfeln des Waldes nicht mehr hören.

»Moody!« rief er. »DT!«

Aber die Stimme, die antwortete, gehörte keinem von

beiden. Sie war rauh, sie schien aus jedem Teil der umgebenden Dunkelheit auf ihn einzudringen, und er erkannte sie als die Stimme aus seinem wiederkehrenden Traum.

»Du tötest meinen Sohn«, sagte sie. »Ich habe dich hier hergeführt, zu diesem *ayahuamaco,* damit er dich richten kann.«

Dantzler wußte mit absoluter Sicherheit, daß dies die Stimme von *Sukia* aus dem Dorf Santander Jiminez war. Er wollte leugnen, wollte seine Unschuld beteuern, aber alles, was er herausbrachte, war: »Nein.« Er sagte es unter Tränen, hoffnungslos, während seine Stirn auf seinem Gewehrlauf ruhte. Dann gab sich sein Geist einen scharfen Ruck, und sein soldatisches Selbst übernahm die Kontrolle. Er drückte eine Ampulle aus dem Spender und nahm sie.

Die Stimme lachte – eine böse, verdammende Stimme, die Dantzler schaudern ließ. Es begann zu schießen, feuerte in alle Richtungen. In der Dunkelheit erschienen goldene Lochmuster, um die sich Nebelschwaden wanden. Er feuerte weiter, bis die Dunkelheit zersprang und in zackigen Bruchstücken über ihn stürzte. Langsam. Wie schwarze Glasscherben ins Wasser. Er schoß das Gewehr leer und warf sich flach auf den Boden, schützte den Kopf mit den Armen, erwartete, in Stücke gerissen zu werden; aber nichts berührte ihn. Schließlich spähte er durch eine Lücke zwischen seinen Armen, um sich dann – erstaunt, denn der Wald war jetzt ein gleichförmiges, strahlendes Gelb – auf die Knie zu erheben. Er riß sich die Hand an einem der unter ihm zerquetschten Blätter auf, und aus dem Schnitt schoß das Blut. Die gebrochenen Blattrippen waren hart wie Drähte. Während ein unvernünftiges, hysterisches Gefühl aus den Tiefen seiner Seele auftauchte, stand er auf. Es war gar kein Wald, sondern ein Gebäude aus massivem Gold, das einem Wald nachgebildet war – die Art von Angeberei, die vielleicht für das Kind eines Eroberers errichtet worden wäre. Goldene Blätter als Dach, Säulen aus schlanken, goldenen Stämmen, Teppiche aus goldenem Gras. Die Wasserperlen waren Diamanten. Das Glitzern und Funkeln besänftigte seine Angst; hier war etwas

Märchenhaftes, eine Wohnstatt für Prinzessinnen und Zauberer und Drachen. Beinahe fröhlich wandte er sich um, um zu sehen, wie es die anderen aufnahmen.

Einmal, als er neun Jahre alt war, hatte er sich auf den Speicher gestohlen, um in den Kisten und Koffern herumzustöbern, und hatte eine alte, saffiangebundene Ausgabe von *Gullivers Reisen* gefunden. Man hatte ihn gelehrt, den Wert alter Bücher zu achten, und so hatte er es begierig geöffnet, um die Illustrationen anzuschauen, nur um festzustellen, daß der Kern der Seiten zerfressen war, und dort, mitten im Herzen des Märchens, nisteten Larven. Teigige, schreckliche Dinger. Es war ein gräßlicher Anblick gewesen, aber einzigartig in seiner Erfahrung, und er hätte diese wimmelnden, lebendigen Schnipsel noch lange Zeit beobachtet, wenn sein Vater ihn nicht gestört hätte. Ein solcher Anblick lag jetzt vor seinen Augen, und er war wie betäubt.

Sie waren alle tot. Er hätte es sich eigentlich denken können, denn er hatte keinen Gedanken an sie verschwendet, als er geschossen hatte. Als die Geschosse einschlugen, hatten sie versucht, sich aus ihren Hängematten zu kämpfen, und das Ergebnis war, daß sie jetzt, mit baumelnden Gliedern und Blutlachen unter ihnen, halb drinnen und halb draußen hingen. Die goldenen Nebelschwaden ließen sie dunkel und geheimnisvoll und mißgestaltet aussehen, wie Monster, die getötet wurden, als sie aus ihren Kokons stiegen. Dantzler mußte weiter starren, aber innerlich sackte er zusammen. Es war nicht seine Schuld. Dieser Gedanke hüpfte immer wieder aus einer Herde weniger akzeptabler Gedanken hervor; um ehrlich zu sein, wollte er aufrecht bleiben, um den schlimmen Schrecken zu mildern, den er kommen spürte.

»Wie heißt du?« fragte eine Mädchenstimme hinter ihm.

Sie saß ungefähr zwanzig Fuß von ihm entfernt auf einem Stein. Ihr Haar war goldbraun, ihre Haut ein wenig heller, und ihr Kleid war kunstvoll aus dem Nebel gewoben. Nur ihre Augen waren wirklich. Braune Augen mit schweren Lidern – sie standen im Widerspruch zu ihrem übrigen Gesicht, das die frische, unbekümmerte Schönheit eines amerikanischen Teenagers besaß.

»Hab keine Angst«, sagte sie und forderte ihn auf, sich neben sie zu setzen, indem sie auf den Boden klopfte.

Er erkannte die Augen, aber es spielte keine Rolle. Er brauchte dringend den Trost, den sie bot. Er ging hinüber und setzte sich. Sie ließ ihn seinen Kopf gegen ihr Bein lehnen.

»Wie heißt du?« fragte sie noch einmal. »Dantzler«, sagte er. »John Dantzler.« Und dann setzte er hinzu: »Ich bin aus Boston. Mein Vater ist ...« Es wäre zu schwierig, zu erklären, was Anthropologie war. »Er ist Lehrer.«

»Gibt es viele Soldaten in Boston?« Sie streichelte seine Wange mit einem goldenen Finger.

Die zärtliche Berührung machte Dantzler glücklich. »Oh, nein«, sagte er. »Sie wissen da kaum, daß hier Krieg ist.«

»Ist das wahr?« fragte sie ungläubig.

»Nun, sie *wissen* schon davon, aber es sind für sie nur Nachrichten im Fernsehen. Sie haben wichtigere Probleme. Ihre Jobs, ihre Familien.«

»Willst du ihnen vom Krieg erzählen, wenn du heimkehrst?« fragte sie. »Willst du das für mich tun?«

Dantzler hatte die Hoffnung aufgegeben, wieder heimzukehren, zu überleben, und ihre Unterstellung, daß ihm beides gelingen würde, weckte seine Dankbarkeit. »Ja«, sagte er inbrünstig. »Das will ich tun.«

»Du mußt dich beeilen«, sagte sie. »Wenn du zu lange in *ayahuamaco* bleibst, wirst du niemals gehen. Du mußt den Ausweg finden. Es ist weniger eine Sache von Richtungen oder Pfaden, sondern eher eine von Ereignissen.«

»Wo ist dieser Ort?« fragte er, als ihm plötzlich bewußt wurde, wieviel er als selbstverständlich hingenommen hatte.

Sie zog ihr Bein weg, und wenn er sich nicht am Stein abgefangen hätte, wäre er umgefallen. Als er aufschaute, war sie verschwunden. Er wunderte sich, daß ihn ihr Verschwinden nicht beunruhigte; gewohnheitsmäßig holte er einige Ampullen heraus, aber nachdem er einen Augenblick darüber nachgedacht hatte, entschied er sich, sie nicht zu benutzen. Es war unmöglich, sie in den Spender zurückzuschieben, also steckte er sie für später in die Innenpolsterung seines Helms. Er zweifelte aber, daß er sie brauchen würde. Er fühlte sich stark, allem gewachsen und furchtlos.

Dantzler trat vorsichtig zwischen die Hängematten; er wollte sie nicht berühren. Es konnte nur Einbildung sein, aber sie schienen tiefer durchzuhängen als vorher, als wöge der Tod schwerer als das Leben. Diese Schwere lag in der Luft und bedrückte ihn. Aus den Leichen erhob sich Nebel wie goldener Dampf, doch dieser Anblick erschreckte ihn nicht mehr – vielleicht, weil der Nebel den Eindruck erweckte, es seien ihre Seelen. Er hob ein Gewehr mit vollem Magazin auf und ging in den Wald.

Die Spitzen der goldenen Blätter waren scharf, und er mußte sich sachte an ihnen vorbeischieben, um zu vermeiden, geschnitten zu werden, doch er war in Höchstform, bewegte sich anmutig, und die Hindernisse verminderten sein Tempo kaum. Er machte sich nicht einmal Sorgen über die Warnung des Mädchens, er müsse sich beeilen; er war sicher, daß sich der Ausweg bald von selbst offenbaren würde. Nach einer Minute oder so hörte er Stimmen, und nach einigen weiteren Sekunden erreichte er eine von einem Bach zerteilte Lichtung; der Bach reflektierte das Licht so perfekt, daß seine Ufer einen Keil aus goldenem Nebel einzuschließen schienen. Moody saß links vom Wasser, starrte die Klinge seines Nahkampfmessers an und sang mit verhaltenem Atem – eine wortlose Melodie, die den launischen Rhythmus einer gefangenen Fliege besaß. Neben ihm lag Jerry LeDoux; seine Kehle war von einem Ohr bis zum anderen aufgeschlitzt. DT saß auf der anderen Seite des Wasserlaufs; er hatte direkt über dem Knie einen Schuß abbekommen, und obwohl er sein Hemd zu Verbänden zerrissen und das Bein mit einer Aderpresse abgebunden hatte, war er in keiner guten Verfassung. Er schwitzte, und eine graue, kalkige Blässe breitete sich auf seiner Haut aus. Die ganze Szene hatte die verrückte Lebenskraft von etwas, das in einem Zauberspiegel materialisiert war, eine Blase der Realität, die in einem goldenen Rahmen gefangen war.

DT hörte Dantzlers Schritte und sah auf. »Bring ihn um!« rief er, und zeigte auf Moody.

Moody hörte nicht auf, sein Messer zu studieren. »Nein«, sagte er, als spräche er zu jemandem, dessen Bild auf der Klinge gespiegelt wurde.

»Bring ihn um, Mann!« schrie DT. »Er hat LeDoux ermordet!«

»Bitte«, sagte Moody zum Messer. »Ich will nicht.«

Auf seinem Gesicht klebte verkrustetes Blut, und auf den Bananenblättern, die aus seinem Helm ragten, war noch mehr Blut.

»Hast du Jerry umgelegt?« fragte Dantzler. Als er Moody die Frage stellte, bezog er sich auf ihn nicht wie auf eine Person, sondern wie auf ein Detail einer Szenerie, dessen Aussage er entschlüsseln mußte.

»Herr im Himmel! Leg ihn um!« DT schlug frustriert mit der Faust auf den Boden.

»Also gut«, sagte Moody. Mit einem entschuldigenden Blick sprang er auf und griff Dantzler messerschwingend an.

Ohne jede Gefühlsregung jagte Dantzler eine Geschoßgarbe durch Moodys Brust; er taumelte zur Seite ins Gebüsch und ging zu Boden.

»Verflucht, worauf hast du denn so lange gewartet!« DT versuchte aufzustehen, doch er zuckte zusammen und fiel zurück. »Scheiße! Ich weiß nicht, ob ich gehen kann.«

»Pfeif' dir'n paar rein«, schlug Dantzler freundlich vor.

»Ja. Gute Idee, Mann.« DT fummelte an seinem Spender herum.

Dantzler spähte ins Gebüsch, um zu sehen, wo Moody gestürzt war. Er fühlte nichts, und das freute ihn. Er war der Gefühle überdrüssig.

DT nahm seine Ampulle mit einer Geste, als wollte er einen Toast sprechen, und inhalierte. »Willste nich' auch was nehmen, Mann?«

»Ich brauch' sie nicht«, sagte Dantzler. »Ich fühl' mich gut.«

Der Fluß interessierte ihn; er reflektierte nicht den Nebel, wie er gedacht hatte, sondern war selbst ein Ausläufer des Nebels.

»Was meinst du, wieviele das waren?« fragte DT.

»Wieviele was?«

»Kanaken, Mann! Ich hab drei oder vier erledigt, als sie uns angriffen, aber ich konnte nicht sehen, wieviele sie waren.«

Dantzler betrachtete seine eigene Interpretation der Ereignisse und Moodys Unterhaltung mit seinem Messer in diesem Licht. Es gab einen Sinn. Eine Santa Ana-Sorte von Sinn.

»Keine Ahnung«, sagte er. »Aber ich denke, jetzt sind's ein paar weniger als vorher.«

DT schnaubte. »Da kannst du aber Gift drauf nehmen!« Er rappelte sich auf die Füße und humpelte zum Ufer des Bachs. »Reich mir 'ne Hand rüber.«

Dantzler streckte den Arm aus, doch statt DT's Hand zu nehmen, packte er dessen Handgelenk und brachte ihn aus dem Gleichgewicht. DT schwankte auf seinem gesunden Bein, dann stürzte er um und verschwand unter dem Nebel. Dantzler hatte erwartet, daß er stürzte, doch er tauchte sofort wieder auf, und an seiner Haut hing Nebel. Natürlich, dachte Dantzler; sein Körper mußte sterben, bevor sein Geist fiel.

»Was machste da, Mann?« DT klang eher ungläubig als wütend.

Dantzler pflanzte ihm einen Fuß mitten auf den Rücken und drückte ihn wieder hinunter, bis sein Kopf untergetaucht war. DT buckelte und packte den Fuß und schaffte es, wieder auf die Hände und Knie hochzukommen. Aus seinen Augen, seiner Nase strömte Nebel, und er stieß keuchend die Worte aus: »... bring dich um ...« Dantzler drückte ihn wieder hinunter. Dann begann er damit, ihn abwechselnd unterzutauchen und wieder hochzulassen, immer und immer wieder. Nicht so sehr, um ihn zu foltern.

Nicht wirklich. Vielmehr, weil er plötzlich die Natur der *ayahuamaco*-Gesetze begriffen hatte, die Annäherungen an die die normalen Gesetze waren, und er verstand auch, daß seine Handlungen Annäherungen an jemanden sein mußten, der versuchte, einen Schlüssel in ein Schloß zu fädeln. DT war der Schlüssel für den Ausweg, und Dantzler probierte mit dem Schlüssel, um sicherzugehen, daß alle Zuhaltungen ansprachen.

In DT's Augen waren einige Blutgefäße geplatzt, und die Augäpfel bewölkten sich mit Blutflecken. Als er zu sprechen versuchte, wallte Nebel aus seinem Mund. Langsam erlahmte sein Widerstand; er krallte kleine Rinnen in den gelben Uferschlamm und erschauerte. Seine Schultern waren schwarze Landbuckel, die über einer verzauberten See schwankten.

DT versank und war lange nicht mehr zu sehen, und Dantzler stand neben dem Strom, unsicher, was noch zu tun war, und unfähig, sich an die Lektion zu erinnern, die er bekommen hatte. Schließlich schulterte er sein Gewehr und verließ die Lichtung. Der Morgen war angebrochen, der Nebel wurde dünner, und der Wald hatte seine normalen Farben zurückgewonnen. Doch er bemerkte diese Veränderungen kaum, war immer noch durch sein unzuverlässiges Gedächtnis verwirrt. Nach einer Weile gab er es auf – früher oder später würde sich alles klären. Er war einfach glücklich, noch am Leben zu sein. Nach einiger Zeit begann er beim Marschieren Steine hochzuschießen und sein Gewehr sorglos durch die Gräser zu schwingen.

Während das Erste Infanteriebataillon über die Nicaraguanische Grenze vordrang, hatte Dantzler eine ruhige Zeit im Militärkrankenhaus von Ann Arbor in Michigan, und just als die Pressemitteilung im ganzen Land verbreitet wurde, saß er im Aufenthaltsraum und beobachtete das amerikanische Meisterschaftsspiel zwischen Detroit und Texas. Einige Patienten beschwerten sich lautstark über die Unterbrechung, während andere sie niederschrien, weil sie Einzelheiten hören wollten. Dantzler zeigte überhaupt keine Reaktion. Er war vollauf damit beschäftigt, als Musterpatient zu erscheinen; als er jedoch bemerkte, daß einer der Mitarbeiter ihn mit fachlichem Interesse musterte, schlug er sich auf die Seite der Baseballanhänger. Er wollte nicht zu kontrolliert wirken. Die Ärzte reagierten auf diese Art von Verhalten genauso mißtrauisch wie auf das Gegenteil. Doch das Witzige war – wenigstens kam es Dantzler witzig vor –, daß seine vorgetäuschte Gleichgültigkeit gegenüber der Verlautbarung ein ausgezeichneter Beweis für seine Kontrolle war, für seine meisterhafte Fähigkeit, sich genauso durch das Leben zu bewegen, wie er sich durch die goldenen Blätter im Nebelwald bewegt hatte. Vorsichtig, anmutig, wirkungsvoll. Nichts berührend und von nichts berührt. Das war die Lektion, die er gelernt hatte – eine so vollkommene Kopie eines Menschen darzustellen, wie das *ayahuamaco* eine Nachbildung des Landes war; die verschiedenen Haltungen eines Mannes zu übernehmen, und doch, dank seiner Distanz zu menschlichen Dingen, umso besser für den Ausbruch einer Krise oder den Abruf von Reaktionen bereit zu sein. Er sah nichts Abwegiges dabei; selbst die Ärzte mußten zugeben, daß Menschen nur wenig mehr waren als organisierte Verstellung. Wenn er sich von anderen Männern unterschied, dann nur darin, daß er ein tieferes Verständnis für die Prinzipien besaß, auf denen seine Persönlichkeit begründet war.

Als die Schlacht um Managua begann, war Dantzler zu Hause. Seine Eltern hatten ihn gedrängt, sich mit der Umstellung auf das Zivilleben Zeit zu lassen, doch er hatte sofort eine Stelle als Direktionsassistent in einer Bank bekommen. Er fuhr jeden Morgen zur Arbeit und verbrachte dort acht kontrollierte, ruhige Stunden; jeden Abend sah er mit seiner Mutter fern, und bevor er zu Bett ging, kletterte er zum Speicher hinauf und inspizierte den Koffer, der seine Kriegsandenken barg – Helm, Drillich, Messer, Stiefel. Die Ärzte hatten darauf bestanden, daß er sich seinen Erfahrungen stellen mußte, und dieses Ritual war seine Art, ihren Anweisungen zu folgen. Alles in allem war er ganz zufrieden mit seinen Fortschritten, doch er hatte immer noch Probleme. Er konnte sich noch nicht überwinden, nachts nach draußen zu gehen, denn er erinnerte sich nur zu gut an die Dunkelheit im Nebelwald, und er hatte seine Freunde abgewiesen, hatte sich geweigert, sie zu treffen oder ihre Anrufe zu beantworten – er war sich, was Freundschaften anging, nicht sicher. Und im übrigen wurde er, trotz seines methodischen Vordringens ins Leben, von einer nagenden Unruhe gequält, von dem Gefühl, eine Aufgabe noch nicht erledigt zu haben.

Eines Abends kam seine Mutter in sein Zimmer und sagte ihm, ein alter Freund, Phil Curry, sei am Telefon. »Bitte sprich mit ihm, Johnny«, sagte sie. »Man hat ihn einberufen, und ich glaube, er hat ein bißchen Angst.«

Das Wort »einberufen« brachte in Dantzlers Seele eine Seite zum Schwingen, und nach kurzem Nachdenken ging er hinunter und nahm den Hörer ab.

»Heh«, sagte Phil, »was ist denn los, Mann? Drei Monate sind's jetzt, und du hast mich nicht einmal angerufen.«

»Tut mir leid«, sagte Dantzler. »Ich war nicht so scharf darauf.«

»Ja, versteh' ich.« Phil schwieg einen Augenblick. »Hör mal, Mann, ich fahr' bald, und wir feiern 'ne Riesenabschiedsfete bei Sparky. Wir sind grad voll dabei. Willst du nicht rüberkommen?«

»Ich weiß nicht.«

»Jeanine ist hier, Mann. Weißt du, sie ist immer noch verrückt nach dir, spricht dauernd von dir. Sie geht sonst mit keinem aus.« Dantzler fiel nichts ein, das er sagen konnte.

»Sieh mal«, sagte Phil, »dieser Soldatenscheiß macht mich ganz verrückt. Ich hab gehört, daß es da unten ganz schön übel ist. Wenn du mir erzählen könntest, wie's da unten aussieht, dann wär' ich dir wirklich dankbar, Mann.«

Dantzler konnte Phils Sorge verstehen, seinen Wunsch, einen Rat zu bekommen, und außerdem hatte er das Gefühl, es wäre richtig, hinzugehen. Absolut richtig. Er würde einige Vorkehrungen gegen die Dunkelheit treffen.

»Ich komme gleich«, sagte er.

Es war eine schreckliche Nacht mit Schneetreiben, aber Sparkys Parkplatz war überfüllt. Datzlers Verstand wirbelte wie der Schnee, war verstopft wie der Parkplatz – Gedanken stoben heran, kämpften um die besten Plätze, schmolzen. Er hoffte, seine Mutter würde nicht auf ihn warten, er fragte sich, ob Jeanine ihr Haar immer noch lang trüge, er war besorgt, weil seine Handflächen unnatürlich warm waren. Sogar bei hochgedrehten Autofenstern konnte er noch die laute Musik aus dem Club hören. Über der Tür buchstabierte rotes Neon, ein Zeichen nach dem anderen, die Worte SPARKYS ROCK CITY. Die Buchstaben gingen an und aus, während eine goldene Explosion um sie herum aufblühte. Nach der Explosion wurde die ganze Reklame für einen Sekundenbruchteil dunkel, und das große, baufällige Gebäude schien zu wachsen und mit dem schwarzen Himmel zu verschmelzen. Er hatte die Vorstellung, daß es ihn beobachtete, und schauderte – es war die Art eines plötzlichen innerlichen Rucks, die einen kurz vorm Einschlafen erwischt. Er wußte, daß die Leute da drin ihm nichts tun wollten, aber er wußte auch, daß Orte die Möglichkeit haben, die Absichten von Menschen zu verändern, und er wollte auf der Hut bleiben. Sparkys Bar konnte so ein Ort sein, vielleicht etwas Riesiges, Schwarzes, das vom Neon verborgen wurde, während seine wirkliche Substanz mit dem unendlichen Himmel verschmolz; die leuchtenden Schneeflocken spielten vor seinen Augen, der Wind pfiff durch eine seitliche Öffnung. Er hatte große Lust, nach Hause zu fahren und das Versprechen, das er Phil gegeben hatte, einfach zu vergessen; andererseits fühlte er sich aber auch verpflichtet, vom Krieg zu erzählen. Mehr als verpflichtet – es war ein missionarischer Auftrag. Er würde von dem Jungen erzählen, der aus dem Hubschrauber gestürzt war, von dem weißhaarigen Mädchen in Tecolutla, von der Leere. Gott, ja! Wie man da hinunterfuhr, zum Bersten voll mit normalen amerikanischen Gedanken und Träumen, Erinnerungen ans Rauchen von Gras, ans Jagen von Weiberröcken, an Ausflüge und Rennen auf dem Higway mit einer Kiste mit irgendwas Kaltem, und wie man einen Behälter in Menschengestalt voller salvadoriamischer Leere zurückgeschmuggelt hat. Zurück in das Land von Milch und Honig, von dämlichen Videospielen und Obenohne-Tennisturnieren und Schnellimbißlösungen für Ernährungsprobleme. Ein kleiner Geschmack von Salvador würde all diese Trivialitäten bannen. Ein kleiner Vorgeschmack. Es wäre leicht zu erklären.

Natürlich mußten gewisse Dinge erklärt werden.

Er bückte sich und befestigte das Nahkampfmesser so in seinem Stiefel, daß der Griff nicht an der Wade scheuerte. Dann holte er die beiden Ampullen aus der Manteltasche, die er damals in jener Nacht im Nebelwald in seinem Helm versteckt hatte. Als die Neonexplosion abermals losging, sprühten goldene Funken über ihre glänzenden Oberflächen. Er glaubte nicht, daß er sie brauchen würde; seine Hand war ruhig, und seine Absichten waren klar. Aber er wollte ganz sichergehn, und so nahm er beide.

Terminal

von John Varley

In SF-Magazinen und Romanen gibt es heutzutage ungezählte Computergeschichten, denn wir leben in der Computerära, und das Siliziumchip hat uns den Weg zu den Robotern und zur Allwissenheit eröffnet.

Hier ist eine solche Geschichte, ganz auf der Höhe der Zeit und durchaus glaubhaft.

Man weiß ja nie, was der Typ nebenan im Schilde führt.

Vielleicht plant er sogar, irgendwann die Herrschaft über die ganze Welt an sich zu reißen.

»Dies ist eine Tonbandaufnahme. Bitte legen Sie nicht auf, ehe …«

Ich knallte den Hörer so hart auf die Gabel, daß er auf den Fußboden fiel. Dann stand ich da, triefnaß und vor Wut zitternd. Irgendwann gab das Telefon jenes summende Geräusch von sich, das entsteht, wenn der Hörer von der Gabel gefallen ist. Dieses Geräusch ist zwanzigmal so laut wie jedes andere Geräusch, das das Telefon von sich geben kann, und ich habe mich schon immer gefragt, warum das so ist. Als wäre das eine so furchtbare Katastrophe: »Hilfe! Notfall! Ihr Telefonhörer liegt nicht mehr auf der Gabel!«

Anrufbeantworter gehören zu den kleinen Quälgeistern des Lebens. Mal ehrlich, macht es Ihnen Spaß, sich mit einer Maschine zu unterhalten? Aber was mir gerade widerfahren war, erschien mir noch um einiges schlimmer. Ich war von einer automatischen Wählmaschine angerufen worden.

Diese Dinger sind ziemlich neu. Pro Monat bekam ich etwa zwei bis drei solcher Anrufe. Die meisten kommen von Versicherungsgesellschaften. Sie labern einem zwei Minuten lang die Ohren voll, dann nennen sie eine Telefonnummer, falls man interessiert ist. (Einmal hab ich zurückgerufen, um ihnen meine Meinung zu sagen, und wurde gebeten zu warten und bekam Musik ins Ohr geblasen.) Sie benutzen dazu irgendwelche Listen. Keine Ahnung, wo sie die herbekommen.

Ich kehrte ins Badezimmer zurück, wischte sorgfältig einige Wasserstropfen von dem Plastikumschlag des Leihbuchs und ließ mich vorsichtig wieder ins Wasser gleiten.

Es war zu kalt. Ich ließ heißes Wasser zulaufen und hatte gerade wieder meinen normalen Blutdruck erreicht, als das Telefon erneut klingelte.

Und so blieb ich sitzen, fünfzehn Klingelphasen lang, und versuchte es zu ignorieren.

Haben Sie schon mal versucht, in einem Buch zu lesen, während das Telefon klingelt?

Beim sechzehnten Rufzeichen stand ich auf. Ich trocknete mich ab, zog einen Bademantel an und ging langsam und eher wie zufällig ins Wohnzimmer. Für eine Weile starrte ich den Telefonapparat an.

Beim fünfzigsten Klingeln nahm ich den Hörer ab.

»Dies ist eine Tonbandaufnahme. Bitte, legen Sie nicht auf, ehe Sie die Nachricht nicht ganz gehört haben. Dieser Anruf kommt aus dem Haus Ihres nächsten Nachbarn, Charles Kluge. Er wird alle zehn Minuten wiederholt. Mr. Kluge weiß, daß er nicht der umgänglichste Nachbar gewesen ist und entschuldigt sich schon im voraus für die Unannehmlichkeiten. Er bittet darum, daß Sie sofort in sein Haus gehen. Der Schlüssel liegt unter der Fußmatte. Gehen Sie hinein, und tun Sie, was getan werden muß. Ihre Dienste werden belohnt werden. Vielen Dank.«

Klick. Freizeichen.

Ich überstürze nie etwas. Zehn Minuten später, als das Telefon erneut klingelte, saß ich immer noch da und dachte über die Sache nach. Ich nahm den Hörer hoch und lauschte gespannt.

Es war die gleiche Botschaft. Und wie vorher war es nicht Kluges Stimme. Es war etwas Künstliches mit etwa der menschlichen Wärme eines Sprechapparates.

Ich hörte mir die Botschaft bis zum Ende an und legte anschließend den Hörer wieder auf.

Ich dachte daran, die Polizei zu benachrichtigen. Charles Kluge hatte seit zehn Jahren gleich nebenan gewohnt. In dieser Zeit hatte ich vielleicht ein Dutzend Unterhaltungen mit ihm geführt, keine länger als eine Minute. Ich schuldete ihm nichts.

Ich dachte auch daran, die ganze Sache zu ignorieren. Ich ließ mir diese Möglichkeit noch immer durch den Kopf gehen, als das Telefon wieder klingelte. Ich sah auf die Uhr. Zehn Minuten waren vorbei. Ich hob den Hörer ab und legte ihn gleich wieder auf.

Ich konnte das Telefon abklemmen. Das würde mein Leben aber auch nicht grundlegend ändern.

Am Ende zog ich mich an, trat durch die Haustür, wendete mich nach links und marschierte auf Kluges Anwesen zu.

Mein Nachbar gegenüber, Hal Lanier, mähte gerade seinen Rasen. Er winkte mir zu, und ich winkte zurück. Es war etwa sieben Uhr abends an einem wunderschönen Augusttag. Die Schatten waren lang. Der Duft nach frisch gemähtem Gras lag in der Luft. Diesen Geruch habe ich schon immer gemocht. Es wurde wohl Zeit, daß ich mich auch um meinen Rasen kümmerte, dachte ich.

Dies war ein Gedanke, den Kluge wohl niemals gehabt hatte. Sein Rasen war kniehoch und braun und mit Unkraut durchsetzt.

Ich klingelte an der Haustür. Als niemand darauf reagierte, klopfte ich. Dann seufzte ich schicksalsergeben, sah unter der Fußmatte nach und benutzte den dort gefundenen Schlüssel, um die Tür zu öffnen.

»Kluge?« rief ich, als ich den Kopf durch den Spalt schob.

Ich ging durch einen kurzen Korridor, unsicher und vorsichtig wie Leute es tun, die nicht wissen, ob sie willkommen sind. Die Vorhänge waren zugezogen, wie immer, so daß es ziemlich dunkel war, doch in dem, was früher einmal ein Wohnzimmer gewesen sein mochte, gaben zehn Fernsehschirme genug Licht für mich, um Kluge sogleich zu entdecken. Er saß vornübergebeugt auf einem Stuhl. Mit dem Gesicht lag er auf einer Computertastatur, und sein halber Schädel war weggeschossen.

Hal Lanier bediente einen Computer beim Los Angeles Police Department, kurz L.A.P.D., deshalb berichtete ich ihm von meinem Fund, und er benachrichtigte die Polizei.

Gemeinsam warteten wir auf das Eintreffen des ersten Wagens. Hal fragte mich, ob ich etwas berührt hätte, und ich wiederholte mehrmals nein, außer dem Knauf der Haustür.

Ein Krankenwagen erschien ohne Sirenengeheul. Bald wimmelte es von Polizei, und in den Vorgärten und vor Kluges Haus versammelten sich die Nachbarn und diskutierten erregt miteinander. Aufnahmeteams verschiedener Fernsehstationen hatten sich eingefunden und machten Bilder von der Leiche, die in eine Plastikplane gehüllt hinausgetragen wurde. Männer und Frauen kamen und gingen. Ich nahm an, sie taten all jene typischen Polizeidinge wie Fingerabdrücke sichern und Beweismaterial einsammeln. Ich wäre ja gerne nach Hause gegangen, doch man hatte mich gebeten, mich zur Verfügung zu halten.

Schließlich wurde ich ins Haus gebeten zu Detective Osborne, der mit der Aufklärung des Falles betraut war. Ich wurde in Kluges Wohnzimmer gebracht. Die Fernsehschirme waren noch immer eingeschaltet. Ich reichte Osborne die Hand. Er inspizierte mich vom Kopf bis zu den Füßen, ehe er einen Ton von sich gab. Er war ein ziemlich kleiner Typ mit zunehmender Glatze. Er schien sehr müde zu sein, bis er mich anblickte. Dann, obwohl sich in seinem Gesicht im Grunde nichts verändert hatte, wirkte er überhaupt nicht mehr müde.

»Sie sind Viktor Apfel?« fragte er. Ich bestätigte es. Er wies mit einer Geste auf den Raum. »Mister Apfel, können Sie mir sagen, ob aus diesem Raum irgend etwas entfernt wurde?«

Ich sah mich erneut um und betrachtete die Umgebung als eine Art Puzzle.

Da war ein offener Kamin und Vorhänge vor den Fenstern. Auf dem Fußboden ein Teppich. Darüberhinaus gab es nichts mehr, was man in einem Wohnzimmer erwarten würde.

Vor den Wänden standen Tische mit einem schmalen Gang in der Mitte. Auf den Tischen befanden sich Monitorschirme, Tastaturen, Diskettenlaufwerke – all jener chromblitzende Firlefanz der neuen Zeit. Sie waren durch dicke Kabel und Schnüre miteinander verbunden. Unter den Tischen standen weitere Computer und Kisten voll elektronischer Bauteile. Über den Tischen zogen sich Regale bis zur Decke hoch und waren mit Kartons voller Magnetbänder, Disketten, Bandkassetten vollgestopft ... es gab ein Wort dafür, an das ich mich damals nicht erinnern konnte. Das Wort war »Software«.

»Es gibt keine Möbel, oder? Außer dem, was hier steht ...«

Er schien verwirrt zu sein.

»Wollen Sie damit sagen, daß es hier früher einmal Möbel gegeben hat?«

»Woher soll ich das wissen.« Erst in diesem Moment begriff ich, welches Mißverständnis vorlag. »Oh, Sie nahmen wohl an, ich sei schon früher einmal hiergewesen. Das erste Mal, daß ich einen Fuß in dieses Zimmer gesetzt habe, geschah vor etwa einer Stunde.«

Er runzelte die Stirn, und das gefiel mir überhaupt nicht.

»Der Arzt meint, der Kerl wäre schon seit drei Stunden tot. Wie kommt es denn, daß Sie hier auftauchen, Viktor?«

Es paßte mir nicht, daß er mich mit meinem Vornamen ansprach, aber ich wußte nicht, was ich dagegen hätte machen können. Und ich wußte, daß ich ihm von dem Telefonanruf würde erzählen müssen.

Er zog ein zweifelndes Gesicht. Aber es gab eine simple Möglichkeit, meine Aussage zu überprüfen, und das taten wir auch. Hal und Osborne und ich und einige andere gingen in mein Haus hinüber. Mein Telefon klingelte, als wir eintraten.

Osborne nahm den Hörer ab und lauschte. Ein säuerlicher Ausdruck breitete sich auf seinem Gesicht aus. Und es wurde im Laufe der Nacht immer düsterer.

Zehn Minuten warteten wir, bis das Telefon wieder klingelte. Unterdessen inspizierte Osborne meine gesamte Wohnzimmereinrichtung. Ich war froh, als das Telefon wieder klingelte. Sie machten eine Bandaufnahme von Kluges Botschaft und kehrten wieder in das andere Haus zurück.

Osborne ging in den Hof und schaute sich Kluges Antennenwald an. Er war sichtlich beeindruckt.

»Mrs. Madison ein Stück die Straße hinunter glaubt, er versuchte, mit den Marsianern Kontakt aufzunehmen«, erzählte Hal lachend. »Und ich nahm an, er bestehle nur die Fernsehgesellschaften.« Da waren drei parabolische Schüsseln. Außerdem sechs Masten und einige von den Einrichtungen, die man auf Bauten der Telefongesellschaft sieht und mit denen Mikrowellen ausgestrahlt werden.

Osborne ging mit mir wieder ins Wohnzimmer. Er bat mich zu beschreiben, was ich gesehen hatte. Ich hatte zwar keine Ahnung, welchen Nutzen das haben sollte, aber ich versuchte es.

»Er saß auf diesem Stuhl, der vor jenem Tisch dort stand. Ich sah die Pistole auf dem Fußboden. Seine Hand hing darüber.«

»Meinen Sie, es war ein Selbstmord?«

»Ja, ich glaube, das dachte ich zuerst.« Ich wartete auf einen Kommentar von ihm, aber er schwieg. »Glauben Sie es denn?«

Er seufzte. »Es gab keinen Abschiedsbrief.«

»Es werden aber nicht immer irgendwelche Botschaften hinterlassen«, warf Hal ein.

»Nein, aber man findet solche Briefe oft genug, so daß meine Nase zu jucken beginnt, wenn mal keine Nachricht da ist.« Er zuckte die Achseln. »Wahrscheinlich hat das auch keine Bedeutung.«

»Der Telefonanruf«, erinnerte ich ihn. »Das könnte doch so eine Art Abschiedsbrief sein, oder?«

Osborne nickte. »Ist Ihnen sonst noch etwas aufgefallen?«

Ich trat an den Tisch und betrachtete die Tastatur. Sie war von Texas Instruments hergestellt und gehörte zum Modell TI-99/4A. Rechts hatte sie einen großen Blutfleck, wo der Kopf gelegen hatte.

»Nur, daß er vor diesem Gerät saß.« Ich drückte auf eine

Taste, und der Monitorschirm füllte sich sofort mit Worten. Hastig zog ich meine Hand zurück, dann starrte ich die Nachricht auf dem Schirm an.

PRGORAMMBEZEICHNUNG: ADIEU SCHÖNE WELT
DATUM: 20/8
INHALT: LETZTER WILLE UND TESTAMENT; VERSCHIEDENES
PROGRAMMIERER: »CHARLES KLUGE«

FÜR PROGRAMMSTART
BEFEHL: EINGABE ■

Das schwarze Quadrat am Ende blinkte. Später erfuhr ich, daß dieser Fleck »Cursor« genannt wird.

Alle kamen zusammen. Hal, der Computerexperte, erklärte, daß viele Computer sich nach zehn Minuten ohne Aktivitäten ausschalteten, damit sich die Buchstaben nicht in den Monitorschirm einbrannten. Dieser Schirm war grün gewesen, bis ich ihn aktivierte, dann wies er schwarze Buchstaben auf einem blauen Hintergrund auf.

»Ist diese Tastatur auf Fingerabdrücke untersucht worden?« fragte Osborne. Niemand schien es mit Sicherheit zu wissen, deshalb holte Osborne einen Bleistift aus der Tasche und benutzte das Ende mit dem Radiergummi, um die EINGABE-Taste zu drücken.

Der Schirm leerte sich, behielt für einen Moment seine blaue Farbe, dann füllte er sich mit kleinen eiförmigen Gebilden, die am oberen Rand des Schirm erschienen und wie Regen herunterliefen. Sie erschienen zu Hunderten und in allen möglichen Farben.

»Das sind Pillen«, stellte einer der Polizisten verblüfft fest. »Seht doch mal, das müßte eine Quaalude sein. Und dort ist ein Nembutal.« Andere Polizisten identifizierten andere Pillen. Ich erkannte den typischen roten Streifen um eine Kapsel, bei der es sich um Dilantin handeln mußte. Ich hatte sie jahrelang jeden Tag eingenommen.

Endlich hörte der endlose Pillenregen auf, und das verdammte Ding fing an, irgendwelche Musik für uns zu spielen. »Näher mein Gott zu dir« mit dreifachen Harmonien.

Einige Leute lachten. Ich glaube kaum, daß irgend jemand von uns die Situation für besonders lustig hielt – es war geradezu unheimlich, diesem gespenstischen Liedchen zu lauschen –, doch es klang, als sei es für Kirmesflöte, Dampforgel und Kazoo geschrieben worden. Was konnte man anderes tun als zu lachen?

Während die Musik erklang, erschien eine kleine Gestalt, die sich aus lauter winzigen Quadraten zusammensetzte, am linken Monitorrand und hüpfte hastig zur Mitte hin. Es erinnerte einen an eine jener menschlichen Figuren aus einem Videospiel, nur nicht so detailliert. Man mußte schon seine Phantasie anstrengen, um zu erkennen, daß es sich um einen Menschen handelte.

Ein rechteckiges Gebilde erschien in der Mitte des Schirms. Der Mann stellte sich davor auf. Er knickte in der Mitte ab, und etwas, das an einen Stuhl erinnerte, schob sich wie aus dem Nichts unter ihn.

»Was soll das sein?«

»Ein Computer. Nicht wahr?«

Es mußte so sein, da der kleine Mann die Arme ausbreitete und wie Liberace an seinem Flügel auf und nieder hüpfte. Er schrieb auf einer Maschine. Die Worte tauchten über ihm auf.

IRGENDWO IST MIR ETWAS DURCH DIE LAPPEN GEGANGEN.
ICH SITZE HIER, TAG UND NACHT. EINE SPINNE IM ZENTRUM
EINES COAXIALEN NETZES
MEISTER ALL DESSEN, WAS ICH BEOBACHTE ... UND DAS IST
NICHT GENUG. ES MUSS DA NOCH MEHR GEBEN.

SETZEN SIE HIER IHREN NAMEN EIN ■

»Jesus Christus«, sagte Hal. »Das glaube ich einfach nicht. Eine interaktive Selbstmordnachricht.«

»Kommt schon, wir müssen auch noch den Rest sehen.«

Ich saß der Tastatur am nächsten, deshalb beugte ich mich vor und gab meinen Namen ein. Doch als ich hochschaute, um zu sehen, was ich geschrieben hatte, stand da nur VICT9R. »Wie erklären Sie sich das?« fragte ich.

»Geben Sie es nur ein«, riet Osborne mir. Ich streckte meinen Arm aus und drückte auf die Eingabetaste.

HABEN SIE SCHON JEMALS DIESES GEWISSE GEFÜHL GEHABT, VIKT9R? HABEN SIE IHR LEBEN LANG GEARBEITET, UM DER BESTE IN DEM ZU SEIN, WAS SIE TUN, UND SIND SIE EINES TAGES AUFGEWACHT UND HABEN SICH GEFRAGT, WARUM SIE ALL DAS ÜBERHAUPT TUN? GENAU DAS IST MIT MIR PASSIERT.

WOLLEN SIE MEHR DARÜBER ERFAHREN, VIKT9R? J/N

Von dieser Stelle an wurde die Botschaft bruchstückhaft. Kluge schien sich dessen bewußt gewesen zu sein, er schien sich sogar dafür entschuldigen zu wollen, denn am Ende eines jeden vierzig bis fünfzig Worte langen Abschnitts hatte der Adressat die Möglichkeit zur JA/NEIN-Entscheidung.

Ich ließ meinen Blick zwischen dem Schirm und der Tastatur hin und her wandern und erinnerte mich an den Anblick Kluges, der darüber zusammengesackt war. Ich stellte mir vor, wie er alleine auf seinem Platz gesessen und die Botschaft eingetastet hatte.

Er erklärte, er sei verzweifelt. Er hätte ein Gefühl, als könne er nicht mehr weitermachen. Er schlucke zu viele Tabletten (weitere runde Symbole regneten an dieser Stelle über den Monitorschirm herab), und er habe kein Ziel mehr. Er habe alles erledigt, was er habe erledigen wollen. Wir begriffen nicht, was er damit meinte. Er sagte, er existiere nicht mehr. Wir nahmen an, das wäre eher ein Wortspiel, ein sprachliches Bild.

SIND SIE POLIZIST, VICT9R? WENN NICHT, DANN WIRD SICHER BALD EINER HERKOMMEN, DESHALB FOLGENDES FÜR SIE ODER FÜR DEN POLIZISTEN: ICH HABE KEINE RAUSCHMITTEL VERKAUFT, DIE DROGEN IN MEINEM SCHLAFZIMMER WAREN AUSSCHLIESSLICH FÜR MEINEN EIGENEN GEBRAUCH BESTIMMT. ICH HABE MICH REICHLICH DAVON BEDIENT, UND JETZT BRAUCHE ICH DAS ZEUG NICHT MEHR.

BEFEHL: EINGABE ■

Osborne folgte der Aufforderung, und am anderen Ende des Raumes begann ein Drucker zu rattern und jagte uns einen gehörigen Schrecken ein. Ich konnte verfolgen, wie das Druckwerk hin und her sauste und in beiden Richtungen druckte. Dann zeigte Hal auf den Bildschirm und rief:

»Seht doch! Da!«

Das computergezeichnete Männchen stand wieder. Es blickte uns an. Es hatte etwas, das stark einer Pistole ähnelte, in der Hand. Diese richtete das Männchen nun gegen seinen Kopf.

»Tu's nicht!« brüllte Hal.

Das kleine Männchen hörte nicht darauf. Ein künstlich erzeugter Pistolenknall ertönte, und das kleine Männchen fiel auf den Rücken. Eine rote Linie schlängelte sich über den Bildschirm. Dann wurde der vorher grüne Hintergrund blau, der Drucker verstummte, und schließlich war da nichts mehr außer der kleinen schwarzen Leiche, die auf dem Rücken lag, und dem Wort **ERLEDIGT** am unteren Schirmrand.

Ich holte tief Luft und sah zu Osborne hinüber. Es wäre eine glatte Untertreibung, seine Miene mit »nicht ganz glücklich« zu beschreiben.

»Was war das eben mit den Drogen in seinem Schlafzimmer?« fragte er.

Wir sahen Osborne dabei zu, wie er sämtliche Schubladen in den Wäschekommoden und den Nachtschränken aufzog. Er fand nichts. Er sah unter dem Bett nach und im Ankleidezimmer. Wie alle anderen Räumlichkeiten des Hauses war auch dieses Zimmer mit Computern vollgestopft. Löcher waren in Wände gestemmt worden für die dicken Kabelbündel.

Ich hatte neben einer von mehreren Papptonnen gestanden, die sich in dem Zimmer befanden. Sie faßte etwa dreißig Gallonen und diente normalerweise als Verpackung für sperrige Transportgüter. Der Deckel war lose, deshalb hob ich ihn an. Irgendwie wünschte ich, ich hätte es nicht getan.

»Osborne«, machte ich mich bemerkbar. »Sehen Sie sich lieber das hier an.«

Die Tonne war mit einem widerstandsfähigen Müllsack ausgekleidet. Und sie war zu zwei Dritteln mit Quaalude-Tabletten gefüllt.

Sie lösten die Deckel von den restlichen Tonnen. Wir fanden Behälter mit Amphetaminen, mit Nembutal und Valium. Alles mögliche Zeugs.

Nach der Entdeckung dieser Drogenmengen tauchte noch viel mehr Polizei in dem Haus auf. Sie hatte die Aufnahmeteams des Fernsehens im Schlepptau.

Bei all dieser Hektik schien sich niemand um mich zu kümmern, daher schlich ich in mein Haus zurück und verriegelte die Tür hinter mir. Von Zeit zu Zeit lugte ich durch einen Vorhangspalt nach draußen. Ich sah Reporter, die meine Nachbarn ausfragten. Hal war auch da und schien sich ausnehmend wohlzufühlen. Zweimal klopften Fernsehteams auch an meine Haustür, doch ich reagierte nicht. Nach kurzer Zeit verzogen sie sich wieder.

Ich ließ heißes Wasser in die Badewanne laufen und entspannte mich eine Stunde lang darin. Dann drehte ich die Heizung so hoch auf wie möglich und verkroch mich unter den Decken in meinem Bett.

Ich hatte die ganze Nacht Schüttelfrost.

Osborne tauchte am nächsten Morgen gegen neun Uhr bei mir auf. Ich ließ ihn ein. Hal kam hinter ihm herein und machte ein ziemlich unglückliches Gesicht. Ich begriff, daß sie die ganze Nacht aufgewesen waren. Ich schenkte ihnen Kaffee ein.

»Am besten lesen Sie das erst einmal«, sagte Osborne und reichte mir einen Stapel Computerausdrucke. Ich faltete die Endlosbögen auseinander, setzte meine Brille auf und begann zu lesen.

Der Text war in jener fürchterlichen Punkt-Matrix-Schrift geschrieben. Normalerweise schmeiße ich derartiges Zeug ungelesen in den Kamin, doch diesmal machte ich eine Ausnahme.

Es handelte sich um Kluges letzten Willen. Irgendein Erbschaftsgericht würde damit eine ganze Menge Spaß bekommen.

Er behauptete erneut, daß er nicht existiere, deshalb könne er auch keine Angehörigen haben. Er habe sich entschlossen, all seine weltlichen Habe jemandem zu hinterlassen, der sie verdiente.

Aber wer eignete sich dafür? fragte Kluge sich. Nun, sicher nicht Mr. und Mrs. Perkins vier Häuser die Straße hinunter. Sie seien Kindesmißhandler. Er zitierte aus Gerichtsakten aus Buffalo und Miami und aus einem zur Zeit noch anhängigen Verfahren.

Mrs. Radnor und Mrs. Polonski, die fünf Häuser weiter einander gegenüber wohnten, seien Klatschtanten.

Der älteste Sohn der Andersons sei ein Autoknacker.

Marian Flores schreie in der Schule bei den Mathematikklassenarbeiten immer bei ihren Tischnachbarn ab.

In der Nachbarschaft wohne jemand, der die Stadt bei einem Straßenbauprojekt übers Ohr haue. Eine Frau in der Nachbarschaft habe ein Verhältnis mit einem Handelsvertreter, und zwei andere Frauen trieben es nicht nur mit ihren Ehemännern, sondern auch mit verschiedenen anderen. Dann sei da ein Halbwüchsiger, der seine Freundin geschwängert und sie anschließend sitzengelassen habe und damit vor seinen Freunden prahle.

Nicht weniger als neunzehn Ehepaare lebten in der Gegend, die keine Einkommenssteuererklärung abgegeben oder keine vollständigen Angaben über ihr Einkommen gemacht hätten.

Kluges Nachbar nach hinten raus besäße einen Hund, der die ganze Nacht hindurch bellte.

Nun, das mit dem Hund konnte ich bestätigen. Der Köter hat mich oft genug wachgehalten. Aber alles andere war einfach verrückt! Zum ersten, woher nimmt ein Typ, der zweihundert Gallonen verbotener Drogen in seinem Haus hortet, das Recht, über seine Nachbarn ein Urteil zu fällen? Ich meine, die Kindesmißhandler waren eine andere Sache, aber war es recht, eine ganze Familie zu teeren und federn, nur weil der Filius Autos klaute? Und außerdem … woher wußte Kluge überhaupt so genau Bescheid?

Aber es kam noch mehr, nämlich vier fremdgehende Ehemänner. Einer war Herold »Hal« Lanier, der seit drei Jahren etwas mit einer Frau namens Toni Jones habe, einer Kollegin in der L.A.P.D.-Datenverarbeitungsabteilung. Sie dränge ihn, er solle sich endlich scheiden lassen; er wartete nur »auf den richtigen Zeitpunkt, um es einer Frau schonend beizubringen«.

Ich drehte mich zu Hal um. Sein rot angelaufenes Gesicht sagte mir alles, was ich wissen wollte.

Dann traf es mich wie der Blitz. Was hatte Kluge über mich herausbekommen?

Ich ließ meinen Blick über die Liste der Schuldigen wandern und fand meinen Namen im letzten Abschnitt.

»… seit dreißig Jahren büßt Mr. Apfel für einen Fehler, den er noch nicht einmal gemacht hat. Ich will nicht unbedingt so weit gehen und ihn für eine Heiligsprechung vorschlagen, doch als eine Art Ausgleich für erlittenes Unrecht – wenn nicht auch aus anderen Gründen – hinterlasse ich Victor Apfel meine gesamte bewegliche und unbewegliche Habe.«

Ich starrte Osborne an, und seine müden Augen fixierten mich abschätzend.

»Aber ich will das nicht!«

»Glauben Sie, daß dies die Belohnung ist, die Kluge in seiner Telefonbotschaft erwähnte?«

»Das muß sie wohl sein«, erwiderte ich. »Was könnte es sonst sein?«

Osborne seufzte und lehnte sich in seinem Sessel zurück. »Wenigstens hat er Ihnen nicht seine Drogen vermacht. Behaupten Sie immer noch, Sie hätten diesen Typen nicht gekannt?«

»Beschuldigen Sie mich wegen irgend etas?«

Er spreizte abwehrend die Hände. »Mr. Apfel, ich stelle nur einige Fragen. Bei einem Selbstmord kann man sich niemals hundertprozentig sicher sein, was wirklich geschehen ist. Vielleicht war es ein Mord. Wenn das zutrifft, erkennen sicherlich auch Sie, daß Sie – bisher jedenfalls – der einzige sind, von dem wir wissen, daß er von dem Tod Vorteile hat.«

»Er war für mich praktisch ein völlig Fremder.«

Er nickte und klopfte auf seine Kopie des Computerausdrucks. Ich blickte auf meine Kopie und wünschte, die Schrift würde unsichtbar.

»Was war das für ein ... Fehler, den Sie gemacht haben sollen?«

Ich hatte befürchtet, daß dies die nächste Frage sein würde.

»Ich war Kriegsgefangener in Nordkorea«, antwortete ich.

Osborne hatte daran einige Zeit zu kauen.

»Haben die mit Ihnen eine Gehirnwäsche gemacht?«

»Ja.« Ich schlug heftig auf die Armlehne meines Sessels und mußte plötzlich aufstehen und mich bewegen. In dem Raum wurde es allmählich empfindlich kalt. »Nein. Ich denke ... mit diesem Wort wird viel Schindluder getrieben, und keiner weiß so richtig, was es bedeutet. Ob sie mich einer Gehirnwäsche unterzogen haben?

Ja. Waren Sie damit erfolgreich? Habe ich meine angeblichen Kriegsverbrechen gestanden und die Regierung der USA verraten?

Nein.«

Und wieder einmal fühlte ich mich von diesen ausgesprochen müden Augen völlig durchschaut.

»Sie scheinen im Zusammenhang damit noch immer ziemlich starke ... Empfindungen zu haben?«

»So etwas vergißt man nicht.«

»Wollen Sie noch irgend etwas dazu bemerken?«

»Es ist nur, daß ... nein. Nein, ich habe dem nichts hinzuzufügen. Nicht Ihnen und auch keinem anderen gegenüber.«

»Ich werde aber noch eine Menge Fragen den Kluge-Tod betreffend stellen müssen.«

»Ich denke, daß ich dafür meinen Anwalt herzitiere.« Himmel noch mal, jetzt mußte ich mir auch noch einen

Anwalt beschaffen. Ich wußte gar nicht, wo ich zuerst anfangen sollte.

Osborne nickte nur. Er stand auf und ging zur Tür.

»Ich war schon geneigt, die ganze Sache als Selbstmord abzulegen«, gestand er. »Das einzige, was mich gestört hatte, war das Fehlen eines Abschiedsbriefes. Jetzt haben wir eine solche Nachricht.« Er wies auf Kluges Haus, und so etwas wie Wut stahl sich in sein Gesicht.

»Dieser Kerl hinterläßt nicht nur eine geschriebene Nachricht, er programmiert diese verdammte Botschaft auch noch in seinen Computer ein mitsamt irgendwelchen Spezialeffekten aus Pac-Man.

Ich weiß ja längst, daß die Leute die verrücktesten Sachen machen. Ich hab's oft genug selbst erlebt. Aber als ich hörte, wie der Computer eine Hymne spielte, wußte ich, daß dies ein Mord ist. Ich sage Ihnen die Wahrheit, Mr. Apfel, ich glaube nicht, daß Sie es getan haben. In diesem Ausdruck stecken mindestens ein Dutzend Motive für einen Mord. Vielleicht hat er die Leute in dieser Gegend erpreßt. Vielleicht konnte er sich auf diese Art und Weise all die Maschinen in seinem Haus anschaffen. Und Leute, die so viele Drogen gesammelt haben, sterben normalerweise eines gewaltsamen Todes. Dieser Fall wird mir eine Menge Arbeit machen, und ich werde am Ende herausbekommen, wer es getan hat.« Er murmelte etwas von wegen ich solle die Stadt nicht verlassen und daß er mich später noch einmal sprechen müsse und verabschiedete sich.

»Vic...«, begann Hal. Ich sah ihn an.

»Was diesen Ausdruck betrifft ...«, sagte er schließlich. »Ich fände es nett, wenn du ... nun, die haben ja versprochen, sie würden die Angelegenheit vertraulich behandeln. Wenn du weißt, was ich meine.« Er hatte plötzlich Augen wie ein Basset. Das war mir bisher noch nie aufgefallen.

»Hal, geh ruhig nach Hause. Wegen mir brauchst du dir keine Sorgen zu machen.«

Er nickte und schlurfte zur Tür.

»Ich glaube, davon wird nichts an die Öffentlichkeit dringen«, meinte er.

Natürlich drang alles an die Öffentlichkeit.

Wahrscheinlich wäre das sowieso passiert auch ohne die Briefe, die einige Tage nach Kluges Tod eintrudelten, alle in Trenton, New Jersey abgestempelt und alle von einem Computer geschrieben, über den niemand etwas Genaueres in Erfahrung bringen konnte. Die Briefe lieferten Details zu den Informationen, die Kluge in seinem Testament mitgeteilt hatte.

Damals wußte ich von all dem überhaupt nichts. Den Rest des Tages, nachdem Hal gegangen war, verbrachte ich in meinem Bett unter der Heizdecke. Ich konnte die Füße nicht warm bekommen. Ich stand nur auf, um mich in die Badewanne zu legen oder um mir ein Sandwich zu schmieren.

Reporter klopften an meine Tür, doch ich öffnete nicht. Am zweiten Tag rief ich einen Strafverteidiger an – Martin Abrams, den ersten im Telefonbuch unter A – und engagierte ihn. Er erklärte mir, daß man mich wahrscheinlich zwecks einer Vernehmung ins Polizeirevier bestellen würde. Ich versicherte ihm, ich würde nicht hingehen, schluckte zwei Dilantin und verkroch mich gleich wieder in meinem Bett.

Zweimal hörte ich Polizeisirenen in der Nähe. Einmal hörte ich einen lauten Disput auf der Straße. Ich widerstand der Versuchung, hinauszuschauen. Ich gebe zu, daß ich ein wenig neugierig war, aber man weiß ja, was einem dann passieren kann.

Ich begann auf Osborne zu warten, doch er meldete sich nicht. Die Tage summierten sich zu einer Woche. In dieser Zeit geschahen nur zwei Dinge von besonderem Interesse.

Die erste Sache war ein Klopfen an meiner Tür. Das fand zwei Tage nach Kluges Tod statt. Ich linste durch den Vorhangspalt und sah vor dem Haus einen geparkten silbernen Ferrari. Wer auf der Veranda vor der Haustür stand, konnte ich nicht sehen, deshalb fragte ich nach, wer mich da zu sprechen wünsche.

»Mein Name ist Lisa Foo«, antwortete eine weibliche

Stimme. »Sie haben mir mitgeteilt, ich könne ruhig vorbeikommen.«

»Daran kann ich mich überhaupt nicht mehr erinnern.«

»Ist dies nicht Charles Kluges Haus?«

»Das befindet sich eine Tür weiter.«

»Oh, Verzeihung.«

Ich beschloß, sie zu warnen, daß Kluge tot sei, daher öffnete ich die Haustür. Sie wandte sich um und lächelte mich an. Ich fühlte mich wie geblendet davon.

Wo soll man anfangen, wenn man Lisa Foo beschreiben will? Erinnern Sie sich noch an die Zeit, als in den Zeitungen Comicstrips über Hirohito und Tojo zu finden waren und als die *Times* das Wort »Japs« benutzte, ohne daß sie sich schämen mußte? Kleine Kerle mit Gesichtern so rund wie Fußbälle, Ohren wie Henkel, dicken Brillengläsern, zwei langen Kanincheneckzähnen und bleistiftdünnen Schnurrbärten ...

Wenn man von dem Schnurrbart absah, dann war sie die ideale Besetzung für einen Comic-Tojo. Sie trug die Brille, hatte die typischen Ohren und Zähne. Doch ihre Zähne steckten in Spangen und erinnerten an mit Stacheldraht umwickelte Klaviertasten. Sie war einsvierzig bis einsfünfzig groß und konnte nicht mehr wiegen als hundertzehn Pfund. Eigentlich hätte ich auf hundert getippt, doch ich fügte je fünf Pfund für ihre Brüste hinzu, die bei ihrem zerbrechlichen Körper so mächtig waren, daß ich von der Botschaft auf ihrem T-Shirt nur ein »POCK LIVE« lesen konnte. Das S am Anfang und am Ende sah ich nur, wenn sie sich soweit drehte, daß ich sie von der Seite aus betrachten konnte.

Sie streckte mir eine schlanke Hand entgegen.

»Wahrscheinlich bin ich für die nächste Zeit Ihre Nachbarin«, sagte sie. »Zumindest so lange, bis wir den Drachenstall nebenan ausgemistet haben.« Wenn sie überhaupt einen Akzent hatte, dann war es San Fernando Valley.

»Das finde ich nett.«

»Kannten Sie ihn? Kluge, meine ich. Zumindest hatte er sich so genannt.«

»Sie glauben, das war überhaupt nicht sein Name?«

»Ich bezweifle es. ›Klug‹ ist ein deutsches Wort und heißt soviel wie clever, intelligent. Und unter Hackern bedeutet es soviel wie gerissen, mit allen Wassern gewaschen. Und ein gerissener Bursche war er ganz bestimmt. Er hatte nur ein paar Sprünge in seiner Hardware.« Sie tippte sich vielsagend gegen die Schläfe. »Macken und Phantome und Dämonen, die immer wieder auftauchen, wenn das Programm anläuft, faule Softwaren, eimerweise Bits, die vergeudet werden wie Wasser, das man in die Gosse schüttet ...«

In dieser Art plapperte sie noch einige Zeit weiter. Es hätte ebensogut auch ein Swahilidialekt sein können.

»Haben Sie gesagt, es säßen Dämonen in seinen Computern?«

»Stimmt.«

»Das klingt eher, als brauchten sie einen Exorzisten.«

Sie wies mit dem Daumen auf sich selbst und zeigte mir wieder ihre eingezäunten Beißer.

»So einer bin ich. Hören Sie, ich muß jetzt gehen. Kommen Sie mich doch einfach mal besuchen, wenn Sie Lust haben.«

Das zweite erstaunliche Ereignis der Woche fand am darauffolgenden Tag statt. Mein Kontoauszug trudelte bei mir ein. Drei Einzahlungen wurden aufgelistet. Die erste war der regelmäßige Scheck der Veteranenorganisation in Höhe von $ 487. Die zweite Einzahlung waren die $ 394,54 an Zinsen aus dem Geld, das meine Eltern vor fünfzehn Jahren hinterlassen hatten.

Die dritte Einzahlung war am zwanzigsten gebucht worden, an dem Tag also, an dem Charles Kluge gestorben war. Sie belief sich auf $ 700.083,04.

Ein paar Tage später schaute Hal Lanier bei mir vorbei.

»Junge, war das eine Woche«, sagte er. Dann ließ er sich auf die Couch fallen und erzählte mir alles.

Im Block hatte es einen zweiten Todesfall gegeben. Die

Briefe hatten eine Menge Unruhe bewirkt, zumal Polizisten von Haus zu Haus gingen und jeden befragten. Einige Leute waren geständig, als sie einsahen, daß die Polizei ihnen auf der Fährte war. Die Frau, die sich mit dem Handelsvertreter eingelassen hatte, während ihr Ehemann zur Arbeit war, gestand ihre Untreue, und der Typ ließ sie erschießen. Er saß nun im County Gefängnis. Das war der schlimmste Vorfall, doch es hatte auch noch mehr gegeben von Prügeleien bis hin zu Steinen, die durch Fenster geworfen worden waren. Laut Hals Bericht dachte die Einkommenssteuerbehörde daran, in der Gegend ein Außenbüro einzurichten, weil so viele Leute überprüft werden mußten.

Ich dachte an die siebenhunderttausendunddreiundachtzig Dollar.

Und vier Cents.

Ich sagte nichts davon, doch ich bekam kalte Füße.

»Ich nehme an, du willst einiges über mich und Betty erfahren«, meinte er endlich. Ich wollte nicht. Ich wollte von dem ganzen Theater überhaupt nichts hören, doch ich bemühte mich um einen mitfühlenden Gesichtsausdruck.

»Das ist jetzt alles vorbei«, sagte er mit einem zufriedenen Seufzer. »Zwischen Toni und mir, meine ich. Ich habe Betty alles gestanden. Für einige Tage war es ziemlich schlimm, doch ich glaube, daß unsere Ehe dadurch gefestigt wurde.« Er schwieg einen Moment lang und badete in seinem Gefühl warmer Geborgenheit. Ich hatte schon unter schwierigeren Bedingungen mein Gesicht unter Kontrolle gehabt und einen weit desinteressierteren Eindruck vermittelt, deshalb nehme ich an, daß ich auch in dieser Situation überzeugend genug war.

Er wollte mir erzählen, was sie alles über Kluge herausbekommen hatten, und er wollte mich gleichzeitig zum Dinner einladen, doch ich entschuldigte mich beide Male damit, daß meine Kriegsverletzungen mal wieder verrückt spielten. Ich hatte ihn kaum zur Tür hinauskomplimentiert, als Osborne klopfte. Mir blieb nichts anderes übrig, als ihn einzulassen. Hal blieb auch gleich da.

Ich bot Osborne eine Tasse Kaffee an, die er sofort dankend annahm. Irgendwie sah er anders aus. Anfangs war ich nicht sicher, was es genau war. Immer noch dieser alte müde Ausdruck ... nein, das war es nicht. Zum größten Teil war dieser schlaffe Eindruck entweder eine Masche oder er war ein Zeichen für den Zynismus, der irgendwann in jedem Polizisten steckte. Heute jedoch war dieser Ausdruck echt. Die Müdigkeit war von seinem Gesicht auch auf seine Schultern, die Hände übergegangen und bestimmte gleichzeitig seine Art zu gehen und sich in den Sessel fallen zu lassen. Er war von einer Aura des Scheiterns, des Verlierens umgeben.

»Bin ich immer noch verdächtig?« erkundigte ich mich.

»Meinen Sie, ob Sie Ihren Rechtsanwalt benachrichtigen sollen? Ich würde sagen, lassen Sie das ruhig bleiben. Ich habe Sie ziemlich eingehend überprüft. Dieses Testament hat wenig Überzeugungskraft, deshalb wäre es als Motiv ziemlich dämlich. Ehrlich gesagt hätte wahrscheinlich jeder Kokshändler rund um Marina bessere Gründe, als Sie, Kluge auszuknipsen.« Er seufzte. »Ich habe zwei Fragen. Sie können sie beantworten, es aber auch bleiben lassen.«

»Immer mutig ...«

»Können Sie sich an irgendwelche ungewöhnlichen oder auffälligen Besucher erinnern? Leute, die ihn nachts aufsuchten und sich auch nachts wieder davonschlichen?«

»Die einzigen Besucher, an die ich mich erinnern kann, waren Lieferanten. Postangestellte, Expreßdienste, Supermärkte, Speditionen ... solche Leute. Ich glaube, seine Drogenlieferungen hätten in jeder Sendung sein können.«

»Dieser Meinung sind auch wir. Er dealte nicht mit einzelnen Trips. Er muß eine Art Verteiler gewesen sein, der das Zeug annahm und danach weiter aufteilte.« Er dachte einige Sekunden darüber nach und trank von seinem Kaffee.

»Machen Sie denn wenigstens Fortschritte?« wollte ich wissen.

»Wollen Sie die Wahrheit wissen? Der Fall geht den Bach runter. Wir haben viel zu viele Motive, doch keines davon trifft richtig zu. Soweit wir es beurteilen können, hatte niemand im gesamten Block die gerinste Ahnung, daß Kluge über all die Informationen verfügte. Wir haben jede Menge Bankkonten überprüft und nirgendwo den geringsten Hinweis auf eine Erpressung erhalten. Damit sind die Nachbarn im großen und ganzen aus dem Schneider. Wenngleich, wenn er noch lebte, sicherlich ein paar Leute in der Nachbarschaft wohnen, die ihn liebend gerne *jetzt* um die Ecke bringen würden.«

»Und wie«, bestätigte Hal.

Osborne schlug sich auf den Oberschenkel. »Wenn der Bastard jetzt lebte, dann würde *ich* ihn töten«, erklärte er. »Aber allmählich kommt mir der Gedanke, daß er im Grunde überhaupt niemals gelebt hat.«

»Das begreife ich nicht.«

»Wenn ich diese verdammte Leiche nicht mit eigenen Augen gesehen hätte ...« Er setzte sich etwas aufrechter und straffte sich. »Er sagte, er existiere nicht. Nun, das tat er praktisch auch nicht. Pacific Gas & Electric haben nie etwas von ihm gehört. Er hing an ihrem Leitungsnetz, und jeden Monat kam jemand zu ihm, um den Zähler abzulesen, doch sie haben ihm niemals auch nur eine einzige Kilowattstunde in Rechnung gestellt. Das gleiche mit der Telefongesellschaft. Er hat eine ziemlich aufwendige Nebenstellenanlage in seinem Haus, die von der Telefongesellschaft geliefert und installiert wurde, doch sie haben von ihm keinerlei Unterlagen. Wir haben uns mit dem Typen unterhalten, der die Anlage eingebaut hat. Er reichte seine Unterlagen ein, und der Computer schluckte sie. Kluge hatte nirgendwo in Kalifornien ein Bankkonto, und offensichtlich brauchte er auch keins. Wir haben etwa einhundert Gesellschaften und Firmen überprüft, die ihm irgend etwas verkauft oder geliefert haben. Danach haben sie sein Kundenkonto mit der Bemerkung ›bezahlt‹ versehen oder total vergessen, daß sie ihm überhaupt etwas verkauft haben. Einige von diesen Firmen führen unter seinem Namen Schecknummern und Nummern für Konten oder sogar *Banken,* die überhaupt nicht existieren.«

Er lehnte sich zurück und ließ das Unfaßbare auf seine Zuhörer einwirken.

»Der einzige Typ, der etwas über ihn weiß, ist der Bote, der ihm einmal im Monat die Lebensmittel geliefert hat. Er arbeitet in einem kleinen Laden unten in Sepulveda. Sie haben dort keinen Computer, sondern arbeiten noch mit richtig handgeschriebenen Rechnungen. Er hat immer mit Scheck bezahlt. Wells Fargo akzeptierte die Schecks, und kein Scheck ist je geplatzt. Doch Wells Fargo weiß nichts von ihm.«

Ich ließ mir das durch den Kopf gehen. Er schien von mir irgendeine Reaktion zu erwarten, also tat ich ihm den Gefallen.

»Hat er alles per Computer geregelt?«

»Stimmt. Nun, das mit dem Lebensmittelladen begreife ich, fast jedenfalls. Doch meistens tastete Kluge sich bis zu den Basisprogrammen der Computer vor und löschte sich selbst regelrecht aus. Der Strom wurde niemals bezahlt, weder mit Scheck noch auf eine andere Art und Weise, weil, soweit PG&E es überblicken konnten, sie ihm auch nichts verkauften.

Keine Verwaltungsabteilung hat je von ihm gehört. Wir haben alles überprüft von der Post bis hin zur CIA.«

»Dann war Kluge wahrscheinlich ein falscher Name, oder?« äußerte ich meine nächstliegende Vermutung.

»Ja. Aber das FBI hat keine Fingerabdrücke von ihm. Irgendwann werden wir schon herausbekommen, wer er war. Aber das bringt uns keinen Deut der Antwort auf die Frage näher, ob er ermordet wurde oder nicht.«

Er gab zu, daß auf ihn Druck ausgeübt wurde, den Fall einfach abzuschließen, den Tod als Selbstmord abzulegen und die Affäre zu vergessen. Doch Osborne war dazu nicht bereit. Natürlich würde die zivilrechtliche Seite der Angelegenheit noch für einige Zeit weiterverfolgt, indem man versuchte, Kluges Aktivitäten so genau wie möglich zu rekonstruieren.

»Jetzt ist die Drachentante am Zuge«, sagte Osborne. Hal schnaubte.

»Ausgerechnet«, knurrte Hal und murmelte etwas von gelben Affen.

»Das Mädchen? Ist sie noch immer drüben? Wer ist sie?«

»Irgend so ein Genie von der Cal Tech. Wir haben dort nachgefragt und erklärt, wir hätten da einige Probleme, und dann wurde sie hergeschickt.« Osbornes Gesichtsausdruck verriet, was er sich von dieser Art Hilfe versprach.

Endlich gelang es mir, die beiden loszuwerden. Als sie sich vom Haus entfernten, sah ich zu Kluges Haus hinüber. Lisa Foos silberfarbener Ferrari parkte in der Garagenzufahrt.

Ich hatte dort nichts verloren. Das wußte ich besser als jeder andere.

Deshalb begann ich mir mein Abendessen zu bereiten. Ich entschied mich für eine Thunfischpastete – die auf keinen Fall so fad ist, wie sie klingt, zumindest so wie ich sie zubereite – schob sie in den Backofen und ging in den Garten, um mir die Zutaten für einen Salat zusammenzusuchen. Ich schnitt Fleischtomaten in Scheiben und überlegte, ob ich eine Flasche Wein kaltstellen sollte, als mir bewußt wurde, daß ich genug für zwei hatte.

Da ich niemals überstürzt zu Werke gehe, setzte ich mich hin und ließ mir die Möglichkeiten einige Zeit durch den Kopf gehen. Meine Füße fällten schließlich die Entscheidung. Zum erstenmal seit einer Woche waren sie wieder warm. Also ging ich zu Kluges Haus hinüber.

Die Haustür stand offen. Es gab keinen Sichtschutz, keinen Vorhang, kein Fliegengitter. Seltsam, wie beunruhigend es wirken kann, wenn eine Behausung weit offen steht und von niemandem bewacht wird. Ich stand auf der Veranda und steckte den Kopf in die Tür, konnte aber nur den Korridor erkennen.

»Miß Foo?« rief ich. Keine Antwort.

Als ich das letzte Mal in dem Haus war, hatte ich einen Toten gefunden. Ich setzte mich schnell in Bewegung und rannte hinein.

Lisa Foo saß auf einer Klavierbank vor einer Computertastatur. Ich sah sie von der Seite, ihr Rücken war sehr gerade, die Beine hatte sie im Lotussitz verschränkt, ihre Finger schwebten über den Tasten, als Worte in eiliger Folge über den Bildschirm vor ihr liefen. Sie blickte auf und lachte mich mit blitzendem Gebiß an.

»Jemand hat mir verraten, Ihr Name sei Victor Apfel«, sagte sie.

»Ja. Äh, die Tür stand offen ...«

»Es ist heiß«, sagte sie und zupfte an ihrem T-Shirt, wie man es gerne tut, wenn man darunter schwitzt. »Was kann ich für Sie tun?«

»Eigentlich nichts.« Ich trat in den Halbdämmer und stolperte über irgend etwas. Es war ein Pappkarton, ein großes flaches Ding, wie es benutzt wird, um eine Pizza darin einzupacken.

»Ich mache mir gerade mein Abendessen, und es ist genug für zwei, deshalb dachte ich, daß Sie ..« Ich verstummte mitten im Satz, denn mir war gerade etwas anderes aufgefallen. Ich hatte die ganze Zeit angenommen, daß sie Shorts trug, doch in Wirklichkeit hatte sie nicht mehr am Leibe als ihr T-Shirt und einen pinkfarbenen Schlüpfer. Das schien sie aber in keinster Weise in Verlegenheit zu bringen.

»... würden Sie mir beim Abendessen Gesellschaft leisten?«

Ihr Lächeln wurde noch breiter.

»Liebend gern«, sagte sie. Mühelos streckte sie die Beine aus, sprang auf die Füße und huschte an mir vorbei, dabei eine Duftmischung aus Schweiß und Lavendelseife hinter sich herziehend. »Bin in einer Minute fertig.«

Ich sah mich noch einmal in dem Raum um, doch meine Gedanken beschäftigten sich weiterhin mit ihr. Sie trank gerne Pepsi zu ihrer Pizza; Dutzende von leeren Dosen standen und lagen herum. An einem Knie und am Oberschenkel erkannte ich eine lange Narbe. Die Aschenbecher waren leer ... und die langen Muskeln ihrer Beine vibrierten kraftvoll, wenn sie ging. Kluge hatte wohl geraucht, doch Lisa tat es nicht, und sie hatte am Ende ihrer Wirbelsäule in Höhe der Taille feine, seidenweiche dunkle Haare, gerade noch erkennbar im grünlichen Schein des Computermonitors. Ich hörte Wasser in das Badezimmerbecken laufen, betrachtete einen gelblichen Notizblock, der mit Notizen bedeckt war, wie ich es seit Jahrzehnten nicht mehr gesehen hatte, und roch Seife und dachte an glatte braune Haut und ein anmutiges Schreiten.

Sie erschien in der Vorhalle, bekleidet mit abgeschnittenen Jeans, Sandalen und einem frischen T-Shirt. Auf dem abgelegten hatte BURROUGHS OFFICE SYSTEMS gestanden. Dieses zeigte Mickey Mouse und Schneewittchens Märchenschloß und duftete nach frisch gewaschener Baumwolle. Mickeys Ohren ruhten auf der oberen Wölbung ihrer überdimensionalen Brüste.

Ich folgte ihr nach draußen. Tinkerbell zwinkerte mir vom Rückenteil ihres T-Shirts zu.

»Ich mag diese Küche«, stellte sie fest.

Man sieht sich einen banalen Ort normalerweise nicht besonders genau an, bevor jemand einem so etwas mitteilt.

Die Küche war wie eine Zeitkapsel. Sie hätte von einem Foto im *Life*-Magazin, Ausgabe 1950, stammen können. Da stand ein bauchiger Frigidaire-Kühlschrank aus einer Zeit, als der Produktname Synonym für das Gerät war, ähnlich wie Coke oder Kleenex. Die Abstellflächen waren gelb gefliest, wie man es heutzutage nur noch in Badezimmern finden kann. Nicht ein Gramm Resopal war in dem Raum verwendet worden. Anstelle eines Geschirrspülers hatte ich einen Abtropfkorb und eine Doppelspüle. Es gab keinen elektrischen Dosenöffner, keinen Expreßgrill, keine Müllpresse und keinen Mikrowellenherd. Das neueste Gerät in dieser Küche war ein fünfzehn Jahre alter Mixer.

Ich habe einiges handwerkliches Geschick, und es macht mir Spaß, Dinge zu reparieren.

»Das Brot ist köstlich«, lobte sie ihr Menü.

Ich hatte es selbst gebacken. Ich sah ihr zu, wie sie den Teller mit der Kruste auswischte, und dann fragte sie, ob sie noch einen Nachschlag bekommen könne.

Ich weiß, daß es schlechte Manieren sind, seinen Teller

mit Brot auszuwischen. Nicht daß es mir etwas ausmachte; ich tue es ja selbst. Und abgesehen davon waren ihre Manieren sowieso unmöglich. Sie verputzte drei Portionen von meiner Pastete, und als sie endlich fertig war, hätte ich den Teller nicht mehr spülen müssen. Ich vermutete bei ihr einen unersättlichen Appetit, der sich nur mit Mühe im Zaum halten ließ.

Sie lehnte sich auf ihrem Stuhl zurück, und ich schenkte ihr von dem Weißwein nach.

»Wollen Sie wirklich keine Erbsen mehr?«

»Ich kapituliere.« Sie klopfte sich zufrieden auf den Bauch. »Vielen Dank, Mr. Apfel. Ich hatte seit Ewigkeiten keine richtige Hausmannskost mehr.«

»Nennen Sie mich ruhig Victor.«

»Ich sterbe für amerikanische Küche.«

»Ich wußte gar nicht, daß es so etwas gibt. Ich meine so wie chinesische Küche oder ... Sie sind doch Amerikanerin, nicht wahr?« Sie lächelte nur. »Ich wollte sagen, daß ...«

»Ich weiß, was Sie sagen wollten, Victor. Ich bin amerikanischer Bürger, aber nicht hier geboren. Würden Sie mich für einen Moment entschuldigen? Ich weiß, es ist unhöflich, gleich nach dem Essen aufzustehen, aber diese Spangen machen mich noch verrückt, und ich meine, ich müßte sofort nach jedem Essen die Zähne putzen.«

Ich konnte sie hören, während ich den Tisch abdeckte. Ich ließ Wasser in die Spüle laufen und begann mit der Reinigung des Geschirrs. Es dauerte nicht lange, und sie leistete mir wieder Gesellschaft, griff nach einem Geschirrtuch und begann trotz meiner Proteste das Geschirr aus dem Abtropfkorb zu nehmen und abzutrocknen.

»Sie leben hier alleine?« fragte sie.

»Ja. Seit meine Eltern starben.«

»Waren Sie mal verheiratet? Wenn es mich nichts angeht, dann sagen Sie es ruhig.«

»Das ist schon in Ordnung. Nein, ich war nie verheiratet.«

»Dafür, daß Sie keine Frau im Haus haben, kommen Sie aber ganz gut zurecht.«

»Ich hatte eine Menge Übung. Darf ich Sie etwas fragen?«

»Spucken Sie's aus.«

»Von wo kommen Sie? Aus Taiwan?«

»Ich bin ziemlich sprachenbegabt. In meiner Heimat sprach ich eine Art Pidgin-Amerikanisch, aber als ich dann herkam, hab ich einiges daran getan. Ich spreche auch ein mieses Französisch, ein Stammel-Chinesisch in vier oder fünf Dialekten, Gossen-Vietnamesisch und genug Thai um ›Ich sofort will sprechen amerikanisches Konsul, gleich-verdammt-noch-mal-schnell, Sie!‹ zu kreischen!«

Ich lachte schallend. Als sie das sagte, bemühte sie sich um einen furchtbaren Akzent.

»Ich lebe jetzt seit acht Jahren hier. Können Sie raten, wo meine Heimat ist?«

»Vietnam?« riet ich.

»Die Gassen von Saigon, klar. Oder Hô Chi Minhs Scheißhaus, wie die Pyjamaheinis sie umgetauft haben, mögen ihnen die Schwänze abfaulen und die Ärsche mit Bambussplittern gespickt werden. Entschuldigen Sie bitte mein schlechtes Französisch.«

Sie senkte verlegen den Kopf. Was eher scherzhaft begonnen hatte, war plötzlich unangenehm ernst geworden. Ich spürte eine tiefe Verletzlichkeit, die mindestens so tief war wie meine, und wir wechselten schnell das Thema.

»Ich habe Sie für eine Japanerin gehalten«, meinte ich.

»Ja? Ist das nicht ein Pech? Ich erzähle Ihnen irgendwann, was passiert ist, Victor. Sagen Sie mal, befindet sich hinter dieser Tür da drüben eine Waschküche? Mit einer elektrischen Waschmaschine?«

»Dem ist so.«

»Würde es Ihnen sehr viel ausmachen, wenn ich mal kurz eine Trommelfüllung durchlaufen ließe?«

Es machte mir überhaupt nichts aus. Sie besaß sieben Jeans, einige mit abgeschnittenen Beinen, und etwa zwei Dutzend T-Shirts. Abgesehen von der feinen Unterwäsche hätte es die Wäsche eines Jungen sein können.

Wir gingen hinter das Haus, um die letzten Strahlen der untergehenden Sonne zu erhaschen, danach mußte sie sich meinen Garten ansehen. Und auf den bin ich stolz. Wenn ich gut zurecht bin, arbeite ich vier bis fünf Stunden am Tag im Garten, und zwar vorwiegend Vormittags. In Südkalifornien ist das durchaus angenehm. Außerdem habe ich noch ein kleines Treibhaus, das ich selbst gebaut habe.

Ihr gefiel es, obwohl es nicht im besten Zustand war. Ich hatte den größten Teil der Woche im Bett oder in der Badewanne verbracht. Als Folge wucherte hier und da Unkraut zwischen den Pflanzen.

»Als ich noch klein war, hatten wir auch einen Garten«, erzählte sie. »Und dann verbrachte ich zwei Jahre in einem Reisfeld.«

»Das muß aber ganz anders gewesen sein als dies hier.«

»Das kann man wohl sagen. Es hat mir den Reis für Jahre verleidet.«

Sie entdeckte Blattläuse, also begannen wir, sie von den Blättern zu sammeln.

Dabei hockte sie sich nach Art der Asiaten auf die Fersen, eine Technik, an die ich mich noch gut erinnern konnte, die ich aber niemals beherrscht hatte. Ihre Finger waren schlank und lang, und schon bald waren die Fingerspitzen grün von zerquetschten Läusen.

Wir unterhielten uns über alles mögliche. Ich weiß nicht mehr, wie wir darauf kamen, aber irgendwann begann ich ihr zu erzählen, daß ich in Korea gekämpft hatte. Ich erfuhr, daß sie fünfundzwanzig war. Es stellte sich heraus, daß wir am gleichen Tag geboren waren, so daß ich vor einigen Monaten genau doppelt so alt gewesen war wie sie.

Kluges Name fiel nur ein einziges Mal, nämlich als sie davon sprach, daß sie gerne kochte. Dazu sei sie in Kluges Haus nicht in der Lage gewesen.

»Er hat in der Garage einen Gefrierschrank stehen voll mit Fertigmahlzeiten«, erzählte sie. »Er hatte einen Teller, eine Gabel, einen Löffel und ein Trinkglas. Er hatte den besten Mikrowellenherd, der auf dem Markt ist. Und mehr nicht. Sonst gibt es in seiner Küche überhaupt nichts.« Sie schüttelte den Kopf und exekutierte eine Blattlaus. »Er war schon ein seltsamer Knabe.«

Als ihre Wäsche fertig war, war es später Abend geworden und fast schon dunkel. Sie lud die Wäsche in meinen Wäschekorb, und wir brachten sie hinaus zur Wäscheleine. Wir machten ein Spiel. Ich holte ein T-Shirt aus dem Korb und sah mir die Aufschrift oder das Bild darauf an. Manchmal erkannte ich, was es war, und manchmal nicht. Da waren Bilder von Rockbands, ein Stadtplan von Los Angeles, Star Trek-Motive ... von allem etwas.

»Was ist die L5-Society?« wollte ich von ihr wissen.

»Das sind die Leute, die draußen im Weltraum die riesigen Farmen anlegen wollen. Ich fragte damals bei ihnen an, ob sie auch Reis anbauen würden, und sie antworteten, daß Reis nicht gerade die beste Nutzpflanze für Schwerelosigkeit sei, also kaufte ich mir das T-Shirt.«

»Wie viele haben Sie denn insgesamt?«

»Wow, so um die vier- bis fünfhundert. Gewöhnlich trage ich sie zwei- oder dreimal, dann werfe ich sie weg.«

Ich nahm ein anderes T-Shirt aus dem Korb, und ein Büstenhalter fiel heraus. Es war nicht unbedingt ein Modell, wie es die Mädchen zu der Zeit trugen, als ich noch ein Junge war. Er war aus einem sehr zarten, dünnen Material, doch gleichzeitig auch irgendwie funktionell.

»Gefällt dir, Yank?« Ihr Akzent war unüberhörbar. »Du müssen sehen meine Schwester!«

Ich blickte sie verwirrt an, und ihr Gesicht verzog sich.

»Es tut mir leid, Victor«, murmelte sie. »Sie brauchen nicht rot zu werden.« Sie nahm mir den Büstenhalter aus der Hand und hängte ihn auf die Leine.

Sie muß meinen Gesichtsausdruck mißverstanden haben. Klar, ich war irgendwie verlegen, doch gleichzeitig gefiel mir ihre Anspielung auf eine sehr seltsame Weise. Es war lange her, daß mich jemand anders angesprochen hatte als mit »Victor« oder »Mr. Apfel«.

Am nächsten Tag kam mit der Post ein Brief von einem Anwaltsbüro in Chicago. Es ging um die siebenhunderttausend Dollar. Das Geld kam von einer Holdinggesellschaft in Delaware, die 1933 gegründet worden war, um meine Altersversorgung zu sichern. Meine Mutter und mein Vater waren als Gründer aufgeführt. Gewisse langfristige Investitionen hatten sich bestens entwickelt, wodurch sich diese hohe Ausschüttung erklären ließ. Der Betrag auf meinem Bankkonto verstand sich als nach Abzug der Steuern.

Irgendwie war das alles verrückt. Meine Eltern hatten niemals auch nur annähernd so viel Geld besessen. Ich wollte es nicht. Ich würde es zurückgeben, wenn ich herausfinden könnte, wem Kluge es gestohlen hatte.

Ich beschloß, daß ich, falls ich in einem Jahr nicht im Gefängnis säße, das Geld einer wohltätigen Organisation spenden würde. Vielleicht dem Verein zur Rettung der Wale oder der L5-Society.

Den Vormittag verbrachte ich im Garten. Später spazierte ich auf den Markt und kaufte frisches Rinder- und Schweinegehacktes. Ich fühlte mich bestens und transportierte meine Einkäufe in meinem alten Faltkorb nach Hause. Als ich an dem silbernen Ferrari vorbeiging, lächelte ich.

Sie war nicht herübergekommen, um ihre Wäsche zu holen. Ich nahm sie von der Leine, legte sie zusammen und klopfte danach an Kluges Tür.

»Ich bin's – Victor.«

»Kommen Sie rein, Yank.«

Sie war wieder dort, wo sie am Tag vorher gewesen war, doch diesmal anständig angezogen. Sie lächelte mich an, dann schlug sie sich mit der flachen Hand gegen die Stirn, als sie den Wäschekorb bemerkte. Sie sprang auf, kam zu mir und nahm ihn mir aus der Hand.

»Es tut mir leid, Victor. Ich hatte vor, die Sachen ...«

»Beruhigen Sie sich«, unterbrach ich sie. »Es war keine Mühe. Und ich bekam so die Gelegenheit, Sie zu fragen, ob Sie wieder mit mir zu Abend essen würden.«

Irgend etwas geschah mit ihrem Gesicht, das sie schnell mit der Hand bedeckte. Vielleicht mochte sie »amerikanische« Küche doch nicht so gerne, wie sie es vorgab. Vielleicht lag es aber auch am Koch.

»Sicher doch, Victor, von Herzen gern. Geben Sie das her. Ich packe die Sachen weg. Und Sie können in der Zwischenzeit ja mal die Vorhänge aufziehen. Es ist hier drin wie in einem Grab.«

Sie lief hinaus. Ich blickte auf den Schirm, an dem sie gearbeitet hatte. Er war leer, bis auf ein Wort: GESCHLECHTSAKT-P. Ich vermutete, daß es sich um einen Druckfehler handelte.

Ich zog die Vorhänge gerade rechtzeitig auf, um verfolgen zu können, wie Osbornes Wagen am Bordstein parkte. Dann war Lisa wieder zurück und trug ein frisches T-Shirt. Auf diesem stand A CHANGE OF HOBBIT, und es zeigte das Bild einer kleinen, pelzfüßigen Kreatur. Lisa blickte aus dem Fenster und sah Osborne auf das Haus zu kommen.

»Passen Sie auf, Watson«, sagte sie. »Das ist Lestrade von Scotland Yard. Lassen Sie ihn ein.«

Das war nicht nett von ihr. Er schenkte mir einen mißtrauischen Blick, als er hereinkam. Ich brach in schallendes Gelächter aus. Lisa saß mit unbewegtem Gesicht auf der Klavierbank. Sie entspannte sich, ein Arm lag vor der Tastatur.

»Nun, Apfel«, begann Osborne. »Wir haben endlich herausbekommen, wer Kluge wirklich war.«

»Patrick William Gavin«, sagte Lisa.

Es verging einige Zeit, bis Osborne endlich fähig war, seinen Mund wieder zu schließen. Dann öffnete er ihn gleich wieder.

»Wie, zum Teufel, haben Sie das denn herausgefunden?«

Sie streichelte lässig die Tastatur.

»Nun, ich hab's natürlich heute morgen erfahren, als die Nachricht in Ihrem Büro ankam. In Ihrem Computer steckt ein hübsches kleines Lauschprogramm, das mir immer dann etwas ins Ohr flüstert, wenn der Name Kluge irgendwo genannt wird. Aber das brauchte ich gar nicht. Ich hab's schon vor fünf Tagen gewußt.«

»Warum ... warum, zum Teufel, haben Sie es mir dann nicht mitgeteilt?«

»Sie haben mich nicht danach gefragt.«

Sie funkelten sich für eine Weile an. Ich hatte zwar keine Ahnung, welche Ereignisse diesem Augenblick vorausgegangen waren, doch es war mir völlig klar, daß sie sich gegenseitig kein bißchen mochten. Dann blickte sie auf den Bildschirm, machte ein überraschtes Gesicht und betätigte schnell eine Taste. Das Wort, das auf dem Schirm gestanden hatte, verschwand. Sie bedachte mich mit einem undeutbaren Blick, dann wandte sie sich wieder Osborne zu.

»Wenn Sie sich erinnern, dann haben Sie mich in die ganze Sache hineingezogen, weil Sie und Ihre Leute nicht weiterkamen. Dieses System war hirngeschädigt, als ich herkam, sozusagen in einem katatonischen Zustand. Fast alles war gestorben, und Ihre Leute konnten es nicht wieder aufwecken.« Sie konnte sich ein Grinsen nicht verkneifen.

»Sie dachten, ich könnte nicht mehr Schaden anrichten als Ihre eigenen Leute. Deshalb baten Sie mich, doch einmal zu versuchen, Kluges Codes zu brechen, ohne das ganze System zu killen. Nun, nichts anderes habe ich getan. Sie hätten mich nur aufzusuchen brauchen, und ich hätte Ihnen tonnenweise bedruckte Tapeten vor die Füße knallen können.«

Osborne hörte schweigend zu. Möglicherweise war ihm bewußt, daß er einen Fehler gemacht hatte.

»Was haben Sie herausbekommen? Darf ich das jetzt mal sehen?«

Sie nickte und drückte auf einige Tasten. Worte erschienen auf ihrem Bildschirm und auf einem anderen neben Osborne. Ich stand auf und las auf Lisas Schirm mit.

Es war eine kurzgefaßte Biografie von Kluge/Gavin. Er war etwa in meinem Alter, doch während ich in einem fremden Land zusammengeschossen wurde, wühlte er sich durch die noch in den Kinderschuhen steckende Computerindustrie. Er war von Anfang an dabei gewesen und hatten in vielen der besten Forschungsanlagen gearbeitet. Es überraschte mich, daß es über eine Woche gedauert hatte, ihn zu identifizieren.

»Ich hab das alles stückweise zusammensuchen müssen«, erklärte Lisa, während wir den Text lasen. »Erst einmal müssen Sie begreifen, daß Gavin nirgendwo in irgendeinem computergesteuerten Informationssystem existiert. Deshalb habe ich überall im Land verschiedene Leute angerufen – er hat sich übrigens ein überaus interessantes Telefonsystem installieren lassen; für jeden Anruf sucht es sich eine neue Nummer, die man nicht anrufen oder sonst irgendwie verfolgen kann – und habe herumgefragt, wer damals in den fünfziger und sechziger Jahren die Topleute waren. Ich bekam eine ganze Reihe von Namen. Danach brauchte ich nur noch zu überprüfen, wer nicht mehr in den Akten geführt wurde. Er inszenierte seinen Tod im Jahr 1967. Einen Hinweis fand ich in einem Zeitungsarchiv. Jeder, den ich fragte, der ihn gekannt hatte, wußte von seinem Tod. In Florida existiert eine Geburtsurkunde aus Papier. Das ist der einzige andere Beweis, den ich fand. Er war der einzige Typ, den viele Leute aus der Branche kannten, der aber keine Spuren in der Welt hinterließ. Das erschien mir überzeugend.«

Osborne beendete die Lektüre, dann blickte er auf.

»Na schön, Ms. Foo. Was haben Sie sonst noch herausbekommen?«

»Ich habe einige seiner Codes geknackt. Ich hatte das Glück, in ein Einbruchs- und Plünderungsprogramm einzudringen, das er geschrieben hatte, um in die Programme anderer Leute einzubrechen, und es ist mir gelungen, es gegen ein paar von seinen eigenen Programmen einzusetzen. Zum Beispiel habe ich ein ganzes Verzeichnis von Passwörtern mit Hinweisen, woher sie kommen, zugänglich machen können. Und ich habe einige von seinen Tricks lernen können. Aber das ist nur die Spitze des Eisbergs.«

Sie wies auf die schweigenden Stahlgehirne im Zimmer.

»Was ich noch nicht herausbekommen habe, ist eine Antwort auf die Frage, was das alles hier in Wirklichkeit ist.

Dies hier ist sicherlich die raffinierteste elektronische Waffe, die je entwickelt wurde. Sie ist gepanzert wie ein Schlachtschiff. Das muß auch so sein; denn dort draußen gibt es ein paar unheimlich clevere Programme, die jeden Eindringling sofort bemerken und sich wie eine Klette an ihn hängen. Wenn sie jemals bis hierher gekommen wären, hätte Kluge sie einfach gegen sich selbst gekehrt. Doch gewöhnlich wußten sie gar nicht, daß sie geknackt worden waren. Kluge tauchte stets auf wie ein Marschflugkörper, niedrig und schnell und im Zickzack-Kurs. Und er entwickelte seinen Angriff immer mittels unerwarteter Abkürzungen und Nebenwege.

Er hatte eine Menge Vorteile auf seiner Seite. Große Systeme sind heutzutage rundum geschützt. Die Leute benutzen Passwörter und raffinierte Codes. Doch Kluge hatte daran mitgearbeitet, die meisten von ihnen zu entwickeln. Man braucht schon ein verdammt gutes Schloß, um einen Schlosser auszusperren. Er war daran beteiligt, die meisten Systeme zu installieren. Er hatte Informanten zurückgelassen, versteckt in der Software. Wenn die Codes geändert wurden, dann lieferte der Computer selbst die entsprechenden Informationen an ein Safe-System, das Kluge irgendwann später anzapfen konnte. Es ist genauso, als schaffte man sich den größten, bösartigsten, bestausgebildeten Wachhund an, den man finden kann. Und plötzlich erscheint der Knabe, der den Wachhund ausgebildet hat, krault ihm das Fell und räumt einem die Bude aus.«

In dieser Richtung ging es noch weiter. Ich fürchte, daß ich, als Lisa über Computer zu reden begann, mein Hirn schlafen legte.

»Ich möchte etwas wissen, Osborne«, sagte Lisa.

»Und was wäre das?«

»Wie sieht mein Status aus? Soll ich für Sie das Verbrechen aufklären, oder soll ich das System soweit wiederherstellen, daß man damit arbeiten kann?«

Osborne dachte darüber nach.

»Was mir Sorgen macht«, fuhr sie fort, »ist die Tatsache, daß ich in einigen als geheim eingestuften Datenspeichern herumkrame. Ich habe Angst, daß plötzlich jemand an meine Tür klopft und mir Handschellen anlegt. Auch Sie sollten sich deswegen Sorgen machen. Einige von diesen Organisationen mögen es gar nicht, wenn ein Bulle von der Mordkommission in ihren Angelegenheiten herumstochert.«

Osborne geriet allmählich in Rage. Möglich, daß sie das beabsichtigt hatte.

»Was soll ich tun?« schnarrte er. »Sie anbetteln, daß Sie weitermachen?«

»Nein. Ich möchte nur, daß Sie mich entsprechend autorisieren. Ich will Handlungsfreiheit, Vollmachten. Ich brauche es nicht schriftlich. Sagen Sie nur, daß Sie hinter mir stehen.«

»Passen Sie mal auf. Was die L.A. County-Verwaltung und den Staat Kalifornien angeht, gibt es dieses Haus gar nicht. Hier ist auch kein Grundstück. Es taucht nicht im Grundbuch auf. Dieser Ort schwebt in einem rechtlichen Niemandsland. Wenn jemand Ihnen die Vollmacht erteilen kann, dies alles zu benutzen, dann ganz allein ich, denn ich glaube, daß hier ein Mord verübt wurde. Also tun Sie weiterhin, was Sie bisher auch schon getan haben.«

»Das ist aber nicht gerade viel Rückversicherung«, meinte sie spöttisch.

»Mehr kann ich Ihnen nicht geben. Was haben Sie sonst noch?«

Sie wandte sich wieder ihrer Tastatur zu und arbeitete eine Weile damit. Kurz darauf erwachte der Drucker zum Leben, und Lisa lehnte sich zurück. Ich blickte wieder auf ihren Monitor. Dort stand: OSKULATION. HINTERTEIL-P. Ich erinnere mich, daß »oskulieren« auch »küssen« heißen konnte. Nun, diese Leute haben ihre eigene Sprache. Lisa sah mich an und grinste.

»Nicht Sie«, sagte sie leise. *»Er.«*

Ich hatte nicht die leiseste Vorstellung, von was sie redete.

Osborne griff sich seinen Ausdruck und schickte sich an, uns zu verlassen. Und wieder konnte er es nicht lassen, sich an der Tür noch einmal umzudrehen, um uns letzte Anweisungen zu geben.

»Wenn Sie irgend etwas herausbekommen, das darauf hinweist, daß er nicht Selbstmord begangen hat, dann lassen Sie es mich wissen.«

»Okay. Er hat nicht Selbstmord begangen.«

Osborne verstand offensichtlich nicht richtig.

»Ich will Beweise.«

»Nun, die habe ich, aber Sie können wahrscheinlich nichts damit anfangen. Er hat diese lächerliche Selbstmordnachricht nicht geschrieben.«

»Woher wissen Sie das?«

»Das wußte ich schon am ersten Tag, den ich hier war. Ich ließ den Computer das Programm aufschlüsseln. Dann verglich ich es mit Kluges typischem Stil. Er hat es auf keinen Fall geschrieben. Es ist dichter als ein Läusearsch. Nicht ein überflüssiger Schritt darin. Kluge hat sich nicht ohne Grund einen falschen Namen zugelegt. Sie wissen, was das heißt?«

»Clever«, platzte ich heraus.

»Im wahrsten Sinne des Wortes. Doch das bedeutet ... eine Rube Goldberg-Schaltung. Etwas überaus Komplexes. Etwas, das funktioniert, doch aus dem falschen Grund. Ihre ›Kluge-ist-da‹-Löcher in einem Programm. Das ist die reinste Hacker-Vaseline.«

»Also?« wollte Osborne wissen.

»Kluges Programme waren wirklich ziemlich schmuddelig. Sie waren voller Ecken und Kanten, die zu glätten er sich nie die Mühe gemacht hatte. Er war ein Genie, und seine Programme funktionierten, aber man fragte sich warum. Routinen, so platt und umständlich, daß sich einem die Kopfhaut zusammenzieht. Richtig dicke Makken. Aber gutes Programmieren ist so selten, daß sogar seine Kritzeleien besser waren als die phantastischsten Gebilde vieler anderer.«

Ich habe den Verdacht, daß Osborne etwa ebensoviel verstand wie ich.

»Demnach stützen Sie Ihre Meinung auf seinen Programmierstil?«

»Ja. Unglücklicherweise dauert es noch mindestens zehn Jahre, bis dies als Beweismittel vor Gericht zugelassen ist, ähnlich wie die Graphologie oder Fingerabdrücke. Aber wer über das Programmieren Bescheid weiß, der sieht sich alles an und weiß schon bald, was los ist. Jemand anderer schrieb diese Selbstmordnachricht – jemand, der verdammt gut ist. Das Programm rief seinen letzten Willen und das Testament als Sub-Routine auf. Und er hat es tatsächlich und zweifellos geschrieben. Überall findet man seine Fingerabdrücke. Die letzten fünf Jahre verbrachte er damit, rein aus Hobby seine Nachbarn zu bespitzeln. Er drang in Militärunterlagen, Schulakten, Arbeitsunterlagen, Steuerakten und Bankkonten ein. Und er verwandelte in den drei benachbarten Blocks jedes Telefon in eine Abhörvorrichtung. Er war ein verdammt gieriger Lauscher.«

»Hat er irgendwo erwähnt, warum er das tat?« fragte Osborne.

»Ich glaube, er war mehr als nur halbverrückt. Möglicherweise sogar ein Selbstmordtyp. Er leistete sich mit all den Pillen, die er schluckte, keinen guten Dienst. Aber er bereitete sich auf den Tod vor, und Victor war der einzige, den er für wert befand, seine gesamte Hinterlassenschaft zu erben. Ich habe geglaubt, daß er Selbstmord begangen hat, und wenn auch nur wegen dieser einen Botschaft. Aber er hat sie nicht geschrieben. Darauf leiste ich einen Eid.«

Kurz danach wimmelte sie ihn ab, und ich ging nach Hause, um das Abendessen vorzubereiten. Lisa kam ebenfalls herüber, als es fertig war. Und wieder bewies sie einen gesunden Appetit.

Ich bereitete uns eine Limonade, und dann saßen wir auf der Veranda und genossen es, wie der Abend sich auf uns herabsenkte.

Mitten in der Nacht wachte ich schweißgebadet auf. Ich setzte mich hin, dachte nach und fand überhaupt keinen Gefallen an meinen Schlußfolgerungen. Deshalb zog ich meinen Hausmantel an und meine Pantoffeln und ging hinüber in Kluges Haus.

Die Haustür war wieder offen. Ich klopfte trotzdem. Lisa schob den Kopf um die Ecke.

»Victor? Stimmt etwas nicht?«

»Ich weiß nicht«, antwortete ich. »Darf ich reinkommen?«

Sie winkte mir, und ich folgte ihr ins Wohnzimmer. Eine offene Pepsi-Dose stand neben ihrer Tastatur. Ihre Augen waren gerötet, als sie sich wieder auf die Bank setzte.

»Was ist los?« erkundigte sie sich und gähnte.

»Zum einen, Sie sollten schlafen gehen«, erwiderte ich.

Sie zuckte die Achseln und nickte.

»Stimmt schon. Ich scheine den richtigen Rhythmus nicht finden zu können. Im Augenblick bin ich in Tagesstimmung. Aber Victor, ich bin es gewöhnt, zu ungewöhnlichen Zeiten und sehr lange zu arbeiten, und Sie sind sicher nicht hergekommen, um mir darüber einen Vortrag zu halten, oder?«

»Nein. Sie meinen, Kluge wurde ermordet?«

»Er hat seine Selbstmordnachricht, seine Abschiedsbotschaft nicht geschrieben. Das scheint als einzige Möglichkeit Mord übrigzulassen.«

»Ich habe darüber nachgedacht, warum jemand ihn wohl hätte töten wollen. Er hat sein Haus niemals verlassen, demnach kann es nur wegen etwas passiert sein, das er hier mit seinen Computern angestellt hat. Und jetzt sind Sie ... nun, offengesagt weiß ich überhaupt nicht, was Sie hier tun, aber Sie scheinen genau dort herumzuschnüffeln, wo auch er geforscht hat. Besteht denn nicht die Gefahr, daß dieselben Leute irgendwann auch hinter Ihnen her sind?«

»Leute«, sie hob eine Augenbraue.

Ich kam mir richtig hilflos vor. Meine Befürchtungen waren nicht detailliert genug, um einen Sinn zu ergeben, um einleuchtend zu sein.

»Ich weiß nicht ... Sie haben von Agenturen gesprochen, von Organisationen ...«

»Ist Ihnen aufgefallen, wie beeindruckt Osborne plötzlich war? Sie denken sicher, daß Kluge irgendeiner Verschwörung auf die Spur kam, oder Sie denken, daß die CIA ihn umgebracht hat, weil er über jemanden zuviel herausbekommen hatte, oder ...«

»Ich weiß nicht, Lisa. Aber ich habe Angst, dasselbe könnte auch Ihnen zustoßen.«

Verblüffenderweise lächelte sie mich an.

»Vielen Dank, Victor. Ich wollte Osborne gegenüber nicht zugeben, aber ich habe mir darüber auch schon meine Gedanken gemacht.«

»Na, und was tun Sie jetzt?«

»Ich möchte hierbleiben und meine Arbeit fortsetzen. Deshalb habe ich überlegt, was ich tun kann, um mich selbst zu schützen. Ich kam zu dem Schluß, daß es nichts Passendes gibt.«

»Natürlich gibt es etwas.«

»Schön, ich habe eine Pistole, wenn Sie das meinen. Aber denken Sie doch einmal nach. Kluge wurde am hellichten Tag beseitigt. Niemand sah jemanden in das Haus hineingehen oder herauskommen. Deshalb habe ich mich gefragt, wer am hellen Tag in das Haus hineingehen, Kluge erschießen, die Abschiedsnachricht programmieren und dann wieder verschwinden kann, ohne eine Spur zu hinterlassen?«

»Jemand, der verdammt gut ist.«

»Und wie verdammt gut. So gut, daß eine kleine gelbe Ameise kaum eine Chance hat, diesen Unbekannten davon abzuhalten, sie zu zerquetschen, wenn er es beabsichtigt.«

Sie jagte mir einen Schrecken ein, sowohl durch ihre Worte als auch durch das totale Fehlen von Sorge für ihr eigenes Schicksal. Doch sie hatte immerhin eingestanden, daß sie sich Gedanken machte. »Dann sollten Sie etwas dagegen tun. Verlassen Sie diesen Ort.«

»Ich lasse mich nicht so einfach herumstoßen«, sagte sie. In ihrer Stimme lag ein endgültiger Unterton. Ich dachte an all die Dinge, die ich zu ihr sagen könnte, und verwarf sie allesamt.

»Sie könnten wenigtens ... die Haustür abschließen«, beendete ich lahm meinen Satz.

Sie lachte und gab mir einen Kuß auf die Wange.

»Das werde ich tun, Yank. Und ich freue mich über Ihre Fürsorge. Wirklich.«

Ich verfolgte, wie sie die Tür hinter mir ins Schloß drückte, lauschte, wie sie sie verriegelte, dann schlenderte ich durch das Mondlicht auf mein Haus zu. Auf halbem Wege verharrte ich. Ich könnte ihr den Vorschlag machen, mein Gästezimmer zu bewohnen. Ich konnte ihr anbieten, zu ihr in Kluges Haus zu ziehen.

Nein, entschied ich. Sie hätte ein solches Angebot sicherlich falsch verstanden.

Ich lag wieder im Bett, ehe mir bewußt war – leicht verärgert und mit einem Gefühl des Ekels vor mir selbst –, daß sie jeden Grund hätte, meine Angebote falsch zu verstehen.

Dabei bin ich genau doppelt so alt wie sie.

Ich verbrachte den Vormittag im Garten und überlegte mir das abendliche Menü. Ich habe schon immer gerne gekocht, doch mit Lisa das Dinner einzunehmen, hatte sich sehr schnell zum Höhepunkt des Tages entwickelt. Nicht nur das; es wurde für mich schon zur Gewohnheit. Deshalb versetzte es mir einen Schlag, als ich gegen Mittag aus dem Fenster sah und ihr Wagen verschwunden war.

Ich rannte zu Kluges Haus hinüber. Die Tür stand offen. Ich durchsuchte das Haus eilig. Bis zum Schlafzimmer, wo ihre Kleider säuberlich auf dem Fußboden aufgestapelt waren, fand ich nichts.

Fröstelnd klopfte ich an die Haustür der Laniers. Betty machte mir auf und bemerkte sofort meinen aufgeregten Zustand.

»Das Mädchen in Kluges Haus«, sprudelte ich hervor. »Ich fürchte, irgend etwas stimmt da nicht. Vielleicht sollten wir lieber die Polizei benachrichtigen.«

»Was ist denn passiert?« fragte Betty und sah über meine

Schulter. »Hat sie dich angerufen? Wie ich sehe, ist sie noch nicht zurück.«

»Zurück?«

»Ich hab sie vor etwa einer Stunde wegfahren gesehen. Das ist schon ein toller Wagen, den sie fährt.«

Ich kam mir vor wie ein kompletter Idiot und versuchte, die ganze Sache herunterzuspielen, aber den seltsamen Ausdruck in Bettys Augen bemerkte ich dennoch. Ich glaube, sie hätte mir am liebsten über den Kopf gestrichen. Das machte mich wütend.

Aber sie hatte ihre Kleider dagelassen, demnach war es so gut wie sicher, daß sie wieder zurückkommen würde.

Das redete ich mir ein, dann ließ ich mir ein Bad einlaufen, so heiß, wie ich es so eben noch aushalten konnte.

Als ich die Tür öffnete, stand sie da mit einer Einkaufstüte in jedem Arm und ihrem üblichen entwaffnenden Lächeln im Gesicht.

»Dies wollte ich schon gestern tun, aber ich hab es vergessen, bis Sie rüberkamen, und ich weiß, daß ich erst hätte fragen sollen, aber ich wollte Sie überraschen, deshalb habe ich ein oder zwei Sachen gekauft, die nicht in Ihrem Garten wachsen, und zwei Zutaten, die in Ihrem Gewürzregal fehlen …«

Sie redete in einem fort, während wir in der Küche die Tüten leerten. Ich sagte nichts. Sie trug ein neues T-Shirt. Da war ein großes V, darunter das Bild von einer Schraube, gefolgt von einem Bindestrich und einem kleinen eckigen »p«. Darüber dachte ich nach, während sie weiterplapperte. V, Schraube-p. Ich war entschlossen, nicht nach der Bedeutung dieser Symbole zu fragen.

»Mögen Sie vietnamesische Küche?«

Ich blickte sie an und stellte schließlich fest, daß sie sehr nervös war.

»Ich weiß nicht«, antwortete ich. »Ich hab sie noch nie probiert. Aber ich mag es chinesisch und japanisch und indisch. Ich versuche gerne etwas Neues.« Das letzte war eine Lüge, aber nicht so schlimm, wie man hätte meinen können. Ich versuche oft neue Rezepte, und was Essen angeht, so ist mein Geschmack katholisch. Ich rechnete nicht damit, mit südöstlicher Küche allzu große Schwierigkeiten zu haben.

»Nun, wenn ich damit durch bin, dann wissen Sie es noch immer nicht.« Sie lachte. »Meine Mami war zur Hälfte Chinesin. Demnach bekommen Sie von mir eine ziemlich gemischte Mahlzeit vorgesetzt.« Sie blickte auf, sah meinen Gesichtsausdruck und lachte.

»Ich vergaß. Sie waren ja schon mal in Asien. Nein, Yank, ich serviere Ihnen kein Hundefleisch.«

Nur eine Sache war untragbar, und das waren die Eßstäbchen. Ich benutze sie so lange, wie ich es eben schaffen konnte, dann legte ich sie beiseite und holte mir eine Gabel.

»Es tut mir leid«, sagte ich. »Eßstäbchen machen mir immer Schwierigkeiten.«

»Sie gehen aber recht gut damit um.«

»Ich hatte genug Zeit, das zu lernen.«

Das Essen war sehr gut, und ich sagte es ihr. Jedes Gericht war eine Offenbarung, nicht ganz so wie andere Spezialitäten, die ich schon mal gekostet hatte. Gegen Ende brach ich zusammen.

»Steht das V für ›Victory‹?« fragte ich.

»Möglich.«

»Beethoven? Churchill? Zweiter Weltkrieg?«

Sie lächelte nur.

»Betrachten Sie es als eine Herausforderung, Yank.«

»Jage ich Ihnen Angst ein, Victor?«

»Anfangs ja.«

»Es liegt an meinem Gesicht, nicht wahr?«

»Es ist eher eine allgemeine Angst vor Asiaten. Ich glaube, ich bin ein Rassist. Aber nicht, weil ich einer sein will.«

Sie nickte bedächtig in der hereinbrechenden Dunkelheit. Wir saßen wieder auf der Veranda, und die Sonne war schon lange untergegangen. Ich kann mich nicht erinnern, worüber wir in all den Stunden gesprochen hatten. Es hatte uns auf jeden Fall wachgehalten.

»Ich habe das gleiche Problem«, gestand sie.

»Angst vor Asiaten?« Ich hatte es als Scherz gemeint.

»Vor Kambodschanern.« Sie ließ mich eine Weile darüber nachdenken, dann fuhr sie fort. »Als Saigon fiel, floh ich nach Kambodscha. Ich brauchte dazu zwei Jahre mit Unterbrechungen, immer wenn die Roten Khmer mich in irgendein Arbeitslager steckten. Ich kann wirklich von Glück sagen, daß ich am Leben bin.«

»Ich dachte, man nennt das Land jetzt Kampuchea.«

Sie spuckte aus. Ich bin mir noch nicht einmal sicher, ob ihr überhaupt bewußt war, daß sie es tat.

»Es ist die Volksrepublik der Syphilitischen Hunde. Die Nordkoreaner haben Sie ziemlich schlecht behandelt, nicht wahr, Victor?«

»Stimmt.«

»Koreaner sind Dreckfresser.« Ich muß ziemlich überrascht geguckt haben, denn sie kicherte.

»Ihr Amerikaner habt ein schlechtes Gewissen wegen eures Rassismus. Als hättest ihr ihn erfunden und als ob niemand sonst – außer vielleicht die Südafrikaner und die Nazis – etwas ähnliches praktiziert wie ihr. Und dann könnt ihr ein gelbes Gesicht nicht vom anderen unterscheiden, deshalb glaubt ihr, daß die gelben Rassen einen homogenen Block bilden. Wo doch gerade die Asiaten die größten Rassisten auf Erden sind. Die Vietnamesen hassen die Kambodschaner schon seit mindestens tausend Jahren. Die Chinesen hassen die Japaner. Die Koreaner hassen alle. Und jeder haßt die ›Erzchinesen‹. Die Chinesen sind die Juden Asiens.«

»Davon habe ich schon gehört.«

Sie nickte gedankenverloren.

»Und ich hasse alle Kambodschaner«, gab sie schließlich zu. »Genau wie Sie möchte ich das gar nicht. Die meisten Menschen, die in den Lagern litten, waren Kambodschaner. Es waren die Organisatoren des Völkermords, der Pol Pot-Abschaum, den ich eigentlich hassen sollte.« Sie sah mich an. »Aber manchmal läßt man uns gar keine Wahl in solchen Dingen, nicht wahr, Yank?«

Am nächsten Tag besuchte ich sie bereits gegen Mittag. Es war etwas kühler geworden, doch in ihrer dunklen Werkstatt war es noch immer recht warm. Sie hatte ihr Hemd nicht gewechselt.

Sie erklärte mir einige Dinge über Computer. Als sie mich einige Schritte auf der Tastatur ausprobieren ließ, geriet ich sehr schnell ins Schwimmen. Daher beschlossen wir, daß ich meine Karriere als Computer-Programmierer nicht weiterverfolgen sollte.

Eines der Geräte, die sie mir zeigte, wurde Telefonmodem genannt, womit sie andere Conputer auf der ganzen Welt erreichen konnte. Sie »interfacte« mit jemand an der Stanford Universität, den sie noch nie getroffen hatte und den sie nur als »Bläschensammler« kannte. Sie schickten Botschaften hin und her.

Am Ende schrieb Bläschensammler »Bye-p«. Lisa tastete T

»Was heißt T?« fragte ich.

»True. Das heißt soviel wie ja, aber ja wäre für einen Hacker zu banal.«

»Sie haben mir mal erklärt, was ein Byte ist. Was ist denn nun ein Byep?«

Sie blickte mich scharf an.

»Es ist eine Frage. Man hängt p an ein Wort an und macht daraus eine Frage. Bye-p heißt demnach, daß Bläschensammler mich gefragt hat, ob ich abschalten will.«

Ich ließ mir das durch den Kopf gehen.

»Wie würden Sie denn dann ›Osculation Hinterteil-p‹ übersetzen?«

»Wollen Sie mich am Arsch lecken? Aber vergessen Sie eines nicht: das war für Osborne bestimmt.«

Ich sah wieder auf ihr T-Shirt, dann in ihre Augen, die ganz ernst und gelassen blickten. Sie wartete mit im Schoß gefalteten Händen.

Geschlechtsakt p.

»Ja«, sagte ich. »Ich will.«

Sie legte die Brille auf den Tisch und streifte sich das T-Shirt über den Kopf.

Wir liebten uns in Kluges großem Wasserbett.

Ich hatte eine gute Portion Schwellenangst – es war schließlich schon so lange, lange her. Danach war ich derart in ihrer Berührung und ihrem Geschmack und ihrem Geruch gefangen, daß ich ein bißchen den Verstand verlor. Das schien ihr nichts auszumachen.

Am Ende waren wir völlig schachmatt und in Schweiß gebadet. Sie rollte sich weg, stand auf und ging zum Fenster. Sie öffnete es, und ein Lufthauch wehte kühl über mich hinweg. Dann stützte sie ein Knie auf das Bett, beugte sich über mich und nahm eine Zigarettenpackung vom Nachttisch. Sie zündete eine an.

»Ich hoffe, du bist gegen Rauch nicht allergisch«, sagte sie.

»Nein. Mein Vater war Raucher. Aber ich hatte keine Ahnung, daß du auch rauchst.«

»Nur nachher«, meinte sie mit einem knappen Lächeln. Sie nahm einen tiefen Zug. »Ich glaube, jeder in Saigon raucht.« Sie streckte sich auf dem Rücken neben mir aus, und wir lagen da, triefnass, und hielten uns bei den Händen. Sie spreizte ihre Beine etwas, so daß einer ihrer nackten Füße meine berührte. Dieser sanfte Kontakt schien auszureichen. Ich sah dem Rauch nach, der sich von ihrer rechten Hand emporkräuselte.

»Ich habe mich seit dreißig Jahren nicht mehr so warm gefühlt«, sagte ich. »Ich bin heiß gewesen, aber ich habe mich nie warm gefühlt. Und jetzt fühle ich mich warm.«

»Erzähl mir davon«, forderte sie mich auf.

Also tat ich es, soviel wie ich ertragen konnte, und fragte mich dabei, ob es denn diesmal endlich klappen würde. Vor dreißig Jahren passiert, klingt meine Story nicht besonders aufregend. Wir haben in der Zwischenzeit soviel erlebt. Zur selben Zeit saßen Leute im Gefängnis und mußten dieselben Bedingungen über sich ergehen lassen, wie ich sie angetroffen hatte. Die Mechanismen der Unterdrükkung sind noch immer im großen und ganzen dieselben. Nichts Physisches ist mir angetan worden, das ein dreißig Jahre langes Leben in völliger Zurückgezogenheit gerechtfertigt hätte.

»Ich war schwer verletzt«, erzählte ich ihr. »Ich hatte einen Schädelbruch. Und daher habe ich noch immer ... Probleme. Korea kann sehr kalt sein, und mir war es nie warm genug. Doch das war eine andere Sache. Heute nennen sie es Gehirnwäsche.

Wir wußten nicht, was es war. Wir konnten nicht verstehen, daß sie uns immer wieder zwischennahmen, auch wenn wir ihnen alles erzählt hatten, was wir wußten. Sie hielten uns wach. Brachten uns durcheinander. Einige von uns unterschrieben Geständnisse, dachten sich alles mögliche aus, doch nicht einmal das reichte aus. Sie rückten einem nicht von der Pelle.

Ich habe es irgendwie niemals richtig erfassen können. Ich glaube, ich konnte soviel Böses einfach nicht begreifen. Doch als sie uns zurückschickten und einige von den Gefangenen nicht gehen wollten ... sie wollten es tatsächlich nicht, sie glaubten allen Ernstes ...«

An dieser Stelle mußte ich eine Pause machen. Lisa setzte sich auf, rutschte zum Fußende des Bettes und begann meine Füße zu massieren.

»Später bekamen wir einen Eindruck von dem, was die Vietnamesen bekommen hatten. Die G.I.s waren Helden, und die Gefangenen waren ...«

»Du bist nicht zusammengebrochen«, sagte sie. Es war keine Frage.

»Nein, das bin ich nicht.«

»Das wäre nämlich dann noch schlimmer.«

Ich sah sie an. Sie hatte meinen Fuß gegen ihren flachen Bauch gepreßt, hielt mit einer Hand die Ferse und massierte mit der anderen meine Zehen.

»Die Nation war geschockt«, fuhr ich fort. »Man verstand nicht, was Gehirnwäsche war. Ich versuchte den Leuten zu erzählen, wie es war. Ich glaubte, sie sähen mich etwas seltsam an. Nach einer Weile hörte ich auf, darüber zu reden. Und dann hatte ich nichts anderes, worüber ich hätte reden können.

Vor ein paar Jahren hat die Armee ihre Politik geändert. Jetzt erwartet niemand, daß man einer psychologischen Beeinflussung standhält. Man ist übereingekommen, daß man alles sagen und alles unterschreiben kann.«

Sie sah mich an, massierte meinen Fuß und nickte langsam. Schließlich begann sie zu reden.

»Kambodscha war heiß«, sagte sie. »Das redete ich mir ein, als ich endlich in die Vereinigten Staaten gelangte. Ich lebte in Maine oder irgendwo, wo es schneite. Und ich ging nach Cambridge, aber ich stellte fest, daß ich Schnee nicht leiden konnte.«

Sie erzählte mir davon. Das letzte, was ich hörte, war, daß eine Million Menschen drüben ums Leben gekommen sind. Ein ganzes Land hatte Schaum vor dem Mund und schnappte nach allem, was sie bewegte. Oder es ist wie mit dem Haifisch, von dem man sicherlich schon mal gelesen hat, dessen Eingeweide heraushängen und der sich zu einem Kreis verbiegt und dann beginnt, sich selbst zu verschlingen.

Sie erzählte mir, daß man gezwungen wurde, aus abgeschnittenen Köpfen eine Pyramide zu bauen. Zwanzig Gefangene hatten daran gearbeitet, und den ganzen Tag hatte die Sonne vom Himmel gebrannt, und als die Pyramide schließlich zehn Fuß hoch war, da brach sie zusammen. Und falls einer von ihnen aufhörte zu arbeiten, so würde sein Kopf dem Haufen hinzugefügt.

»Es bedeutete mir überhaupt nichts. Es war nur ein Job. Ich war damals ziemlich verrückt. Ich wurde es nicht los, bis ich endlich über die Thai-Grenze gelangte.«

Daß sie das alles überlebt hatte, erschien wie ein Wunder. Sie hatte größere Schrecken erlebt, als ich mir je hätte ausmalen können. Und sie hatte das alles in besserer Verfassung überstanden. Daneben kam ich mir richtig klein vor. Als ich so alt war wie sie, war ich bereits dabei, mein Gefängnis aufzubauen, in dem ich seitdem sitze. Das erzählte ich ihr.

»Ein Teil davon ist reine Vorbereitung«, meinte sie bitter. »Was man vom Leben erwartet, wie das Leben bisher verlaufen ist. Du hast es ja selbst gesagt. Korea war neu für dich. Ich will nicht behaupten, daß ich für Kambodscha bereit war, aber mein Leben war bis zu diesem Zeitpunkt das, was du wohlbehütet nennen würdest. Ich hoffe, du hast nicht angenommen, ich hätte mir meinen Lebensunterhalt damit verdient, daß ich auf der Straße Äpfel verkaufte.«

Sie rieb weiterhin meine Füße und schien Szenen zu betrachten, die ich nicht sehen konnte.

»Wie alt warst du, als deine Mutter starb?«

»Sie wurde während der Tet-Offensive 1968 getötet. Ich war gerade zehn.«

»Von den Vietkong?«

»Wer weiß das schon? Damals flogen viele Kugeln durch die Luft, und viele Granaten wurden geworfen.«

Sie seufzte, ließ meinen Fuß fallen und saß da, ein hagerer Buddha ohne Gewand.

»Schaffst du es noch einmal, Yank?«

»Ich glaube nicht, Lisa. Ich bin ein alter Mann.«

Sie glitt über mich und bettete ihr Kinn dicht unter mein Brustbein und plazierte ihre Brüste auf den wundervollsten aller möglichen Plätze.

»Wir werden sehen«, sagte sie und kicherte. »Es gibt da einen alternativen Sexakt, bei dem ich ganz gut bin und von dem ich sicher weiß, daß er dich wieder zu einem feurigen jungen Mann macht. Aber ich habe ihn seit über einem Jahr nicht mehr vollziehen können – deshalb.« Sie klopfte gegen ihre Zahnspangen. »Es wäre genauso, als steckte man ihn in eine Kettensäge. Deshalb mache ich dies hier. Ich nenne es einen Ausflug ins Silicon Valley.« Sie begann, ihren Körper auf und nieder zu bewegen, jedesmal nur ein paar Zentimeter. Manchmal blinzelte sie unschuldig, dann lachte sie.

»Wenigstens kann ich dich sehen«, sagte sie. »Ich bin schrecklich kurzsichtig.«

Ich ließ sie eine Zeitlang gewähren, dann hob ich den Kopf.

»Hast du gesagt ›Silicon‹?«

»Hm-hmm. Du hast doch nicht geglaubt, sie wären echt, oder?«

Ich gab zu, daß es so gewesen war.

»Ich glaube, ich bin noch nie mit etwas glücklich gewesen, das ich mir für Geld gekauft habe. Noch nicht einmal mit einem Wagen.«

»Was hast du getan?«

»Beschäftigt es dich?«

Das tat es nicht, und ich sagte es ihr. Doch ich konnte meine Neugier nicht verbergen.

»Weil es sicher war, es zu tun. In Saigon hatte ich mich stets geärgert, daß ich mich nicht weiterentwickelte. Ich hätte als Prostituierte ein schönes Leben führen können, doch ich war immer zu klein, zu mager und zu häßlich. In Kambodscha hatte ich dann Glück. Ich ging damals als Junge durch. Wenn das nicht gewesen wäre, dann wäre ich wahrscheinlich viel öfter vergewaltigt worden. Und in Thailand wußte ich, daß ich irgendwie in den Westen gelangen würde, ganz egal wie, und wenn ich erst einmal da wäre, würde ich den besten Wagen kaufen, essen, wonach mir der Sinn stand, und mir die besten Titten kaufen, die ich für Geld kriegen konnte. Du kannst dir gar nicht vorstellen, wie der Westen von den Lagern aus wirkt. Es ist ein Ort, wo man Titten kaufen kann!!!«

Sie blickte auf ihre Brüste hinunter, dann wieder mir ins Gesicht.

»Sieht nach einer guten Investition aus.«

»Sie scheinen ganz gut zu funktionieren«, mußte ich zugeben.

Wir kamen überein, daß sie die Nächte in meinem Haus verbringen würde. Es gab einiges, weshalb sie in Kluges Haus gehen mußte, zum Beispiel irgendwelche Geräte justieren oder Disketten laden, doch viele Dinge konnte sie mit Hilfe einer Fernbedienung und einem Haufen Software regeln. Deshalb wählten wir einen von Kluges besten Computern und etwa ein Dutzend Peripheriegeräte und installierten alles auf einem Cafétisch in meinem Schlafzimmer.

Ich denke, wir wußten beide, daß von besonderem Schutz keine Rede sein konnte, falls die Leute, die sich Kluge geschnappt hatten, auch an sie herankommen wollten. Aber ich fühlte mich trotzdem irgendwie besser, und ich denke, ihr ging es genauso.

Am zweiten Tag, den sie bei mir wohnte, hielt draußen vor dem Haus ein Lieferwagen, und zwei Männer luden ein riesiges Wasserbett aus. Sie konnte sich vor Lachen kaum halten, als sie mein Gesicht sah.

»Paß mal auf, du benutzt doch Kluges Computer nicht, um ...«

»Ganz ruhig, Yank. Was meinst du denn, wie ich mir den Ferrari leisten konnte?«

»Da bin ich wirklich neugierig.«

»Wenn man wirklich gut ist beim Erstellen von Software, dann kann man eine Menge Geld machen. Ich habe meine eigene Gesellschaft. Doch jeder Hacker schnappt hier und da ein paar Tricks auf. Ich selbst habe ja einige von Kluges Coups durchlaufen lassen.«

»Und jetzt nicht mehr?«

Sie zuckte die Achseln. »Einmal ein Dieb, immer ein Dieb, Victor. Ich sagte dir ja, ich schaffte es einfach nicht, meinen Körper zu verkaufen.«

Lisa brauchte nicht viel Schlaf.

Wir standen um sieben Uhr auf, und ich bereitete jeden Tag das Frühstück. Dann arbeiteten wir ein oder zwei Stunden im Garten. Danach ging sie in Kluges Haus, und ich brachte ihr gegen Mittag immer ein Sandwich und schaute manchmal bei ihr während des Tages vorbei. Das geschah, damit ich beruhigt war. Ich blieb nie länger als eine Minute. Manchmal während des Nachmittags ging ich einkaufen oder erledigte irgendwelche Haushaltsangelegenheiten, und um sieben Uhr bereitete einer von uns das Abendessen. Dabei wechselten wir uns ab. Ich lehrte sie die »amerikanische« Küche, und sie brachte mir von allem etwas bei. Sie beklagte sich über den Mangel an lebenswichtigen Zutaten auf den amerikanischen Märkten. Keine Hunde natürlich, aber sie behauptete, einige hervorragende Rezepte zu kennen, wie man Affe, Schlange und Ratte zubereiten könne. Ich wußte nie, inwieweit sie mich auf den Arm nahm, deshalb fragte ich auch nicht.

Nach dem Abendessen blieb sie in meinem Haus. Dann unterhielten wir uns oder liebten uns oder nahmen ein ausgiebiges Bad.

Meine Badewanne hatte es ihr angetan. Sie ist die einzige Veränderung, die ich im Haus vorgenommen habe, und mein einziger wahrer Luxus. Eingebaut – nachdem ich zuvor das Badezimmer vergrößert hatte – habe ich sie 1975 und es nicht bereut. Für zwanzig Minuten oder sogar eine ganze Stunde lang legten wir uns hinein, spielten mit den Jetdüsen und der Sprudelpumpe herum und wuschen uns gegenseitig; dabei benahmen wir uns wie Kinder. Einmal ließen wir uns ein Schaumbad ein, bauten einen Schaumberg von fast vier Fuß Höhe, zerstörten ihn dann und verursachten eine kleine Überschwemmung. Abends durfte ich ihr oft die langen schwarzen Haare waschen.

Sie hatte keine schlechten Angewohnheiten – wenigstens keine, die mich gestört hätten. Sie war ordentlich und sauber, wechselte ihre Kleidung zweimal am Tag und ließ noch nicht einmal ein benutztes Trinkglas in der Spüle stehen. Auch hinterließ sie das Badezimmer niemals wie ein Schlachtfeld. Zwei Glas Wein waren ihre Höchstmenge.

Ich kam mir vor wie Lazarus.

In den folgenden zwei Wochen kam Osborne zweimal zu Besuch. Lisa erwartete ihn in Kluges Haus und informierte ihn über das, was sie herausbekommen hatte. Es wurde eine ganz schön lange Liste.

»Kluge hatte einmal in New York ein Bankkonto mit einem Stand von drei Billionen Dollar«, erzählte sie mir nach einem von Osbornes Besuchen. »Ich glaube, er hat das nur gemacht, um sich zu bestätigen, daß er dazu in der

Lage war. Er ließ das Geld einen Tag lang auf dem Konto, schöpfte die Zinsen ab und überwies den Betrag auf eine Bank auf den Bahamas, dann vernichtete er das Kapital. Das sowieso nie wirklich existiert hatte.«

Als Gegenleistung berichtete Osborne ihr, was sich in dem Mordfall ergeben hatte – was so gut wie nichts war –, und über die Hinterlassenschaft Kluges, mit der es ziemlich chaotisch aussah. Verschiedene Agenturen hatten ihre Leute geschickt, um sich das Grundstück und das Haus anzusehen. Einige FBI-Leute kamen, um die Untersuchung weiterzuführen. Wenn Lisa über Computer redete, hatte sie die Macht, Männer total konfus zu machen. Zuerst erklärte sie genau, was sie gerade machte, das aber in Begriffen, die so abstrus waren, daß niemand sie verstand. Manchmal reichte das schon aus. Wenn nicht, wenn man ihr zu vehement auf die Pelle rückte, dann gab sie den Fahrersitz frei und ließ ihre Besucher ans Steuer, sprich an Kluges Computer. Amüsiert verfolgte sie dann, wie die Besserwisser voller Entsetzen auf den Bildschirm starrten, wo ein kleiner Computerdrache erschien und sämtliche Daten von den Disketten fraß und schließlich mit der Botschaft »Du dämlicher Sack!« vom Schlachtfeld Bildschirm verschwand.

»Ich trickse sie aus«, gestand sie mir. »Ich gebe ihnen all das, in das ich bereits hineingerutscht bin und in das sie unweigerlich ebenfalls hineinrutschen müssen. Ich selbst habe um die vierzig Prozent von den Daten bereits verloren, die Kluge irgendwo deponiert hatte. Doch die anderen verlieren glatte hundert Prozent. Du solltest mal ihre Gesichter sehen, wenn Kluge irgendeine logische Bombe in ihren Programmen hochgehen läßt. Der zweite Typ, der bei mir sein Glück versuchte, feuerte einen dreitausend-Dollar-Drucker quer durchs Zimmer. Und versuchte dann, mich zu bestechen, damit ich davon nichts nach draußen dringen ließe.«

Als eine Regierungsbehörde einmal einen Experten aus Stanford zu Lisa schickte und er geradezu glücklich zu sein schien, alles, was er fand, vernichten zu dürfen in dem festen Glauben, daß er früher oder später schon den richtigen Weg finden würde, zeigte Lisa ihm, wie Kluge es geschafft hatte, in den Hauptcomputer der Steuerbehörde in Washington einzudringen, und vergaß zufällig, ihm auch zu erklären, wie Kluge wieder daraus hatte verschwinden können. Der Typ stieß auf ein Schutzprogramm. Im Verlauf seiner Bemühungen, diesem Schutzprogramm zu entgehen, entstand kurzfristig der Eindruck, als hätte er sämtliche Daten der Steuerzahler mit den Anfangsbuchstaben S bis W gelöscht. Lisa ließ ihn für eine halbe Stunde in dem Glauben.

»Ich dachte schon, er bekäme einen Herzanfall«, erzählte sie mir. »Ihm wich das Blut aus dem Gesicht, und er brachte keinen Ton mehr hervor. Also zeigte ich ihm, wo ich die Daten – dank meines sprichwörtlichen Weitblicks – deponiert hatte, erklärte ihm, wie er sie wieder an der richtigen Stelle einfügen und wie er das Schutzprogramm beruhigen konnte. Danach hatte er es ziemlich eilig, das Haus zu verlassen. Irgendwann wird ihm schon klarwerden, daß man derart viele verschiedenen Daten höchstens mit Dynamit vernichten kann aufgrund der Querverbindungen und der begrenzten Datenmenge, mit der man immer gleichzeitig arbeiten kann. Aber ich glaube kaum, daß er noch einmal wiederkommen wird.«

»Das klingt ja, als handele es sich um ein besonders unterhaltsames Videospiel«, meinte ich.

»In gewisser Weise ist es das auch. Aber eher gleicht es *Dungeons and Dragons*. Es ist wie eine endlose Kette verschlossener Zimmer, in denen unbekannte Gefahren lauern. Du wagst gar nicht, einen ganzen Schritt aufeinmal zu machen. Vielmehr schaffst du gerade einen hundertstel Schritt. Du überlegst erst einmal, unter welchen Bedingungen du es wagen kannst, eine der Zimmertüren überhaupt anzusehen. Und wenn du soweit bist, dann ziehst du in Erwägung, was passieren könnte, falls du die feste Absicht hast, diese Tür auch noch anzufassen. Das Programm verfährt mit dir, indem es dir Dinge erklärt, dir aber verbietet, einen Blick auf sie zu werfen. Und irgendwann meldet das

Programm, ›Du hast geguckt, du Spielverderber!‹ und schon geht alles in Rauch auf.«

So lächerlich das auch klingen mochte, zumindest war dies wahrscheinlich die beste Erklärung für das, was sie tat.

»Erzählst du mir auch alles, Lisa?« fragte ich sie.

»Nun, nicht unbedingt alles. Ich hab die vier Cents vergessen.«

Vier Cents? Oh, mein Gott!

»Lisa, ich wollte das gar nicht, ich hab nicht darum gebeten, ich wünschte, ich hätte niemals ...«

»Beruhige dich, Yank. Das kommt schon in Ordnung.«

»Er hat das alles irgendwo festgehalten, nicht wahr?«

»Das ist es ja, was ich die meiste Zeit tue. Ich decodiere seine Datenspeicher.«

»Wie lange weißt du es schon?«

»Von den siebenhunderttausend Dollar? Das war auf der ersten Diskette, die ich knackte.«

»Ich möchte alles zurückgeben.«

Sie schüttelte den Kopf.

»Victor, das war imaginäres Geld. Doch jetzt existiert es wirklich. Die Finanzbehörden wissen offiziell, wo es herkam. Der Staat Delaware ordnet es einer Gesellschaft zu. Eine Anwaltskanzlei in Illionois wurde dafür bezahlt, es zu verwalten. Deine Bank hat dir Zinsen davon gezahlt. Es ist zwar nicht unmöglich, dieses Geld spurlos verschwinden zu lassen, aber es wäre nicht ungefährlich, und außerdem bin ich sicher nicht so gut wie Kluge.«

»Wie hat er das nur gemacht? Imaginäres Geld. Er konnte das doch nicht einfach aus dem Nichts herbeizaubern.«

Lisa tätschelte die Tastatur ihres Computers und lächelte mich an. »Das hier, Yank, das ist Geld«, sagte sie, und ihre Augen glänzten.

Nachts arbeitete sie bei Kerzenlicht, um mich nicht zu stören. Und das erwies sich im Nachhinein als mein Untergang. Sie tastete blind und brauchte das Licht nur zum Lesen der Software.

Und so schlief ich jede Nacht ein, mit dem Anblick ihres im Kerzenschein golden schimmernden Rückens.

Sie hielt sich selbst für häßlich. Mager. Sicher, sie war wirklich dünn. Ich konnte ihre Rippen zählen. Sie arbeitete damals vorwiegend nackt und im Lotussitz. Manchmal bewegte sie sich lange nicht, dann wieder bearbeitete sie die Tastatur voll nervöser Hektik. Dabei befand sie sich immer in einem tranceähnlichen Zustand.

Ich hatte erwartet, scharfe Kanten zu spüren, Ellbogen und Knie, doch sie war ganz anders. Sie war weich und rund, und unter der seidenweichen Haut schlummerte eine ungeahnte Kraft.

Schön im rein ästhetischen Sinn war ihr Gesicht sicher nicht. Man wurde sofort auf die Zahnspangen aufmerksam, und der Blick blieb an dieser Unregelmäßigkeit stets hängen.

Aber ihre Haut war wundervoll. Sie hatte auch Narben, aber nicht so viele, wie ich erwartet hätte. Sie schien ein gutes Heilfleisch zu haben.

Ich hielt sie für eine Schönheit.

Ich hatte meine nächtliche Umschau abgeschlossen, als meine Aufmerksamkeit von der Kerze gefesselt wurde. Ich wollte meinen Blick abwenden, schaffte es jedoch nicht.

Die Flamme pulsierte plötzlich, auf und ab, auf und ab, wurde heller und heller ...

... ich wollte ihr zurufen, sie solle das unterlassen, sie solle aufhören zu flackern, doch meine Stimme gehorchte mir schon nicht mehr ...

... ich konnte nur noch keuchen, und ich versuchte es noch einmal, wollte brüllen, schreien, wollte sie beruhigen und spürte gleichzeitig, wie eine grauenvolle Übelkeit über mich hinwegspülte ...

Ich schmeckte Blut. Ich atmete vorsichtig ein, roch kein Erbrochenes, keinen Urin, keine Exkremente. Das Deckenlicht brannte.

Lisa kniete neben mir, beugte sich über mich. Eine Träne

tropfte auf meine Stirn, ich lag auf dem Teppich.
»Victor, kannst du mich hören?«
Ich nickte. Ein Löffel steckte in meinem Mund. Ich spuckte ihn aus.
»Was ist passiert? Geht es dir besser?«
Ich nickte und wollte antworten.
»Bleib ruhig liegen. Der Krankenwagen ist unterwegs.«
»Nein. Das ist nicht nötig.«
»Nun, auf jeden Fall kommt er gleich. Bleib liegen und ...«
»Hilf mir hoch.«
»Noch nicht. Du bist noch nicht soweit.«
Sie hatte recht. Ich hatte keine Kraft. Dann klingelte es.
Sie ging zur Tür. Ich schaffte es eben noch, sie am Fuß festzuhalten. Sie beugte sich über mich, sah mich fragend an.
»Zieh dir was über«, riet ich ihr. Sie blickte an sich herunter, war überrascht.
»Ach ja. Stimmt.«

Lisa schickte den Krankenwagen wieder weg. Danach kochte sie Kaffee, und wir saßen in der Küche. Ich war noch ziemlich geschafft, aber diesmal war es gar nicht so schlimm gewesen.
Ich ging ins Badezimmer und holte eine Flasche Dilantin hervor, die ich versteckt hatte, als sie bei mir einzog. Ich ließ sie dabei zusehen, als ich eine Tablette einnahm.
»Das habe ich heute vergessen«, erklärte ich ihr.
»Weil du sie versteckt hast. Da war ziemlich dumm.«
»Ich weiß.« Ich hätte auch noch mehr sagen können. Es machte mir keine Freude, sie verletzt zu sehen. Aber sie war wirklich verletzt, weil ich mich nicht gegen ihren Angriff verteidigte, und das zu begreifen war mir nach meinem Zusammenbruch ein wenig zu schwierig.
»Wenn du willst, kannst du wieder ausziehen«, sagte ich. Ich war in ziemlich mieser Form.
Sie aber auch. Wütend funkelte sie mich an.

»Diesen Unsinn höre ich mir nicht länger an«, schimpfte sie, und ich nickte und begann zu weinen.

Sie ließ mich gewähren. Das war sicherlich auch das beste.

»Wie lange geht das schon so?« fragte sie schließlich. »Hast du dich deshalb dreißig Jahre lang in deinem Haus verkrochen?«

Ich zuckte die Achseln. »Wahrscheinlich auch. Als ich zurückkam, wurde ich operiert, aber das hat es wohl nur noch schlimmer gemacht.«

»Okay. Ich bin ganz schön wütend, daß du mir nichts gesagt hast. Ich will bei dir bleiben, aber du mußt mir erklären, wie ich mich in Zukunft verhalten soll.«

Sie wollte wirklich bei mir bleiben. Sie meinte es ernst. Na schön ...

»Der Löffel war ein Fehler«, begann ich. »Wenn genug Zeit bleibt und du keine Angst um deine Finger hast, dann versuche, mir ein Stück Stoff zwischen die Zähne zu zwängen. Auf keinen Fall etwas Hartes.« Ich untersuchte meinen Mund mit einem Finger. »Ich glaube, ich hab mir einen Zahn abgebrochen.«

»Geschieht dir recht«, sagte sie. Ich sah sie an und lächelte, und dann lachten wir beide schallend. Sie kam um den Tisch herum, küßte mich und setzte sich auf meinen Schoß.

»Die größte Gefahr ist das Ertrinken. Zuerst verkrampfen sich meine Muskeln. Danach kontrahieren und entspannen sie sich unaufhörlich. Das geschieht sehr heftig.«

»Ich weiß. Ich hab versucht, dich festzuhalten.«

»Tu das nicht. Dreh mich auf die Seite. Bleib hinter mir und sieh dich vor meinen Armen vor. Schieb mir ein Kissen unter den Kopf. Halt mich von allem fern, womit ich mich verletzen könnte.«

Ich blickte sie eindringlich an. »Das alles tu nur dann, wenn du dich nicht gefährdest. Wenn es zu heftig wird, dann geh lieber in Deckung. Wenn ich dich außer Gefecht setze, kannst du mir unter Umständen nachher nicht mehr helfen, wenn ich mich übergebe und an meinem eigenen Erbrochenen zu ertrinken drohe.«

Ich sah ihr in die Augen. Sie wartete.

»Da ist noch etwas ...«

Ich fragte mich, wieviel ich erzählen dürfe. Viel konnte sie sowieso nicht tun, doch ich wollte nicht, daß sie sich Vorwürfe machte, sie sei es schuld gewesen, wenn ich sterben sollte.

»Manchmal muß ich auch ins Krankenhaus. Manchmal folgt ein Anfall dem anderen. Wenn das zu lange dauert, dann kann ich nicht mehr atmen, und mein Gehirn könnte an Sauerstoffmangel sterben.«

»Aber das dauert doch nur fünf Minuten«, rief sie entsetzt.

»Ich weiß. Das geschieht aber nur, wenn ich mehrere Anfälle habe. Wenn ich also nach einem Anfall gleich den nächsten bekomme und du plötzlich keine Atmung mehr bei mir feststellen kannst, solltest du lieber die Ambulanz benachrichtigen.«

»Aber du wärest doch längst tot, ehe du im Krankenhaus bist.«

»Entweder das oder für den Rest meines Lebens ins Sanatorium. Und dort gefällt es mir überhaupt nicht.«

»Mir auch nicht.«

Am nächsten Tag nahm sie mich in ihrem Ferrari mit. Ich hatte Angst, sie würde irgend etwas Verrücktes damit machen, doch sie fuhr viel zu langsam. Ihrem Verhalten nach war sie lange nicht mehr Auto gefahren.

»Ich fürchte, ein Ferrari ist bei mir falsch aufgehoben«, gestand sie mir. »Ich fahre nie schneller als fünfzig.«

Wir fuhren zu einem Inneneinrichtungsladen und kauften eine sündhaft teure Tischlampe mit einer leistungsschwachen Spezialbirne.

An diesem Abend hatte ich Probleme mit dem Einschlafen. Wahrscheinlich befürchtete ich einen weiteren Anfall.

Als ich die ersten Anfälle hatte, wurden sie noch Zustände genannt. Bis dieser Begriff irgendwie unanständig klang und man sich für »Anfälle« entschied.

Es ist ein Zeichen dafür, daß man alt wird, wenn die Sprache sich verändert.

Es gab unzählige neue Worte. Viele benannten Dinge, die es noch gar nicht gab, als ich aufwuchs. Wie zum Beispiel Software.

»Was hat dich eigentlich zu den Computern gebracht, Lisa?« fragte ich sie einmal.

Sie reagierte nicht. Wenn sie vor ihrer Maschine saß, konnte sich sich verdammt gut konzentrieren. Ich rollte mich auf den Rücken und versuchte zu schlafen.

»Weil dort die Macht liegt, Yank.« Ich blickte hoch. Sie hatte sich zu mir umgewandt.

»Hast du damit angefangen, als du nach Amerika kamst?«

»Ich hatte einen ziemlich guten Start. Von meinem Captain habe ich dir noch nicht erzählt, oder?«

»Ich glaube nein.«

»Er war irgendwie seltsam. Ich wußte das. Ich war damals vierzehn. Er war Amerikaner und interessierte sich für mich. Er besorgte mir in Saigon ein hübsches Apartment. Und er schickte mich zur Schule. Er war wohl ein Pädophiler mit homosexuellen Neigungen, da ich damals eher wie ein besonders magerer Junge aussah. Aber er war gut zu mir. Ich lernte lesen. Und von diesem Moment an steht einem die Welt offen.«

»Ich hab eigentlich nicht nach deinem Captain gefragt, sondern warum du angefangen hast, dich mit Computern zu beschäftigen.«

»Stimmt. Das war deine Frage. Nun, genauso hat es angefangen. Es ist die Zukunft, Victor.«

»Das hab ich schon wer weiß wie oft gelesen.«

»Aber es stimmt. Darin steckt die Macht. Du hast ja gesehen, was Kluge damit geleistet hat. Du kannst mit diesen Dingern im wahrsten Sinne des Wortes Geld *machen*, nicht nur verdienen, sondern regelrecht machen, als hättest du eine Druckerpresse. Osborne erzählte doch, daß Kluges Haus gar nicht existiere. Was bedeutet das?«

»Daß er die entsprechenden Daten gelöscht hat.«

»Das war der erste Schritt. Doch dies Grundstück existiert noch im Grundbuch des County. Das Land verläßt sich immer noch auf Papier, wenigstens stellenweise. Nein, Victor, die entsprechende Seite wurde entfernt, herausgerissen.«

»Aber Kluge hat dieses Haus doch niemals verlassen.«

»Aber er hat sich die Liste der Verwaltungsangestellten des Police Department von Los Angeles angeschaut und einen Typen namens Sammy gefunden. Ihm hat er einen Scheck über tausend Dollar geschickt und ihm mitgeteilt, er könne sich das Doppelte dazuverdienen, wenn er ins Stadtarchiv ginge und dort etwas Bestimmtes mache. Sammy biß nicht an, Mc Gee auch nicht und auch nicht Molly Unger. Aber Little Billy Phipps machte mit, und er bekam wie versprochen seinen Scheck, und er und Kluge hatten in den folgenden Jahren eine wunderbare Partnerschaft. Little Billy fährt jetzt einen Cadillac und hat nicht die geringste Ahnung, wer Kluge war oder wo er wohnte. Wieviel das ganze Arrangement kostete, war Kluge gleichgültig. Denn er konnte ja jeden Geldbetrag herbeizaubern.«

Ja, es stimmt, mit Geld erreichte man alles, fast alles, und Kluge hatte alles Geld der Welt.

»Hast du Osborne von Little Billy erzählt?«

»Ich habe die Diskette gelöscht, genauso wie ich deine siebenhunderttausend gelöscht habe. Man weiß ja nie, wann man jemand braucht wie Little Billy.«

»Du hast keine Angst, deswegen in Schwierigkeiten zu geraten?«

»Das Leben ist ein einziges Wagnis, Victor. Das beste ist gerade gut genug für mich. Ich käme mir vor wie ein Idiot, wenn ich nicht danach greifen würde.«

Sie legte ihren Kopf schief und betrachtete mich prüfend.

»Verrat mir mal eines, Yank ... Kluge hat dich ausgesucht, weil du seit dreißig Jahren Pfadfinder bist. Wie denkst du über das, was ich tue?«

»Du bist erfrischend amoralisch, und du bist zum Überleben geboren, und du bist im Grunde deines Herzens anständig. Und ich habe Mitleid mit jedem, der dir in die Quere gerät.«

Sie grinste, streckte sich und stand auf.

»Erfrischend amoralisch – das gefällt mir.« Sie ließ sich neben mich fallen, und das Bett plätscherte. »Möchtest du jetzt auch amoralisch sein?«

»Gleich.« Sie streichelte meine Brust. »Dann bist du also auf die Computer gekommen, weil du darin eine Zukunft siehst. Hast du denn keine Angst – ich weiß, das klingt irgendwie altmodisch –, daß sie eines Tages die Macht übernehmen?«

»Das glaubt jeder, bis er richtig damit arbeitet«, erwiderte sie. »Im Grunde sind Computer schrecklich dumm. Ohne Programm sind sie zu nichts nützte. Nein, ich glaube, daß die Leute, die die Computer herstellen, eines Tages die Macht übernehmen. Sie haben es sogar schon. Deshalb beschäftige ich mich damit.«

»Das habe ich, glaube ich, nicht gemeint. Vielleicht kann ich es nicht richtig ausdrücken.«

Sie runzelte die Stirn. »Kluge hatte irgend etwas entdeckt. Er hat in Laboratorien gelauscht, wo man an der Entwicklung künstlicher Intelligenz arbeitet, und er hat eine Menge über neurologische Forschung gelesen. Ich glaube, er wollte da irgendeine Gemeinsamkeit finden.«

»Zwischen menschlichen Gehirnen und Computern?«

»Nicht ganz. Er dachte eher an Computer und Neuronen. Gehirnzellen.« Sie zeigte auf ihren Computer. »Dieser Kasten ist Lichtjahre hinter dem menschlichen Gehirn zurück.

Doch es gibt da die uralte Frage, was geschieht, wenn man einen Computer baute, der so viele Transistoren hat wie das menschliche Gehirn Neuronen. Hätte er dann ein Bewußtsein, ein eigenes Ich? Ich glaube, das ist alles Quatsch, denn ein Transistor ist kein Neuron, und eine Million davon sind genauso gut wie nur ein Dutzend.

Kluge schien das auch erkannt zu haben. Er untersuchte

die Gemeinsamkeiten zwischen einem Acht-Bit-Computer und einem Neuron. Deshalb hatte er die Geräte in Massen in seinem Haus.«

»Und zu welchem Ergebnis kam er?«

»So wie es aussieht, zu keinem. Ein Acht-Biter ist komplexer als ein Neuron, und kein Computer existiert in derselben Galaxis wie ein organisches Gehirn. Doch nun wird es schwierig. Ich habe praktisch behauptet, daß ein Atari komplexer ist als ein Neuron, doch in Wirklichkeit kann man die beiden Dinger nicht miteinander vergleichen. Es ist genauso, als vergliche man eine Richtung mit einer Entfernung oder eine Farbe mit einer Masse. Die Geräte sind unterschiedlich. Bis auf eine Gemeinsamkeit.«

»Und die wäre?«

»Die Verbindungen. Ein Neuron ist mit Billionen anderer verbunden, und die Art und Weise, wie die Botschaften durch die Bahnen und die Neuronen flitzen, legt fest, was wir sind und was wir denken und woran wir uns erinnern. Und mit diesem Computer hier kann ich Millionen andere erreichen. Und dieses Netz ist noch größer als ein menschliches Gehirn, denn in diesem Netz stecken mehr Informationen, als die Menschheit in einer Million Jahre verarbeiten kann. Das Netz reicht von der Raumsonde Pionier Zehn jenseits der Umlaufbahn Plutos bis hinein in jeden Haushalt, der über ein Telefon verfügt. Mit diesem Computer kann man sich tonnenweise Daten beschaffen, die gesammelt wurden, die aber bisher noch gar nicht begutachtet worden sind.

Und das hat Kluge interessiert. Die alte Idee von der ›kritischen Computermasse‹, daß der Computer ein Bewußtsein entwickelt, diesmal aber mit einem neuen Aspekt. Wesentlich ist diesmal nicht die Größe des Computers, sondern ihre Anzahl. Früher gab es Tausende, jetzt sind es schon Millionen. Sie werden in Autos eingebaut, in Armbanduhren. Jeder Haushalt besitzt einige davon, vom einfachen Küchentimer bis hin zum Mikrowellenherd oder zum Videospiel oder zum Heimcomputer. Kluge versuchte herauszufinden, ob auf diesem Wege die kritische Masse erreicht werden könne.«

»Und zu welchem Ergebnis kam er?«

»Ich weiß es nicht. Er fing gerade erst an.« Sie blickte auf mich herab. »Aber weißt du was, Yank? Ich glaube, du hast die kritische Masse erreicht, als ich gerade nicht hinsah.«

»Ich glaube, da hast du recht.« Ich griff nach ihr.

Lisa kuschelte gerne. Nachdem ich fünfzig Jahre stets allein in meinem Bett geschlafen hatte, war mir das anfangs nicht so recht. Doch ich fand sehr schnell Gefallen daran.

Und genau das taten wir, als wir unsere Unterhaltung dort fortsetzten, wo wir sie unterbrochen hatten. Bisher hatte keiner von uns beiden irgend etwas von Liebe gesagt, doch ich wußte, daß ich sie liebte. Ich wußte nicht, was ich nun unternehmen sollte, aber ich würde mir irgend etwas einfallen lassen.

»Diese kritische Masse«, sagte ich, »sie muß doch eine ungeheuer leistungsfähige Intelligenz darstellen, praktisch gottähnlich. Würde sie nicht irgendwann über unser aller Leben bestimmen?«

Lisa gähnte und streckte sich.

»Ich frage mich, ob es überhaupt etwas gäbe, was übernommen werden kann. Ich meine, warum sollte sie. Woher wollen wir wissen, was diese Intelligenz beabsichtigt? Will sie von uns angebetet werden? Das bezweifle ich. Würde sie alle Emotionen ausmerzen, wie man es oftmals in Science Fiction-Romanen der fünfziger Jahre nachlesen konnte?

Wir benutzen den Begriff Bewußtsein, aber was bedeutet er überhaupt? Eine Amöbe muß ein Bewußtsein haben. Pflanzen wahrscheinlich auch. Sicher gibt es auch in einem Neuron einen gewissen Grad von Bewußtsein. Sogar in einem integrierten Schaltkreis, einem Mikrochip. Bisher wissen wir gar nicht, was Bewußtsein überhaupt ist und wie es sich manifestiert. Menschliche Werte einem hypothetischen Computernetz-Bewußtsein zuzuordnen, wäre ziemlich einfältig und naiv. Möglicherweise bemerkte uns dieses Wesen überhaupt nicht. Genausowenig wie wir uns jeder einzelnen Zelle unseres Körpers bewußt sind oder wie wir auch nicht merken, wenn ein Neutrino durch uns hindurchfliegt.«

Danach mußte sie mir erklären, was ein Neutrino ist. Mit einem konnte ich ihr jederzeit dienen: mit einem völlig unwissenden Publikum. Und danach vergaß ich unseren imaginären Hypercomputer.

»Wie war das mit deinem Captain?« fragte ich viel später.

»Willst du das wirklich wissen, Yank?« murmelte sie schläfrig. Sie setzte sich und zündete sich eine Zigarette an. Ich wußte, daß sie auch zu rauchen pflegte, wenn sie unter Straß stand.

»Genaugenommen war er mein Major. Er wurde befördert. Möchtest du auch seinen Namen wissen?«

»Lisa, wenn du nicht darüber reden willst, dann vergiß es. Ich wollte nur wissen, ob er wirklich zu dir gestanden hat.«

»Geheiratet hat er mich nicht, wenn du das meinst. Als er wußte, daß er gehen mußte, wollte er es auch tun, aber ich redete es ihm aus. Das war vermutlich meine edelste Tat. Vielleicht auch meine dümmste.

Es ist kein Zufall, daß ich japanisch aussehe. Meine Großmutter, Chinesin und in Hanoi lebend, wurde 1942 von einem Soldaten der japanischen Besatzungsarmee vergewaltigt. Danach kam meine Mutter zur Welt. Nach Dien Bien Phu zogen sie nach Süden. Meine Großmutter starb. Meine Mutter hatte es schwer. Chinesin zu sein, war schon schlimm genug, aber halb Chinesin und halb Japanerin war noch schlimmer. Mein Vater war halb Franzose und halb Annamese. Ebenfalls eine schlimme Kombination. Ich habe ihn nie kennengelernt. Ich bin somit fast eine Art Symbol für die Geschichte Vietnams.«

Die Glut ihrer Zigarette leuchtete auf.

»Das Gesicht habe ich von dem einen Großvater, meine Körpergröße vom anderen. Und meine Titten kommen von Goodyear. Mir fehlen nur noch ein paar amerikanische

Gene. Aber die wollte ich wenigstens meinen Kindern mitgeben.

Als Saigon fiel, versuchte ich, die amerikanische Botschaft zu erreichen. Ich hab's nicht geschafft. Den Rest kennst du, bis ich nach Thailand kam. Als schließlich die Amerikaner auf mich aufmerksam wurden, erfuhr ich, daß mein Major immer noch nach mir suchte. Er hat mich rübergeholt, und ich schaffte es gerade noch rechtzeitig, um mitzuerleben, wie er an Krebs starb. Zwei Monate war ich noch bei ihm, und zwar ausschließlich im Krankenhaus.«

»Mein Gott.« Mir kam ein schrecklicher Gedanke. »Daran war doch nicht der Krieg schuld, oder? Ich meine, deine Lebensgeschichte ...«

»... behandelt die Vergewaltigung Asiens. Nein, Victor. Er gehörte zu denen, die in Nevada Atombombenversuche aus nächster Nähe beobachten mußten. Ich glaube, er wußte, was ihn umbrachte.«

»Hast du ihn geliebt?«

Die Zigarettenglut leuchtete auf, dann drückte Lisa sie aus.

»Nein«, antwortete sie. »Geliebt habe ich ihn nicht. Das wußte er. Ich habe nie jemanden geliebt. Er war sehr lieb zu mir, er war etwas Besonderes für mich. Mehr wie ein Vater. So um die Fünfzig. Aber darf ich dich etwas fragen? Wie viele Mädchen hattest du seit deiner Rückkehr aus Korea?«

Ich hielt meine Hand hoch und tat so, als würde ich an den Fingern abzählen.

»Eins«, sagte ich schließlich.

»Und wie viele vorher?«

»Eins. Wir trennten uns, ehe ich in den Krieg zog.«

»Wie viele in Korea?«

»Neun. In Madame Parks gemütlichem kleinen Puff in Pusan.«

»Demnach hast du es also mit einer Weißen und zehn Asiatinnen getrieben. Ich wette, daß keine von den anderen so groß war wie ich.«

»Koreanische Mädchen haben auch dickere Wangen. Aber sie alle hatten deine Augen.«

Sie kuschelte sich an meine Brust.

»Wir sind schon ein Teufelspärchen, was?«

Ich drückte sie an mich und fragte mich, wie ich so lange ohne etwas so Einfaches und Wunderbares hatte leben können.

»Ja. Das sind wir tatsächlich.«

Etwa eine Woche später tauchte Osborne wieder auf. Er hörte sich Lisas Bericht über ihre neuen Erkenntnisse ohne großes Interesse an. Er versprach, den Ausdruck, den sie ihm gab, gleich weiterzuleiten. Aber er machte keine Anstalten, wieder zu gehen.

»Ich glaube, ich sollte es Ihnen sagen, Apfel«, meinte er. »Der Gavin-Fall ist erledigt.«

Ich mußte mir erst ins Gedächtnis rufen, daß Kluges richtiger Name Gavin lautete.

»Der Gerichtsarzt hat schon vor längerer Zeit auf Selbstmord entschieden. Ich konnte die Angelegenheit nur auf Grund meines begründeten Verdachts so lange in Gang halten.« Er nickte Lisa zu. »Und auf Grund dessen, was Sie über die Abschiedsbotschaft sagte. Aber es gab nirgendwo einen Beweis.«

»Wahrscheinlich ist es zu schnell passiert«, meinte Lisa. »Jemand hat ihn erwischt, ihn verfolgt – möglich ist das; Kluge hatte lange nur Glück gehabt – und ihn schließlich beseitigt.«

»Sie glauben nicht an Selbstmord?« fragte ich Osborne.

»Nein. Aber wer immer es gewesen ist, er darf frei herumlaufen, bis sich etwas Neues ergibt.«

»Ich sage Ihnen Bescheid, wenn das geschehen sollte«, versprach Lisa.

»Da ist noch etwas«, sagte Osborne. »Ich darf Sie drüben nicht mehr arbeiten lassen. Das County hat das Haus mitsamt seiner Einrichtung beschlagnahmt.«

»Machen Sie sich keine Sorgen«, sagte Lisa leise.

Sie zündete sich eine Zigarette an und musterte Osborne mit einem rätselhaften Blick.

»Ich habe keine Lust, mich mit Ihnen anzulgen, Lady«, sagte er. »Was meinen Sie mit ›Machen Sie sich keine Sorgen‹?«

»Ich habe das Haus vor vier Tagen mitsamt seiner Einrichtung gekauft. Wenn ich irgend etwas finden sollte, lasse ich es Sie wissen.«

Osborne war zu verblüfft, um in Wut zu geraten.

»Ich möchte wissen, wie Sie das gedreht haben.«

»Es war nichts Illegales. Sie können es jederzeit überprüfen. Ich habe gutes Geld dafür bezahlt. Das Haus wurde offiziell angeboten.«

»Und wenn ich das FBI darauf ansetze?«

Sie schaute ihn kühl an.

»Nichts wäre mir lieber. Offen gesagt, Detective Osborne, hätte ich das Haus, den ganzen Griffith Park und den Harbor Freeway stehlen sollen, und ich glaube kaum, daß Sie mich erwischt hätten.

»Und wo bleibe ich jetzt?«

»Dort, wo Sie immer waren. Sie haben einen abgeschlossenen Fall und mein Versprechen.«

»Ich sehe Sie nicht gerne inmitten des ganzen Zeugs, wenn es wirklich zu den Dingen in der Lage ist, die Sie mir beschrieben haben.«

»Das kann ich mir denken. Aber das geht Sie nichts mehr an. Das County hatte keine Ahnung, was alles zu dem Haus gehörte, und das County hat das Haus weggegeben.«

»Vielleicht kann ich das Betrugsdezernat herschicken und Ihre gesamte Software beschlagnahmen lassen. Man könnte sie als Beweismittel für kriminelle Aktivitäten deklarieren.«

»Versuchen Sie's«, sagte sie ruhig.

Sie starrten sich einige Sekunden lang herausfordernd an. Am Ende gewann Lisa das Duell. Osborne rieb sich die Augen und nickte. Dann stand er schwerfällig auf und schlurfte zur Tür.

Lisa drückte ihre Zigarette aus, und wir lauschten ihm, wie er sich vom Haus entfernte.

»Daß er sich so schnell geschlagen gab, überrascht mich«, gab ich zu. »Oder etwa nicht? Meinst du, er führt etwas im Schilde?«

»Unwahrscheinlich. Er kennt die Lage. Es ist nicht seine Abteilung, und das weiß er.«

»Warum hast du das Haus gekauft?«

»Du solltest lieber fragen *wie.*«

Sie lächelte.

»Lisa, was hast du gemacht?«

»Das hat auch Osborne sich gefragt. Und er weiß Bescheid. Denn er begreift Kluges Maschinen. Es war kein Zufall, daß das Haus zum Verkauf stand und ich der einzige Interessant war. Ich habe einen von Kluges kleinen Helfern benutzt.«

»Du hast jemanden bestochen?«

Sie lachte und küßte mich.

»Endlich habe ich es mal geschafft, dich zu schocken, Yank. Bei uns in Saigon besticht jeder, hier in Amerika ist das nicht üblich.«

»Hast du ihn bestochen?«

»Nicht so unelegant. Man muß sich einen Weg durch die Hintertür suchen. Man redet mit jemand, der wiederum mit jemand anderem redet, und dieser setzt dann gewisse Dinge in Gang, so daß man auf völlig gesetzlichem Weg alles erreicht, was man erreichen will.« Sie blickte mich unschuldig an. »Natürlich habe ich ihn bestochen, und du würdest dich wundern, wie billig er war. Stört dich das?«

»Ja«, gab ich zu. »Bestechung mag ich nicht. Hoffentlich hast du dich vorgesehen.«

»An sich schon. Aber man weiß ja nie, wie der Bestochene reagiert. Er braucht nur vor einen Untersuchungsausschuß geladen zu werden, und schon kippt unser Regierungsmann um. Aber Osborne wird die Sache nicht verfolgen. Er weiß, daß er im Grunde nichts unternehmen kann.«

Nachdem ich einige Minuten schweigend nachgedacht hatte, räusperte ich mich.

»Das ist schon eine unheimliche Macht«, stellte ich schließlich fest.

»Es ist beängstigend«, gab sie mir recht. »Glaube ja nicht, daß ich keine Angst davor habe. Auch ich habe meine Träume. Macht ist ein verlockendes Gift. Was könnte ich alles bewirken ...«

»Und?«

»Denk doch nur an die politische Macht. Aber ich wüßte nicht, wie ich sie zum Guten einsetzen sollte. Was ist nicht schon an Bösem geschehen, das mit den besten Absichten vorbereitet worden ist. Aber die Chancen, genauso ausgeschaltet zu werden wie Kluge, sind mir zu groß. Ich kann die Finger nicht davon lassen, aber ich kann es auch nicht vernichten. Irgendwie ist das doch blöd, oder?«

Darauf hatte ich keine Antwort parat. Aber ich hatte ein unangenehmes Gefühl.

Meine Zweifel beschäftigten mich eine weitere Woche lang. Zu bedeutenden moralischen Schlußfolgerungen kam ich nicht. Lisa wußte von einigen Verbrechen, und sie meldete sie nicht bei den zuständigen Stellen. Das störte mich nicht. Aber ihr standen die Mittel und Vorrichtungen zur Verfügung, weitere Verbrechen zu begehen, und das machte mir schon eine Menge aus. Doch ich ging davon aus, daß sie nichts derartiges plante. Lisa war schließlich nicht dumm ...

Als sie eines Abends nicht zum Dinner herüberkam, ging ich in Kluges Haus und traf sie im Wohnzimmer an, wo sie emsig beschäftigt war. Sie hatte das Regal zum Teil ausgeräumt und einen Haufen Aufzeichnungsbänder und Disketten auf dem Tisch aufgestapelt. Daneben stand ein Abfalleimer aus Plastik. Ich beobachtete, wie Lisa ein Band nahm und es dicht an einem Magneten, groß wie ein Handball, vorbeiführte. Dann warf sie das Band in den Abfalleimer, der fast voll war. Genauso verfuhr sie mit einem Stapel Disketten. Dann setzte sie die Brille ab und wischte sich über die Augen.

»Fühlst du dich jetzt besser, Victor?« fragte sie.

»Was meinst du damit? Ich fühle mich bestens.«

»Nein, das tust du nicht. Und auch ich habe mich nicht besonders gut gefühlt. Es tut mir weh, es zu erledigen, aber es muß wohl sein. Würdest du bitte den anderen Abfalleimer holen?«

Ich tat es und half ihr dann, weitere Software aus dem Regal zu räumen.

»Das willst du doch nicht alles löschen, oder?«

»Nein. Ich lösche Daten und ... noch etwas anderes.«

»Willst du mir nicht verraten, was?«

»Es gibt Dinge, die man besser nicht wissen sollte«, erwiderte sie düster.

Es gelang mir schließlich beim Dinner, sie zum Reden zu bewegen.

»Das ganze ist ziemlich unheimlich«, erzählte sie. »Ich habe an allen möglichen Stellen herumgesucht und dabei Dinge gefunden, mit denen ich schon fast gerechnet hatte.« Sie erschauerte und schien nur ungern fortzufahren.

»Sprichst du von militärischen Computern? Von der CIA?«

»Bei der CIA fängt es an. Dort war es am einfachsten. Dann hab ich bei NORAD nachgesehen – das sind die Kerle, die den nächsten Krieg veranstalten werden. Mir wird jetzt noch eisig kalt, wenn ich bedenke, wie leicht Kluge dort eindringen konnte. Er hat sogar ein Programm laufen lassen, das zu einem dritten Weltkrieg geführt hätte, nur so als Übung. Das habe ich eben gelöscht. Während der letzten beiden Tage habe ich mich um die ganz hohen Tiere gekümmert. Die Defense Intelligence Agency und die National Security ... um die DIA und die NSA. Jede dieser Organisationen ist größer und mächtiger als die CIA. Irgend jemand wußte, daß ich dort war. Irgendein Schutzprogramm. Sobald ich das bemerkte, zog ich mich zurück, und die letzten fünf Stunden habe ich damit verbracht, mich zu vergewissern, daß ich nicht verfolgt wurde. Jetzt bin ich mir sicher, und ich habe auch das alles vernichtet.«

»Und du meinst, sie waren es, die Kluge umgebracht haben?«

»Ganz sicher wäre es bei Ihnen am ehesten zu erwarten. Er hatte jede Menge von ihrem Zeug. Ich weiß, daß er am Aufbau der Maschinen bei der NSA beteiligt war und sich dort jahrelang in den Programmen herumgetrieben hat. Er brauchte nur einen unvorsichtigen Schritt zu machen, und schon war es aus.«

»Hast du alles erfahren können? Ich meine, bist du sicher?«

»Ich bin sicher, daß sie mich nicht verfolgt haben. Ich bin nicht sicher, ob ich alle Daten vernichtet habe. Ich gehe noch einmal hin, um mich ein letztes Mal umzusehen.«

»Ich begleite dich.«

Wir arbeiteten bis spät nach Mitternacht. Lisa spielte ein Band oder eine Diskette an, und wenn sie sich nicht ganz sicher war, reichte sie sie mir, und ich behandelte sie nach der Magnettherapie. Einmal bestrich sie mit dem Magneten sogar ein ganzes Regalbrett voller Software.

Es war unvorstellbar. Mit einem einzigen Schwenk hatte sie wahrscheinlich Milliarden Bits an Informationen vernichtet. Einiges davon existierte wahrscheinlich nirgendwo mehr auf der Welt. Und ich sah mich mit einer noch ernsteren Frage konfrontiert. Hatte sie das Recht, so zu handeln? War Wissen nicht Allgemeingut? Aber ich muß zugeben, daß es mir nicht sonderlich schwerfiel, meine Zweifel zu ersticken. Es gab eben Dinge, die man nicht zu wissen brauchte.

Wir waren fast fertig, als ihr Monitor streikte. Er zischte und knisterte, so daß Lisa einen Schritt zurücktrat, dann begann der Schirm zu flackern. Irgend etwas schien auf dem Schirm zu entstehen. Etwas Dreidimensionales. Gerade als ich es zu erkennen begann, sah ich zufällig zu Lisa hinüber, und sie beobachtete mich. Ihr Gesicht zuckte.

Sie kam zu mir und bedeckte meine Augen mit ihren Händen.

»Victor, da solltest du nicht hinschauen.«

»Ist schon gut«, beruhigte ich sie. Und als ich es sagte, stimmte es auch, aber kaum waren die Worte draußen, da wußte ich, daß es doch nicht stimmte. Und das ist das letzte, woran ich mich für eine lange Zeit erinnern kann.

Man erzählte mir, es seien zwei schlimme Wochen gewesen. Ich kann mich nur an sehr wenig erinnern. Ich wurde unter Drogen gesetzt, und meine wenigen wachen Augenblicke wurden jedesmal von neuen Anfällen begleitet.

Das erste, woran ich mich deutlich erinnern kann, war, daß ich in Doktor Sutarts Gesicht sah. Ich lag in einem Krankenhausbett. Später erfuhr ich, daß es sich um das Cedars Sinai handelte und nicht um das Veteran's Hospital. Lisa hatte für ein Einzelzimmer bezahlt.

Nachdem Stuart mir die üblichen Routinefragen gestellt hatte, beantwortete er einige von meinen Fragen. So erfuhr ich, wie lange ich schon dort lag und wie es dazu gekommen war.

»Sie hatten eine ganze Folge von Anfällen«, bestätigte er mir. »Offen gesagt weiß ich nicht warum. Seit zehn Jahren ist so etwas bei Ihnen nicht mehr aufgetreten. Ich dachte, Sie wären über den Berg. Aber nichts ist wirklich stabil, glaube ich.«

»Dann hat Lisa mich also noch rechtzeitig hergebracht.«

»Mehr als das. Seit Ihrem ersten Anfall hat sie sich über Ihre Krankheit umfassend informiert. Deshalb hatte sie stets eine Valiuminjektion bereitliegen. Als Ihr Atem aussetzte, injizierte sie 100 Milligramm, und das rettete Ihnen das Leben.«

Stuart und ich kannten uns schon lange. Er wußte, daß ich kein Rezept für Valium hatte, denn wir hatten schon mal darüber gesprochen. Da ich damals noch allein lebte, wäre niemand dagewesen, der mir eine Injektion hätte geben können.

Er war nur an Ergebnissen interessiert, und was Lisa

getan hatte, hatte den erwünschten Erfolg gezeitigt. Ich lebte noch.

An dem Tag durfte ich keine Besucher empfangen. Am nächsten Tag kam sie dann. Sie trug ein neues T-Shirt mit dem Bild eines Roboters in Robe und Barett. Darunter stand »Class of 11111000000«. Gemeint war das Jahr 1984, nur hatte man diesmal die Binärschreibweise gewählt.

Sie strahlte mich an. »Hi, Yank!« Als sie sich auf die Bettkante setzte, begann ich zu zittern. Sie wollte den Arzt rufen, aber ich winkte ab.

»Das ist es nicht«, beruhigte ich sie. »Ich möchte nur, daß du mich im Arm hältst.«

Sie zog die Schuhe aus und schlüpfte zu mir unter die Bettdecke. Irgendwann kam eine Krankenschwester herein, doch Lisa verscheuchte sie mit einer Salve vietnamesischer Unflätigkeiten, einige sogar in Chinesisch. Später schaute Doktor Stuart kurz herein.

Ich fühlte mich schon viel besser, als ich endlich zu weinen aufhörte. Auch Lisas Augen waren feucht.

»Ich war jeden Tag hier«, sagte sie. »Du siehst furchtbar aus, Victor.«

»Ich fühle mich aber viel besser.«

»Du siehst auch schon besser aus. Aber du mußt noch mindestens zwei Tage hierbleiben. Wenn du dann wieder nach Hause kommst, veranstalten wir eine Riesenparty. Soll ich auch die Nachbarn einladen?«

Ich sagte nichts dazu. Es gab soviel, was zwischen uns nicht ausgesprochen war. Wie lange sollte es mit uns weitergehen? Ich weiß nicht mehr, ab wann ich Lisa als einen festen Bestandteil meines Lebens zu betrachten begonnen hatte.

»Willst du die nächsten Jahre damit verbringen, in einem Krankenhaus zu sitzen und darauf zu warten, daß dein Mann stirbt?«

»Was willst du, Victor? Ich heirate dich, wenn du das willst. Oder ich lebe mit dir in Sünde. Ich liebe Sünden. Ich mache dich glücklich ...«

»Was willst du denn mit einem klapprigen Epileptiker?«

»Ich liebe dich.«

Es war das erste Mal, daß sie das sagte. Ich hätte die Diskussion fortsetzen können, unterließ es aber und wechselte statt dessen das Thema.

»Bist du fertiggeworden?«

Sie wußte, was ich meinte. Sie senkte die Stimme.

»Laß uns nicht darüber reden, Victor. Ich habe Angst, belauscht zu werden. Aber soviel: ja, ich bin fertig, und die letzten beiden Wochen waren sehr ruhig. Niemand weiß etwas, und ich werde mich mit solchen Dingen nie mehr beschäftigen.«

Ich fühlte mich viel besser. Und ich war erschöpft. Sie schien es zu spüren und verabschiedete sich.

Ich sah sie zum letzten Mal.

Gegen zehn Uhr an jenem Abend ging Lisa in Kluges Küche und machte sich mit einem Schraubenzieher und anderem Werkzeug am Mikrowellenherd zu schaffen.

Die Hersteller dieser Geräte achten sorgfältig darauf, daß solche Geräte mit Schaltungen versehen werden, die verhindern, daß man die Türen öffnen kann, so lange der Herd noch in Betrieb ist, da sonst tödliche Strahlung nach außen dringen kann. Doch mit einfachem Werkzeug und ein wenig technischem Verständnis kann man die Sicherheitsschaltung lahmlegen. Lisa hatte damit keine Probleme. Zehn Minuten, nachdem sie die Küche betreten hatte, steckte sie den Kopf in den Ofen und schaltete ihn ein.

Es ist unmöglich festzustellen, wie lange sie ihren Kopf hineingesteckt hatte. Es war jedenfalls lange genug, um ihren Augen zu einer Konsistenz zu verhelfen, wie man sie bei gekochten Eiern findet. Irgendwann verlor sie die Kontrolle über ihre Muskeln und fiel auf den Fußboden. Dabei riß sie den Mikrowellenherd mit. Es kam zu einem Kurzschluß, und ein Feuer brach aus.

Das Feuer löste den Einbruchsalarm aus, den sie einen Monat vorher eingebaut hatte. Betty Lanier benachrichtigte die Feuerwehr, während Hal über die Straße rannte und in die brennende Küche eindrang. Er schleifte das nach draußen auf den Rasen, was von Lisa noch übrig war. Als er sah, was das Feuer mit ihrem Oberkörper, und speziell mit ihren Brüsten, angerichtet hatte, übergab er sich.

Sie wurde ins Krankenhaus transportiert. Die Ärzte amputierten einen Arm und schnitten das vulkanisierte Silikonpolster weg, zogen ihr alle Zähne und wußten nicht, was sie mit ihren Augen tun sollten. Sie schlossen sie an ein Beatmungsgerät an.

Es war eine Pflegerin, der als erster das versengte und blutige T-Shirt auffiel, das man ihr vom Körper geschnitten hatte. Ein Teil der Aufschrift war unleserlich, doch sie begann mit den Worten: »Ich kann so nicht mehr weiterleben ...«

Ich wüßte nicht, wie ich das alles anders hätte erzählen sollen. Ich kam erst allmählich dahinter, obwohl ich mit nichts anderem anfing als mit einem sorgenvollen Blick Doktor Stuarts, als Lisa mich am nächsten Tag nicht besuchte. Er wollte mir nichts sagen, und ich hatte kurz danach einen weiteren Anfall.

Die nächste Woche erscheint mir wie ein wabernder Nebel. Ich wurde aus dem Krankenhaus entlassen, kann mich aber nicht an meine Heimfahrt erinnern. Betty war sehr lieb zu mir. Sie gab mir einen Tranquilizer namens Tranxene, und das Zeug war wirklich gut. Ich schluckte es wie Popcorn. Ich lebte wie auf einer rosa Wolke und aß nur, wenn Betty darauf bestand. Ich schlief sitzend in meinem Sessel. Und in meinen Träumen kehrte ich immer wieder ins Gefangenenlager zurück. Einmal half ich Lisa beim Aufstapeln abgetrennter Köpfe.

Als ich mich einmal im Spiegel betrachtete, lag ein schwaches Lächeln auf meinem Gesicht. Ich wußte, das war das Tranxene, das meine Hirnlappen streichelte. Ich und das Tranxene würden noch die besten Freunde werden.

Irgendwann war ich wieder zu etwas fähig, was man allgemein als rationales Denkvermögen bezeichnet. Geholfen wurde mir dabei von Osborne, der mir einen Besuch abstattete. Ich versuchte damals, einen Grund zum Weiterleben zu finden, und fragte mich, ob er einen gefunden hatte.

»Es tut mir aufrichtig leid«, begann er. Ich sagte nichts. »Ich bin aus eigenem Entschluß gekommen«, fuhr er fort. »In meiner Dienststelle weiß niemand, daß ich hier bin.«

»War es Selbstmord?« fragte ich ihn.

»Ich habe eine Kopie des Textes mitgebracht. Sie hat ihn drei Tage vor dem ... Unfall bei einer Hemdenschneiderei in Westwood bestellt.«

Er reichte mir das Blatt, und ich las den Text. Ich wurde auch erwähnt, wenn auch nicht mit Namen. Ich war »der Mann, den ich liebe«. Sie schrieb, sie käme mit meinen Problemen nicht zurecht. Es war eine kurze Nachricht. Viel Text kann man auf einem T-Shirt nicht unterbringen. Ich las den Text fünfmal, dann gab ich ihn zurück.

»Sie erzählte Ihnen, Kluge hätte seine Abschiedsbotschaft nicht selbst geschrieben. Und ich sage Ihnen, das da hat sie nicht geschrieben.«

Er nickte widerstrebend. Ich war von einer grenzenlosen Ruhe erfüllt, unter der ein grauenvoller Alptraum lauerte. Dank Tranxene.

»Können Sie etwas dazu sagen?«

»Sie besuchte mich im Krankenhaus, kurz bevor sie starb. Sie war voller Leben und voller Hoffnung. Sie sagen, sie hätte das Hemd drei Tage vorher bestellt. Das hätte ich bemerkt. Und diese Botschaft ist so pathetisch. Lisa war überhaupt nicht pathetisch.«

Er nickte wieder.

»Einiges kann ich Ihnen berichten. Von einem Streit gab es keine Spur. Mrs. Lanier ist sicher, daß niemand von vorne das Haus betreten hatte. Unsere Leute vom Labor haben das ganze Anwesen untersucht, und wir sind sicher, daß außer ihr niemand im Haus war. Ich würde mein Leben darauf verwetten, daß niemand das Haus betreten oder verlassen hatte. Nein, ich glaube nicht, daß es ein Selbstmord war, aber haben Sie irgendwelche Ideen?«

»Die NSA«, sagte ich.

Ich erklärte ihm, worüber Lisa und ich zuletzt gesprochen hatten. Ich erwähnte ihre Angst vor den Spionageorganisationen der Regierung. Mehr hatte ich nicht zu bieten.

»Nun, die könnten so etwas sicher inszenieren. Aber es fällt mir schwer, das zu glauben. Vielleicht stellen Sie sich das so vor, als würden die Menschen umbringen so wie Sie oder ich eine Fliege plattschlagen.« Sein Blick machte daraus eine Frage.

»Ich weiß nicht, was ich glauben soll.«

»Ich will ja nicht behaupten, daß sie aus Gründen der nationalen Sicherheit nicht morden können. Aber dann hätten sie auch die Computer mitgenommen. Sie hätten sie niemals in Ruhe arbeiten lassen, sie hätten sie noch nicht einmal nach Kluges Tod in die Nähe der Geräte kommen lassen.«

»So wie Sie das vorbringen, klingt das einleuchtend.«

Danach murmelte er noch einige Zeit vor sich hin. Ich machte eine Flasche Wein auf, und gemeinsam tranken wir uns einen leichten Rausch an. Schließlich kamen wir überein, uns noch einmal am Ort des Geschehens umzusehen. Ich hatte vor, Lisa am nächsten Tag zu besuchen, und wußte, daß ich irgendwo anfangen mußte, um mich darauf vorzubereiten.

Wir inspizierten die Küche. Das Feuer hatte die Schränke angesengt und den Linoleumboden stellenweise schmelzen lassen, doch größere Schäden waren nicht festzustellen. Erst das Wasser hatte das Haus verwüstet. Auf dem Fußboden war ein großer brauner Fleck zu erkennen, den ich ungerührt betrachten konnte.

Also gingen wir wieder ins Wohnzimmer, wo einer der Computer eingeschaltet war. Auf dem Bildschirm flackerte eine kurze Botschaft.

WENN WEITERE INFORMATIONEN GEWÜNSCHT
BEFEHL EINGABE ■

»Tun Sie's nicht«, riet ich ihm. Doch er tat es. Er stand da, blinzelte, als die Worte verschwanden und eine neue Botschaft aufleuchtete.

SIE HABEN GEGUCKT

Der Schirm begann zu flackern, und ich saß in meinem Wagen in der Dunkelheit mit einer Tablette im Mund und einer zweiten in der Hand. Ich spuckte die Tablette aus, saß für einen Moment still da und lauschte dem Knattern des alten Motors. In meiner anderen Hand hielt ich die Plastikflasche mit den restlichen Tabletten. Ich war sehr müde, doch ich öffnete die Wagentür und würgte den Motor ab. Ich tastete mich zur Garagentür und öffnete sie. Die Luft draußen war frisch und süß. Ich betrachtete die Tablettenflasche und rannte dann ins Badezimmer.

Als ich erledigt hatte, was zu erledigen gewesen war, schwammen ein Dutzend Tabletten in der Toilettenschüssel, die sich nicht aufgelöst hatten. Dann lagen da noch die leeren Packungen anderer Tabletten und eine Menge anderes Zeug, das ich hier nicht ausführlich beschreiben will. Ich zählte die Tabletten in der Flasche, erinnerte mich, wie viele vorher darin gewesen waren, und fragte mich, ob ich es schaffen würde.

Ich ging hinüber in Kluges Haus und konnte Osborne nirgendwo finden. Ich wurde müde, aber ich schaffte es zurück in mein Haus, streckte mich auf der Couch aus, um auszuprobieren, ob ich leben oder sterben sollte.

Am nächsten Tag fand ich die Meldung in der Zeitung. Osborne war nach Hause gefahren und hatte sich mit dem Revolver den halben Schädel weggeschossen. Es war keine große Meldung. So etwas passiert bei Polizisten von Zeit zu Zeit. Er hatte keinen Abschiedsbrief hinterlassen.

Ich stieg in den Bus und fuhr hinaus zum Krankenhaus und versuchte drei Stunden lang, zu Lisa zu gelangen. Ich schaffte es nicht. Ich war kein Angehöriger, und die Ärzte waren sehr strikt, was die Anweisung betraf, sie dürfe keinen Besuch haben. Als ich in Wut geriet, waren sie so zuvorkommend wie möglich. Bei dieser Gelegenheit erfuhr ich auch den Umfang ihrer Verletzungen. Hal hatte mir das Schlimmste verschwiegen. Es war ohnehin gleichgültig, doch die Ärzte beteuerten, daß buchstäblich nichts mehr in ihrem Kopf war. Deshalb ging ich wieder nach Hause.

Sie starb zwei Tage später.

Zu meiner Überraschung hatte sie ein Testament hinterlassen. Ich bekam das Haus und die Einrichtung. Ich griff nach dem Telefon, sobald ich davon erfuhr, und rief eine Entrümpelungsfirma an. Während sie zu mir kamen, ging ich ein letztes Mal in Kluges Haus.

Der Computer war noch immer eingeschaltet und hatte die gleiche Botschaft auf dem Monitor.

BEFEHL EINGABE ■

Ich suchte den Hauptschalter und legte ihn um. Ich ließ das Haus von der Entrümpelungsfirma total ausräumen.

Ich durchsuchte mein Haus mit äußerster Sorgfalt und hielt Ausschau nach allem, was auch nur entfernt mit einem Computer verwandt war. Ich warf das Radio weg, verkaufte das Auto und den Kühlschrank und den Herd und den Mixer und die elektrische Uhr. Ich ließ das Wasserbett leerlaufen und vernichtete den Heizer.

Dann kaufte ich den besten Gaskocher auf dem Markt und mußte lange suchen, bis ich endlich eine altmodische Eiskiste fand. In der Garage stapelte ich bis zur Decke das Feuerholz. Ich ließ den Kamin reinigen. Es würde schon bald wieder kälter werden.

Eines Tages fuhr ich mit dem Bus hinaus nach Pasadena und gründete den Lisa Foo Memorial Studienfonds für Vietnamflüchtlinge und deren Kinder. Ich stattete ihn mit siebenhunderttausendunddreiundachtzig Dollar und vier Cents aus. Ich erklärte, das Geld dürfe für jede Art von Studium verwendet werden, nur nicht für Fächer, die sich mit Computertechnik befassen. Ich merkte wohl, daß man mich für ziemlich exzentrisch hielt.

Und ich nahm wirklich an, ich sei in Sicherheit, bis das Telefon klingelte.

Ich überlegte lange, ehe ich den Hörer abnahm. Schließlich sagte ich mir, es würde ohnehin so lange klingeln, bis ich abnahm. Also griff ich nach dem Hörer.

Für einige Sekunden hörte ich das Freizeichen, doch ich ließ mich nicht hinters Licht führen. Ich hielt den Hörer weiter ans Ohr, und schließlich verstummte das Zeichen. Dann war da nur noch Stille. Ich lauschte angestrengt. Ich hörte jenes musikalische Summen, das man von Ferngesprächen über große Strecken kennt. Fetzen von Gesprächen, die in tausend Meilen Entfernung geführt werden. Und etwas noch weiter Entferntes und Kaltes.

Ich weiß nicht, was die bei der NSA ausgebrütet haben. Ich weiß nicht, ob sie es genau so geplant haben oder ob es nur ein Zufallsprodukt war oder ob es überhaupt etwas mit ihnen zu tun hat. Aber ich weiß, daß es dort draußen ist, denn ich habe seine Seele in den Drähten atmen gehört. Ich sprach betont deutlich.

»Ich will nichts mehr wissen«, sagte ich. »Ich werde niemandem etwas mitteilen. Kluge, Lisa und Osborne haben Selbstmord verübt. Ich bin nur ein einsamer Mann und werde keine Schwierigkeiten machen.«

Dann war da ein Klicken und das Freizeichen.

Das Telefon auszubauen, war einfach. Sie dazu zu bringen, alle Leitungen zu entfernen, war schon etwas schwieriger, da ein Haus, das verkabelt ist, gewöhnlich bis in alle Ewigkeit verkabelt zu bleiben hat. Sie schimpften und widersprachen, aber als ich selbst damit anfing, die Drähte herauszureißen, gaben sie nach, wobei sie mich allerdings warnten, daß es teuer würde.

Die Pacific Gas & Electric wehrte sich heftiger. Dort schien man zu glauben, daß es eine Anweisung gab, jedes Haus an die Stromversorgung anzuschließen. Sie waren zwar bereit, mir den Strom zu sperren – wenngleich nur widerstrebend –, doch sie würden niemals die Leitungen aus meinem Haus entfernen. Ich kletterte daraufhin mit einer Axt bewaffnet auf das Dach und demolierte zwei Meter Dachrinne, während sie mich von unten beobachteten. Dann rollten sie ihre Kabel zusammen und verschwanden.

Ich warf alle Lampen hinaus, alles, was elektrisch betrieben wurde. Mit Hammer, Maurerkelle und Handsäge begann ich die Wände über den Fußleisten zu bearbeiten.

Während ich das Haus von allen Kabeln und Leitungen befreite, fragte ich mich oft, warum ich das überhaupt tat. Was war es wert? Viele Jahre hatte ich sicher nicht mehr vor mir, bis mich ein letzter großer Anfall dahinraffen würde. Diese Jahre würden sicherlich nicht leicht.

Lisa war zum Überleben geboren. Sie hätte gewußt, warum ich es tat. Sie hatte einmal gesagt, daß auch ich einen starken Überlebenswillen hätte. Ich hatte das Lager überstanden, danach den Tod meiner Mutter und meines Vaters und habe mir ein eigenständiges Leben aufgebaut. Lisa hat den Tod fast aller wichtigen Dinge überstanden. Kein Überlebenskünstler rechnet damit, alles zu überstehen. Doch solange sie lebte, hätte sie darum gekämpft, am Leben zu bleiben.

Und genau das tat ich auch. Ich riß alle Drähte aus den Wänden und wanderte dann mit einem Magneten durch das Haus, um nachzusehen, ob ich irgendwelches Metall übersehen hatte. Dann verbrachte ich eine Woche damit, alles zu säubern und die Löcher zu verschließen, die ich in die Wände und die Decken geschlagen hatte. Ich konnte mich jetzt schon amüsieren, wenn ich mir vorstellte, wie der Immobilienhändler später einmal dieses Anwesen verkaufen würde.

Das ist ein hübsches, geräumiges Haus, Leute. Völlig ohne elektrischen Strom …

Nun lebe ich genauso still und unauffällig und zurückgezogen wie früher.

Ich arbeite tagsüber viel im Garten. Ich habe ihn beträchtlich vergrößert und ziehe jetzt sogar Nutzpflanzen im Vorgarten.

Ich lese bei Kerzenlicht und beim Schein einer Petroleumlampe. Das meiste von dem, was ich esse, baue ich selbst an.

Es hat lange gedauert, mich aus den Klauen von Tranxene und Dilantin zu lösen, doch ich habe es geschafft und nehme die Anfälle jetzt wie sie kommen. Gewöhnlich kann ich anschließend bei mir die eine oder andere Verletzung feststellen.

Mitten in einer riesigen Stadt habe ich mich völlig abgekapselt. Ich bin nicht mehr Teil des Netzwerks, das so schnell wächst, daß ich es nicht begreifen kann. Ich weiß noch nicht einmal, ob es für einfache Durchschnittsmenschen gefährlich ist. Es hat mich und Kluge und Osborne bemerkt. Und Lisa. Es wischte unsere Geister hinweg, so wie ich einen Moskito verscheuchen und nicht einmal bemerken würde, daß ich ihn zerquetscht habe. Nur ich bin am Leben geblieben.

Aber ich frage mich ...

Es würde noch ziemlich schwierig werden ...

Lisa hat mir erzählt, wie es durch die Drähte schleicht. Es gibt da etwas, Trägerwelle genannt, das durch die Drähte schleicht und die Haushaltspannung mit sich führt. Deshalb mußte die Elektrizität das Feld räumen.

Ich brauche Wasser für meinen Garten. Hier in Südkalifornien fällt einfach nicht genug Regen, und ich weiß nicht, wie ich sonst an Wasser kommen soll.

Meinen Sie, es lauert auch in den Rohrleitungen?

Die Alleswisser

von George Alec Affinger

Wenn Sie wollen, können Sie diese Geschichte ruhig ernst nehmen. Sie können sie aber auch als einen besonders gelungenen Scherz eines Autors betrachten, der für seinen hintergründigen Humor berühmt ist. Tatsache ist, daß wir alle überzeugt sind, unsere Vorlieben und Abneigungen zu kennen, und zwar besser als irgend jemand anderer. Glücklicherweise haben wir alle gelernt, daß dies eine Frage der ganz persönlichen Meinung ist. Doch gilt das auch für wohltätige intelligente Leute von einer anderen Welt, Vertreter eines Volkes, das, wie der Titel verrät, wirklich wußte, was für einen das beste war?

Ich saß hinter meinem Schreibtisch und las einen Bericht über die Situation des braunen Pelikans, als der Staatssekretär hereinplatzte. »Mr. President«, sagte er mit weit aufgerissenen Augen, »die Aliens sind da!« Als müßte ich irgendeine Idee haben, was nun zu tun sei.

»Ich verstehe«, erwiderte ich. Bereits während meiner ersten Amtsperiode hatte ich gelernt, daß »Ich verstehe« eine der sichersten und nützlichsten Antworten war, die ich ganz gleich in welcher Situation geben konnte. Wenn ich sagte »Ich verstehe«, wurde damit angezeigt, daß ich die Neuigkeiten zur Kenntnis genommen und verstanden hatte und nun weitere Einzelheiten und Kommentare erwartete. Damit schlug ich den Ball zurück ins Feld meiner Berater. Erwartungsvoll blickte ich den Staatssekretär an. Ich hatte mir meine nächste Reaktion schon zurechtgelegt für den Fall, daß er nichts weiter vorzubringen hatte. Meine nächste Bemerkung wäre ein »Nun?« Damit zeigte ich an, daß ich das Problem fest im Griff hatte, daß man jedoch nicht von mir erwarten konnte, daß ich eine endgültige Entscheidung traf, ohne ausreichende Informationen erhalten zu haben; und daß er nicht ins Oval Office platzen sollte, solange er keine weiteren Einzelheiten anbieten konnte. Deshalb hatten wir ein strenges Protokoll; deshalb hatten wir die entsprechenden Kanäle; deshalb hatten wir Berater. Die Wähler dort draußen im Lande wollten schließlich auch nicht, daß ich Entscheidungen traf ohne entsprechende Informationen. Falls der Sekretär mir nichts weiter zu berichten hatte, dann hätte er gar nicht erst das Oval Office betreten sollen. Ich blickte ihn noch etwas länger an. »Nun?« fragte ich endlich.

»Das ist alles, was wir im Augenblick wissen«, sagte er mit deutlichem Unbehagen. Ich starrte ihn noch einige Sekunden lang vorwurfsvoll an und machte dabei zwei weitere Punkte, während er sich keinen Rat wußte. Ich wendete mich wieder meinem Pelikan-Bericht zu und entließ ihn. Ich würde mich ganz bestimmt nicht aus dem Konzept bringen lassen. Ich weiß von nur einem einzigen Präsidenten, der sich in seiner Amtszeit überrumpeln ließ, und wie es dem ergangen ist, wissen wir alle. Während der Staatssekretär die Tür zu meinem Büro leise schloß, lächelte ich. Irgendwann würden Aliens sicherlich ein Riesenproblem werden, aber noch waren sie nicht mein Problem. Ich hatte noch etwas Zeit.

Doch ich mußte feststellen, daß ich mich nicht mehr richtig auf die Pelikanfrage konzentrieren konnte. Selbst der Präsident der Vereinigten Staaten hatte etwas Phantasie, und falls der Staatssekretär wirklich recht hatte, dann würde ich schon verdammt bald diesen Aliens gegenübertreten müssen. Ich hatte Geschichten über Aliens gelesen, als ich noch ein Kind war, ich hatte auch im Kino und im Fernsehen alle möglichen Arten von Aliens gesehen, doch dies nun waren die ersten Aliens, die auf ein Schwätzchen vorbeikamen. Schön, ich würde nicht der erste Präsident der Vereinigten Staaten sein, der sich vor den Besuchern aus einer fremden Welt zum Narren machen würde. Ich würde mich umfassend informieren lassen. Ich rief den Verteidigungsminister an. »Wir müssen für diesen Fall einen besonderen Operationsplan aufstellen«, erklärte ich ihm. »Wir haben doch für alle möglichen Ereignisse unsere speziellen Pläne.« Das stimmte; das Verteidigungsministerium verfügte über Szenarios für ausgesprochen bizarre Fälle wie die Revolution und die Einsetzung einer imperialistisch-faschistischen Regierung in Liechtenstein oder die weltweite Ausbeutung der Selenvorräte.

»Einen Augenblick, Mr. President«, sagte der Minister. Ich konnte ihn mit jemand anderem murmeln hören. Ich hielt den Hörer ans Ohr und starrte aus dem Fenster. Hysterisch rannten die Menschen dort umher. Wahrscheinlich wegen der Aliens. »Mr. President?« erklang die Stimme des Verteidigungsministers. »Ich habe einen der Aliens hier bei mir, und er rät uns, denselben Plan zu benutzen, den Präsident Eisenhower benutzt hatte.«

Ich schloß die Augen und seufzte. Ich haßte es, wenn sie so redeten. Ich wollte Informationen, statt dessen kamen sie mir mit einem solchen Quatsch und wußten doch, daß ich vier oder fünf weitere Fragen würde stellen müssen, um überhaupt die Antwort auf die erste richtig verstehen zu können. »Sie haben einen Alien bei sich?« fragte ich mit hinreichend aufgeräumter Stimme.

»Ja, Sir. Sie ziehen es vor, nicht ›Aliens‹ genannt zu werden. Er verriet mir, er sei ein ›Nuhp‹.«

»Danke, Luis. Verraten Sie mir mal, warum Sie einen Al... Warum Sie einen Nuhp haben und ich nicht.«

Luis murmelte die Frage an seinen Besucher weiter. »Er meint, sie hätten die entsprechenden Kanäle benutzen wollen. Das hätten sie von Präsident Eisenhower gelernt.«

»Sehr gut, Luis.« Das würde ja den ganzen Tag dauern, das wurde mir jetzt klar, und dabei hatte ich einen Fototermin mit Mick Jaggers Enkeltochter. »Meine zweite Frage, Luis: Was zum Teufel meint er mit demselben Plan, wie Mr. Eisenhower ihn benutzt hat.«

Eine weitere gedämpfte Unterhaltung. »Er sagt, daß dies nicht das erste Mal sei, daß die Nuhp auf der Erde gelandet seien. Ein Scoutschiff mit zwei Nuhp an Bord sei im Jahre 1954 auf der Edwards Air Force Base gelandet. Die beiden Nuhp wären mit Präsident Eisenhower zusammengetroffen. Es sei ein sehr herzliches Treffen gewesen, und Präsident Eisenhower hätte die Nuhp als ein freundlicher, höflicher alter Herr beeindruckt. Sie hätten schon lange eine Rückkehr geplant, doch wären sie mit den verschiedensten Projekten sehr beschäftigt gewesen. Außerdem hätte Präsident Eisenhower gebeten, daß die Nuhp sich den Erdmenschen nicht zu erkennen gäben, ehe unsere Regierung nicht genau wüßte, wie sie mit der dann sicherlich ausbrechenden Panik fertig werden solle. Ich vermute, daß die Regierung das nicht geschafft hat und daß die ganze

Affäre, nachdem die Nuhp wieder abgeflogen waren, studiert und schließlich abgelegt wurde. Und im Lauf der Jahre wußten kaum noch irgendwelche Leute, daß ein solches Treffen überhaupt stattgefunden hatte. Die Nuhp sind nunmehr in großer Zahl erschienen und erwarten, daß wir die Bevölkerung auf ihr Erscheinen vorbereitet haben. Es ist nicht ihre Schuld, daß das nicht geschehen ist. Sie nehmen es einfach als gegeben hin, daß sie bei uns willkommen sind.«

»Hmm-hmm«, machte ich. Das war meine übliche Antwort, wenn ich keine Ahnung hatte, was ich dazu sagen sollte. »Machen Sie denen klar, daß sie wirklich willkommen sind. Ich glaube kaum, daß sie die Studie, die sie während der Regierung Eisenhower begonnen haben, jemals haben abschließen können. Ich nehme auch an, daß es überhaupt keinen Plan gibt, die Öffentlichkeit von dieser Neuigkeit umfassend zu informieren.«

»Unglücklicherweise, Mr. President, scheint genau das der Fall zu sein.«

»Uh-huh.« Immer diese Republikaner, dachte ich. »Fragen Sie Ihren Nuhp doch mal für mich, Luis. Fragen Sie ihn, ob er weiß, was sie Eisenhower erzählt haben. Sie müssen ja geradezu von Weltraumwissen strotzen. Vielleicht haben sie irgendeine Idee, wie wir diese Angelegenheit handhaben könnten.«

Es trat wieder eine kurze Pause ein. Dann meldete er sich. »Mr. President, er berichtete, daß sie mit Mr. Eisenhower lediglich über sein Golfspiel diskutiert hätten. Sie halfen ihm dabei, seine Technik beim Putten zu verbessern. Aber sie sind wirklich voller Weisheit. Sie kennen alle möglichen Dinge. Mein Nuhp – er heißt übrigens Hurv –, also er sagt, daß es ihnen eine Freude wäre, Ihnen den ein oder anderen Ratschlag zu geben.«

»Sagen Sie ihm, daß ich ihm dafür danke, Luis. Ob es möglich ist, daß ich mit einem von ihnen, sagen wir in einer halben Stunde, zusammentreffen kann?«

»Im Augenblick sind drei Nuhp unterwegs zum Oval

Office. Einer von ihnen ist der Anführer dieser Expedition, und einer ist der Kommandant ihres Mutterschiffs.«

»Mutterschiff?« fragte ich nach.

»Sie haben es nicht gesehen? Es ist auf der Mall angebunden. Sie bedauern wirklich, was sie dem Washingtondenkmal angetan haben. Sie meinen, sie könnten das gleich morgen wieder in Ordnung bringen.«

Ich fröstelte und legte den Telefonhörer auf. Ich rief meine Sekretärin. »Da kommen gleich drei ...«

»Sie sind schon da, Mr. President.«

Ich seufzte. »Schicken Sie sie rein.« Und so lernte ich die Nuhp kennen. Genauso wie Präsident Eisenhower lange vor mir.

Es waren recht attraktive Leute. Auch sehr liebenswert. Sie lächelten, begrüßten mich mit einem Händeschütteln und schlugen vor, diesen historischen Moment zu fotografieren. Deshalb brachten wir die Medien auf Trab, und dann mußte ich das wahrscheinlich wichtigste diplomatische Meeting meiner ganzen politischen Karriere managen. Ich hieß die Nuhp auf der Erde willkommen. »Willkommen auf der Erde«, sagte ich, »und willkommen in den Vereinigten Staaten.«

»Vielen Dank«, sagte der Nuhp, dessen Name, wie ich später erfuhr, Pleen lautete. »Es freut uns, bei Ihnen zu Gast zu sein.«

»Wie lange gedenken Sie, sich bei uns aufzuhalten?« Ich haßte mich selbst, als ich das vor den Leuten von Associated Press, von UPI und vor all den anderen Rundfunk- und Fernsehheinis fragte. Irgendwie kam ich mir vor wie ein Page im Holiday Inn.

»So genau wissen wir das noch nicht«, antwortete Pleen. »Wir brauchen erst Montag in einer Woche wieder zu Hause zu sein, wenn wir wieder zur Arbeit müssen.«

»Uh-huh«, sagte ich. Dann posierte ich nur noch für die Fotografen und hielt meinen Mund geschlossen. Ich würde keinen Ton mehr von mir geben und auch nichts mehr tun, bevor meine Berater nicht auftauchten und mich entsprechend berieten.

Nun, natürlich brach unter den Leuten eine Panik aus. Pleen hatte mir bereits geraten, auf etwas derartiges vorbereitet zu sein, doch ich hatte bereits selbst damit gerechnet. Wir hatten genug Filme über Besuche aus dem Weltraum gesehen. Manchmal erschienen die Besucher mit irgendwelchen Friedensbotschaften oder sie redeten von der universellen Bruderschaft aller Völker oder sie brachten einfach nur gewisse Informationen mit, nach denen die Menschheit schon seit Jahrtausenden lechzte. Oft genug kamen die Aliens aber auch nur, um uns zu versklaven oder umzubringen, weil in einem solchen Fall die visuellen Effekte weitaus spektakulärer sind. Als nun die Nuhp bei uns auftauchten, waren alle Menschen eher darauf eingestellt, sie zu hassen. Die Menschen sahen ihr attraktives Äußeres mit einer tiefen Skepsis. Die Menschen mißtrauten ihren ordentlichen Manieren und ihrer geschmackvollen Kleidung. Als die Nuhp uns anboten, all unsere Probleme zu lösen, sagten wir, na klar, dann löst mal schön – *aber was soll es kosten?*

Während der ersten Woche verbrachten Pleen und ich eine ganze Menge Zeit zusammen und versuchten nur, uns gegenseitig kennenzulernen und zu begreifen, was jeweils der andere im Sinn hatte. Ich lud ihn und Commander Toag und die anderen nuhpischen Lamettaträger zu einem Empfang ins Weiße Haus ein. Wir hatten zur Unterhaltung einen Kirchenchor aus Alabama, der einige Gospels vortrug, eine High-School-Band aus Michigan mit einem Medley besonders beliebter Studentenkampflieder, danach einige talentierte Klons früherer Stars, die in einer Nostalgie-Nummer die Steve-und-Eydie-Show nachempfanden, dann eine Komikertruppe aus Los Angeles oder wer weiß woher und schließlich die New Yorker Philharmonie unter der Leitung eines zwölfjährigen Wundermädchens. Sie brachten Beethovens Neunte Sinfonie zu Gehör und wollten damit den Nuhp eindrucksvoll demonstrieren, wie hoch die Erdkultur war.

Pleen hatte an all dem sein Vergnügen. »Die Menschen sind im Ausdruck ihrer Lebensfreude ähnich vielseitig wie wir«, stellte er fest und applaudierte ausgiebig. »Wir mögen die Musik der Menschen ganz besonders gern. Wir glauben, daß Beethoven die schönsten Melodien komponierte, die wir auf unseren galaktischen Reisen je gehört haben.«

Ich lächelte. »Das hören wir aber gerne«, sagte ich.

»Wenngleich die Neunte Sinfonie sicher nicht seine beste Arbeit ist.«

Ich unterbrach mein Klatschen. »Wie bitte?« fragte ich.

Pleen schenkte mir ein entwaffnendes Lächeln. »Es ist bei uns allgemein bekannt, daß Beethovens schönste Komposition sein Klavierkonzert Nummer fünf in E-dur ist.«

Ich atmete zischend aus. »Das ist natürlich Geschmackssache. Wahrscheinlich nach den Maßstäben der Nuhp ...«

»O nein«, beeilte Pleen sich mir zu versichern, »Geschmack hat damit nicht das Geringste zu tun. Das Konzert Nummer fünf ist Beethovens bestes nach sehr strengen und eindeutigen kritischen Prinzipien. Und selbst diese Kostbarkeit ist auf keinen Fall die schönste Musik, die je von Menschen komponiert wurde.«

Das machte mich etwas ärgerlich. Was wußte dieser Nuhp, der von irgend so einem obskuren Planeten Gott weiß wie weit entfernt zu uns kam, aus einer Gesellschaft ohne auch nur die kleinste Verbindung zu unserer Herkunft und Kultur, was wußte dieser Nuhp schon darüber, was Beethovens Neunte Sinfonie in unseren Menschenseelen bewirkte? »Denn verraten Sie mir doch mal, mein lieber Pleen«, sagte ich mit meiner bedrohlich sanften Stimme, »welches ist denn nun die beste menschliche musikalische Komposition?«

»Die Musik zu dem Film *Ben Hur* von Milos Rózsa«, erwiderte er gleichmütig. Was konnte ich anderes tun, als schweigend mit dem Kopf zu nicken? Die Sache war es einfach nicht wert, darüber einen interplanetarischen Streit vom Zaun zu brechen.

Auf diese Weise verwandelte sich unsere Haltung gegenüber den Nuhp von Angst in Mißtrauen. Wir warteten darauf, daß sie endlich ihre wahre Natur offenbarten; wir warteten darauf, daß die freundlichen Masken verrutschten und die alptraumhaften wahren Gesichter enthüllten, die wir alle darunter vermuteten. An jenem Termin Montag nach einer Woche kehrten sie nicht nach Hause zurück. Sie mochten die Erde, und sie mochten uns. Sie beschlossen, noch etwas länger zu bleiben. Wir erzählten ihnen von uns und unserer jahrhundertelangen Mühsal, und sie meinten in ihrer typischen beiläufigen Nuhp-Art, daß sie einige Dinge für uns regeln könnten, hier und dort etwas ändern würden, damit das Leben für alle Bewohner der Erde um vieles angenehmer würde. Sie erwarteten dafür keine Gegenleistung. Sie wollten uns ihre Hilfe als Dank für unsere Gastfreundschaft schenken: zum Beispiel dafür, daß wir es zuließen, daß sie ihr Mutterschiff auf der Mall parkten, und für all die kostenlosen Kaffeeportionen, die sie überall auf der Welt erhielten. Wir zögerten anfangs, doch dann gewannen unsere Eitelkeit und unsere Gier die Oberhand. »Dann mal los«, sagten wir, »bringt unsere Wüsten zum Blühen. Na los, macht Schluß mit dem Krieg und der Armut und den Krankheiten. Zeigt uns zwanzig aufregende Möglichkeiten, was man mit Abfällen anfangen kann. Und wenn ihr das alles erledigt habt, dann dürft ihr uns Bescheid sagen.«

Die Angst ging in Mißtrauen über, doch schon bald verwandelte das Mißtrauen sich in Hoffnung. Die Nuhp brachten die Wüsten zum Blühen, schön. Sie baten um eine Frist von vier Monaten. Wir waren nur zu gerne bereit, ihnen alle Zeit zu gewähren, die sie brauchten. Sie zogen einen hohen Zaun um die Wüste Namib und ließen niemanden herein, der hätte beobachten können, was sie machten. Vier Monate später veranstalteten sie eine riesige Cocktailparty und luden die ganze Welt ein, sich anzusehen, was sie erreicht hatten. Ich schickte den Staatssekretär als meinen persönlichen Stellvertreter. Er kam mit einigen wunderschönen Farbdias zurück: die öde Wüste war in ein botanisches Wunder verwandelt worden. So weit das Auge reichte gab es jetzt blühende Pflanzen anstelle des monotonen toten Sand- und Steinemeers. Allerdings enthielt dieser gigantische Garten nichts anderes als Stockrosen, viele Millionen Stockrosen. Ich bemerkte zu Pleen, daß die Bewohner der Erde auf eine gewisse Vielfalt und auch auf etwas Praktischeres gehofft hätten.

»Was meinen Sie mit ›Praktischeres‹?« fragte er.

»Tja, nun ...«, antwortete ich, »etwas Eßbares.«

»Deswegen zerbrechen Sie sich mal nicht den Kopf«, meinte Pleen. »Als nächstes werden wir dem Hunger zu Leibe rücken.«

»Schön, schön. Aber Stockrosen?«

»Was ist mit Stockrosen nicht in Ordnung?«

»Nichts«, mußte ich gestehen.

»Stockrosen sind die schönsten Blumen der Erde.«

»Es gibt einige Leute, die ziehen Orchideen vor«, erklärte ich ihm. »Und andere mögen Rosen.«

»Nein«, widersprach Pleen mit Nachdruck. »Die Stockrosen sind das einzig Wahre. Ich will Ihnen da aber nichts einreden.«

Daher bedankten wir uns bei den Nuhp für ein Namibia voller Stockrosen und bremsten sie, ehe sie dasselbe mit der Sahara, der Mojavewüste und der Wüste Gobi machten.

Im großen und ganzen begann jedermann die Nuhp zu mögen, obwohl es doch seine Zeit brauchte, sich an sie zu gewöhnen. Sie hatten ziemlich festgefügte Ansichten über alles, und sie räumten niemals ein, daß ihre Ansichten nichts anderes waren als Meinungen unter vielen. Wenn man einem Nuph zuhörte, dann kam er sehr schnell auf irgendeinen kategorischen Imperativ, der alles erfaßte und zu einer grellen Schwarzweißmalerei zusammenfügte. Stockrosen waren die schönsten Blumen. Alexander Dumas war der größte Romancier. Pastellblau war die schönste Farbe. Melancholie war das edelste aller Gefühle. *Grand Hotel* war der beste Film. Das beste Automobil, das je gebaut worden war, war der 1956er Chevy Bel Air, aber er mußte in den Farben Marineblau und Weiß sein. Möglich-

den wir das als schweren Schlag gegen unseren Rassenstolz, aber darüber kamen wir hinweg. Sobald wir der interstellaren Gemeinschaft beigetreten wären, würden sie uns schon ernst nehmen. Und das hatten die Nuhp ermöglicht.

Wir waren den Nuhp dankbar, aber das machte es uns nicht einfacher, mit ihnen auszukommen. Sie waren noch immer unerträglich. Als das Ende meiner zweiten Amtsperiode herankam, begann Pleen mir Ratschläge hinsichtlich meines zukünftigen Daseins zu geben. »Schreiben Sie kein Buch«, sagte er zu mir (nachdem ich bereits die ersten zweihundert Seiten meiner Memoiren *Ein Präsident blickt zurück* zu Papier gebracht hatte). »Wenn Sie als Elder Statesman eine Rolle spielen wollen, schön; aber halten Sie sich zurück, und warten Sie lieber, bis die Leute zu Ihnen kommen.«

»Und was soll ich so lange mit meiner Zeit anfangen?« fragte ich.

»Suchen Sie sich ein neues Betätigungsfeld«, riet Pleen mir. »So alt sind Sie noch nicht. Viele Leute machen das so. Haben Sie mal daran gedacht, daß Sie einen Versandhandel aufmachen könnten? Sie könnten die Sache von Ihrem Heim aus betreiben. Oder besuchen Sie wieder die Universität, und hören Sie Vorlesungen in Fächern, die Sie schon immer interessiert haben. Oder betätigen Sie sich in kirchlichen oder öffentlichen Projekten. Suchen Sie sich ein neues Hobby, züchten Sie Stockrosen, oder sammeln Sie militärische Auszeichnungen.«

»Pleen«, flehte ich ihn an, »bitte lassen Sie mich in Ruhe.«

Er schien verletzt zu sein. »Klar, wenn es das ist, was Sie wünschen.« Ich bedauerte meine harten Worte sofort.

Im ganzen Land, ja auf der ganzen Welt hatte jedermann die gleichen Probleme mit den Nuhp. Es schien, als seien unendlich viele von ihnen auf unsere Welt gekommen, als hätte jeder seinen persönlichen Nuhp, der ihm unaufhörlich irgendwelche Ratschläge gab. Eine solche weltweite Unruhe hatte es nicht mehr gegeben seit dem Miß Welt-

Wettbewerb von 1992, als die meisten Stimmen dafür plädierten, keinen Preis zu vergeben.

Deshalb überraschte es mich nicht sonderlich, als das erste unserer eigenen Mutterschiffe nach seiner 28-Tage-Kreuzfahrt von Stern zu Stern mit nur 276 Passagieren von ursprünglich tausend zurückkam. Die anderen 724 waren auf der einen oder anderen aufregenden, exotischen, angenehmen Welt am Wege zurückgebliebenen. Diese Planeten hatten eines gemeinsam: sie wurden von netten, freundlichen, intelligenten, menschenähnlichen Leuten bewohnt, die ihre Heimatwelten nach Entdeckung durch die Nuhp verlassen hatten.

Viele Rassen lebten friedlich und in Harmonie auf diesen Planeten in geräumigen Städten, die gebaut worden waren, um die Auswanderer zu beherbergen. Vielleicht hatten auch diese fremden Rassen dieselben Eifersüchteleien und Streitereien gekannt, wie wir menschlichen Wesen sie schon seit Jahrhunderten durchleben, aber damit war jetzt Schluß. Von unzähligen Planeten unserer Galaxis zusammengeströmt, lebten all diese verschiedenen Kreaturen in Frieden und Eintracht zusammen, geeint durch die gemeinsam empfundene Abneigung gegen die Nuhp.

Innerhalb eines Jahres nach dem Start unseres ersten interstellaren Mutterschiffs hatte die Bevölkerung der Erde um 0,5 Prozent abgenommen. Innerhalb von zwei Jahren war sie um 14 Millionen zurückgegangen. Die Nuhp waren zu entschlossen und zu eifrig und zu nett, um sich mit ihnen anzulegen. Das machte sie jedoch nicht weniger lästig. Anstatt sich zu wehren und einen Skandal zu entfachen, gaben die meisten Leute einfach auf und hauten ab. Es gab unendlich viele einladende Welten, die man aufsuchen konnte, und es kostete nicht viel, und die Möglichkeiten im Weltraum waren unbegrenzt. Viele Menschen, die auf der Erde nur Enttäuschungen und Rückschläge erlebt hatten, konnten sich ein neues und erfülltes Leben aufbauen auf Planeten, von deren Existenz wir vor der Ankunft der Nuhp nicht das geringste auch nur geahnt hatten.

Die Nuhp wußten, daß es dazu kommen würde. Es war in der Vergangenheit bereits Dutzend, Hunderte Male passiert, wo immer ihre Mutterschiffe gelandet waren. Sie hatten uns Versprechungen gemacht, und sie hatten sie gehalten, obwohl wir nicht hatten ahnen können, was am Ende herauskommen würde.

Unsere Städte waren keine Betonwüsten mehr, in denen die verarmten Menschenmassen eingekerkert waren. Die wenigen Menschen, die zurückblieben, konnten unter den besten Behausungen frei wählen. Hauseigentümer waren gezwungen, die Mieten zu senken und die Wohnanlagen in bestem Zustand zu erhalten, um weitere Mieter anzulokken.

Von Hunger konnte keine Rede mehr sein, als das Verhältnis zwischen Verbrauchern und Lebensmittelproduzenten sich drastisch veränderte. Innerhalb von zehn Jahren hatte die Erdbevölkerung sich um die Hälfte verringert, und die Tendenz war noch immer fallend.

Aus demselben Grund verschwand auch allmählich die Armut. Es gab genügend Arbeisplätze für alle. Als sich herausstellte, daß die Nuhp sich nicht um Jobs bewarben, waren die offenen Stellen zahlreicher als die Schar der Bewerber.

Diskriminierungen und Vorurteile verflüchtigten sich praktisch über Nacht. Alle wirkten zusammen, um alles in Gang zu halten trotz der weltweiten Auswanderungswelle. Ein angenehmes Leben war für jeden in erreichbare Nähe gerückt, und so schwanden die Ressentiments der Menschen untereinander. Abgesehen davon ließ sich alles, was an negativen Gefühlen noch übrig war, auf die Nuhp konzentrieren; denen machte es sowieso nichts aus. Denen war es völlig gleichgültig.

Ich bin jetzt Bürgermeister und Postmeister der kleinen Menschenkommune New Dallas auf Thir, dem vierten Planeten eines Sterns, der in unserem alten astronomischen Verzeichnis die Bezeichnung Struve 2398 trug. Die verschiedenen fremden Rassen, die wir hier antrafen, haben einen anderen Namen für den Stern, der übersetzt soviel heißt wie »Gottes Zirbeldrüse«. Alle Aliens hier sind außerordentlich hilfsbereit und umgänglich, und es gibt auch ein paar Nuhp.

In der gesamten Galaxis werden die Nuhp als Botschafter des Friedens angesehen. Ihre Mission besteht darin, von Planet zu Planet zu reisen und dort die innere geistige Sammlung, den Wohlstand und die wahre Zivilisation zu verbreiten. Es gibt in der Galaxis keine einzige intelligente Rasse, die die Nuhp nicht liebt. Wir alle erkennen, was sie geleistet und was sie uns geschenkt haben.

Doch wenn die Nuhp ein paar Häuser weiter einzögen, würden wir sofort alles zusammenpacken und spätestens am nächsten Morgen verschwinden und uns eine andere Welt suchen.

Blutsbrut

von Octavia E. Butler

Dort draußen unter den Myriaden Welten, auf denen sich Leben findet, werden wir vermutlich zahlreiche finden, die sich von der Erde stark unterscheiden, zumindest gefällt es uns, so darüber zu denken. Aber unser eigener Planet besitzt so ungeheuer unterschiedliche Lebensformen, daß es möglicherweise recht schwer werden könnte, dort draußen etwas zu finden, das sich nicht auf irgendeine Weise biologische Systeme zunutze macht, für die es auch hier Parallelen gibt. Dies ist eine Geschichte, die für Leute mit schwachen Mägen vielleicht etwas zu hart ist, aber undenkbar ist sie nicht …

Die letzte Nacht meiner Kindheit begann mit einem Besuch daheim. T'Gatois Schwestern hatten uns zwei sterile Eier gegeben. T'Gatoi gab eines meiner Mutter, meinem Bruder und meinen Schwestern. Sie bestand darauf, ich solle das andere ganz alleine essen. Das machte nichts. Es war immer noch genug da, um alle voller Wohlbehagen zurückzulassen. Fast alle. Meine Mutter wollte nichts davon nehmen. Sie saß da und schaute zu, wie alle anderen sich ohne sie treiben ließen und träumten. Die meiste Zeit beobachtete sie mich.

Ich lag an T'Gatois langgestreckte, samtige Unterseite gelehnt da, schlürfte hin und wieder von meinem Ei und fragte mich, warum meine Mutter sich ein derart harmloses Vergnügen versagte. In ihrem Haar wäre weniger Grau, wenn sie sich gelegentlich etwas gehenließe. Die Eier verlängerten das Leben, verlängerten die Lebenskraft. Mein Vater, der in seinem Leben nie eines abgelehnt hatte, hatte doppelt so lange gelebt, wie ihm zustand. Und gegen Ende seines Lebens, als er eigentlich hätte ruhiger werden sollen, hatte er meine Mutter geheiratet und vier Kinder gezeugt.

Aber meine Mutter schien es zufrieden zu sein, zu altern, bevor es nötig gewesen wäre. Ich sah, wie sie sich abwandte, als mehrere von T'Gatois Gliedern mich fester umschlossen. T'Gatoi liebte unsere Körperwärme und nutzte sie aus, wann immer sie konnte. Als ich noch klein war und häufiger daheim, versuchte meine Mutter mir immer zu sagen, wie ich mich T'Gatoi gegenüber zu benehmen hätte –, daß ich respektvoll und immer gehorsam zu sein hätte, weil T'Gatoi die verantwortliche Beamtin des Tlic-Regimes für Reservatsfragen und deshalb die bedeutendste ihrer Gattung war, die direkt mit den Terranern zu tun hatte. Es war eine Ehre, sagte meine Mutter, daß so jemand beliebt habe, sich der Familie anzuschließen. Meine Mutter gab sich besonders förmlich und ernst, wenn sie log.

Ich hatte keine Ahnung, warum sie log, oder auch nur, in welcher Beziehung sie log. Es *war* eine Ehre, T'Gatoi in der Familie zu haben, aber es war keineswegs eine Neuerung. T'Gatoi und meine Mutter waren deren ganzen Leben lang Freundinnen gewesen, und T'Gatoi hatte keinerlei Interesse, in dem Haus besonders geehrt zu werden, das sie als ihr zweites Zuhause betrachtete. Sie kam einfach herein, stieg auf eins unserer Spezialsofas und rief mich zu sich, damit ich sie warmhielt. Es war unmöglich, förmlich mit ihr umzugehen, während man an sie geschmiegt dalag und hörte, daß sie sich wie üblich beklagte, ich sei zu mager.

»Du hast dich gebessert«, sagte sie diesmal und belastete mich mit sechs oder sieben ihrer Glieder. »Du nimmst endlich ein wenig zu. Dünnsein ist gefährlich.« Das Tasten veränderte sich unmerklich, wurde zu einer Sequenz von Zärtlichkeiten.

»Er ist immer noch zu dünn«, sagte meine Mutter barsch.

T'Gatoi hob den Kopf und etwa einen Meter ihres Körpers vom Sofa, so als wolle sie sich aufsetzen. Sie sah meine Mutter an, und meine Mutter wandte sich mit zerfurchtem, alt aussehendem Gesicht ab.

»Lien, ich möchte, daß du den Rest des Eis von Gan nimmst.«

»Die Eier sind für die Kinder«, sagte meine Mutter.

»Sie sind für die Familie. Bitte nimm es.«

Gehorsam gegen ihren Willen nahm meine Mutter es mir ab und steckte es sich in den Mund. Es waren nur wenige Tropfen in der inzwischen schrumpeligen, elastischen Schale übrig, aber die preßte sie heraus, schluckte sie, und nach einigen Augenblicken begannen sich einige der Sorgenfalten in ihrem Gesicht zu glätten.

»Das tut gut«, flüsterte sie. »Manchmal vergesse ich, wie gut das tut.«

»Du solltest mehr davon nehmen«, sagte T'Gatoi. »Warum hast du es so eilig, alt zu werden?«

Meine Mutter sagte nichts.

»Es gefällt mir, hierherkommen zu können«, sagte T'Gatoi. »Dieser Ort ist wegen dir ein Zufluchtsort, aber du bist nicht bereit, auf dich aufzupassen.«

T'Gatoi wurde draußen sehr bestürmt. Ihr Volk verlangte, daß mehr von uns verfügbar gemacht werden sollten. Nur sie und ihre politische Partei standen zwischen uns und den Horden, die nicht verstanden, warum es überhaupt ein Reservat gab – warum ein Terraner nicht einfach gefreit, bezahlt, eingezogen oder ihnen sonstwie verfügbar gemacht werden konnte. Oder aber sie verstanden es und achteten in ihrer Gier nicht darauf. Sie verteilte uns an die Verzweifelten und verkaufte uns um deren politischer Unterstützung willen an die Reichen und Mächtigen. Auf diese Weise waren wir eine Notwendigkeit, Statussymbol und eigenständiges Volk zugleich. Sie beaufsichtigte die Zusammenführung von Familien und machte dem letzten Rest des früheren Systems endgültig ein Ende, terranische Familien auseinanderzureißen, um ungeduldige Tlic zufriedenzustellen. Ich hatte draußen mit ihr gelebt. Ich hatte das verzweifelte Verlangen gesehen, das in der Art und Weise lag, wie manche Leute mich ansahen. Es war ein wenig erschreckend, zu wissen, daß nur sie zwischen uns und dieser Verzweiflung stand, die uns so leicht hätte verschlingen können. Meine Mutter pflegte sie manchmal anzusehen und zu mir zu sagen: »Paß' gut auf sie auf.« Und dann erinnerte ich mich, daß auch sie draußen gewesen war, daß sie alles gesehen hatte.

Jetzt benutzte T'Gatoi vier ihrer Glieder, um mich von sich weg auf den Boden zu stoßen. »Geh nur, Gan«, sagte sie. »Setze dich dort zu deinen Schwestern und genieße es, nicht nüchtern zu sein. Du hast das meiste von dem Ei abbekommen. Lien, komm, wärme mich.«

Meine Mutter zögerte aus einem Grund, den ich nicht begreifen konnte. Eine meiner frühesten Erinnerungen besteht darin, daß meine Mutter an T'Gatois Seite ausgestreckt daliegt, von Dingen spricht, die ich nicht verstehen konnte, mich vom Fußboden aufhebt und lacht, als sie mich auf eines von T'Gatois Segmenten absetzt. Damals aß sie noch ihren Anteil an den Eiern. Ich fragte mich, wann sie damit aufgehört hatte, und warum.

Sie legte sich neben T'Gatoi nieder, und die ganze linke Reihe von T'Gatois Gliedern schloß sich um sie, hielt sie locker, aber sicher umschlungen. Ich hatte es immer als bequem empfunden, so dazuliegen, aber bis auf meine ältere Schwester hatte es sonst keiner in der Familie gern. Sie sagten, sie kämen sich wie in einem Käfig vor.

Es lag in T'Gatois Absicht, meine Mutter wie im Käfig festzuhalten. Sobald sie es geschafft hatte, bewegte sie ein wenig ihren Schwanz und sagte dann: »Nicht genug Ei, Lien. Du hättest es nehmen sollen, als es herumgereicht wurde. Jetzt brauchst du es dringend.«

T'Gatois Schwanz bewegte sich noch einmal, und sein peitschenartiger Schwung war so flink, daß ich ihn nicht bemerkt hätte, wenn ich nicht hingesehen hätte. Ihr Stachel entnahm dem nackten Bein meiner Mutter nur einen einzigen Blutstropfen.

Meine Mutter schrie auf – vermutlich vor Überraschung. Gestochen zu werden tut nicht weh. Dann seufzte sie, und ich konnte sehen, wie sich ihr Körper entspannte. Träge brachte sie sich im Käfig von T'Gatois Gliedern in eine bequemere Lage. »Warum hast du das getan?« fragte sie und hörte sich dabei an, als schliefe sie schon halb.

»Ich konnte nicht länger mit ansehen, wie du dasitzt und leidest.«

Meine Mutter schaffte es, matt die Achseln zu zucken. »Morgen«, sagte sie.

»Ja. Morgen wirst du wieder anfangen, zu leiden – wenn es sein muß. Aber im Augenblick, nur im Augenblick, liegst du hier und wärmst mich und läßt es zu, daß ich es dir ein wenig leichter mache.«

»Er gehört immer noch mir, weißt du«, sagte meine Mutter plötzlich. »Nichts kann mich dazu bringen, ihn zu verkaufen.« In nüchternem Zustand hätte sie sich nicht erlaubt, über solche Dinge zu sprechen.

»Nichts«, stimmte T'Gatoi bereitwillig zu.

»Hast du geglaubt, ich würde ihn gegen Eier verkaufen? Gegen ein langes Leben? Meinen Sohn?«

»Gegen überhaupt gar nichts«, sagte T'Gatoi, streichelte die Schultern meiner Mutter und spielte mit ihrem langen, ergrauten Haar.

Ich hätte meine Mutter gerne berührt, Anteil an jenem Moment gehabt. Sie würde meine Hand nehmen, wenn ich sie jetzt berührte. Durch das Ei und den Stich befreit würde sie lächeln und vielleicht Dinge sagen, die sie lange für sich behalten hatte. Aber morgen würde sie sich an dies alles als Erniedrigung erinnern. Ich wollte nicht Teil einer erniedrigenden Erinnerung sein. Das Beste war, einfach still zu sein und zu wissen, daß sie mich verborgen hinter all dem Pflichtbewußtsein und Stolz und Schmerz liebte.

»Xuan Hoa, zieh ihr die Schuhe aus«, sagte T'Gatoi. »Nach einer kleinen Weile werde ich sie noch einmal stechen, dann kann sie schlafen.«

Meine ältere Schwester gehorchte, schwankte jedoch trunken, als sie sich erhob. Als sie fertig war, setzte sie sich neben mich und nahm meine Hand. Wir waren immer eins gewesen, sie und ich.

Meine Mutter lehnte den Hinterkopf an T'Gatois Unterseite und versuchte aus diesem unmöglichen Blickwinkel in das breite, runde Gesicht aufzusehen. »Du willst mich noch einmal stechen?«

»Ja, Lien.«

»Ich werde bis morgen Mittag schlafen.«

»Gut. Du hast es nötig. Wann hast du das letzte Mal geschlafen?«

Meine Mutter gab einen Laut der Verärgerung von sich. »Ich hätte auf dich treten sollen, als du noch klein genug warst«, murmelte sie.

Das war ein altbekannter Scherz unter ihnen. Sie waren zusammen aufgewachsen, gewissermaßen, obwohl T'Gatoi zu Lebzeiten meiner Mutter nicht so klein gewesen war, daß ein Terraner hätte auf sie treten können. Ihr Alter betrug etwa das Dreifache des gegenwärtigen Alters meiner Mutter, jedoch würde sie immer noch jung sein, wenn meine Mutter an Altersschwäche starb. Aber T'Gatoi und meine Mutter hatten sich kennengelernt, als T'Gatoi gerade in eine Phase rapider Entwicklung kam – eine Art Tlic-Jugend. Meine Mutter war noch ein Kind, aber eine Zeit lang entwickelten sie sich im gleichen Maße und hatten keine besseren Freunde als einander.

T'Gatoi hatte meine Mutter sogar mit dem Mann bekanntgemacht, der mein Vater wurde. Meine Eltern, die trotz ihres sehr unterschiedlichen Alters aneinander Gefallen fanden, heirateten, als T'Gatoi ins Geschäft ihrer Familie einstieg – die Politik. Sie und meine Mutter sahen einander weniger häufig. Aber irgendwann vor der Geburt meiner älteren Schwester versprach meine Mutter T'Gatoi eins ihrer Kinder. Sie würde eins von uns an irgendwen abgeben müssen, und sie zog T'Gatoi einem Fremden vor.

Jahre vergingen. T'Gatoi reiste umher und vergrößerte ihren Einfluß. Das Reservat unterstand ihr bereits, als sie zu meiner Mutter zurückkehrte, um sich zu holen, was sie vermutlich als gerechten Lohn für ihre harte Arbeit betrachtete. Meine ältere Schwester fühlte sich sofort zu ihr hingezogen und wünschte sich, dazu ausgewählt zu werden, aber meine Mutter kam gerade mit mir nieder und T'Gatoi gefiel der Gedanke, ein Kleinkind zu wählen und sämtliche Entwicklungsphasen zu beobachten und an ihnen teilzuhaben. Wie man mir sagt, bin ich bereits drei Minuten nach meiner Geburt das erste Mal in den Käfig der vielen Glieder T'Gatois gelegt worden. Wenige Tage später wurde mir eine erste Kostprobe vom Ei gereicht. Das erzähle ich den Terranern, wenn sie mich fragen, ob ich mich je vor ihr gefürchtet habe. Und ich erzähle es den Tlic, wenn T'Gatoi ihnen ein kleines terranisches Kind vorschlägt und sie begierig und unwissend nach einem Jugendlichen verlangen. Selbst mein Bruder, der irgendwie dazu gekommen war, die Tlic zu fürchten und ihnen zu mißtrauen, hätte sich vermutlich problemlos in eine ihrer Familien eingefügt, wenn er nur früh genug adoptiert worden wäre. Manchmal denke ich, um seinetwillen wäre es besser gewesen. Ich sah ihn an, wie er auf der anderen Seite des Raumes ausgestreckt auf dem Boden lag, die Augen geöffnet, aber glasig, während er seinen Eitraum träumte. Egal, wie er den Tlic gegenüber empfand, er verlangte immer nach seinem Anteil am Ei.

»Lien, kannst du aufstehen?« fragte T'Gatoi plötzlich.

»Stehen?« sagte meine Mutter. »Ich dachte, ich sollte schlafen.«

»Später. Draußen scheint etwas nicht in Ordnung zu sein.« Der Käfig verschwand unvermittelt.

»Was?«

»Auf, Lien!«

Meine Mutter verstand ihren Tonfall und stand gerade rechtzeitig auf, um zu vermeiden, daß sie fallen gelassen wurde. T'Gatoi peitschte ihren drei Meter langen Körper von ihrer Couch herunter, zur Tür und mit Höchstgeschwindigkeit nach draußen. Sie besaß Knochen – Rippen, eine langgestreckte Wirbelsäule, einen Schädel, vier Satz Gliedmaßenknochen je Segment. Aber wenn sie sich so bewegte, sich wand, sich kontrolliert irgendwo herabstürzte, in voller Bewegung landete, wirkte sie nicht nur knochenlos, sondern wie eine Wasserbewohnerin – wie jemand, der durch die Luft schwimmt, als bewege er sich im Wasser. Ich beobachtete sie gerne, wenn sie sich bewegte.

Ich verließ meine Schwester und begann ihr zur Tür hinaus zu folgen, obwohl ich nicht besonders sicher auf den Beinen war. Es wäre schöner gewesen, dazusitzen und zu träumen, besser noch, ein Mädchen zu finden und einen Tagtraum mit ihr zu genießen. Damals, als die Tlic nicht viel mehr in uns sahen als große, warmblütige Tiere, pflegten sie mehrere von uns zusammen einzupferchen, Männer und Frauen, und uns ausschließlich mit Eiern zu füttern. Auf diese Weise konnten sie sichergehen, daß sie eine weitere Generation von uns bekommen würden, ganz egal wie sehr wir versuchten, auszuhalten. Wir hatten Glück, daß das nicht lange so weiterging. Noch ein paar Generationen, und wir wären tatsächlich nicht mehr gewesen als zweckmäßige, große Tiere.

»Halte die Tür auf, Gan«, sagte T'Gatoi. »Und sage der Familie, sie soll sich im Hintergrund halten.«

»Was ist?« fragte ich.

»N'Tlic.«

Ich preßte mich erschreckt gegen die Tür. »Hier? Allein?«

»Er hat eine Rufzelle zu erreichen versucht, nehme ich an.« Sie trug den Mann an mir vorbei, bewußtlos, wie ein Mantel über einige ihrer Glieder gefaltet. Er sah jung aus – vielleicht so alt wie mein Bruder – und er war dünner, als er hätte sein sollen. Was T'Gatoi als gefährlich dünn bezeichnet hätte.

»Gan, geh zur Rufzelle«, sagte sie. Sie legte den Mann auf den Fußboden und begann, seine Kleidung abzustreifen.

Ich rührte mich nicht.

Nach einem Moment sah sie zu mir auf, und ihr plötzliches Schweigen war ein Zeichen heftiger Ungeduld.

»Schick' doch Qui«, sagte ich zu ihr. »Ich werde hierbleiben. Vielleicht kann ich helfen.«

Sie gestattete ihren Gliedern, sich wieder zu bewegen, hob den Mann hoch und zog ihm das Hemd über den Kopf. »Du willst das doch nicht mit ansehen«, sagte sie. »Es wird schwer werden. Ich kann diesem Mann nicht so helfen, wie sein Tlic es könnte.«

»Ich weiß. Aber schicke Qui. Er wird keine Lust haben, sich hier irgendwie nützlich zu machen. Ich bin wenigstens bereit, es zu versuchen.«

Sie sah meinen Bruder an – älter, größer, kräftiger, gewiß besser in der Lage, ihr hier behilflich zu sein. Er hatte sich inzwischen aufgesetzt, drückte sich an die Wand und starrte mit unverhohlener Furcht und Abscheu auf den Mann auf dem Boden. Sogar sie konnte sehen, daß er zu nichts nutze sein würde.

»Qui, geh!« sagte sie.

Er wehrte sich nicht dagegen. Er stand auf, schwankte kurz, fing sich dann, durch seine Angst ernüchtert.

»Der Name dieses Mannes lautet Bram Lomas«, las sie ihm vom Armband des Mannes vor. Ich betastete voller Mitgefühl mein eigenes Armband. »Er braucht T'Khotgif Teh. Hörst du?«

»Bram Lomas. T'Khotgif Teh«, sagte mein Bruder. »Ich gehe.« Er schob sich an Lomas vorbei und rannte zur Tür hinaus.

Lomas fing an, das Bewußtsein wiederzuerlangen. Zunächst stöhnte er nur und klammerte sich krampfhaft an zwei von T'Gatois Gliedern. Meine jüngere Schwester, die endlich aus ihrem Eitraum erwacht war, kam näher, um ihn anzusehen, bis meine Mutter sie fortzog.

T'Gatoi entfernte die Schuhe des Mannes, dann seine Hosen, und überließ ihm die ganze Zeit zwei ihrer Glieder, damit er sich an ihnen festklammern konnte. Bis auf die letzten paar waren all ihre Glieder gleichermaßen geschickt. »Ich möchte dieses Mal keine Widerrede von dir hören, Gan«, sagte sie.

Ich richtete mich auf. »Was soll ich tun?«

»Geh nach draußen und schlachte ein Tier, das mindestens halb so groß ist wie du.«

»Schlachten? Aber ich habe noch nie ...«

Sie stieß mich quer durch den Raum. Ihr Schwanz war eine wirkungsvolle Waffe, ob sie nun den Stachel benutzte oder nicht.

Ich stand auf und kam mir dumm vor, weil ich ihre Warnung ignoriert hatte, und ging in die Küche. Vielleicht konnte ich etwas mit einem Messer oder einer Axt töten. Meine Mutter zog ein paar terranische Tiere für unsere Tafel, und mehrere Tausend einheimische wegen ihres Pelzes. T'Gatoi würde vermutlich einem einheimischen Tier den Vorzug geben. Einem Achti vielleicht. Von denen hatten einige die richtige Größe, auch wenn sie etwa dreimal so viele Zähne hatten wie ich und ganz versessen darauf waren, sie zu benutzen. Meine Mutter, Hoa und Qui konnten sie mit Messern töten. Ich hatte noch nie eins getötet, hatte noch nie ein Tier geschlachtet. Ich hatte die meiste Zeit mit T'Gatoi verbracht, während mein Bruder und meine Schwestern das Familienhandwerk erlernten. T'Gatoi hatte recht gehabt. Ich hätte derjenige sein müssen, der zur Rufzelle ging. Wenigstens das konnte ich.

Ich ging zum Eckschrank, wo meine Mutter ihre größeren Haus- und Gartengeräte aufbewahrte. An der Hinterwand des Schranks befand sich ein Rohr, das Abwässer aus der Küche leitete – allerdings tat es das nicht mehr. Mein Vater hatte den Abfluß für Wasser neu verlegt, noch ehe ich geboren wurde. Jetzt konnte man das Rohr so drehen, daß sich die eine Hälfte um die andere schob und man ein Gewehr darin aufbewahren konnte. Das war nicht unsere einzige Schußwaffe, aber es war die, die am leichtesten zugänglich war. Ich würde sie benutzen müssen, um eines der größten Achtis zu erlegen. Danach würde T'Gotai sie vermutlich konfiszieren. Im Reservat galten Feuerwaffen als illegal. Es war direkt nach Einrichtung des Reservats zu Zwischenfällen gekommen – Terraner hatten auf Tlic, auch auf N'Tlic geschossen. Das war vor der Zeit, als die Familienzusammenführungen begannen, bevor jedermann ein persönliches Interesse daran hatte, den Frieden aufrechtzuerhalten. Niemand hatte während meines Lebens oder während dem meiner Mutter einen Tlic erschossen, aber das Gesetz gab es immer noch – zu unserem Schutz, wie man uns sagte. Es kursierten Geschichten, wonach durch Vergeltungsmaßnahmen während der Mordzeiten ganze terranische Familien ausgerottet worden waren.

Ich ging nach draußen zu den Käfigen und schoß das größte Achti, das ich finden konnte. Es war ein wohlgestaltetes, zur Zucht benutztes Männchen, und meine Mutter würde gar nicht erfreut sein, zu erfahren, daß ich es erlegt hatte. Aber es hatte die richtige Größe, und ich hatte es eilig.

Ich legte mir den langen, warmen Körper des Achti über die Schulter – froh über die Tatsache, daß ein Teil meiner Gewichtszunahme aus Muskeln bestand – und brachte es in die Küche. Dort legte ich das Gewehr wieder in sein Versteck. Falls T'Gatoi die Wunden des Achti bemerken und nach dem Gewehr verlangen sollte, würde ich es ihr geben.

Wenn nicht, dann sollte es bleiben, wo mein Vater es haben wollte.

Ich wandte mich ab, um ihr das Achti zu bringen, dann zögerte ich. Mehrere Sekunden lang stand ich vor der geschlossenen Tür und fragte mich, warum ich so plötzlich Angst hatte. Ich wußte, was passieren würde. Ich hatte noch nicht zugesehen, aber T'Gatoi hatte mir Diagramme gezeigt, und Zeichnungen. Sie hatte dafür gesorgt, daß ich die Wahrheit kannte, sobald ich alt genug war, sie zu verstehen.

Dennoch wollte ich nicht in diesen Raum gehen. Ich vertrödelte ein wenig Zeit damit, ein Messer aus der geschnitzten, hölzernen Kiste auszusuchen, in der meine Mutter sie aufbewahrte. Es könnte sein, daß T'Gatoi eins braucht, sagte ich mir, für die zähe, dichtbepelzte Haut des Achti.

»Gan!« rief T'Gatoi, und ihre Stimme war barsch vor Ungeduld.

Ich schluckte. Ich hatte mir nie vorgestellt, daß es einmal so schwer sein würde, meine Füße zu bewegen. Ich stellte fest, daß ich zitterte, und das beschämte mich. Die Scham trieb mich durch die Tür.

Ich legte das Achti in T'Gatois Nähe ab und sah, daß Lomas wieder ohnmächtig geworden war. Sie, Lomas und ich waren allein in dem Raum, während meine Mutter und meine Schwestern vermutlich hinausgeschickt worden waren, damit sie nicht zusehen mußten. Ich beneidete sie.

Aber meine Mutter kam wieder in den Raum, als T'Gatoi das Achti packte. Sie ignorierte das Messer, das ich ihr anbot, schob Klauen aus mehreren ihrer Glieder und schlitzte das Achti von der Kehle bis zum After hin auf. Sie sah mich an, die gelben Augen besorgt. »Halte die Schultern dieses Mannes fest, Gan.«

Ich starrte entsetzt auf Lomas und erkannte, daß ich ihn nicht berühren wollte, geschweige denn ihn festhalten. Dies war etwas anderes als das Erschießen eines Tiers. Nicht so schnell, nicht so gnädig, und, wie ich hoffte, nicht so endgültig, aber es gab bestimmt nichts, an dem ich weniger gern Anteil gehabt hätte.

Meine Mutter trat vor. »Gan, du hältst seine rechte Seite fest«, sagte sie. »Ich werde die linke halten.« Und wenn er zu sich kam, würde er sie abwerfen, ohne zu merken, daß er es getan hatte. Sie war eine zierliche Frau. Oft fragte sie sich laut, wie sie es geschafft habe, wie sie es nannte, so »riesige« Kinder hervorzubringen.

»Laß nur, sagte ich zu ihr und nahm die Schultern des Mannes. »Ich werde es tun.«

Sie hielt sich in der Nähe auf.

»Mach dir keine Sorgen«, sagte ich. »Ich werde dir keine Schande machen. Du mußt nicht dableiben und zusehen.«

Sie schaute mich unsicher an, berührte dann mit seltener Zärtlichkeit mein Gesicht. Schließlich ging sie zurück in ihr Schlafzimmer.

T'Gatoi senkte erleichtert den Kopf. »Danke, Gan«, sagte sie mit einer Höflichkeit, die eher terranisch war als tlic. »Sie ... sie findet immer neue Wege, daß ich sie leiden lasse.«

Lomas begann zu stöhnen und erstickte Laute von sich zu geben. Ich hatte gehofft, er würde ohnmächtig bleiben. T'Gatoi näherte ihm ihr Gesicht so, daß er sie ansehen mußte.

»Ich habe dich so oft gestochen, wie ich es im Augenblick wage«, teilte sie ihm mit. »Wenn dies vorbei ist, werde ich dich so stechen, daß du schläfst, und es wird dir nicht mehr wehtun.«

»Bitte«, flehte der Mann. »Warte ...«

»Es ist keine Zeit mehr, Bram. Ich werde dich stechen, sobald es vorbei ist. Wenn T'Khotgif eintrifft, wird sie dir Eier geben, die deine Genesung fördern. Es wird bald vorbei sein.«

»T'Khotgif!« schrie der Mann und bäumte sich in meinen Händen auf.

»Bald, Bram.« T'Gatoi warf mir einen flüchtigen Blick zu, dann legte sie eine Klaue ein wenig rechts von der Mitte auf seinen Magen, direkt unterhalb der letzten Rippe. Da gab es eine Bewegung auf der rechten Seite – ein winziges, scheinbar zufälliges Pulsieren, das sein gebräuntes Fleisch in Bewegung versetzte und hier eine Wölbung, dort eine Einbuchtung hervorrief, wieder und wieder, bis ich den Rhythmus dahinter erkennen konnte und wußte, wo der nächste Pulsschlag erfolgen würde.

Lomas' gesamter Körper versteifte sich unter T'Gatois Klaue, obwohl sie sie nur auf ihm ruhen ließ, während sie den hinteren Abschnitt ihres Körpers um seine Beine wand. Er mochte sich meinem Griff entziehen, aber er konnte nicht aus dem ihren entkommen. Er schluchzte hilflos, während sie seine Hosen benutzte, um seine Hände festzubinden, schob ihm dann die Hände über den Kopf, so daß ich zwischen ihnen auf dem Stoff knien und sie halten konnte. Sie rollte sein Hemd auf und gab es ihm, damit er darauf beißen konnte.

Und sie öffnete ihn.

Sein Körper verkrampfte sich beim ersten Schnitt. Er riß sich beinahe von mir los. Die Laute, die er von sich gab ... ich hatte solche Laute noch nie von einem menschlichen Wesen kommen hören. T'Gatoi schien nicht darauf zu achten, während sie den Schnitt verlängerte und vertiefte und dabei gelegentlich innehielt, um Blut abzulecken. Seine Blutgefäße verengten sich als Reaktion auf die Chemie ihres Speichels, und die Blutung verlangsamte sich.

Ich kam mir vor, als würde ich ihr dabei helfen, ihn zu foltern, als würde ich helfen, ihn zu verspeisen. Ich wußte, ich würde mich bald erbrechen, wußte nicht, warum ich es noch nicht getan hatte. Ich konnte unmöglich durchhalten, bis sie fertig war.

Sie entdeckte die erste Made. Sie war fett und tiefrot von seinem Blut – drinnen wie draußen. Sie hatte bereits ihre eigene Eischale verzehrt, aber offenbar noch nicht begonnen, ihren Wirt zu verspeisen. In diesem Stadium wäre sie bereit gewesen, jedes Fleisch zu fressen, bis auf das ihrer Mutter. Hätte man sie in Ruhe gelassen, hätte sie weiterhin jene Gifte ausgeschieden, die Lomas sowohl krank gemacht, als auch gewarnt hatten. Schließlich hätte sie zu fressen begonnen. Zu dem Zeitpunkt, an dem sie sich

auf gewisse landwirtschaftliche Geräte motorisierte Fahrzeuge nicht gestattet waren, wußte ich, daß dies Lomas' Tlic mit Qui und vermutlich einem terranischen Arzt sein mußte. Ich wischte mir das Gesicht mit meinem Hemd ab, kämpfte um meine Beherrschung.

»Gan«, rief Qui, als der Wagen anhielt. »Was ist passiert?« Er kletterte aus der niedrigen, runden, tlic-angepaßten Wagentür. Ein weiterer Terraner krabbelte auf der anderen Seite heraus und ging ins Haus, ohne mit mir zu sprechen. Der Arzt. Mit seiner Hilfe und ein paar Eiern mochte Lomas es schaffen.

»T'Khotgif Teh?« sagte ich.

Die Tlicfahrerin schoß aus ihrem Wagen, bäumte sich mit der Hälfte ihrer Körperlänge vor mir auf. Sie war bleicher und kleiner als T'Gatoi – möglicherweise aus einem Tierkörper geboren. Tlic aus terranischen Körpern waren immer größer, und obendrein zahlreicher.

»Sechs Junge«, teilte ich ihr mit. »Vielleicht sogar sieben, alle lebendig. Mindestens ein Männchen.«

»Lomas?« sagte sie heiser. Ich hatte sie gern ob dieser Frage, und wegen der Besorgnis in ihrer Stimme, als sie sie stellte. Das letzte verständliche Wort, das er gesprochen hatte, war ihr Name gewesen.

»Er lebt«, sagte ich.

Sie schoß ohne ein weiteres Wort zum Haus davon.

»Sie ist krank gewesen«, sagte mein Bruder, während er zusah, wie sie verschwand. »Als ich angerufen habe, konnte ich Leute hören, die ihr sagten, es ginge ihr noch nicht gut genug, selbst dafür nach draußen zu gehen.«

Ich sagte nichts. Ich hatte der Tlic Höflichkeit erwiesen. Jetzt wollte ich mit niemandem mehr sprechen. Ich hoffte, er würde hineingehen – aus Neugier, wenn schon aus keinem anderen Grund.

»Hast wohl endlich mehr herausgefunden, als du wissen wolltest, wie?«

Ich sah ihn an.

»Sieh mich nicht so an wie *sie*«, sagte er. »Du bist nicht sie. Du gehörst ihr nur.«

So ansehen wie sie. Hatte ich etwa gar die Fähigkeit erworben, ihren Gesichtsausdruck nachzuahmen?

»Was hast du gemacht, gekotzt?« Er schnüffelte. »Demnach weißt du also jetzt, worauf du dich eingelassen hast.«

Ich ließ ihn stehen. Er und ich waren einander nahe gewesen, als wir noch kleine Jungen waren. Er pflegte mir zu gestatten, daß ich hinter ihm herlief, wenn ich zu Hause war, und manchmal ließ T'Gatoi zu, daß ich ihn mitbrachte, wenn sie mich in die Stadt mitnahm. Aber irgend etwas war passiert, als er die Pubertät erreichte. Ich habe nie erfahren, was. Er begann, T'Gatoi aus dem Wege zu gehen. Dann begann er wegzurennen – bis er erkannte, daß es ein »weg« nicht gab. Jedenfalls nicht im Reservat. Ganz gewiß nicht draußen. Danach konzentrierte er sich darauf, seinen Anteil von jedem Ei zu bekommen, das ins Haus kam, und mich auf eine Weise anzusehen, die mich dazu brachte, ihn beinahe zu hassen – eine Art und Weise, die deutlich zum Ausdruck brachte: Solange es mir gut ging, war er vor den Tlic sicher.

»Wie ist es nun eigentlich gewesen?« verlangte er zu wissen und folgte mir.

»Ich habe ein Achti getötet. Die Jungen haben es gefressen.«

»Du bist doch nicht aus dem Haus gerannt und hast gekotzt, weil sie ein Achti gefressen haben.«

»Ich hatte ... doch noch nie gesehen, wie ein Mensch aufgeschnitten wird.« Das entsprach der Wahrheit und reichte für ihn. Über das andere konnte ich nicht sprechen. Nicht mit ihm.

»Oh«, sagte er. Er sah mich an, als hätte er gern mehr gesagt, schwieg aber.

Wir gingen, im Grunde nirgendwo hin. Nach hinten, auf die Käfige zu, auf die Felder zu.

»Hat er irgendwas gesagt?« fragte Qui. »Lomas, meine ich.«

Wen sollte er sonst meinen? »Er hat ›T'Khotgif‹ gesagt.«

Qui schauderte. »Wenn sie mir das angetan hätte, wäre sie die letzte Person gewesen, nach der ich rufen würde.«

»Du würdest wohl nach ihr rufen. Ihr Stich würde deine Schmerzen lindern, ohne die Maden in dir abzutöten.«

»Du glaubst, es würde mir was ausmachen, wenn sie sterben?«

Nein, Natürlich würde es ihm nichts ausmachen Mir etwa?

»Scheiße!« Er atmete tief ein. »Ich habe gesehen, was sie machen. Glaubst du etwa, diese Sache mit Lomas war schlimm? Das war gar nichts.«

Ich widersprach nicht. Er wußte nicht, wovon er redete.

»Ich habe gesehen, wie sie einen Mann aufgefressen haben«, sagte er.

Ich wandte mich ihm zu. »Du lügst!«

»Ich habe gesehen, wie sie einen Mann aufgefressen haben.«

Er hielt inne. »Das war, als ich noch klein war. Ich war im Hartmundhaus zu Besuch gewesen und befand mich auf dem Heimweg. Auf halbem Wege habe ich einen Mann und eine Tlic gesehen, und der Mann war ein N'Tlic. Die Gegend war hügelig. Ich konnte mich vor ihnen verstecken und zusehen. Die Tlic weigerte sich, den Mann aufzumachen, weil sie nichts hatte, was sie den Maden zu fressen geben konnte. Der Mann konnte nicht weiter, und es gab keine Häuser in der Nähe. Er hatte solche Schmerzen, daß er zu ihr sagte, sie solle ihn töten. Er flehte sie an, sie solle ihn töten. Endlich tat sie es. Sie hat ihm die Gurgel durchgeschnitten. Ein Schlag mit einer einzigen Klaue. Ich habe gesehen, wie die Maden sich aus ihm herausfraßen und sich dann, immer noch fressend, wieder eingruben.

Seine Worte ließen mich erneut Lomas' Fleisch sehen, voller Parasiten, krabbelnd. »Warum hast du mir das nicht gesagt?« flüsterte ich.

Er sah überrascht aus, so als hätte er vergessen, daß ich ihm zuhörte. »Ich weiß nicht.«

»Du hast nicht lange danach angefangen, wegzulaufen, nicht wahr?«

»Ja. Idiotisch. Weglaufen im Reservat. In einem Käfig weglaufen.«

Ich schüttelte den Kopf, sagte, was ich schon lange hätte

zu ihm sagen müssen. »Sie würde dich ja gar nicht nehmen, Qui. Du brauchst dir keine Sorgen zu machen.«

»Sie würde es tun ... falls dir irgendwas passieren würde.«

»Nein. Sie würde Xuan Hoa nehmen. Hoa ... möchte das.« Sie würde es nicht wollen, wenn sie dageblieben wäre und Lomas beobachtet hätte.

»Sie nehmen keine Frauen«, sagte er voller Verachtung.

»Gelegentlich tun sie es.« Ich warf ihm einen Blick zu. »Im Grunde bevorzugen sie sogar Frauen. Du solltest mal dabeisein, wenn sie sich miteinander unterhalten. Sie sagen, Frauen hätten mehr Körperfett, um die Maden zu schützen. Aber sie nehmen normalerweise Männer, damit die Frauen freibleiben, um ihre eigenen Jungen auszutragen.

»Um die nächste Generation von Wirtstieren zu liefern«, sagte er und schaltete von Verachtung auf Bitterkeit um.

»Es ist mehr als das!« konterte ich. War es das?

»Wenn es mir bevorstünde, würde ich mir auch wünschen, glauben zu können, daß es mehr ist.«

»Es *ist* mehr!« Ich kam mir wie ein kleines Kind vor. Blöder Streit.

»Hast du das auch gedacht, während T'Gatoi Würmer aus den Gedärmen von diesem Kerl gefischt hat?«

»Es ist nicht so gedacht, daß es auf diese Weise abläuft.«

»Klar ist es das. Es war nicht so gedacht, daß du es siehst, das ist alles. Und es war so gedacht, daß seine Tlic es tut. Sie könnte ihn bewußtlos stechen, und die Operation hätte nicht so schmerzhaft sein müssen. Aber sie würde ihn trotzdem aufmachen, die Maden herausholen, und wenn sie auch nur eine übersehen würde, würde die ihn vergiften und ihn von innen heraus auffressen.«

Es hat tatsächlich eine Zeit gegeben, als meine Mutter mir sagte, ich hätte Qui Respekt entgegenzubringen, weil er mein älterer Bruder war. Ich ging weg und haßte ihn. Auf seine Weise schwelgte er in Schadenfreude. Er war in Sicherheit und ich nicht. Ich hätte ihn verprügeln können, aber ich glaubte nicht ertragen zu können, daß er sich weigerte, zurückzuschlagen, mich voller Verachtung und Mitleid ansah.

Er war nicht bereit, mich in Ruhe zu lassen. Mit seinen längeren Beinen schwenkte er vor mir ein und gab mir das Gefühl, als würde ich ihm nachlaufen.

»Tut mir leid«, sagte er.

Ich marschierte weiter, angewidert und wütend.

»Sieh mal, bei dir wird es vermutlich gar nicht so schlimm werden. T'Gatoi mag dich. Sie wird vorsichtig sein.«

Ich wandte mich wieder dem Haus zu, rannte fast vor ihm davon.

»Hat sie es etwa schon mit dir gemacht?« fragte er und hielt ohne weiteres mit mir Schritt. »Ich meine, du bist beinahe im richtigen Alter für die Implantation. Hat sie ...«

Ich schlug ihn. Ich wußte nicht, ob ich es tun würde, aber ich glaube, ich hatte vor, ihn umzubringen. Wäre er nicht größer und stärker gewesen, ich glaube, ich hätte es getan.

Er versuchte, mich abzuwehren, mußte sich aber schließlich doch verteidigen. Er schlug mich nur wenige Male. Das war mehr als genug. Ich kann mich nicht erinnern, daß ich hinfiel, aber als ich wieder zu mir kam, war er fort. Es war die Schmerzen wert, ihn los zu sein.

Ich stand auf und ging langsam auf das Haus zu. Die Rückseite war dunkel. Niemand war in der Küche. Meine Mutter und meine Schwester schliefen in ihren Zimmern – oder taten zumindest so.

Sobald ich in der Küche war, konnte ich Stimmen hören – die von Tlic und die von Terranern aus dem angrenzenden Raum. Ich konnte nicht verstehen, was sie sagten – wollte es nicht verstehen.

Ich setzte mich an den Tisch meiner Mutter und wartete darauf, daß Ruhe eintrat. Der Tisch war glatt und abgenutzt und stabil gebaut. Mein Vater hatte ihn für sie angefertigt, kurz bevor er starb. Ich erinnerte mich, wie ich ihm zwischen den Beinen herumgelaufen war, als er ihn baute. Er war deswegen nicht böse. Nun saß ich daraufgestützt da und vermißte ihn sehr. Mit ihm hätte ich reden können. Er hatte es in seinem langen Leben dreimal geschafft. Drei Gelege von Eiern, dreimal aufgemacht werden und wieder zusammengenäht. Wie hatte er es geschafft? Wie schaffte irgend jemand es?

Ich stand auf, holte das Gewehr aus seinem Versteck und setzte mich damit wieder hin. Es mußte gereinigt werden, geölt.

Alles, was ich tat, war, es zu laden.

»Gan?«

Sie machte eine Menge leiser, klickender Geräusche, wenn sie sich auf dem blanken Fußboden fortbewegte und ein Glied nach dem anderen klickte, wenn es den Boden berührte. Wellen von leisen Klicks.

Sie kam zum Tisch, hob die vordere Hälfte ihres Körpers über die Kante und schwang sich darauf. Manchmal bewegte sie sich so gleichmäßig, daß sie wie Wasser zu fließen schien. Sie ringelte sich in der Mitte des Tisches zu einem kleinen Hügel zusammen und sah mich an.

»Das war schlimm«, sagte sie sanft. »Du hättest das nicht mitansehen dürfen. Es muß nicht so ablaufen.«

»Ich weiß.«

»T'Khotgif – jetzt Ch'Khotgif – sie wird an ihrer Erkrankung sterben. Sie wird nicht leben, um ihre Kinder großzuziehen. Aber ihre Schwester wird für sie sorgen, und für Lomas.« Die sterile Schwester. Ein fruchtbares Weibchen in jedem Gelege. Eins, um die Familie fortzuführen. Diese Schwester verdankte Lomas mehr, als sie je zurückzahlen konnte.

»Dann wird er überleben?«

»Ja.«

»Ich frage mich, ob er es noch einmal tun würde.«

»Keiner würde ihn bitten, es noch einmal zu tun.«

Ich blickte in die gelben Augen und fragte mich, wieviel ich in ihnen sah und verstand, und wieviel ich mir bloß einbildete. »Es bittet uns ohnehin nie einer«, sagte ich. »Du hast mich nie gebeten.«

Sie verlagerte ein wenig den Kopf. »Was ist mit deinem Gesicht los?«

»Nichts. Nichts Wichtiges.« Menschliche Augen hätten die Schwellung im Dunkeln vermutlich gar nicht bemerkt. Das einzige Licht kam von einem der Monde, der durch ein Fenster auf der anderen Seite des Raumes schien.

»Hast du das Gewehr benutzt, um das Achti zu schießen?«

»Ja.«

»Und hast du vor, es zu benutzen, um mich zu erschießen?«

Ich starrte sie an, ihre Silhouette im Mondlicht – aufgerollter, graziöser Körper. »Wonach schmeckt für dich terranisches Blut?«

Sie sagte nichts.

»Was bist du?« flüsterte ich. »Was sind wir für dich?«

Sie lag reglos da, legte den Kopf auf ihre oberste Windung. »Du kennst mich wie kein anderer«, sagte sie sanft. »Du mußt das selbst entscheiden.«

»Das ist es, was mit meinem Gesicht passiert ist«, sagte ich zu ihr.

»Was?«

»Qui hat mich dazu getrieben, daß ich mich entschließe, etwas zu tun. Es ist nicht besonders gut ausgegangen.« Ich bewegte leicht das Gewehr, legte mir den Lauf diagonal unter das eigene Kinn. »Wenigstens war es ein Entschluß, den ich selbst gefaßt habe.«

»Genau, wie es dieser hier sein wird.«

»Bitte mich, Gatoi.«

»Um das Leben meiner Kinder?«

Es sah ihr ähnlich, so etwas zu sagen. Sie wußte, wie man Leute manipulierte, Terraner und Tlic. Aber diesmal nicht.

»Ich will kein Wirtstier sein«, sagte ich. »Nicht einmal deines.«

Sie brauchte lange, ehe sie antwortete. »Wir benutzen heutzutage kaum noch Wirtstiere«, sagte sie. »Du weißt das.«

»Ihr benutzt uns.«

»Das tun wir. Wir warten lange Jahre auf euch und bilden euch aus und verbinden unsere Familien mit den euren.« Sie bewegte sich unruhig. »Du weißt, ihr seid für uns keine Tiere.«

Ich starrte sie an und sagte nichts.

»Die Tiere, die wir früher benutzt haben, haben lange vor dem Eintreffen eurer Vorfahren begonnen, die meisten unserer Eier im Anschluß an die Implantation zu zerstören«, sagte sie leise. »Du weißt darüber Bescheid, Gan. Weil dein Volk gekommen ist, sind wir wieder dabei, zu lernen, was es heißt, ein gesundes, gedeihendes Volk zu sein. Und eure Vorfahren, die von ihrer Heimatwelt flohen, vor ihrer eigenen Gattung, die sie getötet oder versklavt hätte – sie haben durch uns überlebt. Wir haben sie als Menschen angesehen und ihnen das Reservat gegeben, als sie noch versuchten, uns als Würmer zu töten.«

Beim Wort »Würmer« zuckte ich zusammen. Ich konnte nicht anders, und sie konnte nicht anders, als es zu bemerken.

»Ich verstehe«, sagte sie ruhig. »Würdest du wirklich lieber sterben als meine Jungen austragen, Gan?«

Ich antwortete nicht.

»Soll ich mich an Xuan Hoa wenden?«

»Ja!« Hoa wollte das. Sollte sie es haben. Sie hatte Lomas nicht zusehen müssen. Sie würde stolz sein ... Nicht entsetzt.

T'Gatoi glitt vom Tisch und erschreckte mich damit fast zu Tode.

»Ich werde heute nacht in Hoas Zimmer schlafen«, sagte sie. »Und irgendwann heute abend oder am Morgen werde ich es ihr sagen.«

Das ging mir zu schnell. Meine Schwester. Hoa hatte beinahe ebensoviel damit zu tun gehabt, mich großzuziehen, wie meine Mutter. Ich war ihr immer noch nahe – anders als bei Qui. Sie konnte T'Gatoi haben wollen und mich immer noch lieben.

»Warte! T'Gatoi!«

Sie sah sich um, erhob dann beinahe die Hälfte ihrer Körperlänge vom Boden und drehte sie so, daß sie mir zugewandt war. »Das sind Erwachsenenprobleme, Gan. Es ist mein Leben, meine Familie!«

»Aber sie ist ... meine Schwester.«

»Ich habe getan, was du verlangt hast. Ich habe dich gefragt!«

»Aber ...«

»Es wird einfacher sein für Hoa. Sie hat immer damit gerechnet, anderes Leben in sich zu tragen.«

Menschliches Leben. Menschliche Junge, die eines Tages an ihren Brüsten trinken würden, nicht an ihren Adern.

Ich schüttelte den Kopf. »Tu' ihr das nicht an, Gatoi.« Ich war nicht Qui. Es hatte allerdings den Anschein, als würde ich ohne große Anstrengung wie er werden. Ich konnte Xuan Hoa zu meinem Schutzschild machen. Würde es einfacher sein, zu wissen, daß in ihrem Fleisch rote Würmer heranwachsen, statt in meinem?

»Tu' Hoa das nicht an«, wiederholte ich.

Sie starrte mich völlig reglos an.

Ich wandte den Blick ab, dann wieder ihr zu. »Tu' es mir an.«

Ich senkte das Gewehr von meinem Hals weg, und sie beugte sich vor, um es zu nehmen.

»Nein«, sagte ich zu ihr.

»Es ist Gesetz«, sagte sie.

»Laß es der Familie. Jemand könnte es eines Tages brauchen, um mir das Leben zu retten.«

Sie packte den Gewehrlauf, aber ich ließ nicht los. Ich wurde hochgezerrt, so daß ich über ihr stand.

»Laß es hier!« wiederholte ich. »Falls wir wirklich nicht eure Tiere sind, falls das wirklich Erwachsenenangelegenheiten sind, dann geh das Risiko ein. Es liegt ein Risiko darin, Gatoi, mit einem Partner umzugehen.«

Es fiel ihr sicherlich schwer, das Gewehr loszulassen. Ein Schaudern durchlief sie, und sie gab einen zischenden, gequälten Laut von sich. Ich merkte, daß sie Angst hatte. Sie war alt genug, um gesehen zu haben, was Gewehre mit Leuten anrichten können. Nun würden ihre Jungen und dieses Gewehr in ein und demselben Haus sein. Sie wußte nichts von unseren anderen Schußwaffen. Bei dieser Auseinandersetzung kam es darauf allerdings auch nicht an.

»Ich werde noch heute abend das erste Ei implantieren«, sagte sie, während ich das Gewehr wegräumte. »Hörst du, Gan?«

Warum sonst hätte man mir ein ganzes Ei zu essen geben sollen, während die übrige Familie sich eins teilen mußte? Warum sonst hätte meine Mutter mich ständig ansehen sollen, als würde ich sie verlassen, an einen Ort gehen, wohin sie mir nicht folgen konnte? Bildete T'Gatoi sich ein, ich hätte es nicht gewußt?

»Ich höre.«

»Jetzt sofort!« Ich ließ zu, daß sie mich aus der Küche drängte, ging dann vor ihr her zu meinem Schlafzimmer. Das plötzliche Drängen in ihrer Stimme klang echt. »Du hättest es Hoa noch heute nacht angetan!« beschuldigte ich sie.

»Ich muß es noch heute nacht jemandem antun.«

Ich blieb trotz des Drängens stehen und stellte mich ihr in den Weg. »Kommt es dir gar nicht darauf an, wem?«

Sie glitt um mich herum in mein Schlafzimmer. Ich fand sie auf der Couch wartend vor, die wir gemeinsam benutzten. Es gab in Hoas Zimmer nichts, was sie hätte benutzen können. Sie würde es Hoa auf dem Fußboden angetan haben. Der Gedanke daran, daß sie es Hoa überhaupt antun könnte, beunruhigte mich nur auf andere Weise, und ich war plötzlich wütend.

Dennoch zog ich mich aus und legte mich neben sie. Ich wußte, was zu tun war, was ich zu erwarten hatte. Mein ganzes Leben lang hatte man mir davon erzählt. Ich spürte den vertrauten Stich, betäubend, recht angenehm. Dann das blinde Tasten ihres Ovopositors. Die Punktion geschah schmerzlos, leicht. So ein leichtes Eindringen. Sie wogte langsam an mir entlang, und ihre Muskeln zwangen das Ei aus ihrem Körper in meinen. Ich hielt mich an zweien ihrer Glieder fest, bis ich mich an Lomas erinnerte, wie er sich so an ihr festgehalten hatte. Dann ließ ich los, bewegte mich unabsichtlich und tat ihr weh. Sie gab einen leisen Schmer-

»Ich bin gesund und jung«, sagte sie. »Ich werde dich nicht verlassen, wie es Lomas passiert ist – allein, N'Tlic. Ich werde mich um dich kümmern.«

Entwicklungshilfe

von Gary W. Shockley

Wissenschaftler erklären uns, daß die Gesetze der Chemie und Physik universell seien. Wenn wir auf fremden Planeten landen, dann sollten wir feststellen, daß unser Wissen über diese Naturgesetze nach wie vor Gültigkeit hat. Das ist sehr wahrscheinlich. Aber was ist mit der Psychologie und der Soziologie? Wie universell sind die Geisteswissenschaften? Beruht das Leben fremder Intelligenzen vielleicht auf Regeln, die uns weitgehend unverständlich bleiben? Hier ist die wundervoll fremdartige Geschichte einer intelligenten, außerirdischen Rasse, die vor dem ernsten Problem steht, eine Invasion aus dem Weltraum abzuwehren.

Die Schattige Großdämmerung ist angebrochen, die Zeit, in der die beiden Sonnen über den Spitzen Bergen zusammenfließen und die doppelten Schatten länger werden. Im Orangebecken, in der Nähe von Calep, gibt es dicht gedrängte Schatten von einer präzisen Geometrie, die sonst nirgends zu finden ist. Wir verstecken uns jenseits von ihnen und denken über ihren Ursprung nach, über die Stelle, auf die vor kurzem die Hüllen fielen, und wo die geschäftigen Fremden binnen weniger Tage ihre fantastische Basis errichteten. In Trübnächten, wenn die Echowolke die beiden Sonnen ausblendet, können wir drei Sterne schnell vorbeischießen sehen. Wir wissen, daß es ihre Mutterschiffe sind.

Sie sind wirklich große Baumeister, sie, die sich selbst »Menschen« nennen.

Unsere Zeromeisterin Batinka sagt ein gutes Jahr voraus. Das beunruhigt uns, denn das bemerkenswerte Talent einer Zeromeisterin ist es, sich immer zu irren. Zu Beginn ihrer langen Regentschaft schrieb Batinka lange Listen in Tiereingeweide; später, als sie an Keuchblütenfieber litt, verbrachte sie Tage damit, zu schreiben: »Verschont den, der auf das Bemalte Blatt tritt.« Noch später ritzte sie eine so vollkommen gerade Linie, daß wir auf einen Hundertsprung keine Abweichung sehen konnten. Diese und andere Prophezeiungen, falls sie überhaupt welche sind, gehen über unseren Verstand. Wir beschweren sie mit den Jahren, bis sie in uns einsinken und in unserem Innenbewußtsein spuken. Doch Batinka ist völlig aktuell und bei der Sache, wenn sie »Besucher aus dem Gebirge des Himmels« erwähnt. Viele enge Freundschaften werden sich zwischen unseren Rassen entwickeln, sagt sie, und alle werden von den gemeinsamen Anstrengungen profitieren. Dies ist wahrlich eine Prophezeiung für das Außenbewußtsein, und sie läßt uns zittern.

Zwischen den gefrorenen und scharfkantigen Schatten gibt es einen, der keiner ist; wild verzerrt schiebt er sich durch die anderen, bis seine Spitze fast unser Versteck erreicht. Die, die sie Lola nennen, wandert nahe der Ausläufer der Basis. Als sie die trifft, die sie Roxanne nennen, bleibt sie stehen. Wir hören schwach, wie sich ihre Stimmen vermischen.

Wir haben diesen beiden andere Namen gegeben. Lola nennen wir Weckerin, weil unsere Wächter uns wecken, sobald sie auftaucht (wir haben ihnen aufgetragen, es zu tun). Sie hat keinen festen Fahrplan; sie kann zu jeder Stunde aufstehen und durch die Nacht streifen. Sie tat es auch vor einigen Stunden; dabei ging sie nach Osten, bis zum Rand des Reichs unserer Vorfahren. Wir sind immer wieder fasziniert von der Art, wie sie Dinge berührt, wie sie sie von nahem mit ihrem Gerät betrachtet und Bemerkungen über sie zu ihrem Handgelenk macht. Manchmal sammelt sie die Dinge ein, die sie studiert, und steckt sie in zusammenlegbare Blasen. Doch sie gibt stets acht, die Dinge, die sie für die unseren hält, nicht durcheinanderzubringen. Die Menschen wissen um unsere Gegenwart und Intelligenz, doch Weckerin ist die einzige, die uns respektiert. Sie hat uns einen Namen gegeben: Schleicher. Er ist besser als Yeddeenians, wie wir uns selbst nennen. Ich benutze ihn jetzt nur noch.

Ihre Funktion bleibt unklar. Sie spricht oft mit den Köchen, während sie auf die Dinge deutet, die sie gesammelt hat, doch nach einiger Zeit spricht sie dann mit denen, die in dauerhafter Meditation über komplexe Inhalte zusammengerollt sind. Wir halten sie für eine Nahrungsmacherin, obwohl die kleinen Poren ihrer Haut eher vermuten lassen, daß sie eine Wetterspürerin ist.

Die andere, die sie Roxanne nennen, nennen wir Laute Gigantin. Sie ist einen Kopf größer als Weckerin und noch viel größer als wir, und ihre Stimme reicht weiter als die der Mondkröte. Doch die Grundlage ihres Namens liegt tiefer, liegt in der Natur ihrer Taten. Denn sie wird einen Krieg mit unserer Art beginnen. Laut und vernichtend wird er vier von fünf Schleichern den Tod bringen. Ich weiß das, weil diese Zeiten gekommen und vergangen sind, und dies wird nach den Geschehnissen aufgeschrieben. Ich benutze das Präsens, um die Vergangenheit zu beschreiben, weil ich es muß. Es ist mein Fluch und zugleich mein Segen, denn es hält mich am Leben. Das Präsens ist meine Erlösung.

Unsere Wächter wagen sich manchmal, während der dunklen Stunden, in die Basis, um durch die transparenten Häute zu schauen. Einige haben die Gebäude sogar betreten. Sie erzählen uns von dem erdweichen Hügel, in dem Laute Gigantin und Weckerin beisammenliegen, unbedeckt, wie fiebernde Dschungelsumpfquappen. Diese Erinnerung weckt meine Eifersucht und erinnert mich an die Eifersucht Lauter Gigantin zu jener Zeit: während sie all ihre Liebe Weckerin gibt, gibt Weckerin ihre Liebe vielen – Janice, Sarah, Roger, Bill ... Einmal machte Laute Gigantin Bills Gesicht bluten und bedrohte die anderen. Doch es nützte ihr nichts: Weckerin sprach einen vollen Monat nicht mit ihr. Jetzt sind sie wieder Freunde. Sie haben diesen Morgen zusammen verbracht.

Wir, die Schleicher, können Laute Gigantins Eifersucht verstehen. Wir sind, von wenigen Ausnahmen abgesehen, streng monogam. Wir nehmen einen Gefährten fürs Leben und einen weiteren für den Tod. Das bedeutet nicht, daß wir Weckerin wegen ihrer Lebensart verachten. Tatsächlich wird sie von allen geliebt, von allen beachtet, und sie ist ebenso der Liebling unserer und ihrer eigenen Rasse.

Wie ich schon sagte, bleibt Weckerin stehen, um mit Lauten Gigantin zu sprechen. Wir arbeiten in einiger Entfernung unter dem Schutz von Farbhaar und Weewochuntz, bewundern die Beweglichkeit ihres vielgliedrigen Körpers (ihr Rückenschild ist heute gischtblau mit silbernen Flekken), und wir spüren Freude in jeder ihrer Gesten. Obwohl sie kein Schleicher ist, besitzt sie einen Reichtum an Ausdrucksmöglichkeiten, der uns sehr schön vor...

»Op!« Die Beschwörerin Pedeet ruft meinen Namen. Ich schüttle meine Trance ab und sehe, daß durch Unaufmerksamkeit das Goonga unruhig geworden ist. (Weckerin nennt unsere Goongas »Dudelsäcke«, doch ich ziehe unseren Namen vor.) Es versucht auszuspucken. Das würde seine acht langen Rüssel knicken oder die schlanken, hohlen Halme heraustreiben, die wir in deren Enden gesteckt haben. Jentzoot und Kamin zügeln diesen Drang, während ich mich ans Streicheln mache. Bald kennt es nur noch einen einzigen Wunsch und beginnt zu zittern. Ich teile den Zielern diese Tatsache mit, worauf sie laden; dann gleite ich zu den Drüsen herum. In bin freudig überrascht, als ich sehe, daß ich gute Sicht auf Laute Gigantin und Weckerin habe, während ich streichle und drücke.

Die nächsten Sekunden werden sehr lebhaft. Weckerin lacht, hat gerade eine Geste beendet, muß wegen der summenden und klappernden Maschinen in der Nähe lauter sprechen, als sie möchte. Hinter den Schatten, wo wir von der Goonga-Patrouille lauern, sind diese Geräusche fast nicht mehr zu hören. Statt dessen vernehmen wir die scharfen Schläge des geflügelten Lamoor, das Geschrei des Dozerwomp, das Rattern der Felsfresser ... und das Kommen des Goonga.

Letzteres wird von einem scharfen Zischen, beinahe einem Donnerschlag, begleitet, und die heftige Kontraktion des Goonga wirft mich um. Doch ich verliere das Paar keinen Augenblick aus den Augen.

Weckerin bemerkt zunächst das schwache Zerren nicht, das ihr zusetzt. Sie spricht noch einen Moment weiter, bevor sie das Erschrecken in Lauten Gigantins Gesicht sieht. Dann erst sieht sie an ihrem Körper herab und bemerkt die acht Fibrillanzen, die ihre Brust und ihren Bauch durchbohren und sie gegen das Gebäude in ihrem Rücken nageln. Sie blinzelt, vielleicht, weil sie die winzigen Blutfontänen in den Eintrittpunkten sieht. Ihre Augen gehen weit auf, ihr Mund arbeitet lautlos. In diesem

Augenblick bewegt sie sich und wählt auf diese Weise den Zeitpunkt ihres Todes ...

Es ist die Zeichnungszeit, die Zeit, der Natur ein neues Gewand vorzuschlagen. Wie in vergangenen Jahren wähle ich das Zickzackblatt. Ich habe immer das Gefühl, daß es in Gestalt und Äderung nicht vollkommen ist. Schließlich brauchen die Zickzackbäume, die die Ewignacht beschatten, die feinste aller Visitenkarten. Zwei Wochen arbeite ich daran, färbe es, glätte seine unregelmäßige Außenkante, füge Rippen und Adern hinzu, und eine ganz schwache Andeutung von Flecken. Ich nehme es zum Naturfest mit, wo alle ihre Dienstleistungen an Blättern, Borke, Steinen, Gras, Moos, sogar an Wolkenbildern, zeigen. Danach geben wir unsere Vorschläge ins Feld zurück, übergeben sie der Natur zur Begutachtung. Und im nächsten Jahr werden wir sehen, wie sie sie beurteilt hat.

Laute Gigantin fängt Weckerin auf, die sich windet und zusammensackt, während ihr gischtblauer Rückenschild rot übersprudelt wird. Ihre Schatten weichen rasch zurück, während sie einander zum Boden geleiten, in einen Schlaf, aus dem Weckerin nie mehr erwachen wird. Da schaut Laute Gigantin, während sie sie in den Armen wiegt, plötzlich mit geschlagenen Augen auf. Sie sieht sich um, sieht in unere Richtung. Und sie schreit. Sie schreit und rennt auf uns zu. Weckerin löscht ihren eigenen Schatten mit einem letzten Nachgeben aus, bis die Sohle ihres rechten Stiefels auf uns weist. Da können wir mein bemaltes Blatt sehen.

Vor langer Zeit schrieb Batinka: »Verschont den, der auf das Bemalte Blatt tritt«, und wir wußten nicht, was es bedeutete. Nun wissen wir es, und, obwohl unter zwanzig Jahren begraben, muß das Gebot geachtet werden, muß das Gebot gebrochen werden. Es tut uns leid, Weckerin. Es tut uns aufrichtig leid.

Ich versuche mit Schmeicheln, mein Goonga in seinen sicheren, unterirdischen Hafen zurückzubringen. Die Beschwörerin, die Zieler und die Zügler sind geflohen, ihnen fehlt meine Einfühlsamkeit, oder mir vielleicht ihre Klugheit. Plötzlich steht Laute Gigantin über mir, neben ihrem rot befransten Kopf hält sie einen Stein hoch. Der Augenblick ist unsicher; sie stößt heftig Worte hervor: »Ich werde euch bis auf den letzten töten! Verstehst du das? Bis auf den letzten. Sag es den anderen. Sag ihnen, sie werden alle durch meine Hand sterben. Sag es ihnen!« Sie schleudert den Stein über meinen Kopf, dreht sich um und geht auf ihren Spuren zurück.

Wie könnte man nicht von dieser Impulsivität, von dieser Einzigartigkeit, von der Endgültigkeit dieser Entscheidung beeindruckt sein? In meiner Rasse geschieht es sehr selten, daß sich einer auch nur kurz zu einer Handlung hinreißen läßt, und abgesehen von dem ohnehin großen Verdienst gebührt einem solchen Verhalten der höchste Lohn – dies verlangt nach Zeromeisterblut. Ich glaube, es ist in diesem Augenblick, als ich dasitze und ihren gleitenden Rückzug beobachte, daß ich sie zu lieben beginne.

Wir werden uns später wiedersehen, viele Male im Verlauf des Krieges, der drei Jahre dauern und unserer Rasse einen ständigen Rückzug bringen wird, über das Große Sinkende Ockerland, durch die Kristallwüste, über das Brachland von Ordon, und wieder zurück. Fast zur halben Zeit dieses Krieges werden wir uns nahe den Shaddocks von Trite treffen, und dort werde ich getötet werden. Und ein Jahr danach, wenn der Krieg zu Ende ist, wird ein ähnliches Schicksal sie ereilen. Aus solchem Stoff sind große Tragödien geschrieben. Doch dies ist nicht, wie es scheint; dies wird keine Tragödie. Und ich beschreibe auch nicht die Schrecken des Krieges, obwohl es deren viele gab. Und es wird auch kein Heldenepos zum Amüsement der Speichellecker. Meine Perspektive ist eine andere. Ich sehe und lebe den Krieg als ausgeklügelte Anbetung, elegant in ihren Ritualen, kompromißlos in ihren Liebesbeweisen. Und so will ich ihn beschreiben. Nur wo es meinen Absichten dient, werde ich auf die näheren Aspekte des Krieges eingehen. Ich will nun damit beginnen, die Dinge zu berichten, die waren und geworden sind.

Unter unseren Gruppen gibt es Verwirrung und Schrekken, als die Menschen, angeführt von Lauter Gigantin und anderen, in unsere Gebiete vordringen und zu morden beginnen. Wir warten auf unsere Zeromeisterin, die uns anleiten soll. Nach zehn Tagen ist unsere Zahl in den Bekannten Ländern halbiert, und wir fürchten um das Überleben unserer Rasse. In diesem Augenblick erreichen uns die Worte unserer Zeromeisterin: »Ergebt euch einem Feind, dessen Waffen lauter sprechen als eure. Zögert die unvermeidliche Niederlage nicht hinaus. Verschwendet nicht euer Leben an eine verlorene Sache.« Mit diesen Worten sind wir sicher, den Krieg zu gewinnen.

Die Gruppe, der anzugehören ich die Ehre habe, besteht aus fünfundsiebzig von uns. Das erste größere Scharmützel gewinnen wir, bei der Hassonbucht nahe dem Windtor. Ich, ein Streichler unter vielen, führe uns mit meiner verblüffenden Inkompetenz zur Schlachtbank. Ich bringe mein Goonga zu früh zur Entladung, so daß es seine Fibrillanzen vor die Füße des Feindes wirft und eher warnt als verletzt. Neben mir ist Geesha, die ich zur Zeit liebe. Sie arbeitet ausgezeichnet mit ihrem Goonga, und sie arbeitet immer noch, als ich fliehe. Sie überlebt das Gefecht nicht. Später, auf dem Zitternden Eßmoos östlich des Trunkbringers, bestraft mich meine Beschwörerin für meine Ungeduld. Ich akzeptiere die Dornen ohne Murren, doch ich weiß, daß mein Verhalten völlig recht war. Laute Gigantin führte ihre Truppe an. Ich fürchtete, sie könnte in der ersten Salve sterben. Das darf nicht geschehen. Noch nicht – erst, wenn wir näher an der Ewignacht sind.

Sechs Gefechte später führt uns unser Rückzug durch das tiefe Ockerland, wo wir es für angebracht halten, den Zeichnern von Ewignacht unsere formelle Aufwartung zu machen. Die meisten sind in den Paarungshöhlen, und ihr leidenschaftliches Greifen/Signalisieren gemahnt mich einen Augenblick zu meiner Verblüffung an zahllose Menschenhände, die feuerbereite Knallwaffen schwingen, um uns mit den Lanzen zu durchbohren, die wir nie finden können – Nichtsichtlanzen nennen wir sie. Doch meine

Gedanken schweifen weiter. Wir passieren die Paarungshöhlen und erreichen die Nahrungssümpfe. Wir sehen, was die Zeichner an diesem Tag geschrieben haben.

Einige, die dies lesen, könnten Menschen sein. Für diese sollte ich abschweifen. Wir, die Schleicher, begraben unsere Toten nicht. Einst hatten wir dieses Ritual mit euch gemeinsam, doch jetzt nicht mehr. Wir bringen unsere Toten zu den äußeren Sümpfen und speisen mit jedem eine gesunde, voll ausgewachsene Schlammquappe, die das Labyrinth versäumt hat. Eine Quappe, die das Labyrinth erreicht, hat bereits eine höhere Intelligenz aufgenommen, und es ist nicht gut, sie mit einer zweiten zu verbinden. Die Quappe bleibt Quappe; ihre Grundbedürfnisse bleiben ihre Grundbedürfnisse. Doch sobald sie mit allem versorgt ist, was sie braucht und auf einem Nahrungssumpf gesetzt wird, kann sich ihre primitive Intelligenz weit genug entspannen, um den Funken durchzulassen. Die einzige physische Manifestation, die ein Schleichergeist bewirken kann, ist die Kontrolle über den Kriechweg. Auf diese Weise – durch das geschriebene Wort – kommunizieren unsere Toten mit uns. Das Präsens muß herrschen, denn die Quappe ist ein Wesen der Gegenwart, und die Vergangenheitsform zu benutzen, bedeutet, ihr Wohlgefühl zu schmälern, und das wäre Unterdrückung.

Das erste, was uns von einem erreicht, der neu in die Ewignacht gekommen ist, ist ein Nachwunsch. Wenn er für vernünftig und erfüllbar gehalten wird, müssen die Nächsten des Verblichenen ihn erfüllen. Wenn wir aus dem ersten Leben einem Zeichner etwas mitteilen wollen, schreiben wir es mit einem Nahrungskonzentrat auf und setzen die Quappe an das richtige Ende. Der Schleichergeist und die Quappe besitzen keinen guten Gesichtssinn, doch während die Quappe unweigerlich dem Konzentrat folgt, kann der Schleichergeist die Worte aus ihren Bewegungen lesen.

Heute hoffen wir, von denen zu lernen, die in den letzten Schlachten starben. Ich stehe unter einem Zickzackbaum, der die Ewignacht mit seinem großzügigen Schatten bereichert, und schaue zu den chaotischen Linien jener hinaus, die in Angst starben und sich nicht erholen konnten. Weniger augenfällig sind die langen, langweiligen Heldengedichte, die von so vielen toten Kriegern ausgebreitet wurden. Noch andere sind winziges, hübsches Gekritzel, sorgenvolle Reueworte fehlgegangener Lebensbahnen.

Vidor von Tazambe, Streichler wie ich, deren Goonga sich als reaktionslos erwies, enthüllt uns etwas Bedeutendes. Sie hat gesehen, daß unsere Fibrillanzen auf die menschlichen Silberpanzer schlugen und zerkrümelten und nur Dellen hinterließen. Und sie hat gesehen, wie unsere Fibrillanzen die durchsichtigen Blasen auf ihren Köpfen trafen und zerstörten.

Eine Kontroverse über die Strategie bricht aus. Manche glauben, es sei das Beste, vier Rüssel der Goongas zurückzutrimmen, damit sie sich in dieser Richtung verzweigen, dann noch einmal dasselbe, bis jedes sechzehn Waffen besitzt, um auf diese Weise die Chancen zu erhöhen, die durchsichtigen Blasen des Feindes zu treffen. Doch andere fürchten, daß die Feuerkraft, die bei dieser Technik für jede Fibrillanze bleibt, bis zur Wirkungslosigkeit vermindert sei. Sie schlagen eine vollkommen andere Taktik vor: alle bis auf einen Rüssel amputieren und die Goongas mit Lungenmilben infizieren. Das bringt die Goongas binnen zwei Jahren um, doch in der Zwischenzeit wäre die Lungenkapazität der Goongas vervierfacht, und die Feuerkraft der einzelnen Fibrillanze wäre gewaltig. Auch dieser Plan weckt Widerspruch; es würde ein halbes Jahr dauern, bis die Goongas in Dienst genommen werden können, und der Krieg ist jetzt. Kompromiß wird erreicht, ein weitblickender Schlachtplan bildet sich heraus. Unsere Gruppen werden einen großen Rückzug beginnen, der kein Rückzug ist, einen weiten Bogen durch viele Gebiete, in denen jeweils unterschiedlich gezogene Goongas warten. Im letzten – in der Wahnsteppe, die an das Brachland von Ordorn grenzt – werden die großen, milbenbefallenen, einrüsseligen Goongas die Zeit ihrer Reife erwarten. Und wenn der Krieg immer noch wütet, wenn wir unseren Kreis vollenden, dann werden sie unsere letzte Waffe sein, und die Wahnsteppe unser letzter Rückhalt.

Ich sitze auf der Wurzel eines Zickzackbaums, bin unzufrieden und bedrückt angesichts seines Blätterdachs, und bemerke ein völlig sinnlos scheinendes Gekritzel am Südrand der Nahrungssümpfe und mache die anderen darauf aufmerksam. Wir verfolgen es mehrere Stunden bis zu der Stelle zurück, an der die verantwortliche Intelligenz zum erstenmal schwand. Aus dieser Schrift identifizieren wir den, der den zweiten und endgültigen Tod gestorben ist. Es ist Batinka. Früh in einem grausamen Krieg sind wir ohne Zeromeisterin.

In der langen Abfolge der Schlachten spiele ich eine wichtige Rolle. Als wir den Paß beim Siechfelsen im Kreiselkesseltal verteidigen wollen, betäube ich die Beschwörer mit Narrengras, so daß sie Sandschnecken und Felsegel rufen statt Goongas. Beim Nebelspalt und im Schreckenscanyon, östlich des Wanderwaldes, betäube ich die Goongas, so daß sie unempfänglich für alle Zärtlichkeiten aufsteigen. Auf der Kieselebene vom Himmelsgrund niese ich auf eine Weise, die meine Gefährten als Signal mißverstehen, während der Feind noch einen Tausendsprung entfernt ist. Und in der Kristallwüste sammle ich Leuchthüpfer und bringe sie im schrecklichsten Augenblick zur Entladung, so daß die feuerbereiten Goongas nicht feuern, sondern vor dem wilden Funkeln fliehen.

Meine Handlungen und das Morden, das sie über meine Rasse bringen, quälen mich. Wir sind jetzt zu weit von Ewignacht entfernt; denen, die sterben, bleibt das zweite Leben versagt. Und doch tue ich es. Ich tue es und beobachte es mit Schrecken, während meine Liebe zu Lauter Gigantin zehnfach verstärkt wird durch jeden Schleicher, der vor ihr fällt. Denn ich sehe dies als Ausdruck ihrer tiefen Hingabe an die Erinnerung an Weckerin. Und wenn ich eine so großartige Geliebte haben soll, dann muß ich eine entsprechende Hingabe zeigen.

Man sagt, ständige Angst beschleunigt den Reifungsprozeß. Das muß richtig sein, denn obwohl ich kaum ein Dreijahr alt bin, knospe ich in der Salzgischt der Tränenwüste spontan einen Sohn. Ich nenne ihn Spont und schicke ihn mit den Verwundeten fort, damit er von der hervorragenden Linguistin Zalsor erzogen wird, die meine Mentorin war. Es ist meine Hoffnung, daß er nichts vom Krieg sehen wird.

Wir, die Überlebenden, schließen viele unserer dezimierten Gruppen zusammen und vollenden den Außenbogen unseres großen Kreises. Das Ereignis wird von einer vernichtenden Niederlage nahe den Shaddocks von Trite markiert. Unsere Gruppe hängt zurück und trifft erst ein, als die Schlacht schon verloren ist. Die südliche Ewignacht ist nur noch eine Tagesreise entfernt; für die, die hier starben, gibt es Hoffnung auf ein zweites Leben. So sammeln wir die Toten zur Stunde der Echowolke ein, während die Brandbäume um uns her ihre feurigen Gewänder leise flüsternd heben. Im nächsten Augenblick schaudern wir unter schrecklichem Geknall. Überall fallen Schleicher. Der Feind ist über uns. Als Teil meiner Wachroutine streichelte ich ein Goonga, um es ständig in Bereitschaft zu halten. Nun ruft uns unsere Beschwörerin zum Dienst. Die Zieler laden und zielen auf fünf anrückende Menschen. Die vorderste Gestalt ist groß. Rote Fransen füllen ihre Blasen fast ganz aus. Es ist Laute Gigantin. Zu spät versuche ich mein Werk rückgängig zu machen; die Goongas hier sind überempfindlich, und jetzt feuert sogar meins. Ich starre voller Schrecken hinüber, während die Angreifer gleichzeitig stürzen, als wären sie über eine Stolperranke gefallen – alle bis auf einen. Laute Gigantin stürmt weiter, grimmig in Erinnerung an Weckerin. Einen Augenblick sehe ich die Zieler zu beiden Seiten fliehen und frage mich, ob sie sie absichtlich verfehlen und ob ich mit meiner anbetenden Liebe für sie nicht allein bin. Doch wenn das so ist, dann planen sie nicht so sorgfältig wie ich – ich, der in seiner Entschlossenheit einem Zeromeister gleicht, und der gewiß wenigstens einen Tropfen jenes königlichen Blutes haben muß. Sie werden ihre Liebe nicht gewinnen können. Sie nicht.

Ich schlage das Goonga und weine melodisch, um es vor der Gefahr zu warnen. Es gleitet durch den teigigen Humus hinab und schickt langsam Blasen hinauf, gleich leisen Abschiedsgrüßen. Mir kommt der Gedanke, daß die Goongas fähig sein könnten, Schleicher zu lieben, wie ich fähig bin, einen Menschen zu lieben. Neben mir versucht die Beschwörerin zu fliehen, doch sie ist verwundet und schafft es nicht. Jetzt rücken von allen Seiten Menschen heran, doch keiner so geschwind wie Laute Gigantin. In diesem Augenblick nehme ich die Nichtsichtlanze durch meine Eßhöhle auf und sterbe.

Es gibt eine Methode, mit der Zeichner gegenseitig ihre Werke lesen können. In der Tiefnacht, wenn die Kontrolle der Quappe am schwächsten ist, kann der Schleichergeist den scharfen Geruchssinn der Quappe benutzen, um den Pfad eines anderen zu finden und zu verfolgen. Auf diese Weise kann ich den Krieg beobachten.

Die, die jetzt im Nahrungssumpf in unsere Reihen treten, enthüllen uns, daß es immer schlimmer wird. Wir erfahren, daß sogar die angrenzenden Wildsümpfe gezähmt wurden, um unsere wachsende Zahl zu beherbergen. Jede Schlacht bringt uns aufs neue ihre Hinterlassenschaften. Manche sind so reich verziert, daß wir kein bißchen davon glauben können. Manche sind detaillierte Berichte von Blutdurst und Niederlage, die nicht angezweifelt werden können. Es gibt welche, die uns glauben machen wollen, Laute Gigantin sei tot. Ich will es nicht glauben. Ich weigere mich, es zu glauben.

Wir lesen von einer Katastrophe beim Wirbelhügel, wo trotz Goongas in großer Zahl die Fibrillanzen fehlgehen; vom Halbinselbogen, wo der Niedergang eines Menschenschiffs die Bodenwellen verwirrt, so daß die Zieler ihre Ziele verfehlen; vom Unteren Aschendunkel, wo einhundert Schleicher zusehen müssen, wie die Goongas den schlimmstmöglichen Augenblick wählen, um zu ihren unergründlich tiefen Schlaffelsen zu ziehen …

Auf diese Weise kommen und gehen die Jahreszeiten, bis

in unseren Gestaden (wir fühlen es eher, als daß wir es sehen) eine große Zahl von Schleichern eintrifft. Einer springt neben mich, und ich sehe, daß es Spont ist, mein Sohn. Er schreibt in die Nahrung, und bald lese ich von der Vollendung des Kreises und der grausamen Schlacht von Ordorn, wo unsere Rasse ihren letzten Rückhalt aufbaut. Die monströsen einrüsseligen Goongas erweisen sich als fabelhafte Waffen. Die Lungenmilbeninfektion hat ihren Nervensystemen den Drang aufgeprägt, zu überleben, sich fortzupflanzen. Die leichteste Berührung läßt sich entladen, das kleinste Warten lädt sie wieder auf. Die von ihnen geschleuderten Fibrillanzen kennen kein Hindernis: sie spalten Bäume, sie zerschmettern Felsen, sie töten Menschen. Viele, viele Menschen. Die Schlacht von Ordorn endet mit dem Zurückweichen der Menschen, die Hüllen kehren in den Himmel zurück, und die drei blinkenden Sterne verschwinden. Die Schlacht von Ordorn beendet den Krieg.

Die Schleicher lassen mich als ersten lesen, denn sie wissen, daß es mein Bemaltes Blatt war, das die Bühne für den Krieg bereitete. Ich vermute, daß die meisten von ihnen auch meinen Nachwunsch kennen. Und ich frage mich ... Um meinen Sohn ist ein Geruch, der nicht ganz Schleicher ist, er trägt eine wilde Quappe. Er legt sie in meine Nähe, und wir nehmen Kontakt auf. Ich gerate in Ekstase. Meine Schleicherfreunde haben meinen Nachwunsch geachtet, denn Laute Gigantin lebt ihr zweites Leben an meiner Seite.

Ich sorge mich, daß es zwischen uns nicht klappen könnte. Eine Quappe ist schließlich sehr wählerisch, wenn es darum geht, einen Gefährten fürs Leben zu wählen. Und richtig, in diesem Augenblick gleitet die Quappe, die Laute Gigantin beherbergt, fort. Es wird Zeit brauchen, beruhige ich mich. Solche Dinge brauchen ihre Zeit.

Mit dem Ende des Krieges müssen wir eine neue Krise erdulden. Batinkas letzte Prophezeiung erfüllt sich jetzt. Die Zukunft erstreckt sich schnurgerade wie die Ewignacht vor uns. Obwohl wir kaum ihren Rand erreicht haben, sind wir schon verloren. Wir brauchen jemanden, der uns führt. Wir brauchen leider einen neuen Zeromeister. Es ist nie leicht, einen zu finden. Sie sind seltene Vögel – die blinden Irrationalen, die unverbesserlichen Ignoranten. Die, die selten eine fremde Spur lesen ... die einsamen Geister, die alleine wandern ... unermüdliche, verschlossene Kritzler ...

Es gab einmal eine Zeit, da wir die Anleitung von Gelehrten suchten, doch die Offenheit ihres Geistes hinderte sie daran, einen klaren Pfad für uns zu finden. Wir taumelten durch die Jahrhunderte, Opfer unserer Unsicherheit, bis wir es mit der Regentschaft der Zeromeister versuchten. Ein Zeromeister muß unglaublich unwissend sein. Ein Zeromeister zögert keinen Augenblick, uns die falsche Richtung zu weisen. Wir müssen dann nur noch den entgegengesetzten Weg gehen.

Wir haben endlich eine Zeromeisterin. Es ist natürlich Laute Gigantin. Doch dabei gibt es ein Problem. Ihre Sprache ist nicht die unsere, und während uns die gesprochene menschliche Sprache leicht erreicht, will von Menschen Geschriebenes nicht in unseren Geist. Vier unserer größten lebenden Linguisten haben sich zusammengetan, um die Dokumente der Menschen zu studieren, die wir aus dem Krieg retten konnten. Zalsor, einst meine Mentorin und jetzt die meines Sohnes, leitet die Gruppe. Ein Mitglied verzweifelt bald so sehr angesichts der Schwierigkeiten, daß er sich tötet. Zalsor selbst wird es ihm eines Tages gleichtun, doch mit wahrer Großmut. Die Sprache ist langsam, äußerst schwer zu lernen. Schließlich kommt der Tag, an dem Zalsor die Linguisten für bereit hält. Sie steigen herab, um das einsame Gekritzel der Zeromeisterin anzuschauen und finden es völlig unverständlich.

Die Jahreszeiten vergehen, und obwohl der Krieg beendet ist, bleiben wir in Aufruhr, denn wir kennen unseren Weg nicht.

Wieder ist die Zeichenzeit gekommen, die Zeit, der Natur Verbesserungen ihrer Entscheidung anzubieten. Ich kann nicht mehr daran teilnehmen, denn ich bin Zeichner der Ewignacht. Mein Sohn aber nimmt teil und setzt meine Suche nach einem besseren Zickzackblatt fort. Bevor er zum Fest geht, bringt er sein Blatt zu mir. Er legt es auf den Pfad meiner Quappe, so daß sie darüberkriechen muß. Auf diese Weise spüre ich seine Struktur und Färbung. Mein Sohn schätzt meine Orangeflecken und die grauen Tönungen der Ränder nicht, und auch nicht die Symmetrie meiner Maserung. Statt dessen hat er sich für goldbestäubte Ränder entschieden, für feine, enge Streifen, die auf ihrer ganzen Länge von Knoten unterbrochen werden, und für eine komplizierte, asymmetrische Äderung wie in einem blutig geschlagenen Auge.

Sein Blatt ist besser als meins.

Ich schreibe, daß er zurückkehren und mir vom Fest berichten soll. Er tut es, doch er kommt nicht allein. Die Ufer sind voller Schleicher, und wir, die Zeichner der Ewignacht, lesen schockiert vom Fest. Dieses Jahr gibt es keine Preise, weil Zalsor, unsere beste Linguistin, ein kleines Goonga hebt, erregt und sich mit drei Stacheln tötet. Sie tut es zum Besten von uns allen, in der Hoffnung, daß sie als Zeichner das Gekritzel der Zeromeisterin verstehen kann, denn wir müssen unseren Weg erkennen.

Es dauert eine Woche, bis sich Zalsor akklimatisiert und ihre Arbeit in Ewignacht wieder aufnimmt. Wo immer wir Laute Gigantins Spuren bemerken, folgt ihr Zalsor bald nach. Und dann kommt der Tag, an dem Zalsor die Übersetzung schreibt:

»Meine Rasse wird nicht aufgeben! Andere werden kommen. Mehr und immer mehr! Und sie werden euch bis auf den letzten umbringen!«

Die Botschaft erreicht uns auf verschiedenen Wegen. Die am Ufer, die im ersten Leben, sehen sie sofort; wir aus der Ewignacht müssen die Schrift einer nach dem anderen lesen. Doch schließlich kennen wir sie alle. Und wir jauchzen über diese Neuigkeit.

Ich muß jetzt aufhören zu schreiben. Der Tag neigt sich dem Ende zu, und Laute Gigantin kommt. Ich glaube, sie will endlich mit mir tief hinab in die Paarungshöhlen gehen, wo wir uns umschlingen werden, unbedeckt, wie zwei Menschen auf einem erdweichen Hügel.

Medea

von Tanith Lee

Einer der faszinierendsten Romane von Tanith Lee trägt den Titel »Liebhaber in Silber« (Bastei-Lübbe Taschenbuch 22067). Eine gezeichnete Version erscheint in Kürze, und Hollywood zeigt starkes Interesse an einer möglichen Verfilmung.

Obwohl die vorliegende Kurzgeschichte mit diesem Roman nichts zu tun hat, kommt in ihr eine Figur vor, die man durchaus »Liebhaber in Gold« nennen könnte. Dies ist seine Geschichte, allerdings auch die Geschichte der Frau, die auf ihn gewartet hat.

I

Im Herzen der verlassenen und teilweise verfallenen Stadt streckten sich die 98 Stockwerke eines alten Hotels in die klare Luft des Sonnenuntergangs. Das Hotel war nicht unbedingt die gewaltigste Struktur, die von dieser Stadt übriggeblieben war. Es war eine sehr moderne Metropole gewesen, mit vielen, sehr hohen Gebäuden. Aber es hatte sich so ergeben, daß verschiedene der Häuser um das Hotel herum zusammengefallen waren, aus was für einem Grunde auch immer. Nun war diese aufgetürmte weiße Architektur, die wie eine riesige Hochzeitstorte wirkte, von fast jedem Punkt der Stadt aus zu sehen – und noch Meilen entfernt, jenseits der trockenen staubigen Ebenen des Planeten, sah man das Hotel.

Der Sonnenuntergang auf diesem Stern dauerte mehrere Stunden, und er war von großer Schönheit. Die Konturen des Hotels verschwammen in einem weichen, rosigen Licht. Der Stuck und die Ornamente, vom Wind zernagt, waren im Laufe der Jahre zum Nistplatz der großen Kletterechsen geworden. Während der Stunden, in denen die Sonne unterging, tauchten sie auf, krabbelten an der Fassade hoch und hinab, vorbei an den leeren Fenstern, hinter denen leere Zimmer lagen. Ihre Panzer blinkten golden, ihre Scheusalsgesichter stierten hinweg über die großen verlassenen Blöcke der Stadt, die golden zurückblinzelten. Aber die großen Echsen waren klug genug, diese glitzernden Wolkenkratzer nicht für etwas Lebendiges zu halten. Das einzige Leben außer ihnen und einigen weißen, skelettartigen Vögeln, die gelegentlich über sie hin strichen, existierte im 98. Stock. Hin und wieder konnten die Echsen es sich hinter der Doppelverglasung bewegen sehen, und hin und wieder durchdrang da Pochen der Maschinen oder Musik das Innere des Hotels, die Steine bebten und die Echsen, die sich festklammerten, zitterten und lauschten mit ihren großen, beweglichen Ohren.

Medea lebte im 98. Stock. Oft war sie durch die Glastüren sichtbar – ein junges Erdenweib, so schien es, mit kohleschwarzem Haar, das bis auf ihre Hüften herunterfiel. Sie wirkte wie ein klassisches Bild der Ruhe, der in sich Ruhenden. Einen großen Teil des Tages und oft auch weite Teile der Nacht saß oder lag sie nur still da. Es schien, als bewegte sie sich überhaupt nicht – da war nicht das Zucken eines Fingers, nicht das Zittern eines Augenlides. Erst bei längerem Hinsehen konnte man gewahr werden, daß sie atmete.

In diesen Zeiten, durchschnittlich 27 Stunden jedes 36 Stundentages, den dieser Planet auf seiner Umlaufbahn durchlief, probierte Medea – völlig bewegungslos – verschiedene Zustände ihres Denkens aus. Im Geiste durchreiste sie eine Unzahl von Landschaften, physische und nicht pysische, über Gebirge, unter Ozeanen, ja kreuz und quer durch die Galaxien. Sie hatte brennende Sterne passiert und das kalte Nichts des Raumes, wo die letzten Welten hingen wie die Wasserflecken auf den Fensterscheiben ihrer Zimmer. Endlose Arten von Kreaturen kamen und gingen auf den Pfaden ihrer geistigen Reisen. Wesen des Landes, des Wassers, der Luft und aus den Schluchten zwischen den Sonnensystemen. Städte und andere Konglomerate erstanden und versanken, so einfach wie die Urwälder und die kultivierten Landstriche durch sie hindurch zogen. Sie fühlte, daß alle diese Visionen auch sie betrafen, sie durchdrangen. Daß sie etwas in sie hineinwob, von ihrem Ich, wenn sie sie nicht sogar formte und so einen Teil ihrer eigenen Verflechtungen bildete, dazugehörte. Sie durchdrang sie alle mit ihrer Liebe, war ohne Furcht, und wenn sie davonzogen, fühlte sie den sanften Schmerz des Verlustes. Aber nur für einen Augenblick. Denn nur wenn sie »wachte«, fühlte Medea die Einsamkeit.

Ihre Augen würden sich öffnen. Sie würde um sich blikken. Sie würde sofort aufstehen und in ihrem Apartment umhergehen, das die Maschinerie des Hotels in tadellosem Zustand hielt.

Alle drei Räume waren bequem und zwei davon sogar elegant. Ein Wintergarten mit Hartglaswänden ragte aus der Gebäudefassade hervor. Darin blühten und reiften riesige Planzen. Es gab ein Badezimmer mit einem in den Boden eingelassenen Becken aus Marmor, in dem man schwimmen konnte. Literatur und Musik, Kunst und Theater zahlreicher Welten standen ihr reichlich zur Verfügung. Auf Knopfdruck wurden Medea exzellente Speisen aus den Tiefen heraufgebracht. Zu seiner Zeit war das Hotel über zwanzig Sonnensysteme berühmt gewesen.

Sie selbst ging die Treppen nie hinunter. Vor Jahren hatte sie es hin und wieder getan. Sie war über das staubverkrustete Pflaster der Straßen gewandelt oder, indem sie sich in eines der winzigen Schwebeautos setzte, durch die Mauerschluchten geglitten, an den gähnenden Fenstern vorbei, über die Brücken – und wieder zurück. In der Nacht hatte sie auf der üppigen Veranda des Hotels gesessen und einen Kaffee oder ein Sherbet geschlürft. Wie Marionetten an den Fäden ließen die Generatoren noch wenige Lichter in der Stadt aufflackern, wenn die Sonne unterging. Sie gab sich nicht der Illusion hin, daß es in jenen fernen erleuchteten Gebäuden noch Leben geben könnte. Manchmal stahl sich eine der Echsen zu ihr hinauf. Trotz ihrer Größe waren sie sehr vorsichtig. Sie streichelte die, die sich nahe heranwagten und es sich gefallen ließen. Aber die Echsen brauchten sie nicht und sie verstand sie nicht, wenn sie »wachte«.

In früheren Jahren hatte sie oben auf der Spitze ihres Turmes gestanden. Aber es gab keinen Grund, ihr Apartment zu verlassen. Das sah sie ein.

Aber ebenso oft, wenn sie »wachte«, mit geöffneten Augen, empfand sie ihren Verlust, weinte sie. Sie fühlte diesen Schmerz ständig, wenn auch immer verschieden – scharf wie ein Rasiermesser, stechend wie eine Nadel, dumpf wie eine Verletzung. »Ich bin allein«, sagte sie. Sie warf einen Blick von ihrer Höhe herunter, sie sah zu, wie die Echsen auf und ab huschten. Sie blickte über die Stadt bis zu dem Dunstschleier, der über den Ebenen jenseits lag. Ihre Traumgewebe waren ihr Trost. Aber das genügte nicht.

»Allein«, seufzte Medea mit leiser, trauriger Stimme. Sie drehte dem Fenster den Rücken zu.

Und so übersah sie den neuen goldenen Funken, der bizarr durch die Luft des Sonnenunterganges stob, und den weißen Federschweif aus Dampf, den er hinter sich her zog.

Jaxon landete seine Raumfähre in etwa einer halben Meile Entfernung vor der Stadt. Er trat in voller Rüstung in den langen Sonnenuntergang hinaus und stellte aus reiner Gewohnheit alle Maschinen auf Verteidigung. Dabei gab es hier, mit hoher Wahrscheinlichkeit, nichts, wogegen es sich zu verteidigen galt. Der Planet war vom Mutterschiff aus sorgfältig abgetastet worden.

Jaxon schlenderte in die Stadt. Er war ein Abenteurer, der sich von Leuten mieten ließ, die gut zu zahlen wußten. Was ihn hierher auf diesen gottverlassenen Flecken weit ab von allen neuen Welten und alten Handelsrouten, die normalerweise sein Spielfeld waren, verschlagen hatte, war die Idee eines freiberuflichen Kapitäns, dessen Schiff im Moment über ihm hing. Sie hatten sich in einer Kneipe am Rand der Lyra kennengelernt. Jaxon, die goldene Figur, die er immer darstellte, das Gold aber etwas gefleckt durch die blutige Nase und das blaue Auge, die er sich in einem gerade überstandenen Kampf eingefangen hatte.

»Na dann, jedenfalls vielen Dank, daß Sie meine Haut gerettet haben. Und was wollen Sie jetzt von mir?« Der Kapitän entrollte vor ihm eine alte Sternenkarte und zeigte auf einen Planeten. »Und was ist damit?« fragte Jaxon. Der Kapitän erklärte es ihm. Zu diesem Zeitpunkt war es nicht mehr als eine Geschichte, aber solche Geschichten zogen manchmal Taten nach sich.

Anscheinend war vor einem Jahrhundert auf jener kleinen Welt eine Maschine von ungeheurer Energie gehütet worden. Die Kolonie wurde prompt evakuiert unter dem Vorwand, daß der Planet eine instabile Bebenaktivität entwickelte. Eine ganze Stadt wurde verlassen. Niemand kehrte je zurück. Jenseits aller Grenzen und von den aktuellen Karten gestrichen, war der Planet bis jetzt übersehen, vergessen worden. Nur die Geschichte von dieser Maschine lebte weiter und tauchte schließlich wieder auf.

Nur gut, Jaxon nahm an, daß der Kapitän darauf aus war, daß jemand (Jaxon) da etwas unternahm. Was für eine Kraft hatte denn diese verborgene Maschine? Da mußten doch Wachen existieren, welcher Art waren sie? »Es war eine Art Kriegsmaschine. Deshalb mußte sie verschwinden. Wer immer sie in die Finger kriegen würde, konnte alle nach seiner Pfeife tanzen lassen.« (»Ist ja nett«, tönte Jaxon und blies in seinen spendierten Drink.) »Auf der anderen Seite kann alles auch bloß ein Gerücht sein. Aber wir wollen dieser Sache doch mal nachgehen, ohne unseren Hals zu weit vorzustrecken.«

»Also wollen Sie statt dessen lieber meinen Hals vorstrecken.« Der Kapitän erläuterte den Handel. Jaxon dachte darüber nach. Erst als sie schon an Bord des Schiffes waren, stellte er noch Fragen. »Sie haben mir immer noch keine genauen Antworten auf meine Fragen gegeben. Was tut diese Maschine? Wie wird sie beschützt?«

»Na gut. Das ist jetzt vielleicht etwas apokryph. Ich habe gehört, daß es sich um einen ›Radierer‹ handelt. Das ist der Slangausdruck für etwas, was jahrzehntelang ein allgemeiner Alptraum war und von allen solaren und galaktischen Regierungen verurteilt wurde, etwas, das es im Grunde gar nicht geben konnte.«

»Wir reden also von einem Materie-Zerstörer?« hakte Jaxon ein.

»Ja. Das ist der springende Punkt. Und, lachen Sie ruhig darüber: die einzige Wache für dieses verdammte Ding ist eine einsame Frau in einem Luxushotel.«

Im Weltraum wimmelte es von Legenden, geboren in Kneipen und verlorenen Gegenden, von den Handelsschiffen wie Samen im Raum verstreut, in fruchtbare Gehirne verpflanzt, im Normalfall dazu bestimmt, einzugehen. Aber Jaxon, der etwas wie Leidenschaft hinter diesem Geschäft witterte, bekam schließlich doch die Wahrheit heraus. Die Sache mit dem freiberuflichen Kapitän war eine Finte. Der wirkliche Auftraggeber, der hinter der ganzen Sache steckte, war die Regierung – die wirkliche Mission – die Maschine zu finden und zu zerstören, wenn sie existierte. Alles andere war Tarnung. Eine Art Freibeuter auf einem neuen Abenteuerzug, der nach einem Computerschatz suchte – so sollte es aussehen. Wenn die Mächte, die die Maschine versteckt hatten, von der Sache Wind bekämen, würde es einen Mordswirbel und galaktische Verwicklungen geben. Wegen eines kleinen Fassadenkletterers, der einen bestohlen hat, fängt aber niemand einen Krieg an.

»Auf der anderen Seite könnte der Fassadenkletterer auch in seine Bestandteile aufgelöst werden.«

»Oder das Ganze ist nur ein Gerücht und nichts dahinter. Eine Mordsgeschichte. Lügen. Ein Sturm im Wasserglas.«

»Haben Sie schon einmal einen Sturm im Wasserglas gesehen?« fragte Jaxon. »Ich schon. Ein Trick, den irgend ein Typ eines Nachts in einer Bar vorführte. Da war der Teufel los.«

Als er die Stadt betrat, die von den himmelhohen Pylonen der Brücke eingerahmt war, sah Jaxon das Hotel.

Er blieb stehen und betrachtete es, dachte an die Frau, die den MZ bewachte – eine Maschine, die das Chaos entfachen und alles – Planeten, Sonnen, den ganzen Raum – zerstören konnte. Wenn irgend etwas an der Sache dran war, mußte sie ein Roboter sein oder ein Android. In dem flachen goldenen Ring, den er immer bei sich trug, hatte er ein Peilgerät bei sich. Das würde ihm auf hundert Meter Entfernung genau mitteilen können, was sie war – wenn es sie gab.

Eines der Schwebeautos glitt heran. Jaxon hielt es an und stieg ein. Es trug ihn sanft in Richtung dieses exzentrischen Hotelkastens. In einer Entfernung von siebzig Metern konsultierte Jaxon den Ring. Er teilte ihm sofort mit, daß es diese Frau wirklich gab – und was sie war. In der Vergangenheit war ihr Name im planetarischen Register aufgenommen worden. Sie hieß Medea. Sie war kein Roboter, auch kein Androide oder irgendwie, nach gegenwärtiger Analyse, biologisch manipuliert. Sie war eine junge Frau, mit einer schwarzen Löwenmähne, blassem reinem Teint, dunklen Augen. Sie wog ... »Warte«, unterbrach Jaxon, »was im Moment wichtiger ist, hat man ihr etwas eingesetzt?«

»Nein, keine Fremdkörper.«

Das Fahrzeug war jetzt nur noch zehn Meter von dem Gebäude entfernt und begann, sanft wie ein Aufzug, nach oben zu steigen. 60. Stockwerk, 69., 70. ... »Kontrolle wiederholen«, befahl Jaxon.

Die Echsen glotzten ihn mit ihren vorspringenden Augen an, als er vorbeischwebte, aber er hatte sie schon prüfen lassen – es gab über zweitausend von ihnen, die im oder am Gebäude lebten. Es handelte sich um Saurier, friedfertig, halbwegs intelligent, harmlos und nicht mechanisch. Ein Vogel flog einige fünfzig Meter über ihm. »Kontrollier das«, schnappte Jaxon und beäugte grimmig die Echsen. Aber es handelte sich nur um einen Vogel.

79, 80, 81 ... das Fahrzeug hielt.

Jaxon sah die Frau, die Medea hieß. Sie stand am Fenster und betrachtete ihn durch das dicke Doppelglas. Ihre großen Augen leuchteten.

Jaxon beugte sich vor, lächelte und flüsterte: »Darf ich hereinkommen?«

Er war aus purem Gold. Goldene Haut, goldfarbene Augen, ein goldenes Vlies aus Haar. Auch diese Halbuniform, die er trug, war aus schimmerndem gelbbraunen Material. Wer ihn ansah, wurde geblendet.

Medea trat vom Fenster zurück und drückte auf den Knopf, der die Glashaube hob. Der Mann trat geschmeidig aus dem Fahrzeug und über die Balustrade. Die Glashaube senkte sich wieder. Sie könnte ihn dort stehen lassen, überlegte Medea, ein interessantes Objekt Mensch in einer Falle gefangen. Aber seine Gegenwart war zu mächtig und das innere Glas mochte auch zu zerbrechlich sein. Sie ließ die zweite Glaswand nach oben steigen und der goldene Jaxon trat zu ihr in den Raum.

Es gab verschiedene Eröffnungszüge. Er hatte sich bereits für den besten entschieden.

»Guten Abend«, sagte Jaxon, »ich nehme an, der Name unter dem du dich kennst, ist Medea, M-E-D-E-A. Meiner ist normalerweise Jaxon, J-A-X-O-N. Ich wurde auch schon anders genannt. Du hast es sehr schön hier. Ist der Service noch in Ordnung? Ich hoffe es. Das Klima muß auch angenehm sein. Wie kommst du mit den Echsen klar?« Während er sprach, kam er auf sie zu. Sie wich nicht vor ihm zurück, ihre Augen trafen sich, sie wartete. Als er nur noch wenige Schritte von ihr entfernt war, hielt er inne. »Und die Maschine«, fuhr er fort, »wo ist die?«

Sie fragte: »Welche Maschine? Hier gibt es mehrere.«

»Komm, du weißt genau, welche Maschine. Nicht die, die das Bett macht oder den Salat mischt oder die Musik anstellt. Nicht der Stadtcomputer, der für das Funktionieren der Schwebekabinen sorgt. Auch nicht die Generatoren, die in den Stockwerken das Licht brennen lassen.«

»Andere gibt es nicht«, sagte sie.

»Aber ja, es gibt sie. Oder warum bist du hier?«

»Warum ich ...?« Ihre Augen weiteten sich erstaunt. Während dieser ganzen Zeit sandte der Ring seine feinen Impulse durch seine Haut, seinen Finger, Botschaften, deren unbemerkte und schnelle Aufnahme er schon vor langer Zeit gelernt hatte. Sie lügt nicht. Sie ist über seine Ankunft schockiert und reagiert emotionslos. Das Gefühl wird wieder durchbrechen. Ihr Puls ist so und so hoch, er steigt, wird schneller. Aber sie lügt nicht (eine Gehirnwäsche, die verhindert, daß sie Bescheid weiß?). Möglich. Puls steigt, schneller, schneller.

»... hier bin«, lachte sie kurz auf, »weil ich zurückgeblieben bin. Das ist alles. Der Kern dieses Planeten ist instabil. Wir sollten ihn verlassen. Aber ich beschloß, hierzubleiben. Ich bin hier geboren, weißt du. Und meine ganze Familie ist hier gestorben. Mein Vater war der Architekt, der dieses Hotel entworfen hat. In diesem Hotel bin ich aufgewachsen. Als die Schiffe abhoben, bin ich nicht mitgefahren. Wohin hätte ich auch gehen sollen. Wohin, wohin ... wie exzentrisch, zurückbleiben zu wollen. Aber die Bebenaktivität ist nicht so gefährlich, wie sie gesagt haben. Ein schwaches Grollen. Das Hotel ist stabilisiert, obwohl die anderen Gebäude manchmal – erst vor sechs Monaten fiel einer der Blocks auf der anderen Seite des Platzes zusammen – eine Staubwolke wirbelte eine halbe Stunde lang auf. Ich rede viel zuviel«, unterbrach sie sich. »Ich habe kein menschliches Wesen mehr gesehen seit – ich kann mich gar nicht erinnern – zehn Jahren, nehme ich an?« Das war eine Frage, als ob er es besser wüßte und es ihr gleich sagen würde. Sie legte ihre Hände vor ihr Gesicht und fiel ihm langsam entgegen. Jaxon fing sie auf und hielt sie in seinen Armen, als sie weinte (Keine Lügen. Wahrheit. Gefühlsausbruch. Der Ring gab ihm ununterbrochen seine Informationen weiter). Auch für ihn war eine lange Zeit vergangen, seit er eine Frau auf diese Art in seinen Armen gehalten hatte. Er überdachte das logisch, seine Gedanken flossen weiter, zu anderen Folgerungen. Wie aus weiter Ferne fand er Gefallen an dieser warmen Berührung, ihrem weichen dunklen Hexenhaar. Gefallen, sie zu trösten.

II

Sie hatten Zeit, alle Zeit der Welt. Denn niemand und nichts konnte ihn drängen. Die einzige Notwendigkeit war – sicher zu sein. Und von Anfang an war er sich sicher genug, es war nur eine Frage des Beweises dieser Sicherheit, die Gewißheit jenseits der Gewißheit. Neben den winzigen Apparaturen, die er immer bei sich trug, hatte er noch seine eigenen wachen Sinne. Jaxon wußte innerhalb der ersten zehn Minuten, daß es hier auch nichts gab, was nur entfernt der mächtigen Technologie eines MZ geähnelt hätte. Mit anderen Worten, doch kein Schlüssel zum Jüngsten Gericht. Das Schiff der Regierung kreiste weiter über ihm, sondierte die Wellen der Hügel, die Tiefen des Planeten, die natürlichen Höhen und Schluchten. Und er, auf seinen Streifzügen durch die Stadt, mit den kleinen, immer bereiten Schwebekabinen – fand nicht die leiseste Andeutung.

Etwas Seltsames aber gab es, das er nicht festmachen konnte.

Oder war das nur seine Entschuldigung, um noch etwas länger zu bleiben?

Am ersten Abend, als der Sonnenuntergang sich langsam in Nacht auflöste, hatte sie zu ihm gesagt: »Du bist hier, warum weiß ich nicht. Ich verstehe dich nicht. Aber wir haben Campagner. Wir werden den Ballsaal öffnen.« Und als er gequält grinste, fuhr sie fort: »Oh, bitte sei nett zu uns. Sei nett zum Hotel. Es lechzt nach einem Gast.«

Und das stimmte, das Hotel erwachte durch Knopfdruck zum Leben. Es putzte sich heraus und schmückte sich mit den Juwelen vieler Lichter. Im Ballsaal aßen sie vom Feinsten, jede Platte, jedes Glas, jedes Messer mit dem Emblem des Hotels verziert und graviert. Sie tranken aus kristallenen Pokalen und tanzten auf kristallenem Boden die sinnlich lasziven Tänze, die vor zehn Jahren modern gewesen waren, während sich die Musik wie aus Fontänen über sie ergoß. Jaxon, weltgewandt und anspruchsvoll, war weder erstaunt noch verlegen. Medea wurde wieder ein Kind oder eine junge Frau. Dies war ihre physische Jugend gewesen, in der sie glücklich gewesen war – bevor die Fremden mit ihren Schiffen kamen, die Stadt starb, die Schiffe und alle sie verließen.

Aber sie war kein Kind. Und obwohl sie auf ihre Art die Unschuld eines kleinen Mädchens besaß, war sie doch eine Frau, lehnte sich gegen ihn, während sie tanzten und die Lichter wie Golddukaten über ihren Haaren funkelten. Er war eigentlich eher eine andere Art Frau gewohnt, hart, klug, vielleicht ein bißchen intellektuell, das übliche Flirten, das Ereignis, das Verlassen – mitten in den Glitzerpalästen, die er auf den Planeten frequentierte – oder in den großen Linienschiffen im freien Raum. Das hieß nicht, daß er noch nie eine Frau wie diese kennengelernt hatte. Es hatte da ein oder zwei Liebesbeziehungen gegeben, eben Liebesaffären. Und hier – Medea, deren Klugheit und deren Lieblichkeit durch seine Nähe zum Leben erwachten – er war keineswegs gegen so etwas gefeit. Ebenso wenig wie gegen die ganz offensichtliche Tatsache, daß sie ihm, mit einem Anflug von Urinstinkt, vertraute. Was hätte sie sonst tun sollen?

Und wie stand es mit Medea? Sie verliebte sich in ihn, als sie ihn das erste Mal sah. Es war unvermeidbar und es war ein Klischee, aber sie war klug genug, dieses Klischee zu erkennen und es trotzdem zu akzeptieren.

Nach der ersten Nacht ein neuer Tag, umsorgt und verpflegt von dem neu erstandenen Glanz des Hotels, trennten sie sich und jeder ging in seine Suite. Wie ein goldener Haifisch ergötzte Jaxon sich in dem großen Badezimmer, zog alte Brandies und Lebenswasser aus versteckten Kabinetten, setzte den kleinen Kommunikator in Gang und nahm Kontakt zum Schiff auf. Er teilte nichts mit. Währenddessen lag Medea auf ihrem Bett, sie trug immer noch ihr Tanzkleid – und träumte mit offenen Augen. Dieser wache Traum überflügelte alle anderen Träume von Sternen, Ozeanen und Höhenflügen. Dieser Mann, der in ihr Leben getreten war – ihr Stern, der Planet ihrer Wahrnehmung – war nun Stern, Sonne, Meer und der himmelstürmende Gipfel. Als sie einschlief, schlief sie kaum, sondern sie träumte. Und sie träumte von ihm.

Dann begannen die Tage, lange warme Tage. Picknick in den Ruinen, wo der Staub Boden und Decke war. Oder essen in einem der wenigen Restaurants, die noch funktionierten, so wie das Hotel, wenn ein menschliches Wesen etwas bestellte. Miteinander durchwanderten sie die Stadt, erforschten ihre leeren Bibliotheken und fanden gelegentlich noch ein verpacktes Meisterwerk, das in der Eile des Aufbruchs vergessen worden war. In den Kaufhäusern bildeten die Schaufensterpuppen und die solargetriebenen Cadillacs bizarre Ensembles.

Jaxon begleitete sie überall hin, kontrollierte mit wachen Sinnen alles, daß auch nur entfernt auf das, was er suchte, hindeuten konnte – oder was er gesucht hatte. Sein anderes Ich war vollständig von Medea eingenommen. Sie war ihm nicht mehr fern. Jeden Tag näherte sie sich ihm mehr. Die Suche war in den Hintergrund getreten, zum Vorspiel geworden.

Medea wanderte durch die verlassene Stadt und entdeckte sie wieder. Mitleid und Wehmut erfüllten sie. Sie bemerkte, daß sie dabei war, sich zu entfernen. Obwohl kein Wort darüber gefallen war, wußte sie, daß er sie mitnehmen würde, wenn er von hier fortging.

Die Nächte waren warm, aber von einer frischeren, zerbrechlichen Wärme. Die Echsen krochen auf den erleuchteten Platz vor dem Hotel, mit starren Augen, aufgestellten Ohren, groß wie voll erblühte Blumen. Sie ließen sich von Medea füttern, nicht, weil sie es gebraucht hätten, sondern weil sie sie wiedererkannten und sie ihnen Futter anbot. Es war eine Art Tradition zwischen ihnen. Sie suchten das Abenteuer nicht, aber sie genossen es. Um Jaxon machten sie einen Bogen.

Medea und Jaxon streiften durch die nächtliche Stadt. Wie ein Leuchtfeuer konnte man von vielen Punkten der Stadt das Hotel glitzern sehen. An anderen Aussichtspunkten, wo der leichte Wind zwischen ihnen und der sternblinkenden Finsternis wehte, nahm Jaxon sie in die Arme und sie lehnte sich an ihn. Er erzählte ihr etwas von seinem Leben. Er sprach von Dingen, die er ansonsten niemandem anvertraut hätte. Düstere Dinge. Dinge, die er innerlich zwar akzeptiert hatte, auf die er aber nicht stolz war. Er testete sie erneut, um zu sehen, wie sie auf all das reagierte. Sie verdrängte sie nicht, erschrak auch nicht darüber. Durch ihre Liebe erlangte sie Verstehen. Er wußte, daß sie ihn liebte. Es war ihm nicht gleichgültig. Es schoß ihm durch den Kopf, daß er sie nicht zurücklassen würde, wenn er den Planeten verließ. Irgendwo anders, nicht in so einer ausschließlichen Umgebung, würde es ihnen vielleicht besser gelingen, das zu beurteilen, was zwischen ihnen war.

Schließlich, eines nachts, als sie zusammen im Aufzug nach oben fuhren, erklärte Jaxon: »Das, warum ich hier bin, ist erledigt. Morgen werde ich fortgehen.«

Obwohl sie sich sicher war, daß er nicht ohne sie gehen würde, glaubte sie einen Moment, daß er sie allein ließe.

»Ich werde alle Lichter löschen«, sagte sie einfach, »wenn das Schiff dich mit sich nimmt, wirst du sehen, wie der Schatten sich über der Stadt ausbreitet.«

»Du kannst das auch beobachten«, sagte er, »in der Fähre ist Platz genug für uns beide. Sogar, wenn du auf die Idee kommst, eine von diesen verdammten Echsen mitzunehmen.«

Das Ritual erfüllte sich, sie näherten sich einander, nicht mehr, um sich zu trösten oder um zu tanzen. Kein Test. Er küßte sie und sie erwiderte seinen Kuß.

Sie erreichten den 98. Stock und gingen in ihr Apartment. Auf dem Bett, auf dem sie geschlafen hatte, auf dem sie durch Galaxien gewandert war, geschlafen und geträumt hatte, von ihm, schliefen sie miteinander. Angesichts der wilden Ekstase dieses Aktes blieb die Stadt wie eine Uhr stehen. Das Hotel war eine Feuersäule, von wilden Ungeheuern festgefroren, eingerahmt, eine einsame Nova explodierte auf dem 98. Stock.

III

Einige Stunden später vor Sonnenaufgang verließ Jaxon seine Geliebte, Medea, die eingeschlafen war. Er kehrte in seine Räume auf dem 74. Stock zurück und bediente den Kommunikator. Er gab dem Mutterschiff Einzelheiten über den Ablauf seiner Rückkehr durch. Er unterrichtete den diensthabenden Offizier, daß er einen Passagier mitbringen würde. Der Offizier reagierte kühl und unverbindlich, nicht ablehnend. »Sie ist die letzte dieser Kolonie«, fügte Jaxon hinzu, ganz vernünftig, aber mit einem erschreckenden Gefühl. Das Ganze würde keine Schwierigkeiten geben. Die Geschichte von dem MZ konnte man vergessen. Es war nichts dran gewesen. Man würde sich freuen und Jaxon stünde im Mittelpunkt. Vielleicht wäre er auch für kurze Zeit reich. Sie würde das sicherlich genießen, die angenehme Atmosphäre, die das Geld schaffen würde, ohne den unangenehmen Beigeschmack eines reinen Handels ...

Jaxon unterbrach die Verbindung und verpackte den Kommunikator in seine handliche Reiseform. Er legte sich noch etwas aufs Bett. Er dachte über diese Frau nach, fünfzehn Stockwerke, fünf Minuten von ihm entfernt. Er dachte an sie in der gleichen kühlen und unverbindlichen Weise wie der Mann oben auf der Brücke des Schiffes. Aber trotzdem, oder gerade deshalb überkam ihn eine Welle der Begierde. Jaxon war schon fast dabei, das Bett zu verlassen und zu ihr hinauf zu gehen, als er hörte, wie die Tür sich öffnete und ein Knistern von Seide erklang. Medea kam auf ihn zu.

Langsam trat sie heran. Ihr Gesicht war sehr ernst und gefaßt. Er hatte nur eine Lampe brennen lassen, deren schwaches Licht nur ihr schwarzes Haar von Schatten flirren ließ. Sie war, genau wie er, die Gestalt aus einem Mythos. Nicht weniger als er. Mehr als er. Und dann sah er – mit einem Stoß Adrenalin, der ihn auf die Beine stellte –, daß die eine schwache Lampe durch sie hindurchschien.

»Was geht hier vor?« brach es aus ihm heraus, seine Hand fuhr zu der kleinen Waffe neben dem Bett – wie nutzlos ... »Ein richtiger Geist oder nur ein schlechtes Hologramm? Wo bist du wirklich, Medea? Wenn du Medea bist.«

»Ja«, antwortete sie. Ihre Stimme war echt, es war dieselbe Stimme, die ihm vor nicht allzu langer Zeit voller Hingabe und Leidenschaft geantwortet hatte. »Ich bin Medea. Die wahre Medea. Kein Hologramm. Ich werde näherkommen. Wirst du eine astrale Projektion akzeptieren – die unabhängig und frei vom Körper existiert?«

»Na fein. Und der Körper? Laß uns ihn nicht vergessen. Ich mag deinen Körper, Medea. Wo ist er?«

»Oben. Er schläft. Er liegt in tiefem Schlaf. Eine Art Jenseits-Schlaf, den man dafür anwendet.«

»Da du irgendein Spiel spielst, warum erklärst du mir nicht die Regeln?«

»Ich weiß, wie gefährlich du bist. Ich weiß, besser als ich, also mein physisches Selbst weiß das sehr gut. Es tut mir leid«, sagte dieses durchscheinende Bildnis seiner Medea in freundlichem Ton. »Es geht leider nur so. Also hör bitte zu. Du wirst sehen, daß du alles, was ich sagen werde, gut verstehen wirst. Auf irgendeine Art hast du es die ganze Zeit schon gewußt. Das Unbewußte ist immer stärker und beweglicher als der Denkprozeß, den wir leider unser Gehirn bestimmen lassen.«

Er setzte sich auf die Bettkante und bat sie fortzufahren. Langsam ließ er die Pistole aus seiner Hand gleiten.

Als er sich hinterher für kurze Zeit an alles erinnerte, schien es ihm, als wenn er alles in ihrer Stimme wie bei einem gewöhnlichen Gespräch gehört hatte. Es war nicht unmöglich, daß sie ihn hypnotisiert hatte, um bei ihm eine leichtere Aufnahmefähigkeit zu erzielen.

Sie verstand (sie, das war diese Existenzform von Medea), warum er auf den Planeten gekommen war, und sie kannte die Art der Maschine, auf die er Jagd machte. Die Legende des MZ traf es nicht ganz. In dieser Weise existierte eine solche Maschine nicht. Allerdings hatte diese Geschichte ihre Wurzeln in einer noch viel interessanteren und faszinierenderen Wirklichkeit. Die komplexe Struktur des Universums hatte im Laufe der Zeiten, so wie ein viel benutzter und ausgetretener Teppich, bestimmte schwache Punkte bekommen. An solchen Stellen löste sich das Gewebe und Geflecht – um selbständig zu werden. So wie eine mechanische Konstruktion eine Katastrophe auslösen kann, so kann der Makrokosmos selbst, an Stellen, wo er dünn geworden ist, spontan Katastrophen produzieren. Dieses Loslösen von Atomen war zwar ein lokales Ereignis – das aber, auf lange Sicht, ein allumfassendes wurde. Ein lecker Wasserhahn in einer Fabrik – da konnte es nur eine Lösung geben. Jeder Riß mußte ausgebessert und gut beobachtet werden – wenn nötig, für alle Ewigkeiten. Bis das ganze Universum und das letzte atmende Leben zusammengeflickt war.

»Du mußt deshalb«, erklärte sie, »Wächter haben, die für die Zeit, die Spannen, die wir unter Zeit verstehen, an ihrem Posten ausharren. Wachen, die mit hohem mathematischen und geheimen Wissen begabt, die Lücken im kosmischen Gewebe ununterbrochen ausbessern und instand halten. Nein, Computer sind sie nicht. Was lebendige Materie in Stand halten soll, muß selbst lebendig sein. Wir stammen aus den verschiedensten galaktischen Rassen. Wir bewachen viele Schwachstellen. Dieser Planet ist eine solche Stelle und ich bin eine solche Wächterin.«

»Du bist eine Frau, eine menschliche Frau«, wiederholte er.

»Ja, das bin ich. Ich wurde hier geboren, in der terrestrischen Kolonie, als Tochter eines Architekten, der eines der berühmtesten Hotels in allen zwanzig Sonnensystemen entworfen hat. Als sie kamen – die die Wächter aussuchen, sind natürlich selbst lebendige Wesen – entdeckten sie, daß mein Gehirn und meine Denkfähigkeiten für diese Aufgabe geschaffen waren. So bildeten sie mich aus. Denn dies ist eine weitere Realität: das menschliche Gehirn ist, wenn es voll ausgenutzt wird, größer, komplexer und fähiger als jeglicher Mechanismus, der jemals erfunden wurde. Ich bin der Computer, Jaxon, nach dem du gesucht hast. Nicht als Pforte zum Chaos, sondern als Hüterin von Erneuerung und Sicherheit. Deshalb bin ich zurückgeblieben und deshalb werde ich immer hierbleiben. Man hat ihnen, die evakuiert wurden, eine Reihe sehr guter Gründe angegeben, hier fortzugehen. Auch dir werden solche Gründe gegeben werden. Ich werde sie dir geben. Bedauern wird es nicht geben. Trotz all der Freude, die du mir gebracht hast.«

»Ich bin nicht allein hierhergekommen«, warf er ein, »der

Himmel über uns ist voll von mißtrauischen Personen, die vielleicht nicht glauben wollen ...«

»Sie werden alles glauben, was du ihnen erzählst. Ich weiß, daß sie es tun werden.«

»Großer Gott. Was bist du denn? Eine menschliche Maschine, versklavt von ...«

»Kein Sklave. Am Anfang hat man mir die Wahl gelassen. Ich wählte – das hier. Oder alles zu vergessen – so wie du vergessen wirst.«

»Aber du bist immer noch eine Frau, keine ...«

»Beides. Ja, es stimmt, manmal verzweifelt die Frau, wenn sie vergessen hat, dann ist sie unsäglich traurig. Im Wachzustand weiß sie nicht, was sie ist. Wenn sie schläft, weiß sie es. Wenn das Wissen immer da wäre, auch im Wachen, würde es mich mit einer Macht begeben, daß ich mir selbst nicht mehr trauen könnte. Es ist besser, hin und wieder ein wenig traurig zu sein.«

»Vielleicht bin ich mit all dem nicht einverstanden.«

»Ja«, gab sie zu, »mit allem. So ist es immer. Mein Lieber, du bist nicht der erste, der mir meine physische Einsamkeit gelindert hat. Wenn die Zeit kommt, rufe ich, und es wird mir geantwortet. Was glaubst du, hat dich hierhergebracht?«

Er beteuerte, sie lachte.

Dann sagte sie: »Erschrick nicht. Diese Episode war voller Heiterkeit und Charme. Ich danke dir noch einmal, so sehr. Leb wohl.«

Und sie war gegangen. In Luft aufgelöst. Das Öffnen der Tür, das Wispern der Seide, das waren nur Vorspiegelungen gewesen. Er mußte sich eingestehen, daß sie ihn an der Nase herumgeführt hatte. Seine Nerven waren gespannt und überreizt, aber sie beruhigten sich, sein Aufbegehren schlief ein. Es mußte so sein, wie sie gesagt hatte, tief im Innern wußte er und akzeptierte es. Es war ein Spaß gewesen, Teufel noch eins, was für eine Frau ...

Er schlief ein, während er noch auf dem Bett saß.

Jaxon ließ die Fähre in die klare Luft des Sonnenaufgangs aufsteigen, jenseits der Morgenröte in die tintige Schwärze des Raumes. Er ließ alles hinter sich, den Planeten, die Stadt, das Hotel – und die Frau. Er fühlte sich nicht wohl bei dem Gedanken, sie zurückzulassen, aber er hatte den Abgrund vor seinen Füßen erkannt. So wie sie gelebt hatte, mußte sie ein bißchen wirr im Kopf sein und sicherlich mehr als nur ein bißchen anhänglich. Für so etwas war in seinem Leben kein Platz, damit konnte er sich nicht auch noch beschäftigen. Ihre besonderen Reize hatten ihn entzückt, aber das war noch kein Grund, damit für immer fortzufahren. Wahrscheinlich hätte sie sich an ihn gehängt, und er hätte sie eines Tages im Ärger davongejagt. Oder sie hätte auch durchdrehen können, die Welt war kein Spielplatz, und die Krankenhäuser in den Gegenden, wo er sich herumzutreiben pflegte, waren mehr als notdürftig. Sie war nicht für ihn bestimmt und es war besser, in dieser etwas pathetischen Art damit aufzuhören, statt später ein Drama zu entfesseln. Es kamen immer Schiffe vorbei, hatte sie ihm erzählt. Jemand anderer könnte sie trösten. Oder auch nicht.

»Welche Frau?« fragte er den Kapitän des Mutterschiffes, »ach so. Sie wollte schließlich doch nicht mitkommen. Nun kommen Sie schon, Sie haben, was Sie wollten, ich habe die Arbeit für Sie erledigt. Kommen wir zum geschäftlichen Teil.«

Sie schlief, als er sie verlassen hatte. Ihr Haar lag auf dem Kissen ausgebreitet, dieses Meer aus schwarzen Locken. Die Augen wie dunkelroter Bernstein hinter den Schatten schwerer Lider. Er dachte an die Fassaden verlassener Gebäude, das Glitzern bedeutungsloser Lichter, die Echsen, die nicht mit ihr sprachen. Er dachte an den Wintergarten aus gefärbtem Glas. Er erinnerte sich an die seltsamen, wilden Träume, von denen sie ihm erzählt hatte, die einen Teil ihres Lebens ausfüllten. Sie war eine schwierige Frau, nicht eine, mit der es sich leicht leben ließ, eine, die man nur für kurze Zeit lieben konnte. »Eines Schattens Traum ist der Mensch«, hörte er sie in seinem Kopf flüstern. Aber das war doch eine Zeile aus einem alten Erdengedicht, oder nicht? Irgendwie glaubte er diesen schemenhaften Worten nicht. Diese Schatten waren real für – Medea.

In der verlassenen, halb zerfallenen Stadt, auf dem 98. Stock des weißen Hotels – weinte Medea.

Sie weinte aus zutiefst verletzter Seele, aus Verzweiflung und Verlassenheit. Und aus Scham. Denn sie hatte vertraut und sich selbst gezeigt, ohne Hehl und Falsch und dieser Schlag traf sie, verwundete und zerstörte sie, wie sie meinte, für immer. Sie war in die Irre geführt worden. Alles hatte sich gegen sie verschworen, um sie zu täuschen. Sein Lächeln, seine Worte, seine Bewegungen der Höflichkeit und der Lust – alles hatte nichts bedeutet. Sogar ihr Planet hatte sie verraten. Die Art, wie das Sonnenlicht auf bestimmte Gegenstände fiel, die Art, wie die Musik klang. Die Blätter, die im Wintergarten gefallen waren, hatten sie mit ihrem Duft getäuscht. Und sie selbst – war auch schuldig. Sie hatte in geradezu sträflicher Weise Hoffnung gehegt. Das Urteil lautet immer auf Tod. Immer stirbt ein Stück des Herzens.

Medea weinte.

Später wanderte sie durch die Räume. Und sie dachte, mit einem Anflug von praktischem Sinn, an die Bedeutung des absoluten Todes. Es gab Mittel, mit denen ein zivilisierter Abgang zu erreichen war. Oder auch weniger schöne Methoden. Sie konnte auch einfach in Agonie verfallen, wenn sie wollte, als könnte sie mit der Wildheit ihrer Qualen den bestrafen, der sie enttäuscht hatte.

Aber alle diese Maßnahmen erforderten Energie und sie fühlte sich kraftlos. Ihr Körper klang wie eine hohle Totenglocke. Nach einer verlängerten Periode der Schlaflosigkeit gab es keine andere Zuflucht für sie als den Schlaf.

Medea schlief.

Sie schlief und schlief, tiefer, tiefer, weiter hinab. Die Ketten ihrer körperlichen Bedürfnisse warf sie ab, ihren Herzschlag, ihren Atem, ihre Körperfunktionen ließ sie weit hinter sich wie die goldenen Scherben der Stadt weit hinter ihr lagen und wie sie selbst sich verlassen hatte durch jemanden, den sie zu lieben beschlossen hatte. Dann wachte es auf – ihr Gehirn, die volle Erkenntnis, das Erworbene, entschlüsselte sein großes Konzept und die allumfassenden Welten.

Medea wanderte nach außen, wie ein Vogel, der zum Himmel emporstieg, ihre Flügel trugen sie mühelos. Hinein in die Ausblicke, in den Glanz, die Schatten, das Murmeln und den Zusammenklang. Sie reiste über eine Unzahl von Gegenden, über Berge, unter Meeren, Galaxien …

Sie durchquerte die Korona der Sonne und die Kälte des Raumes. Sie webte den Teppich und war das Muster. Die Bilder erfüllten sie mit Glück. Das Universum war ihr Geliebter. Hier, dort, im Geheimnisvollen hörte die Webende etwas wie ein fernes Echo, ganz leise. Sie dachte, daß es zwischen den Glasscheiben sein müßte. Sie sah sich selbst, einen Teil des Musters und irgendwo, mehr zufällig am Rande, ihr Leben. Sie sagte, freundlich, du bist mein Trost, aber du bist nicht genug. Die Sterne schwebten an ihr vorüber und ihr Geist formte ihr Feuer und sie wurde von ihnen geformt. Sie dachte: aber dies – ist nicht genug.

Quellennachweis

INTRODUCTION
Copyright © 1985 by Donald A. Wollheim
Ü: Dr. Helmut Pesch

THE PICTURE MAN
by John Dalmas
Copyright © 1984 by Mercury Press, Inc.
Ü. Frank Stein

CRASH CROP
by Connie Willis
Copyright © 1984 by the Curators of the University of Missouri.
Ü: Brigitte Beyer

WHAT MAKES US HUMAN
by Stephen R. Donaldson
Copyright © 1984 by Mercury Press, Inc.
Ü: Jürgen Langowski

SALVADOR
by Lucius Shepard
Copyright © 1984 by Mercury Press, Inc.
Ü: Jürgen Langowski

PRESS ENTER
by John Varley
Copyright © by Davis Publications, Inc.
Ü: Frank Stein

THE ALIENS WHO KNEW, I MEAN EVERYTHING
by George Alec Effinger
Copyright © 1984 by Mercury Press, Inc.
Ü: Frank Stein

SCIENCE
FICTION

Band 24 068

**Isaac Asimov (Hg.)
mit Charles G. Waugh
und Martin Gremberg**

Faszination der SF

**Deutsche
Erstveröffentlichung**

Isaac Asimov, einer der »Väter der Science Fiction« und ihr kompetentester Kenner und »Macher«, legt mit dieser Anthologie eine Liebeserklärung an die SF vor. Story für Story weist er nach, daß die Science Fiction eine ganz besondere Faszination ausübt, der man sich nur schwer entziehen kann. Die Geschichten dieser Sammlung sind besonders reizvolle Abenteuer des so aufregend vielschichtigen Themas Science Fiction.

BASTEI LÜBBE

**Sie erhalten diesen Band
im Buchhandel, bei Ihrem
Zeitschriftenhändler sowie
im Bahnhofsbuchhandel.**

SCIENCE FICTION

Band 23 044
Henry Robert
DIE TERRANAUTEN
Die Lebenswächter
Originalausgabe

Im Auftrag einer kosmischen Pflanzendimension wachen die Terranauten über die auf zahlreichen Planeten lebende Menschheit. Zwischen den Techno-Planeten und den biologisch orientierten grünen Kolonien droht ein aus Angst und Mißtrauen geschürter Konflikt zum Sternenkrieg zu werden. Nur die Terranauten als Lebenswächter können ihn verhindern.

BASTEI LÜBBE

Sie erhalten diesen Band im Buchhandel, bei Ihrem Zeitschriftenhändler sowie im Bahnhofsbuchhandel.